比较文学与世界文学名家讲堂
王向远 主编

西镜东像

姜智芹教授讲中西文学形象学

姜智芹 著

中央编译出版社

作者简介

姜智芹(1967—),山东单县人,山东师范大学文学院教授,博士生导师。在《外国文学研究》、《国外文学》、《当代文坛》、《小说评论》等刊物上发表学术论文60余篇;出版《美国的中国形象》、《文学想象与文化利用——英国文学中的中国形象》、《中国新时期文学在国外的传播与研究》、《经典作家的可能——卡夫卡的文学继承与文学影响》等学术专著7部;出版《世界历史中的中国》、《欧洲形成中的亚洲·文学艺术》、《美国的中国形象(1931—1949)》等译著8部;主持教育部人文社科项目、山东省社科规划项目等多项。

《比较文学与世界文学名家讲堂》前言

"比较文学与世界文学"学科,顺应改革开放的时代潮流,在上世纪最后二十年开始起步发展,到现在为止的三十多年时间里,已经有了丰厚的知识产出和思想建树。它的异军突起,是当代中国一道引人瞩目的学术文化景观,是中国走向世界、世界走进中国的鲜明印证,也是当代中国学术文化繁荣的一个重要表征。

三十多年的学科建设和学术发展史已经表明,要在人文研究及文学研究中建立世界观念和视野,要把中国文学置于世界文学背景下加以考察和研究,要把外国文学放在中国文化立场上加以审视和阐发,要连接中外文学,要打通文学研究与其他学科的壁垒,要把细致微观的实证研究与高屋建瓴的理论建构相结合,那必然会走向比较文学与世界文学。

在这里,"比较文学"与"世界文学"两者相辅相成、互为依存。"比较文学"是学术观念、研究范式与研究方法,"世界文学"则是学科资源与研究视野。它在贯中外、跨文化、通古今、越科界的学术视阈与研究方法上的优势,使其无可替代地成为当代中国学术文化中最有时代性、最有包容性、最有创新性的高端学科之一。

事实上,近二十年来,中国的比较文学不仅在中外文学关系史研究等方面生产了大量的新知识,而且逐步建立了既有中国特色又具有理论普适性的学科理论系统,逐步完善了比较诗学、中西比较文学、东方比较文学、翻译文学等分支学科,在学术成果的质与量上已居世界各国之首，还全面进入了大学中文系、外文系文学专业的课程体系，从而使中国比较文学成为当代世界比较文学的重心和中心，代表着世界比较文学兼收并蓄、超越学派的第三个发展阶段。

收在这套《比较文学与世界文学名家讲堂》的作者，在当代中国比较文学学术史上，是继季羡林、乐黛云等老一辈学者之后的第二代学人。这些作者固然只是第二代学者中的一部分，却有相当的代表性。他们现年多在四十五至六十五岁之间，从学术年龄上说大体属于中壮年，都是各大学的教授、博士生导师和学术带头人，大都在1980年代后走上比较文学与世界文学之道，1990年代后崭露头角或脱颖而出，进入21世纪后的十几年里，更成为我国比较文学与世界文学学术界的中坚力量。他们有幸拥有了可以安心治学的环境，赶上了数字化、信息化的新时代。既抬头看世界，又埋头务笔耕，既坚持学术的严谨，也保持思想的活跃，充分展示了中国学者的文化立场，充分发挥了中国学者的学术优势和想象力、思考力、创造力，取得了与时代要求相称的成果。这些成果不仅是个人学术履历的证明，也是对中国学术文化史上的一份奉献，更成为新时代"国人之学"即"国学"的重要组成部分。

《比较文学与世界文学名家讲堂》二十卷，选题上以比较文学与世界文学的学科理论为主，以讲述和示范学术方法为要，涉及比较文学与翻译文学基本理论、比较诗学、东方文学及东方比较文学、西方文学及中西文学关系、世界文学总体研究等方面。各卷均按一定的范围和主题，将作者有原创性、有特色的成果收编起来，将大学讲堂搬到书本上来，以读者为听众，以写代"讲"，以言代"堂"，深入浅出，以雅化俗，汇集中国比较文学第二代学者中的代表人物，以使五指成拳、十指合掌，形成大型丛书的规模效应，得以占书架之一角，入读者之法眼，从一个侧面展示近年来中国比

自　序

本书收入的 24 篇论文是我 2001 年以来学术研究的重要组成部分，是我对比较文学形象学思考和研究的结晶。前后两组论文在逻辑上存在着关联性。第一组"欧美文学中的中国形象"主要探讨西方尤其是英美文学作品、影视作品中对中国形象的塑造，是他者眼中的中国形象。第二组"西方视域中的中国当代文学"是中国当代文学在西方世界的译介、传播和接受，是中国文学对外传播中建构的中国形象，而中国新时期作家对卡夫卡的借鉴、超越与创新展现出一个开放、融合、进取、自信的中国当代文学形象。西方这面镜子在不同的历史时期映照出内蕴不同的中国形象，中国文学也在不同时期的对外传播与对外借鉴中构建体现自身主体性的中国形象。

研究西方文学中的中国形象是我 2002 年夏天到南京大学比较文学与世界文学专业做博士后研究开始，一直到今天都在关注的课题，也是我花费心血较多的领域。当时国内的比较文学形象学研究刚刚起步，相关的论文、专著为数很少，孟华教授主编的、主要由法国比较文学学者的论文组成的《比较文学形象学》面世仅一年，称其时的比较文学形象学研究为新兴的学术前沿应不算为过。十多年来，形象学研究队伍迅速壮大，研究成果亦蔚为大观，能有幸见证、参与这一研究领域的兴起、发展与繁荣，是一件令人高兴的事儿。

收入本书的《欲望化他者：西方文学中的中国形象》是我博士

后期间发表的一篇论文，从比较文学形象学中描述异国异同族形象的术语"套话"①入手，对西方不同历史时期对中国形象的定型化塑造，从"哲人王"到"中国佬约翰"、"异教徒中国佬"，从"傅满洲"、"陈查理"到"功夫"等，进行了理论阐释与文本分析，指出这些套话并不是中国形象的真实情形，而是西方人出于自身的需要，将中国欲望化的虚幻。

从 2002 到 2004 年，我在南京大学古朴灵秀的校园里潜心研究英国文学作品中对中国形象的塑造，并于 2004 年夏以《文学想象与文化利用——英国文学中的中国形象》为题完成自己的出站报告，顺利出站，来到山东师范大学文学院比较文学与世界文学专业做教学与研究工作。同时，将博士后出站报告加以修改，于 2005 年出版《文学想象与文化利用——英国文学中的中国形象》一书，深入分析了英国作家在文学创作中塑造的两种典型的中国"他者"形象：进步与审美视野中的他者和停滞与恐怖意识中的他者，前者用一个理想化的中国形象质疑英国现存秩序，提出构建一种新秩序的设想；后者将中国视为停滞、落后、僵化、专制的象征，用负面的中国形象反证英国的强大、优越，目的是维护、整合英国自身的形象。

之后，我将自己的研究范围延伸到美国文学、文化中对中国形象的塑造。除了发表相关论文外，还撰写出版了《傅满洲与陈查理——美国大众文化中的中国形象》（南京大学出版社，2007 年）、《美国的中国形象》（人民出版社，2010 年）等专著，翻译出版了《世界历史中的中国》（上海人民出版社，2009 年）、《欧洲形成中的亚洲·文学艺术》（人民出版社，2013 年）、《美国的中国形象（1939—1941）》（江苏人民出版社，2010 年）等译著，形成了自己以

---

① 英文为 stereotype，也译为定型化、滞定型形象、刻板形象等。

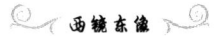

较文学的新进展和新成果。而且,不同作者及著作之间也可以相互显彰、相互映照、相互补充,读者也可以在异中见同、同中见异,在参读和比照中领略五彩缤纷的文学世界和世界文学,得窥比较文学殿堂之门径。

《比较文学与世界文学名家讲堂》的编辑出版,得到了北京师范大学的资助和中央编译出版社的支持,编者和作者深表谢意!

愿"讲堂"满座,愿比较文学与世界文学学术事业更加繁荣!

王向远

2014 年 4 月 20 日

形象学为中心的研究视点。下面我围绕选入本书的论文，简要介绍一下我对美英两国文学文化中塑造的中国形象的认识。

傅满洲和陈查理一度是西方文学中定型化的主导华人形象，带有种族歧视和性别歧视的内涵。傅满洲出自英国作家萨克斯·罗默之手①，陈查理源于美国作家厄尔·德尔·比格斯之笔。前者被塑造成"黄祸"的化身，是一个集东方民族所有残忍、狡诈于一身的恶魔形象，他威胁到西方的霸权地位，是令西方人恐惧的梦魇；后者被描绘成"模范少数族裔"，代表着美国的法律和正义，是善良的、对西方没有任何威胁的华人典型。但二者都经过了东方主义眼光的祛魅过滤，被塑造成缺乏男性魅力的华人男子，是"非性化"、从属性、边缘性的典型。

华人男子不仅在西方文学作品中经历了祛魅处理，在影视作品中同样如此。好莱坞电影中的跨国恋情故事往往体现着性别、种族与政治冲突的内涵。中国男人与白种女性之间的恋情由于威胁到白人父权制的权威，是爱情禁忌。在这类故事中，中国男人的男性气质时常被遮蔽。相反，白种男子与中国女性之间的恋情由于体现了白人男性的魅力，爱情禁忌则被解除，演绎的是拯救神话。

而且，即便是对同一华人群体，美国本土作家和华裔作家也有截然不同的处理。早期赴美华工在美国本土作家笔下被称为"中国佬"，在华裔作家笔下被描述为"金山客"，前者含有歧视和排斥的成分，后者带有羡慕和敬佩的意味。不同的称谓反映出中美文化之间的冲突和双方对各自文化的认同。华工为美国西部开发做出了不可磨灭的贡献，但在美国的边疆诗歌、小说、戏剧、漫画、歌谣中是作为笑料和鞭挞的对象出现的。水仙花、汤亭亭、赵健秀、徐

---

① 傅满洲系列小说虽最早出自英国作家之手，但几乎一出版就流入美国，不仅在美国有不同名字的版本，而且在好莱坞电影、美国的广播电台、电视、喜剧和杂志中广为流行，使其成为美国文学的一部分。

忠雄等华裔作家则以觉醒的族裔意识，通过钩沉历史，利用对抗记忆，在作品中展现了"金山客"的艰辛和力量，重塑阳刚、智慧、充满活力的华裔男性形象。

在美国的中国形象塑造史上，赛珍珠和她的《大地》是不能忽略的。赛珍珠之前，美国文学作品中已经塑造了大量的中国形象，但多是把中国人作为揶揄、嘲讽、丑化的对象，塑造的是怪异、冷漠、不可捉摸的中国形象。赛珍珠则与此相反，她代表了一种真正想去了解中国和中国人的愿望。赛珍珠曾多年生活在中国人中间，与中国人共度过丰收的年景和饥荒的年头，因而是带着真诚的同情、理解之心来描绘中国的，她在《大地》中采取的是与其他西方人不一样的中国形象书写策略。首先，在人物选择上，赛珍珠让中国人，特别是中国农民成为小说的主角，而西方人则以次要角色出现，这就颠倒了以往常见的以美国白人为主人公，以华人劳工为配角的人物关系模式。不仅如此，赛珍珠还让中国农民作为主体出现在小说里，而在她之前西方几乎没有作家严肃地描写过中国的这一阶层。赛珍珠20世纪30年代风靡整个西方的《大地》就讲述了中国北方一对农民夫妇——王龙和他的妻子阿兰，在大灾面前不低头从而发家致富的故事。其次，在叙述视角上，赛珍珠采取了中国人的口吻和立场，一是采用熟悉的策略，用中国农民的视角来再现中国农村田园，二是采用陌生化的策略，用中国人的视角来异化西方文化。如此，赛珍珠较为真实地描写了中国农民的淳朴善良、任劳任怨和悲欢苦乐，并因此获得1938年度的诺贝尔文学奖。

与美国对中国形象的塑造负面居多不同的是，英国对中国形象的塑造既有仰慕、赞叹、理想化，亦有鄙视、憎恶、妖魔化。但不管肯定还是否定，中国始终作为"非我"、"他者"形象出现，其中包含着想象与虚构，传达着英国人自身的观念、情感、欲望和价值观。

英国文学中对中国形象的塑造源远流长。早在14世纪,被誉为"座椅上的旅行家"的曼德维尔就在其虚构的《曼德维尔游记》中描述了一个富有传奇色彩的乌托邦中国。在他眼里,遥远的中国是世界上最美好的国家,富庶瑰丽,奇珍异宝无所不有,大汗威震四方,人民安居乐业。到了17世纪,不仅有现实生活里的"中国风"——中国的瓷器、丝绸、茶叶、建筑样式成为当时英国上至王室贵族,下至普通百姓追逐的时尚,许多英国文人也对中国不吝赞美。当时的学者托马斯·布朗、约翰·韦伯从各个角度论证中华民族的语言是人类的初始语言;自然神论者廷达尔、柯林斯、兰姆塞等人用儒家思想中的世俗理性来反对神启宗教;博学之士罗伯特·伯顿在《忧郁的解剖》中向世人提供了一付医治英国乃至整个欧洲"忧郁病"的灵丹妙药,那就是模仿中国,像中国那样治理国家;散文大师威廉·坦普尔爵士热情赞扬中国是世界上已知的最伟大、最富有、人口最多的国家,称赞孔子是最有学问、最有智慧、最有道德的人,惊讶于西方人从柏拉图开始就憧憬的哲人治国的理想在中国竟是现实,认为中国的科举制度有利于人才选拔,远胜过只注重世袭门第的英国贵族制度。英国的"中国热"达到高峰。

18世纪之后,在英国,一股敌视、蔑视中国之风日渐盛行。虽然哥尔斯密在《世界公民》(1762)中借中国的故事、寓言、哲理、箴言讽喻英国,柯勒律治在《忽必烈汗》(1816)中尽情渲染中国皇家宫苑的异国情调,但更多的文人作家开始唱衰中国。拜伦眼中的中国人是被嘲笑的对象,雪莱将中国人看作"未驯服"的"蛮族",狄更斯借笔下人物之口质疑中国的哲学,笛福在《鲁宾逊漂流记续编》(1719)、《感想录》(1720)等作品中说中国人贫困、奸诈、怯懦、愚昧而又自以为是;德·昆西说他宁愿同疯子和野兽待在一起,也不愿意在中国生活。

20世纪英国文人笔下的中国形象亦明亦暗,一方面有毛姆东方主义的傲慢与偏见和萨克斯·罗默对中国的"黄祸"歪曲，另一方面有作家洛斯·迪金森和哲学家、文学家罗素对中国的希冀与畅想。毛姆在《人性的枷锁》中将来自中国的宋先生刻画成"黄皮肤、塌鼻梁、一对小小的猪眼睛"[①]，萨克斯·罗默将傅满洲塑造成西方"黄祸论"思想的集大成者。这种负面塑造并非中国的实际情形，而是渗透了英国人的情感和观念，暗示出英国的文明、发达需要中国的愚昧、贫弱来验证，英国人的种族优越需要中国人的阴险、狡诈、邪恶来衬托。但当19世纪末20世纪初西方文明的弊端越来越明显的时候，一些英国文人又把目光转向东方的中国，希冀从中国文化里面寻找拯救欧洲危机的曙光。迪金森在其《约翰中国佬的来信》中揄扬中国是一个体现了正义、秩序、谦恭、非暴力的理想国度。罗素漂洋过海来到中国探寻一种新的希望，他在《中国问题》（1922）一书中从多个方面探讨中华文明的可取性与价值，认为中国人更有耐心，更爱好和平，更看重艺术，将中国视为拯救西方文明的东方之光。

几个世纪以来的英国的中国形象表明，英国人需要中国形象，就像需要一个自我超越的地方，在他们塑造的中国形象里面，体现的是英国精神生活的真实。异国形象从来都不是自在的、客观化的产物，而是自我对他者的想象性制作，是按自我的需求对他者所做的创造性虚构，是形象塑造者自我欲望的投射。制约着英国人心目中的中国形象的，主要不是中国的现实，而是英国自身的问题、需要和欲望，这些问题、需要和欲望是英国作家塑造中国形象的过滤器。

收入本书的第二组论文和我的教育经历有很大关系。我本科学的是英语语言文学，硕士读的是世界文学专业，博士念的是中国现

---

① W. Somerset Maugham, *Of Human Bondage*, London: Penguin books, 1915, p.123.

当代文学。研究中国当代文学在国外的传播与接受是我申请做博士后时就有的想法,但限于当时没有机会出国搜集英文资料,只好暂时搁置起来,不过对这个课题的关注一直没有停止,并把自己的思考整理成文,《西方读者视野中的莫言》就是这样写出的。2008年,我申报的教育部人文社科项目"中国新时期文学在国外的传播与研究"获得立项,而就在这一年的夏天,由于我爱人工作的变动,我踏上了去往美国首府华盛顿的旅程。在华盛顿特区藏书浩瀚、装饰精美的美国国会图书馆里,我查阅到大量译介到国外的中国新时期文学作品和相关的评论文章、学位论文。在国会图书馆二层精致典雅的主阅览室里,我细细阅读着,忘记了自己异乡客的身份。疲累了环顾四周,仿佛置身于绘画、雕刻艺术的海洋。白色大理石柱上的雕刻巧夺天工,蓝色花纹的玻璃天窗上布满金色的壁画。匠心的设计,宏伟的建筑,世界藏书之最的规模,堪称知识与美的绝妙结合。此后数年每次去华盛顿探亲,国会图书馆都是我最常光顾的地方。2011年,我获得去美国马里兰大学做高级研究学者的机会,那里的图书馆、电子资源区又成为我流连忘返的地方。大量第一手资料的获取,为我顺利完成这一项目提供了切实的保证,收入本书后一组中的中国文学对外传播方面的论文,是这一项目的重要阶段性成果,也有的是我参与曹顺庆教授主持的教育部社科基金重大投标项目"英语世界中国文学的译介与研究"、王尧教授主持的国家社科基金重大项目"百年来中国文学海外传播研究"以及我本人申请到的山东省社科规划研究项目"莫言作品海外传播研究"的部分成果。

  实现中华民族伟大复兴的中国梦是国家新一代领导人的宏伟目标。复兴的中国面向世界时需要更加注重自身的形象建构,文学是塑造、传播中国形象的一个重要实践领域,而且这一领域在中国形象塑造上有不同于其他领域的优势。形象塑造可以在多个领域展开：政治经济领域、新闻传播领域、国际关系领域等，其中新闻传播领域一直是向外推介中国形象的主阵地。但由于某种偏见，西方很多时候将新闻媒体视为中国政府的官方喉舌和舆论工具，加之新闻简短、概括、程式化的特点，难以赢得外国人的认同。而文学与政治保持一定的距离，有自己相对独立的美学品格，而且在西方人看来文学是一种普罗大众的交流方式，具有良好的价值信任度。另外，文学通过生动活泼的人物、跌宕起伏的情节，向世界展示栩栩如生、丰满充盈的中国形象，具有较强的可接受度。再者，文学特别是当代文学处于动态的发展过程当中，对于重塑、传播丰富多彩、富有感染力和影响力的中国形象具有不可忽视的作用。

正因为如此，新中国成立以来党和政府一直注重通过文学的对外译介，向世界展示良好的中国形象。1951年创办的《中国文学》杂志及时、系统地向海外翻译、介绍了一大批中国古代、现当代文学作品。据统计，在其存续的50年里，共出版590期，介绍作家、艺术家2000多人次，译载文学作品3200篇。①1981年开始出版的"熊猫丛书"承继《中国文学》的宗旨，主要用英、法两种语言向海外推介中国文学作品，出版图书190多种，发行到世界上150多个国家和地区。21世纪以来，中国政府多措并举，进一步加大中国文学海外推广的力度。2003年新闻出版总署提出新闻出版业"走出去"战略。2004年国务院新闻办公室与新闻出版总署启动"中国图书对外推广计划"。2006年，中国作家协会推出"中国当代文学百部精品译介工程"，2008年以来，作协又举办了中美、中法、中德、中意、中澳文学论坛和中日韩三国文学论坛等多种活动。2009年开始实施"经典中国国际出版工程"，并全面推行"中国文化著

---

① 参见徐慎贵：《〈中国文学〉对外传播的历史贡献》，《对外大传播》，2007年第8期。

作翻译出版工程"。中国文学已承担起重构、传播中国形象的历史使命。新中国成立之初文学向国外传播的是昂扬向上、改天换地、乐观奋进的红色中国形象,改革开放伊始向海外呈现的是开放多元、富有人性深度的中国形象。

在西方的中国形象史上,中国的器物、制度、思想等都曾成为不同历史阶段中国形象塑造的推断依据。中国当代文学尤其是新时期以来的文学,从"伤痕"、"反思"、"改革"文学,到"寻根"、"先锋"、"新写实"小说等,成为新一轮中国形象建构中重要的思想资源。"伤痕"、"反思"、"改革"文学向国际社会传达是"文革"过后中国人直面痛楚,深沉反思,呼唤人道主义,在改革中重建精神家园、重树民族自信的中国形象。"先锋文学"、"寻根文学"、"新写实小说"呈现出一个在锐意改革与回归传统的纠结中探索、挣扎的中国形象。其中莫言、余华、苏童、王安忆、贾平凹等作为译介到国外较多的作家,他们的作品所呈现的当代中国风貌,所诠释当代中国价值理念,给原有的中国形象以冲击、调整和丰富,从文学的维度更新、重塑了国外的当代中国形象。

本书第二组中关于卡夫卡对中国形象的塑造以及他对新时期作家影响的论文,和我博士阶段的毕业论文选题及写作有关。基于自己的英语基础和外国文学知识,1999年我到山东大学中国现当代文学专业攻读博士学位时选取了一个把卡夫卡与中国当代文学关联起来的论文题目——"他者之镜:卡夫卡与中国新时期小说",而卡夫卡也恰是对中国新时期作家影响较大的一位外国作家。2002年获得山东大学博士学位到南京大学做博士后研究并开辟新的研究领域后,我对卡夫卡的关注并没有淡去,后来又以卡夫卡与中国文学为题申请到山东省社科规划项目,最终以《经典作家的可能——卡夫卡的文学继承与文学影响》为书名出版专著结项。

卡夫卡虽然没到过中国,没学过汉语,但对中国文化怀有浓厚的兴趣，他在书信、日记和谈话录中谈到中国文化的地方有14次之多，对中国古代哲学十分推崇和赞赏。用德语写作、荣获1981年度诺贝尔文学奖的英籍作家卡内蒂（Elias Canetti）曾做出这样的评价："无论如何，根据卡夫卡某些故事的特点，他属于中国文学编年史的范围。从18世纪以来，欧洲作家经常采用中国主题。但是，在西方世界的作家中，本质上属于中国的惟有卡夫卡。"①卡内蒂的这番话以西方人的眼光说出了卡夫卡对中国文化和文学的喜爱。卡夫卡喜欢中国的绘画和木刻艺术，迷恋老庄思想，阅读过中国古代的抒情诗、鬼怪小说、民间故事，用清代诗人袁枚的《寒夜》一诗隐喻他和女友菲莉斯之间的爱情情势，表达他对婚姻的欲望和焦虑。

由于对中国文化怀有浓厚的兴趣，卡夫卡也写了一些以中国为题材的中短篇小说，如《一次战斗纪实》、《在法的门前》、《中国人来访》、《一道圣旨》、《中国长城建造时》、《拒绝》等。

《一次战斗纪实》中的胖子、叙述人"我"和木制担架反映出卡夫卡对中国知识的涉猎。胖子实际上是中国文化中的布袋和尚，他坐的担架使人想起中国的轿子，而叙述人"我"则是一介文弱中国书生。《中国人来访》描述了卡夫卡想象中中国学者的样子：瘦小、和善、戴着眼镜、面带微笑。《拒绝》中使用的"身材矮小"、"沉默寡言"、"固执刻板"、"难以接近"、"谦卑"等是19世纪以后西方人常用的描述中国人的词语，说明不曾涉足中国的卡夫卡对中国人形象的描绘难以超出西方人的"集体想象"。

《在法的门前》中对"法"和"法门"的悖论叙事，体现了卡夫卡对中国文化中"道"的理解。《一道圣旨》里面使者永远也走不出的"障碍"，同样预示着"道"的无所不在。

《中国长城建造时》是卡夫卡的中短篇小说中比较重要的以中

---

① 阎嘉：《反抗人格》，武汉：长江文艺出版社，1996年，第154页。

国为题材的小说,卡夫卡借长城来表达他对存在了两千年之久的中华帝国文化模式的独特理解。就像分段修筑长城一样,中国古代的统治者采用"分段而治"的高明统治术,百姓如同置身于烟雾之中,不知道是哪个皇帝在当朝,甚至对朝代的名称也分辨不清。这使他们在统治者制定的轨道内迷迷蒙蒙地讨生活,难以组织起来进行有效的反抗。

总的来看,卡夫卡塑造的中国形象既表现出对中国的外在认识,也体现了对中国文化的深层理解;既有对历史上西方人塑造的中国形象的继承,也有他的自况隐喻。

卡夫卡不仅对中国文化感兴趣,在作品中塑造了中国形象,而且对中国新时期作家产生了广泛的影响,成为他们借鉴、模仿、超越的对象。余华、莫言、皮皮将卡夫卡的《在流放地》和《乡村医生》列入他们的推荐书目,苏童在《影响了我的二十篇小说——外国文学读本》中收录了卡夫卡的《饥饿艺术家》。在"走近大师系列丛书"中,马原的《阅读大师》和格非的《卡夫卡的钟摆》都谈到对卡夫卡的阅读。此外,北村、潘军、陈村等先锋小说家,陈染、蒋子丹、铁凝等女性作家,韩东、朱文等新生代作家,也都在自己的创作谈中表达了对卡夫卡的敬意。而宗璞、残雪、余华对卡夫卡的借鉴、接受与解读,更值得研究。

宗璞的短篇小说《我是谁》、《蜗居》、《泥沼中的头颅》中有卡夫卡变形艺术的影子,但她的借鉴很大程度上是一种剥离形式的借鉴,因为除了有意识地借鉴卡夫卡的技巧而使作品带有现代意味外,小说的基调和内涵都是现实主义的。残雪将自己对卡夫卡的解读与研究写成一部著作——《灵魂的城堡——理解卡夫卡》,在她看来,卡夫卡的全部作品都是对人类和自己的内在灵魂的不断深入考察和穷究:卡夫卡的《美国》描述的是现代人格的形成过程,《审判》揭示了一个灵魂的挣扎、奋斗和彻悟,《城堡》是人性理想的象征，是人在一次次的犯错误和沦落后不断提升的过程。而残雪的《历程》、《思想汇报》讲述的也是主人公生命提升和自我意识觉醒的过程，与卡夫卡体现出内在的共鸣。余华说卡夫卡在他想象力枯竭的时候解放了他，使他的想象力变得像田野里的风一样自由自在，确立了自己反常规的文学思维，建构起精神真实的艺术世界，创作出《河边的错误》、《四月三日事件》、《现实一种》、《难逃劫数》、《世事如烟》等在新时期文学史上占有一席之地的作品。三位新时期作家对卡夫卡的接受由剥离形式的借鉴，到精神与观念的相通和认同，再到突破与超越的创造性叛逆，一步一步不断深入，把对卡夫卡这位大师的接受推向更高层次，显示出改革开放后中国渴望与世界文学接轨，急切地吸收外国文学精华，致力于开拓创新的文学形象。

需要说明的一点是，我的这几块研究内容看似各自为政，实际上可用中国形象将之贯穿起来。英语语言文学、世界文学、中国现当代文学、比较文学与世界文学多个专业的学习与研究经历，拓宽了我的学术视野，使我能够从多个角度考察、剖析中国形象这一问题领域。对中国形象的思考和研究充实了我的去日时光，也将吸引着我在这片园地里继续探寻。

在编辑论文的过程中，我对个别论文的题目进行了优化，个别地方的内容做了少许修改。光阴荏苒，往昔不再。整理自己十多年来学术研究的心路历程，既是回望、总结，亦是鞭策、自勉。

是为序。

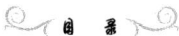

目 录

《比较文学与世界文学名家讲堂》前言 …………… 王向远 1
自 序 ………………………………………………………… 1

欧美文学中的中国形象 ……………………………………… 1
欲望化他者：西方文学中的中国形象 ………………………… 3
文化过滤与异国形象误读 ……………………………………… 15
爱情禁忌与拯救神话：好莱坞电影中的中国男人
　　与中国女人 ………………………………………………… 26
"中国佬"与"金山客"：不同称谓背后的文化
　　冲突和认同 ………………………………………………… 45
美国大众文化中华裔男性的身份建构：
　　以傅满洲和陈查理为典型个案 …………………………… 63
傅满洲与陈查理：好莱坞对华人男性的祛魅 ………………… 75
布勒特·哈特的异教徒中国佬 ………………………………… 85
《大地》：从小说到电影 ……………………………………… 100
颠覆与维护：英国文学中的中国形象透视 …………………… 109
17—18世纪英国文人眼中的典范中国 ………………………… 120
《曼德维尔游记》中的传奇中国 ……………………………… 132

1

《忽必烈汗》残篇里的奇幻中国 …… 139
英国历史上的"中国风" …… 148

西方视域中的中国当代文学 …… 157

中国当代文学海外传播与中国形象塑造 …… 159
中国当代文学海外传播研究的方法及存在问题 …… 174
欧洲人视野中的贾平凹 …… 187
西方人视野中的余华 …… 207
西方人眼中的王安忆 …… 225
西方读者视野中的莫言 …… 241
卡夫卡与中国 …… 254
卡夫卡与中国新时期荒诞小说 …… 271
残雪对卡夫卡的创造性解读 …… 282
余华对卡夫卡的叛逆性接受 …… 291
宗璞对卡夫卡的剥离式借鉴 …… 303

后　记 …… 313

欧美文学中的中国形象

欲望化他者：西方文学中的中国形象①

20世纪80年代以来，比较文学在中国逐渐兴盛，而90年代以来，形象学作为比较文学的一个重要领域，日益受到比较文学研究者的重视。"套话"（stereotype）是比较文学形象学中描述异国异族形象的一个术语，是形象的一种特殊而又大量的存在形式，是陈述异族集体知识的最小单位，"是对精神和推理的惊人的省略"②，它"传播了一个基本的、第一的和最后的、原始的形象"。③因此，研究套话就成为形象研究中最基本、最有效的部分。本文拟从套话的角度，将西方对中国的认识进行梳理、分析，并做一深层的透视，以期在东西方交往上消除偏见，增进理解，在多元文化并存的今天，审己察彼，共生互补。

套话指"一种与范畴有关的夸大的信仰，其功能是合理地解释我们按照该范畴做出的行为"，④或是"一种停滞不前的、物恋的表现形式"，其特征是"固结性和虚幻性"。⑤Stereotype 一词的汉译不

---

① 本文原载《国外文学》2004年第1期。
② 达尼埃尔－亨利·巴柔：《形象》，见孟华主编《比较文学形象学》，北京：北京大学出版社，2001年，第161页。
③ 达尼埃尔－亨利·巴柔：《形象》，见孟华主编《比较文学形象学》，北京：北京大学出版社，2001年，第159页。
④ Gordon Allport, *The Nature of Prejudice*, Cambridge: Addison-Wesley Press, 1954, p.25.
⑤ Homi K. Bhabha, "The Other Question", *Screen*, 1983(6), p.29.

一,澳籍华人学者欧阳昱在其著述《表现他者》中将它译为"滞定型",但在中国大陆,"套话"一译得到很多研究者的认可。套话原指印刷用的铅版,因其反复使用而引申为"老框框"或"陈规旧套",即人们认识一事物时的先在之见。1922年,美国学者瓦尔特·利普曼(Walter Lippmann)首先将它应用到社会科学领域,把套话描述为"我们头脑中已有的先入之见"。①在比较文学领域,套话则是指将异族形象固定在相对恒定的认识模式中。

关于异族的套话虽经作家之手创造,但并不是一种单纯的个人行为,因为作家对异族的理解不是直接的,而是通过作家本人所属社会和群体的想象描绘出来的,是整个社会想象力参与创造的结晶。因而套话是自我关于他者的社会集体想象物,并且它一旦形成就会融入本民族的集体无意识深处,潜移默化地影响着本族人对异国异族的看法。套话具有持久性和多语境性,它可能会长时间处于休眠状态,但一经触动就会被唤醒,并释放出新的能量。

套话高度浓缩地表达了一个民族对异民族的认识和感受,其产生同双方的社会政治地位、经济军事力量对比,有着不可分割的联系。透过套话,我们既可以审视被注视者(他者),也可以透视注视者(自我)。法国著名比较文学学者巴柔这样说道:"'我'注视他者,而他者形象也传递了'我'这个注视者、言说者、书写者的某种形象。在个人(一个作家)、集体(一个社会、国家、民族)、半集体(一种思想流派、意见、文学)的层面上,他者形象都无可避免地表现为对他者的否定,对'我'及其空间的补充和延长。这个'我'想说他者(最常见到的是出于诸多迫切、复杂的原因),但在言说他者的同时,这个'我'却趋向于否定他者,从而

---

① 沃尔特·李普曼:《公众舆论》,闫克文等译,上海:上海人民出版社,2002年,第73页。

言说了自我。"①因此,"自我"在言说"他者"的同时,也言说了"自我"。

哲人王(philosopher king)

古代中国是一个具有灿烂文化的国度,中华民族是一个有高度修养的民族。早在13世纪,威尼斯商人马可·波罗的游记将一个富庶、文明、繁荣的契丹蛮子国(古时对中国的称呼)展现在西方人面前,令他们叹为观止。14世纪中期,英国座椅上的旅行家曼德维尔在其虚构的小说《曼德维尔游记》中再次用这一想象中美丽神奇的传奇国度,强化了西方人对中国的向往。二人都对中国当时的统治者忽必烈大汗赞赏有加。在马可·波罗眼里,忽必烈大汗英气照人,骁勇而有道德。曼德维尔更是在其游记中用了将近70%的篇幅盛赞大汗:大汗的国土辽阔,统治严明,大汗拥有无数的金银财宝,是世界上最强大的君主,连欧洲的长老约翰也不如他伟大。此后的地理大发现使欧洲的许多传教士来到中国,看到中国的皇帝仁慈、公正、勤勉,富有智慧与德行。通过对中国的哲学思想、宗教信仰、政治制度的研究,他们发现这是由于中国有一位伟大的哲人——孔子,是孔子的思想在中国创立了一个开明的君主政体。四书五经赋予中国皇帝以贤明、旷达,使他们用知识、用爱而不是用暴力来治理国家和人民,于是一个西方关于中国的正面套话"哲人王"便诞生了,并成为西方"中国热"的一个重要方面。欧洲人在中国不仅找到了一种哲人思想,而且找到了实践这种哲人思想的典范——康熙皇帝,这便是"哲人政治",它在18世纪被欧洲的启蒙

---

① 达尼埃尔-亨利·巴柔:《形象》,见孟华主编《比较文学形象学》,北京:北京大学出版社,2001年,第157页。

主义者用作反对暴政和神权的一面旗帜。哲人政治在西方有悠久的渊源，柏拉图在《理想国》中就提出由哲人来治理国家：哲人王式的领导者在一批知识精英的辅佐下，以绝对的公正和仁慈管理着他的子民。这种哲人政治的理想在西方人的意识中一直深藏着，16—17世纪中国哲人政治的现实把它激活，并成为一种改造现实的力量。1669年，英国学者约翰·韦伯（John Webb）著文劝说英王查理二世效法中国君主实行仁政；英国政论家威廉·坦普尔爵士（Sir William Temple）盛赞中国政府是哲人统治的政府，是柏拉图"理想国"的实现，是英国政府应当效法的楷模；西班牙传教士闵明我（Philppe-Marie Grimaldi）神父在17世纪70年代著书建议欧洲所有的君主都要仿效中国皇帝：国王要加强自身修养，让哲学家参与辅佐政治；德国哲学家莱布尼兹（Leibniz）希望中国能派哲学家到欧洲传授道德哲学和政治思想。

18世纪末期，随着欧洲"中国热"的降温，"哲人王"一词也逐渐沉入西方人的潜意识深处。但套话具有持久性和多语境性，一旦外部条件适宜，就会立即复活。"哲人王"一词在20世纪毛泽东领导的中国时代又复活了。

19世纪的中国在西方人眼中日益衰微，至20世纪初，已被看做一个停滞、腐朽的国家：中国百姓抽鸦片、吃腐食，中国官员凶狠残暴、贪污腐化。但在20世纪30年代，美国记者埃德加·斯诺（Edgar Snow）越过重重险阻，进入中国的解放区延安。在那里，他发现了一个与西方人眼中完全不同的中国：到处平等、民主，生机勃勃，尤其是那里的领袖毛泽东，非常像17世纪法国传教士白晋（Bouvet）所赞扬的康熙，集学者、哲人和领袖于一身，散发出"哲人王"的魅力。新中国成立之初，毛泽东领导的中国在经济上飞速发展，特别是用毛泽东思想教育出来的社会主义新人乐观向上，团结友爱，互助合作，更让陷入精神困境的西方人刮目相看。中国再次成为一个道德理想国，而执掌这个国家的是一位智慧完美的哲人王——毛泽东。

当然，不管是17世纪的哲人王康熙，还是20世纪的哲人王毛泽东，都被西方人涂上了浓重的想象色彩，带有理想化倾向，目的是要利用中国形象来改造自身。18世纪的启蒙主义者用它抨击暴政，挑战神学；20世纪的西方人则试图用它来拯救被战火和功利燎焦的灵魂。

中国佬约翰（John Chinaman）

西方人对中国的美好印象到了19世纪来了一个大逆转，中国由开明、富饶、发展、繁荣一变而为专制、贫困、停滞、腐朽，中国人由聪明、勤奋、坚强、质朴变成愚昧、奸诈、怯懦、保守，西方的中国观由钦佩、狂热、仰视到批判、憎恶、蔑视。诚然，这种变化不是一朝一夕的事，即使在"中国热"高峰期也有不和谐的音符存在，如笛福在《鲁宾逊漂流记续编》中对中国的指责与不屑，黑格尔"中国停留在历史进程之外"的论断，孟德斯鸠对中国专制制度的谴责等等。但19世纪以后，这种认识占据了绝对的主导地位，中国被丑化、弱化、女性化、妖魔化，中国人在西方人眼中缺乏理性，阴险邪恶，道德沦丧。一个新的套话"中国佬约翰"应运而生。英国著名的《笨拙》杂志在1858年4月10日上刊登了一首诗，题为《一首为广州写的歌》，诗中对中国佬约翰（John Chinaman）极尽丑化谩骂之能事，声称约翰牛（John Bull）逮着机会就会好好教训中国佬约翰。在美国，"中国佬约翰"则是一个对华人劳工的蔑称，最早出自美国作家布勒特·哈特（Bret Harte）的笔端。华人劳工在19世纪50—60年代为美国的西部开发做出过贡献，曾一度受到美国人的亲善，被称为模范移民。但到了19世纪70年代，随着西部经济前景的暗淡，华人的勤劳、节俭变成威胁美国白人生存的"邪恶力量"，美国公众开始对他们表现出极大的敌意，体现在文学作品中便是布勒特·哈特发表于19世纪70年代的一系列短篇故事。在他笔下，中国人怪异、诡秘，不可理解，讲一口洋泾浜英语，其表面的愚蠢、木讷掩盖的是本质的邪恶和诡计多端。在一篇题为《中国佬约翰》(John Chinaman)的小说中，哈特有这样一段描述："持久的卑微意识——一种在嘴和眼睛的线条中隐藏着的自卑和痛苦……他们很少笑，他们的大笑带有超乎寻常的、嘲笑的性质——纯粹是一种机械的痉挛，毫无任何欢乐的成分——以至于到今天为止，我还怀疑自己是否曾经见到过一个中国人笑。"①哈特有关中国的作品表露出一种"东方主义"的思维，贯穿《中国佬约翰》的是华人的呆板、麻木、不可捉摸。

异教徒中国佬(Heathen Chinese)

与"中国佬约翰"相伴而生的另一个关于中国的套话是"异教徒中国佬"，它同样源自美国作家布勒特·哈特的小说。1870年，哈特写了一首《诚实的詹姆斯的老实话》("Plain Language from Truthful James")的幽默诗，发表后逗得美国公众捧腹大笑，随即被大量转载，甚至贴在理发店的橱窗上。后来，这首诗以《异教徒中国佬》("The Heathen Chinee")之名在美国家喻户晓，由此，中国人便和"异教徒"牢牢地连在了一起。异教徒本是基督徒对非基督徒的称谓，但从此便演变为美国人对中国移民轻蔑而厌恶的称呼。

---

① 哈罗德·伊萨克斯：《美国的中国形象》，于殿利、陆日宇译，北京：时事出版社，1999年，第242。页。

"各种阴险古怪的方式/各种愚蠢的诡计把戏/异教徒中国佬真是特别!"①中国人的聪明智慧被蒙上了妖魔化色彩,就像《异教徒中国佬》中阿新的牌技一样,令人眼花缭乱,不可思议。时代不同了,中国也不再是18世纪西方人眼中那方由自然神学支配的国土,仅仅需要基督教的完善就能臻于完美了。此时,它已变成了邪恶之地,堕落之所,只有西方的宗教才能拯救它、教化它,中国人也随之变成了只能由西方人训导、保护的对象。

傅满洲(Fu Manchu)

19世纪末20世纪初,西方强烈的种族歧视和美国对华人的排斥及中国义和团在抵抗外敌入侵时表现出来的英勇气概,使13世纪成吉思汗遗留给欧洲的"黄祸"(Yellow Peril)情结席卷整个西方世界。一时间,各种耸人听闻和肆意歪曲的言论混淆着世界舆论的视听,什么"黄带子将占领全球",什么"上帝制造的最低劣的民族"会威胁西方人高贵的血统和纯洁的道德……不一而足。这一方面体现了西方中心、白人至上的荒谬论调,另一方面也透露出西方人内心深处对中国人(还有日本人等)的恐惧,从一个侧面反映了中国潜在的力量,以及中国正在从屈辱与压迫中奋起与反抗的形象。最充分体现"黄祸"论调的文学人物是"傅满洲"(也译为"付满楚"),他几乎是一个尽人皆知的西方关于中国的套话,最初出自英国作家萨克斯·罗默(Sax Rohmer)之手,成书之前首先在英国杂志上连载,受到关注。1913年,罗默发表了小说《傅满洲博士的秘密》(*The Mystery of Dr. Fu Manchu*),傅满洲成为英国人耳熟能详的

---

① 转引自张弘等:《跨越太平洋的雨虹》,银川:宁夏人民出版社,2002年,第30页。

角色。罗默一生写了很多关于傅满洲的小说，包括13部长篇、3部短篇和1部中篇。傅满洲邪恶、凶残，令人恐惧而又充满诱惑，"他手指的每一次挑动都具有威胁，眉毛的每一次挑动都预示着凶兆，每一刹那的斜视都隐含着恐怖"。①罗默在《傅满洲博士的秘密》中给我们描绘了这样一幅生动的画像：试想一个很高、很瘦又很狡猾的男人，双肩高耸，长着莎士比亚般的眉毛，撒旦的脸，脑袋刮得精光，一双细长的眼睛闪着猫一样的绿光，集整个东方民族的狡诈、残忍、智慧于一身，这个可怖的男人就是傅满洲博士。

傅满洲是西方关于中国的套话中最重要、最有影响力的一个，也是"黄祸论"思想体现得最彻底的典型，他在罗默同时代和他以后的许多作家笔下反复出现，20世纪30年代以后被好莱坞搬上银幕，成为邪恶、妖魔的化身。傅满洲暴露了西方人恶意丑化和诬蔑中国人的阴暗心理：一个高傲自大、蒸蒸日上的文明需要一个停滞、落后、堕落的异域形象来陪衬，中国就是这个异域国家，傅满洲就是这个异域形象。福柯认为，主体需要客体，不是去理解对方，而是为了验证自身。这种观点用在19世纪以后西方关于中国的负面套话中是再符合不过了，西方的文明、发达需要中国的愚昧、贫弱来验证，西方人的种族优越需要中国人的阴险、狡诈、邪恶来衬托。

抗日战争期间，中国人民反侵略的事迹激起了美国公众的同情，傅满洲在美国销声匿迹过一段时间，但随着蒋介石的垮台、中华人民共和国的建立，美国对中国布尔什维克主义产生恐惧，随后朝鲜战场上的交锋更加深了美国人的恐惧，因此，"黄祸论"沉渣泛起，变成"红色威胁"（Red Menance）主宰了美国官方对中国的认

---

① 哈罗德·伊萨克斯：《美国的中国形象》，于殿利、陆日宇译，北京：时事出版社，1999年，第157页。

识。适应美国歪曲中国的需要，傅满洲再次复活，以更加邪恶和恐怖的面目，活跃在好莱坞电影中。

20世纪90年代，中美关系再度趋于紧张，一些美国新闻传媒人物又一次翻检出陈旧的历史记忆，让傅满洲的幽灵以变形的面孔渗透进对华宣传中。1994年，《纽约时报》前驻北京记者纪思道(Nichlas D. Kristof)和伍洁芳(Sherry WuDunn)合作出版了一本书 China Wakes。"Wakes"一词一语双关，既有"觉醒"的意思，又有"守灵"的含义，而"守灵"也正是作者的醉翁之意。此书描写中国自改革开放以来，特别是20世纪80年代末90年代初社会生活的方方面面。在作者眼中，虽然中国表面上热闹繁荣，实际上却腐朽衰微，混乱不堪，如形尸走肉，苟延残喘地为自己守灵。这是美国大众文化制造者惯用的以妖魔化中国的方式来配合其意识形态的伎俩。历史走过了将近一个世纪，但昭示中美关系的傅满洲形象却依旧幽灵般地复现。

陈查理(Charlie Chan)

20世纪20—40年代，西方对中国的感情是复杂的，一方面是西方人出于恐惧和西方中心论而创造出的傅满洲形象，另一方面中国又被(主要是美国)看做欧洲和日本侵略的牺牲品，值得同情和怜悯。因此，在20世纪二三十年代，当邪恶、诡秘、狡诈的傅满洲充斥西方的文学创作与影视之中时，另一个与其相对的形象陈查理也引起了西方公众的兴趣。

陈查理是一位著名的华人侦探。1925年，美国作家厄尔·德尔·比格斯(Earl Derr Biggers)受檀香山一个华人侦探所的启发，创造了陈查理这一形象，他先是出现在《星期六晚邮报》的专栏里，随后以书的形式与读者见面，最初的三部是《没有钥匙的房间》

(*The House Without a Key*，1925)、《中国鹦鹉》(*The Chinese Parrot*，1926)、《在幕布后面》(*Behind That Curtain*，1928)。比格斯 1933 年去世之后，陈查理又在喜剧、广播、影视作品中找到广阔的发展空间，并被好莱坞拍成 47 部系列电影，最终以聪明、幽默、富于喜剧色彩的形象定格在西方人的记忆里。如果说傅满洲是邪恶、妖魔的化身，陈查理则是正义、法律的象征，他具有处理复杂案件的非凡能力，在探测作案动机和与恶人周旋方面表现出老谋深算的智慧。但美国人并不是丝毫不带种族偏见地塑造这一形象的，陈查理谦卑、温和，对美国人恭敬顺从。尤其是其神秘的行踪，满口的"子曰"，使他更像一个马戏团的小丑，成为美国读者和观众的笑料。而且好莱坞影片中白人扮演的陈查理在西方人的蔑视面前谦卑驯服，行为举止缺少阳刚之气，动作矫揉造作，女子气十足。这一塑形折射出西方人在中国形象塑造中的东方主义心态，即将东方形象女性化、柔弱化、异国情调化。

功夫 (Kung Fu)

从 20 世纪 70 年代起，一种关于中国人形象的新型电影出现在好莱坞影坛上，这就是中国功夫片。黄面孔的演员李小龙是这一类影片的主演，惩恶扬善是其所要传达的主要道德信息。华人演员李小龙在银幕上也是正义的化身，从道理上讲这应该是西方塑造的一个积极的、正面的中国男子形象，但事实并不如此。李小龙扮演的功夫高手虽然武艺高强，但不近女色，缺少人情味，只知蛮打蛮拼，毫无对女性的温情和绅士风度，这是西方在塑造中国形象时剥夺东方男子的性象征，把东方男子刻画成性冷淡、性无能的后殖民心理在作祟。从根本上来说，就是无论中国人如何聪明，如何有智慧，也不能跟他们平起平坐。西方人将种族偏见揉进老少皆宜的娱乐故事中，使这种偏见更加深入人心。

西方关于中国形象的套话不管是积极、正面、肯定的，还是消极、反面、否定的，都不是中国形象的真实情形，而是掺杂了很多想象成分，是西方欲望与恐惧的产物。也许西方人根本就不需要一个真实的中国形象，只需要一个根据自己的需要构建出来的虚幻，作为他们观照自我、理解自我的一面镜子。从古希腊开始，西方人就惯于用二元对立的方式来认识世界，对于中国形象，西方人也是将其置于欲望的两极，它或是一个欲望的天堂，或是一个恐怖的地狱。当西方人对自己的国家制度、宗教信仰、世俗生活不满意时，他们就将中国渲染成一个世俗的乐园：中国哲人王统治的国家理性、宽容、祥和，而自己的国家则相形见绌，于是他们将一个美化了的中国作为变革自身的楷模；而当他们羽翼丰满，想掠夺中国、侵略中国的时候，就妖魔化中国，把中国人说成是天生的劣等动物，未开化的野蛮人，残忍嗜血的狂徒，将中国作为反证自身优越的材料，同时也为他们可耻的侵略行径辩护。无论西方人对中国持什么态度，褒扬、仰慕、亲善也好，贬斥、蔑视、憎恶也罢，他们始终把中国放在"他者"的位置上，视自身的需求不断地加以虚构。中国是西方的异类世界，帮助西方人确认自己存在的价值和意义。

想象当然是不真实的，但想象背后所蕴含的心理基因却是真实的、可信的。西方关于中国形象的套话像一面镜子，照出了西方人在不自觉中流露出来的贪婪与恐惧，照出西方人曾经如何苛待别人，宽容自己，也帮助西方人意识到自己根本没有意识到的一段梦游般的经历。

西方关于中国形象的套话大多具有种族歧视色彩，个别像"中国佬约翰"还是带有侮辱性的种族绰号，就连陈查理、"功夫"这样的正面套话也带有西方中心论的色彩。其实，关于异域形象的套话，特别是强国关于弱国的套话，也是一种权势话语，因为套话的褒贬和一个国家的社会地位，政治、经济、军事实力有很大关系。当作为他者的异国处于强势地位时（比如16—18世纪的中国），观者（定为西方）往往将其纳入视野的中心，以仰视的视角，对他者抱以仰慕的态度，用一种理想化的套话来描述他者，比如"哲人王"；当作为他者的异国是贫弱之国时（比如19世纪末的中国），观者就倾向于将其放在次要位置上，采取俯视的视角，居高临下地以轻蔑的套话来绘制他者，比如"中国佬约翰"、"异教徒中国佬"；当作为他者的异国显示出自己强大的潜力，并可能给观者造成威胁时（比如19世纪末至20世纪觉醒和发展的中国），观者就会对其持敌视的态度，以妖魔化的方式来塑造它，比如"傅满洲"和他的变形幽灵。

  套话虽然具有一定的时间性，会随着历史条件的改变而隐退，但它带来的套话思维方式却顽固地制约着、影响着一个民族对他民族的看法和态度。在人类生存越来越需要世界上各个国家、各个民族更加密切协作，以对付人类共同的威胁和灾难的今天，如何有效地铲除这些不平等的、带有种族歧视色彩的套话，是一个关系到地球村建设、关系到全人类共存共荣的大问题。上个世纪末以来，多元并存成为一种共识，国际上不同国家、不同民族间的宽容空间也不断增大，互为他者、互动认知得到越来越多学者的认可。21世纪，东方文化仍然是西方文化的他者，但这个"他者"不应再仅仅是西方欲望化的虚幻和西方自我的镜像，西方要承认这个东方"他者"同样有自己的历史和现实，有自己独特的声音和言说自我的能力与权力。只有有了这种认识，东西方关系才能有一个根本的转变，西方那些关于中国的套话和套话式思维才能销声匿迹，人类也才能迎来一个真正平等、自由的春天。

文化过滤与异国形象误读[①]

一

世界上不同民族的文化组成一个文化大家庭,为了更好地发展和繁荣,这个大家庭的成员彼此之间需要不断地交流。从西方的文化视野来看待中国形象,是一种文化对另一种文化的体察和认识,是异质的文化交流。但在吸收、借鉴异质文化,同异质文化进行交流时,总要在自身文化最本质的特征过滤下进行。那些在特定自然环境下,在特定历史条件中形成和发展的具有恒久生命力,并成为该民族文化精神结晶的个性和特征,就是这种文化的特质和基点,它们存在于这一民族的思维方式、行为规范和文化传统之中,构成自己民族文化的独特性。这些独特性不仅是这一民族的文化赖以存在和发展的根本特征,也是异质文化交流中对他者文化产生误解的内在因素,是一种文化屏障。文化屏障是指一个个体无法使另一个在不同社会中成长起来的个体,分享他从自己的社会中获得的东西,即那些属于他自己社会的、不能与其他社会共享的那部分思想和观念。文化屏障使得文化交流和对异国形象的误读不可分割。

[①] 本文原载《云南社会科学》2005 年第 4 期。

关于误读(misreading)的探讨已有很多,文学研究者早已超越了误读是错误的解读这一粗浅认识,把误读和创新连在一起。布鲁姆认为误读是一种"创造性的校正"[①],法国学者埃斯卡皮(Robert Escarpit)在他的《文学社会学》(1987)一书中说误读是"创造性的背叛",德曼(Paul de Man)在《盲点与洞见》(1971)中竭力推崇误读,而人们常说的"一千个读者有一千个哈姆雷特"也说明了误读的大量存在。在这里我们所说的对异国形象的误读是指按照自己的文化传统和思维模式,在理解和借鉴异国文化时出现的某些认识上的错位、理解上的偏差、评价上的倾向性,以及视自己需要的文化选择、文化改造和文化接受。这在文化交流史上并不罕见,因此我们说文化交流既是打破本土文化封闭性的基本要求,也是引发文化形象误读的重要途径。

误读是不可避免的,也是富有创造意义的,因此人们应该以正确的态度去看待异域形象塑造中的误读,任何粗暴的不予理睬和简单的全盘接受都会给文化之间的交流带来危害,也无法借助异域文化的镜像来审视自我、省察自我、发展自我、完善自我。我们下面简要透视一下西方文化视野中中国形象的镜像变形和意义重构,并进一步分析其背后隐含的深层文化心理。

二

人类文化交流史上有一个现象值得注意:两种文明在发生直接接触之前,它们之间的影响与其说是文化本身,不如说是文化形象。在接受者一方还无法真正了解外来文化之前,只能通过道听

---

① 哈罗德·布鲁姆:《影响的焦虑》,徐文博译,北京:三联书店,1989年,第31页。

途说的零星信息在头脑中编织异国形象,并将这个形象当作异域文化的真实情形,因而其间充满了误读、曲解。西方同东方的最初交流就是如此。在欧洲人的意识中,有很长一段时间中国图像笼罩在神话和传说的迷雾之中。一些学者认为,欧洲有关中国的知识最早可追溯到公元前7世纪,理由是:12世纪拜占庭诗人柴泽斯(Tzetes)在《千行卷汇编》中提到的希伯尔波利安人(Hyperboreans)很可能就是中国人。希罗多德的注释家托马舍克(W. Thomaschek)首先提出希伯尔波利安人可能就是中国人的观点,他在1889年的《斯基泰民族论》中认为希伯尔波利安人就是关中的汉人。莱斯(T. T. Rice)依据汉文史料《汉书·匈奴传》提出的假说支持这种观点,他认为周宣王在讨伐匈奴时引起了中国西部边境以西数千里欧亚草原游牧民族的大迁徙。如果这些说法可靠的话,那么早在公元前西方就隐约听说了中国的存在。有关中国的知识随着古代丝绸之路的开辟和丝绸贸易的开展而得以传播,欧洲人把中国人称为"赛里丝"——以其著名的物产丝绸而称呼之。但他们并不了解丝绸的生产,把丝想象成像棉花一样长在树上。中国对他们来说远在天涯海角,是世界边缘最神秘的国家。中国通过丝绸这种华美、奢侈的物品,给欧洲人造成繁荣伟大的印象,对中国的评价也充满了溢美之词,这表现出西方对东方文化的向往和对异国情调的热衷。

  13世纪马可·波罗的游记是描写中国最为轰动的书。尽管马可·波罗不是第一个向欧洲报道中国的人,但却是第一个从中国内部进行观察的人,他向欧洲展示的是一个君主统辖下繁荣富庶、具有高度文明的民族。书中描绘了中国发达的工商业、繁华热闹的集市、完善方便的交通、雄伟壮观的都城,这在当时相对贫困的欧洲引起了极大的震动和丰富的联想。马可·波罗为中世纪的欧洲制造了中国宏大的形象。

14世纪英国的《曼德维尔游记》把中国塑造成一个人间天堂。在曼德维尔笔下,大汗的宫殿富丽堂皇,宫殿中央的龙座"纯用钻石做成",龙座的四角各有一条金龙,龙座的四周和下方布满管道,里面流出香醇的御酒。大汗的国土广袤无边,整个国家秩序井然。曼德维尔对中国的传奇描写,迎合了欧洲人对世俗生活的追求和对财富的渴望,引起了比《马可波罗游记》更大的轰动,成为中世纪欧洲人心目中写实与幻想交织的东方世界形象中最有影响的一部书。

15—17世纪欧洲人心目中的中国形象仍是理想化的。15—16世纪,西班牙、葡萄牙、意大利等国的耶稣会士开始来华传教,他们介绍、论述中国的著作是欧洲人心目中中国形象的主导,其中以西班牙传教士门多萨的《大中华帝国史》(1585)最为著名,它不仅向欧洲提供了一个强大、注重文明礼仪的中国,也为后世作家描写中国提供了重要的材料来源。17世纪,英国现实生活里的"中国风"和英国文人对中国的揄扬,使英国的中国仰慕达到了顶点。中国的瓷器、丝绸、茶叶、建筑式样成为英国上上下下追逐的时尚,英国文人对中国的语言、宗教、政治制度充满赞誉之辞,中国在他们眼中是一个智慧与文明的城邦。实际上中国并非像他们宣扬的那样完美,特别是科举考试,其弊端日渐显露出来。尽管在赞扬中也有刺耳的声音,但总的说来这一阶段的中国形象是积极的、美好的,带有浓郁的理想主义色彩。

18世纪中国作为一种典范在整个欧洲掀起一股强大的"中国热"。伏尔泰极力推崇中国文化,赞美中国家庭式的政治体制和皇帝的权威,赞美中国的宗教以及在宗教问题上的宽容,称赞中国人是最有理性的人,中国文化是最合乎理性和道德的文化,因此特别强调中国文化对世界历史进程所发挥的巨大作用。法国重农主义者魁奈认为,社会、政治制度应该和自然万物一样,按一定秩序运行,即遵从一种"自然秩序",而中国正是这样一个理想的典范。但18世纪欧洲的思想家、作家对待中国的态度又不是统一的,赞美之辞中也杂陈着指责之语。孟德斯鸠在《法的精神》中赞扬了中国政治的某些方面,但总体上把中国的政府看成是专制的。卢梭在《论科学与艺术》中谈到中国时嘲讽中国人缺乏"斗争精神"。笛福的《鲁宾逊漂流记》广为人知,但他在《鲁宾逊漂流记续编》(1719)、《感想录》(1720)等作品中对中国进行了苛刻的指责,说中国人贫困、奸诈、怯懦、愚昧而又自以为是;中国的宫殿、城市、港口、贸易根本无法与欧洲相比;中国的官员贪婪、虚荣、傲慢;中国的军队纪律涣散,士兵懦弱,根本没有战斗力;中国的宗教只是可怕的偶像崇拜。但从欧洲整体来说,这一时期的中国形象仍然是一个开明、讲求礼仪、道德高尚的形象。

18世纪后期至19世纪,欧洲的科学技术飞速发展,蒸汽动力广泛应用于工业和航海业,人类的生活面貌大为改观,越来越多的商人和旅行家来到中国,他们的见闻和耶稣会士的报告相差很大,以往那个理想化的中国形象开始褪色。商人关心的是贸易和赢利,旅行家感兴趣的是名山大川,他们对中国的文化很少关注。1793年,英国特使马戛尔尼的访华,更将一个落后、野蛮、腐败、千百年来几乎没有进步的形象带给英国和欧洲其他国家。因此,19世纪欧洲的思想家以带有偏见和成见的眼光注视中国,越来越把中国看成是停滞不前、愚昧落后、顽固保守的国家,而"黄祸"的提出和在西方世界的泛滥使中国在欧洲人心目中的形象降到了谷底。

"黄祸"的含义是多重的,但主要指中国在政治、经济、军事、人口诸方面带给西方人的心理恐慌。英国通俗小说家萨克斯·罗默(1883—1959)创作的"傅满洲博士"系列小说,是西方大众文化中"黄祸"思想的典型代表。罗默创作了十多部有关傅满洲的小说,在这些小说里面,傅满洲是一个疯狂的科学家,一个十足的恶魔,他聪明、狡诈、凶残、狠毒,诡计多端,足智多谋,令西方人憎恨不已而又防不胜防。请看罗默对他的刻画:"试想一个人,高高的、瘦瘦的、肩膀高耸,长着莎士比亚的额头、撒旦的脸,脑袋刮得精光,细长的、不乏魅力的眼睛闪着猫一样的绿光。他集东方人的所有残忍、狡猾和智慧于一身,可以神不知鬼不觉地调动一个财力雄厚的政府能够调动的一切资源。试想那样一个可怕的人,你心中就有了一副傅满洲博士的形象,一个黄祸的集中体现者。"[①]傅满洲代表着西方人心目中对中国移民的想象,在西方人看来,中国移民丑陋、阴险、狡猾、肮脏、冷漠而又勤奋,麻木而又残忍野蛮,他们聚集在拥挤肮脏的唐人街上,一声不响地从事着贩毒、赌博、卖淫等邪恶活动。他们已经深入西方社会,并在唐人街上建立起一个随时准备颠覆西方世界的黑暗王国,试图征服世界,消灭白人。

一战以后,为了疗救欧洲人心灵的创伤,西方的作家再次把关注的目光转向中国,并重新看待中国,英国的罗素、迪金森等人在老庄、孔孟和墨子的学说中发现了仁慈、和谐、和平、兼爱的思想,中国形象再一次在欧洲人心中升起。

在迪金森的《约翰中国佬的来信》(*Letters From John Chinaman*, 1901)中,遥远的中国是一个体现了正义、秩序、谦恭、非暴力的理想国度。"中国佬"一词也不再具有19世纪西方文学中丑陋、蔑视的内涵,而复归为启蒙运动时代西方哲学家笔下的东方圣哲。中国人充满了人性,安时处顺、乐天知命,虽然贫穷度日,但生活中充满了安详与快乐。西方在工业革命之后,虽然物质生活越来越富足、舒适,但单纯的物质追求也带来了客观世界的动荡不安,侵蚀了人们的道德和精神,造成了人的异化。迪金森扬中国文

[①] Sax Rohmer, *The Insidious Doctor Fu-Manchu*, reprint, New York: Pyramid, 1961, p.17.

明之道德道义,斥西方文明之物质利益,他认识到:进步可以带来物质的丰富,但不一定能带来道德的高尚,人类也不一定因此就更加幸福。迪金森所描述的中国是一个自然、和谐的牧歌田园,传达着西方人对人类童年时代的向往与回忆。中国形象对于西方文化,意味着一种怀旧与思乡情绪,欧洲人通过实际的或想象的旅行,寻找一个温馨的家园,一种前现代的没有异化的人。

罗素带着对西方工业文明与前苏联革命的双重失望,于1920年漂洋过海来到中国,"探寻一种新的希望"。在罗素的想象与描绘中,中国是一个美丽神秘的国度,那里民风淳厚、景色如画。他在游览西湖时赞叹道:"这儿简直美极了。无数的诗人和帝王已经在西湖边生活了两千年,使之增添了更多的美景。这个国家似乎比意大利更加仁慈博爱,更为古老。它的风景如中国画一般,这里的人民像18世纪的法国人那样充满情趣,聪明幽默,但更加活泼可爱,生活中充满了笑声,我还没有见过如此快乐的民族。"[①]罗素回国后出版了《中国问题》(*The Problem of China*,1922)一书,从多方面探讨中华文明的可取性与价值,认为中国的文明并不比西方的差,中国人更宽容、知足、乐生,更爱好和平、看重艺术、富于忍耐力,更少干涉别国的政务。中国人探索出来的生活方式已经沿袭了数千年,如果能够被全世界采纳,地球上肯定会有比现在更多的和平与欢乐,而欧洲人奉行的竞争和永不满足,导致了现代世界的生灵涂炭、信仰失范、道德堕落,只有借鉴东方的智慧,才能拯救西方人被功利和战火扭曲的灵魂。

---

① Bertrand Russell, *The Autobiography of Bertrand Russell*, Vol. 3, London: George Allen &Unwin Ltd., 1969, pp. 137 – 138.

三

从以上的简单回顾来看，中国形象在欧洲的不同时期呈现出多样化的图像，这些图像既有真实的记录，亦有想象、虚构和误读。误读在中西文化交流中不可避免，因为我们不能期待欧洲人像中国本土人那样对中国做出真切的、符合实际的理解、认识和评价。误读在不同民族的文化交流中起到过不可忽视的推动作用，我们应对误读现象进行认真的清理和分析，找出误读异国形象的原因，挖掘出其背后深层的文化、心理蕴含。

西方国家误读中国的原因很多，地理距离的遥远、文化背景、社会需要、材料来源、文化成见等都可能导致误读的出现。我们下面从三个方面简单地做一探讨。

第一，欧洲人从自身社会出发，视本社会的发展需求来认识中国，评价中国文化，构成对中国的误读。西方对中国的认识，不管是传奇的、钦羡的，还是嘲笑的、攻击的，都反映了欧洲社会本身在不同历史发展时期的种种需求。中世纪末期的欧洲特别是英国，为了摆脱基督教的束缚，发展资本主义，急需一种世俗力量，一个物质化的异域形象，因此曼德维尔笔下的中国就表现出物质的极大丰裕，世俗君主的无上权威；萨克斯·罗默对"黄祸"的渲染反映了当时西方列强要侵略中国、掠夺中国的政治图谋；罗素等人对中国古典文化的兴趣是出于要从中国文化中为西方文明寻找一个出路……因此，他们笔下的中国形象在一定程度上都有夸大、美化或丑化之嫌。

第二，从传播媒介上来看，中国文化的传播者由于客观条件和主体身份、需要的不同，造成描述、报道和认识的偏差。从客观上来讲，在中西文化交流的早期，由于相距遥远，交通不便，难以获得对方真实准确的信息，欧洲人心目中的中国形象只能是在有限的知识基础上进行推测和想象，因而带有很强的传奇、神秘和幻想色彩。从主观上来说，西方的中国文化传播者因其身份、知识修养、接触的中国对象不同，而对中国的看法有褒有贬。来华的耶稣会士塑造的是一个文明、礼仪、开明、理性、智慧的中国形象。他们一般都受过良好的教育，有较高的知识素养，在中国传教时研读中国的古典文献，多与中国的文人士大夫们交往，掌握有一定的中国文化知识，他们笔下的中国形象往往是肯定的、赞扬的。另一方面，为了从教会获得更多的支持，同时也为了在中国巩固、扩大自己的传教事业，他们将中国形象涂上一层理想化色彩，带给欧洲人一个美好的中国。而相比之下，来华的商人、旅行者一般文化水平不高，在贸易和旅行时接触的大多是中国下层百姓，对中国的印象一鳞半爪、走马观花，因而这些人的描述容易以偏概全，偏见和误解也就在所难免。再者，商人同中国人做生意很难次次满意，在讨不到便宜时便拿中国撒气，片面夸大中国的阴暗面。18世纪中期英国有位海员安逊在广州受到中国官员的冷遇，又发现从那里购买的物品分量不足且部分已腐烂变质，回国后就在《环球航行记》中大肆渲染他的见闻，认为所有的中国人都像他在广州遇到的那样欺诈、说谎、傲慢，中国的货物粗劣不堪，根本不是耶稣会士所描绘的那样。

第三，中国文化本身的庞杂、中国人的排外自大心理也是导致欧洲人误读中国形象的一个因素。中国文化精深庞杂，任何一个描述中国的外国人如果不对中国文化有相对全面、深刻的把握，都极容易造成对中国文化的误释、误解。如拜伦在《唐璜》中的第13章第34小节里写道："一个满清官吏从不夸什么好/至少他的神态不会向人表示/他所看见的事物使他兴高采烈。"①拜伦只了解到中国的满清官员不善于表露自己情感，而不明白这是中国人的性格特征，是由中国人生活在一个有等级之分而又强调内部和谐、以中庸之道处世的生活环境所决定的，不苟言笑在清朝时期的中国是成熟、稳重的标志，那位官员并无过错。从拜伦有关中国的诗句中，我们感受到他关于中国的知识是十分粗浅的。

中国的排外和自大使中国一直到清朝时期仍在闭关锁国，这导致欧洲人即便想主动了解中国也受到多方面的阻碍，成为中国形象被误解的另一个原因。在地理大发现之前，中国人对世界是什么样子的一无所知，国人心中的世界仅限于中国的十几个省。在中国周边的海洋中有几座小岛，国人用听说过的别的国家名字来命名，而所有这些岛屿加起来还不如中国的一个省大。在对外关系上唯我独尊、君临万邦，不屑与任何国家相提并论。中国不屑于去了解别的国家，也不愿意其他国家前来通商贸易，这种封闭的姿态不仅失掉了与世界同步发展的机会，也给欧洲人眼中的中国蒙上了一层面纱，难以辨别中国的真实情形。信息的朦胧必然带来认识的错位。

需要注意的是，异国形象塑造中的误读较之我们通常所理解的文学研究中的误读，有着更为深层的内涵。异国形象有言说"他者"和言说"自我"的双重功能。西方作家关于中国的描述，与其说是说明中国的，不如说是说明作家本人和他所代表的某种文化心理的；与其说表现了西方人关于中国的知识，不如说是西方人关于中国的想象和这种想象所意味的他们自身文化潜意识中的某种自足结构。对他者的想象是自身精神本质真实的表现，意在述说自己的精神世界。透过这种种的误读，我们能够透视形象塑造者误读他国文化的心理动机及其所属文化的深层结构。

---

① 拜伦：《唐璜》（下），查良铮译，北京：人民文学出版社，1993年，第807页。

不同文化之间的交往史表明，每一种文化都有它值得钦佩的优点，而这些优点可能恰恰是另一种文化的弱势所在，因而不同文化之间的交往有助于优势互补。尽管由于种族、地域、习俗等原因，世界上不同文化之间存在着显著的差异，造成文化屏障，导致文化的误读和误解，但文化之间的交流和对话仍会继续下去，并且会随着对误读、误解的纠正而变得更加富有成效。

爱情禁忌与拯救神话：
好莱坞电影中的中国男人与中国女人[①]

19世纪末期以后，由于中国移民在美英国家不断增多，跨种族婚恋或性恋问题凸显出来，给惯于编织爱情故事的好莱坞提供了新的素材。与一般浪漫爱情故事不同的是：这类异国恋情故事往往体现着性别、种族与政治冲突的内涵。具体到好莱坞电影文本中，如果恋情发生在中国男人与白种女性之间，中国男人的男性气质则被遮蔽，很多时候他们要么被塑造成阴柔型的太监，要么被刻画成阴毒型的诱奸者。前者缺乏阳刚之气，有诱奸的想象，没有诱奸的能力，经常表现出某种变态的性爱；后者以邪恶的手段诱惑白人少女。相反，如果恋情发生在白种男人与中国女性之间，白人男子的男性气质得到彰显，中国女性往往被描绘成性感的尤物，为白种男性英俊的外貌、十足的男子汉气概所倾倒而甘愿委身。

中国男人与白种女性之间的恋情由于威胁到白人的父权制权威，是爱情禁忌。在这种形式的婚恋中，白人女性是纯洁的被垂涎者，同时也是西方自身道德脆弱的象征。在好莱坞电影中，这些纯洁的白种女性又往往带有渴望堕落的隐秘心理，因而故事的结局不仅要根除异族的诱奸者，还要惩罚那些潜意识中不安分的白人女

[①] 本文原载《济南大学学报》（社会科学版）2008年第6期。人大复印资料《影视艺术》2009年第3期全文转载。

性。白种男子与中国女性之间的恋情由于体现了白人男性的魅力，爱情禁忌则被解除。在这种婚恋模式中，白种男人每每扮演着拯救中国女性的角色，演绎的是拯救神话。

一、爱情禁忌：华人男性气质的遮蔽

美国学者罗伯特·康奈尔将男性气质分为四种类型：支配性男性气质（hegemonic masculinity，亦译"霸权男性气质"）、从属性男性气质（subordinated masculinity）、共谋性男性气质（complicit masculinity）和边缘性男性气质（marginalized masculinity）。根据他的这一理论划分，白人男性属于支配性男性气质，华人男性则是从属性、边缘性的男性气质。为了维护白人男性的霸权地位，好莱坞电影中的异国恋情故事总是遮蔽华人的男性气质，彰显白人的男性魅力，从而实现西方对东方的君临与霸权。《落花》（*Broken Blossoms*，1919）和《阎将军的苦茶》（*The Bitter Tea of General Yen*，1933）就是好莱坞异国恋情电影中华人男性气质被遮蔽的典型。

《落花》是根据英国作家托马斯·柏克（Thomas Burke，1886—1945）的短篇小说《中国佬与孩子》（*The Chink and the Child*，1916）改拍的默片电影。小说讲述12岁的白人女孩露茜（Lucy）在和中国男人程环（Cheng Huan）接触后，被父亲残暴地摧残致死的故事。1919年，该小说被美国著名导演格里菲斯（D. W. Griffith）改拍成电影《落花》。改编时格里菲斯有意识地矫正当时流行的"黄祸"偏见，取了一个副片名《黄种人与少女》（*The Yellow Man and the Girl*），将带有污辱性的"Chink"改成"Yellow man"，表现出对中国人的同情之心。表面上看，《落花》似在呼吁种族宽容，尊重异族文化，甚至有影评家指出它是一部"严肃的人道主义杰作，而非又一部耸人听闻的侮辱东方的电影"①。它将西方视为野蛮、暴力、堕落的所在,批判西方男性主导社会对女性的压制和对黄种人的歧视,赞赏亚洲人的高尚道德和白人女性的纯洁。但隐藏在表层叙事背后的,是种族主义的性禁忌,性爱的主客体与种族优劣的相互暗示是这部电影或隐或显的主题。

《落花》开头叙述中国人程环满怀着用佛家的慈悲宽容去拯救西方人的理想,正离开中国前往异乡。几年之后,程环再次出现在观众面前时已沦落为伦敦莱姆豪斯区的一个小商人,整日沉浸在鸦片烟雾带来的幻想之中。他迷恋上经常去唐人街的白人女孩露茜,露茜不时会遭到拳击手父亲的痛打,程环格外怜惜这朵含苞待放的花朵。一次,露茜在被父亲毒打后逃到唐人街,昏倒在程环的小店前。程环将她带回家,像对待公主一样照料她。程环早就对露茜充满了欲望,但在低头去吻露茜的一刹那,又及时拉回自己的理智,没有亵渎他心目中纯洁的女神。露茜的父亲巴罗斯(Burrows)得知女儿躲在中国男人那儿后,父亲的威严、种族歧视的怒火使他愤恨地将露茜揪回家,凶残地将她暴打致死。而柔弱的程环随后用手枪打死巴罗斯,抱着死去的露茜回到唐人街,自杀在她的身旁。

《落花》体现出性别与种族秩序互相阐释的深层内涵。性别和种族之间有着惊人的对应关系,男人强于女人,同样,一些民族也强于另一些民族。西方白人一方面通过张扬白种男人的男性气质,另一方面通过将黄种男人女性化,来达到压制东方、歧视东方的目的。《落花》中,白人巴罗斯和华人程环象征着两种完全不同的形象。巴罗斯是个职业拳击手,象征着男性化的狂暴、野蛮的力量。小说中描写他"像鹿一样善于奔跑,像灰狗一样善于跳跃,拳击场

---

① Vance Kepley, Jr., "Griffith's *Broken Blossoms* and the Problem of Historical Specificity", *Quarterly Review of Film Studies*, 1978(1).

上像机器一样,喝起水来像吸管一样。他恃强凌弱,性格威猛,意志刚强。"①而程环从上海辗转英国的加的夫、利物浦、格拉斯哥,最后沦落到伦敦的莱姆豪斯。他躬背弯腰,耸肩缩颈,每日就像中国皮影戏中的皮影一样溜进烟馆,抱着烟枪蜷缩在一角,沉醉在幻觉的世界里。在电影里面,有关巴罗斯的镜头都和拳击、打斗有关,他霸气十足,性情粗暴,出手凶狠;而有关程环的画面则多是半睡半醒、怅然若失,不仅他的小店经营女性喜欢的东西,他本人也对穿着打扮极其用心,举手投足间女子气十足,电影中用了很多推拉的慢镜头,着意表现他身上的女性特质。为了凸显巴罗斯强悍的男性气质和程环柔弱的女性特质,导演格里菲斯使用蒙太奇手法,将巴罗斯在拳击场上的镜头两次切换到程环幽暗的房间里,刻意展示他是如何地陶醉在性与美的抒情性迷梦之中。

巴罗斯和程环不仅代表着两种个人性格,更重要的是象征着两种民族性格。程环的行为和价值取向一直呈女性化,与巴罗斯所体现的西方男性的阳刚形成鲜明的对比:前者文弱,后者粗暴;前者是浪漫的幻想家,沉溺于鸦片,醉心于审美,后者是粗暴的行动者,以折磨女儿为快事。电影着力打造的是一个弱势的、女性化的东方,来反衬一个强势的、男性化的西方。

巴罗斯不仅是一个残暴的父亲,更是一个极端的种族主义者。他尽可以虐待自己的女儿,但当听说程环收留了逃走的露茜时,他马上怒不可遏,屏幕上打出这样的话:"巴罗斯意识到了做父亲的权力,一个中国佬胆敢追求他的女儿!他要叫这个中国佬尝尝他的厉害!"在巴罗斯的观念中,和中国佬待在一起是不可饶恕的罪恶。电影中,性爱与暴力既表现在两性之间,也表现在种族之间,性隔离和种族隔离关联在一起,而种族主义的性隔离在包括《落花》在内

---

① *The Chink and the Child* /http: //gaslight.mtroyal.ab.ca/chnkchld.htm.

的许多好莱坞电影中又表现为一种单向的禁忌：白人男子与黄种女性之间可以发生性爱，因为这体现了白人男性父权制的威权，表现出他们浪漫的英雄气概。相反，黄种男性与白种女孩之间的任何性举动甚至性欲念都是禁忌，是既可恶又可怕的奸污。

《阎将军的苦茶》同样是一个东方男人诱惑西方女性的故事，它改编自美国作家格雷斯·查灵·斯通（Grace Zaring Stone，1891—1991）的同名小说。20世纪30年代，美国对中国的政治状况空前关注，新闻媒体不断报道国民党、共产党、军阀、土匪的活动情况，特别是在30年代初期，中国在美国人眼中是一个异国情调、危险与战乱交织的地方，任何事情都有可能在那儿发生，因而给了美国作家极大的编织故事的空间。格雷斯满足了美国读者这方面的心理需求，《阎将军的苦茶》在当时引起一定的反响。1933年，著名导演弗兰克·卡普拉（Frank Capra）将之改拍成电影，以异国恋情为主导情节，以一个中国高级官员豪华府邸里异国情调的铺陈为主导背景，让白人女子梅甘·戴维斯（Megan Davis）和中国男人阎将军走进了更多美国人的视线，同时也给当时正饱受经济危机之苦的美国观众带来视觉上的物质享受。

标题中的阎将军是一位中国国民党军官，故事主要围绕白人女主人公梅甘展开。梅甘是一位美国姑娘，远渡重洋来到上海，准备与在这儿传教的未婚夫完婚。但婚礼并没有如期举行，梅甘在火车站遭到抗外"暴徒"的围攻，阎将军解救了她，并把她带到家里。梅甘对这位中国高级官员家中的一切都感到好奇，尤其是阎将军娶了一个长老会学校毕业的女生作小妾。梅甘和阎将军探讨中西文化的不同，并各自向对方宣讲自己的主张。梅甘向阎将军宣传基督教，阎将军认为梅甘所说的爱、善良、幸福都是空洞的，并告诉梅甘他本人的人生哲学就是信仰军队、军权和扩张。随着交往的加深，梅甘对阎将军由敌意到了解，并最终爱上了他。后来阎将军的小妾背叛了他，与共产党人私奔，阎将军怒不可遏，要杀了她以解心头之恨，而梅甘劝他饶恕小妾，皈依基督教以减轻内心的痛苦和愤懑。阎将军也愿意借此机会检验他们各自的人生哲学，于是便将小妾交给梅甘，试验一下能否用基督教的博爱来规劝她"改邪归正"。但小妾却利用梅甘的信任，出卖了阎将军，使他的军队严重受挫。影片最后，阎将军由于军事、政治上的失败，再加上无法得到他最想得到的梅甘，只有端起那盏放了毒药的"苦茶"，自尽身亡。

在这个跨国恋情故事中，性扮演着一个重要角色。对梅甘来说，阎将军既是性威胁，又是性诱惑。

就性威胁来说，主要是作为黄种人的阎将军，威胁到西方白人女性的贞操和淑女道德。梅甘不仅是一位白人女性，而且代表着西方白人女性的端庄、贞洁与道德，这样的女性温顺纯洁，维护白人高贵的种姓，忠于自己的丈夫，不管他是英俊、幽默，还是懦弱、乏味。作为遵循传统道德、追求淑女规范的女性，梅甘对阎将军心怀恐惧。睡梦中她瞥见一个人影闪进她的卧房，而这个人分明是面目狰狞的阎将军，他身着戎装，长着蜘蛛一般恐怖的长指甲，慢慢地向梅甘的床边摸过来，而梅甘惊恐万状，骇然坐起。这个情节反映出当时西方白人对混血通婚的恐慌，他们认为白人与有色人种通婚会玷污他们的种族，带来白种人的退化、堕落，因而极力编造有色人种智力低下、道德堕落的谎言。如唐纳德 G. 贝克通过在美国、加拿大、澳大利亚、新西兰、南非、津巴布韦六个国家的大量调查研究，得出这样的结论："亚洲人……被认为是不值得信任的，他们欺诈、堕落、邪恶、不道德。他们是性变态者，只要有机会，就会玷污白种女性的贞洁。其背后隐藏着这样一种恐惧：亚洲人想和白种人通婚，而异族通婚的结果会导致血统的混杂，从而威胁白人种姓的纯洁。"①

与性威胁相比,性诱惑却要复杂得多,一方面阎将军不是十恶不赦的纯粹坏人,另一方面梅甘也不是单纯的天使型女性。

在阎将军之前,西方文学中有两种关于中国男性的定型化形象,一个是恶魔傅满洲,另一个是模范少数族裔陈查理,前者是邪恶的化身,"黄祸"的代表,后者表情呆板,身材臃肿,缺乏男子汉气概,女人气十足,是一个被阉割的形象。而阎将军突破了这两种脸谱式的形象,集残暴与男性气概于一身,但这种男性气概在电影中被妖魔化了。在二人结识之初,阎将军在梅甘眼里是一个杀人不眨眼的军阀或土匪,专横跋扈,目中无人,根本不把梅甘善意的劝告放在眼里,当着她的面下令将战俘全部枪杀,以展示自己的绝对权威。但随后阎将军的表现又令梅甘大为困惑,他举止优雅,抽弗吉尼亚雪茄,玩一种西式的扑克游戏,喝香槟酒、白兰地,播放浪漫的西洋音乐,举手投足像个十足的西方绅士。特别是他虽然喜欢梅甘,但绝不强迫她,而像一个骑士崇拜自己心目中的女主人一样,以适当地距离关心照顾着她。因而当阎将军危难之际——军火列车被打劫一空,所有的追随者都离他而去的情况下,梅甘主动留下来陪伴他。

当然,梅甘亦非一个完全循规蹈矩的传统天使型女性,她的潜意识中有一种性的渴望和冲动。面对阎将军男性的魅力和无微不至的关心照顾,她从内心深处喜欢上了他,最终放弃清教徒的装扮——古板的旧式衣服,刻板的修女式发型,不施粉黛的面孔,拥抱一个奢侈、感性的世界:换上阎将军送给她的丝绸衣服,戴上阎将军小妾的华贵珠宝,珍藏起阎将军送给她的丝绸手帕——她先前

---

① Donald G. Baker, *Race, Ethnicity and Power: A Comparative Study*, London: Routledge and Kegan Paul, 1983, p.158.

出于尊严拒绝的东西，现在却视为定情物一般。但白人作家是不会轻易让跨种族的恋情有情人终成眷属的，梅甘潜意识中的本能欲望虽然被激发出来，但由于这种欲望和正统的道德约束相冲突，她处于一种煎熬之中，只能通过梦的形式释放出来。在梅甘的梦境中，她看到一个人影戴着面具深夜来到自己的房间，揭下面具后发现是阎将军，二人深情地凝望，随后梅甘躺倒在床上，心中充满了狂喜，而阎将军则坐在她的身旁，温柔地抚摸她、亲吻她。

但黄种男性和白种女性的恋情是性禁忌，不仅程环和露茜之间非正常（成年人和孩子之间）的恋情是不许可的，阎将军和梅甘两个成年人之间正常的恋情也是不许可的，即便是两情相悦也被说成是黄种男性在诱惑，因而白人作者必定安排黄种男子死去，他们之间的情欲冲动也仅仅停留在梦境当中，并无现实发生的可能。阎将军在故事末尾中的死亡，与其说是情节和主人公性格发展的必然，不如说是故事必须达成的一种交代，只有在叙事上把阎将军加以清除，就像童话故事中把魔鬼清除一样，叙事才可以接受。让白人女性倒在黄种男人的怀里，在西方白人看来既不可思议，也不能接受。试想，如果阎将军和梅甘调换一下角色身份，那么白人观众则会期待导演设置一个英雄救美、公主王子从此以后过着幸福生活的完美结局。

二、拯救神话：白人男性气质的彰显

好莱坞跨国恋情故事中另一类比较常见的模式是白种男人与华人女性之间的故事。在这类故事中，华人女性总是以需要拯救的形象出现，而西方男子则扮演着白马王子、英雄骑士一类的角色，于是跨种族恋情便成为一种拯救神话。《苏丝黄的世界》（*The World of Suzie Wong*，1960）、《大班》（*Tai Ban*，1986）和《庭院里的女人》

(*Pavilion of Women*，2001)都是这类凸显白人男性气质的范型。

好莱坞电影《苏丝黄的世界》是根据英国作家理查德·梅森(Richard mason，1919—1997)的同名小说改编的，小说讲述英国业余画家罗伯特·洛马克斯(Robert Lomax)到香港寻找绘画灵感，在天星码头的渡轮上邂逅美丽迷人的苏丝黄，二人一见钟情，展开了一段白人男子与东方女子的奇异爱情旅程，演绎了一个爱情战胜贫穷和种族偏见的美好故事。小说1957年发表后一炮走红，1958年被改编成舞台剧，1960年被好莱坞改编成同名电影，2005年又再次被改编成新版的歌舞剧，其中1960年的同名电影影响最大。

《苏丝黄的世界》的实景拍摄于20世纪50年代的香港湾仔，第一幕就是由威廉·荷顿(William Holden)饰演的男主角洛马克斯，在小轮船上邂逅由关南施(Nancy Kwan)饰演的苏丝黄，随后两人一同在中环天星码头下船，演绎出一段缠绵悱恻的恋情。从表层叙事上看，《苏丝黄的世界》讲述的是一段凄美、浪漫的爱情故事，但如果进行深层次的分析，其背后隐含着性别、种族与政治冲突的内涵，这一点从电影中对故事的发生地——香港的东方主义基调的描述，从导演对罗伯特·洛马克斯与苏丝黄之间白马王子与灰姑娘式的定位，从洛马克斯对东方的"意义创造"中，可以明显地看出来。

首先，我们来看故事的发生地香港。影片开头借男主人公——画家洛马克斯向警察问路，用长达十分钟的背景特写展示了湾仔街道两边的街市，构建出一幅西方视野中典型的东方城市画面：衣着破旧的小贩们在高声叫卖，蓬头垢面的人群熙熙攘攘，洋泾浜英语充斥着观众的耳膜，活生生一幅贫困、落后的第三世界图景。接下来的一个场景更流露出西方人的优越感。洛马克斯订了房间后被带到房顶的阳台上，此时的他宛如一个巴黎的阁楼画家，但看到的不是蒙马特或埃菲尔铁塔，而是对面街上的贫民窟，在他的俯视下，贫民窟难民居住的简陋茅屋一览无余。这个白人就像救世主一样，俯瞰着人间不幸的芸芸众生，有意无意间表露出一种优越感。

其次，我们分析一下洛马克斯与苏丝黄之间白马王子与"灰姑娘"式的爱情故事。在灰姑娘童话中，王子尊贵、多金，灰姑娘卑微、贫穷；王子主动追求，灰姑娘被动等待；王子力量强大，灰姑娘柔弱单薄；王子最终拯救了灰姑娘，改变了她的命运。实际上，这是男权文化的反映。在男权文化中，男性优越，女性卑微；男性主动，女性被动；男性勇敢刚强，女性柔弱温顺。男权文化反映的是一个男性拯救女性的世界，"灰姑娘"模式在西方文学、影视作品中沿袭、流传下来，并不断得到丰富和增值。在好莱坞跨国恋情故事中，不仅性别不平等的内涵延续下来，还扩充了种族不平等的新内涵。骑士或者说王子的"白人特质"代表着他道德上的纯洁，赋予他一种毋庸置疑的权力去带走女主人公而不用蒙上拐骗的恶名。

骑士精神本是欧洲国家在需要确认自身文化比非洲和其他文化优越时兴起的，但后来通过对"弱势性别"实施启蒙，逐渐成为确证西方道德高雅的象征，白人骑士的性别优越和种族优越也随之得以确立，并通过拯救女性获得了一种统治有色人种的特权。在《苏丝黄的世界》里，罗伯特·洛马克斯就扮演着白人骑士的角色，而沦落风尘的苏丝黄则等待着洛马克斯的拯救。洛马克斯在所住的旅馆酒吧里发现自称是富家女的"美玲"原来名叫苏丝，是当地颇负盛名的舞妓，靠展示自己性感的身体换取生活所需。为了拯救苏丝"堕落"的灵魂，洛马克斯请苏丝做模特，挖掘她身上所体现的东方女性美，从而逐渐改变她个人形象的艺术品位。洛马克斯不仅从艺术上"拯救"苏丝，还用英雄救美的侠义心肠打动她。苏丝在和洛马克斯同居后经常不辞而别，几天后才又露面。为了搞清楚事情的真相，洛马克斯跟踪苏丝，发现她有一个私生子，寄养在山腰的贫民窟里。时值香港大雨倾盆，山洪暴发，危及贫民窟孩子的生命。为了救出自己的孩子,苏丝不顾一切地冲向贫民窟,而洛马克斯紧随其后,在山洪冲垮贫民窟的千钧一发之际,救出了苏丝,但孩子却不幸夭亡。在故事的结尾,西方的"白马王子"终于从灵魂到肉体彻底解救了心地善良而又一往情深的东方舞妓。

在洛马克斯拯救苏丝的爱情神话中,苏丝是被动的、驯服的。为了强调这种被动性、驯服性,作者梅森有意设置了一个三角恋情节。英国富家之女凯·奥尼尔倾心洛马克斯,主动出击。为了解决洛马克斯经济上的困窘,凯给洛马克斯安排了一个海外画展,一心想通过事业上的帮助赢得洛马克斯的倾心。面对贫穷而又"堕落"的苏丝黄的爱情挑战,凯根本不放在眼里,身份、地位的巨大差异令她信心十足。但凯最终情场败北,这里面的原因除了情感上的以外,还有更根本的性别角色问题。马凯蒂从女性主义诗学出发,认为凯代表了二战以后受女权主义影响、精明能干的"新女性",其身份、地位上的优越感,其咄咄逼人的女强人气势,对男性而言是一种象征性的"去势",[①]而男人需要的是一种主宰欲,是恋人的柔顺、服帖,因而女性气势逼人的凯在情场上败给了驯服、被动的苏丝黄。洛马克斯象征着文明的西方世界,苏丝黄代表着落后的东方帝国,洛马克斯对苏丝黄的拯救,隐喻着西方对东方的救赎。占有异国的女人象征性地等同于占有异国的土地,洛马克斯正是通过这种占有,完成了西方的帝国扩张想象。

最后,我们再来看一看西方白马王子洛马克斯对东方的"意义创造"。萨义德在《东方学》一书中指出:"欧洲文化通过将东方作为代理人甚或潜在的自我,来保持自身的活力和身份。"[②]他意在说

[①] Gina Marchetti, *Romance and the "Yellow Peril": Race, Sex and Discursive Strategies in Hollywood Fiction*, Berkeley, Los Angeles, London: University of California Press, 1993, pp. 115-116.

[②] Eward W. Said, *Orientalism*, New York: Vintage Books, 1979, p. 3.

明，欧洲对亚洲的认识更多地与欧洲界定自身的意图有关，而不是出于真诚地了解另一种文化的愿望。在《苏丝黄的世界》里，西方的白马王子洛马克斯通过阻止东方女性苏丝黄极力向西方身份靠近的意向，来确定自己的民族身份和性别身份。在电影中，洛马克斯一直在努力确定苏丝黄的"真正本质"，通过心目中的理想女性，他构筑了一幅东方幻象，并借助这幅幻象来确认自己的种族、性别和民族身份。

作为一名画家，洛马克斯不是在画板上再现香港，而是要创造一个他心目中的东方映像。作者让洛马克斯代表西方文明视野，来重新解读"愚昧的"东方，创造出东方人所不能理解的"新"意义来。苏丝黄是一个打扮入时的现代女郎，洛马克斯以她为模特，画出的却是一个具有东方女性贤淑美德、温良驯服而又性感可人的尤物。在洛马克斯那里，他的情人苏丝黄就是东方的代表，他以西方父权制的眼光来规范她，同时也象征性地把东方女性化了。

希腊神话中皮格马利翁（Pygmalion）爱上自己雕塑的少女的故事深受西方人的喜欢，到了洛马克斯这儿，他不仅喜欢自己画笔下的女郎，还要按照自己的意愿去改变她。苏丝通常穿中式服装以吸引追逐异国情调的外国男子，和洛马克斯相识后，为了讨取他的欢心，有一天苏丝穿了一套从街上买来的昂贵的欧式服装，希望能得到他的赞赏。不料洛马克斯看到后大为光火，说她就像欧洲街头拉客的风尘女子，斥责她不懂得什么是真正的美。显然，洛马克斯对苏丝试图通过西化来提高自己的社会地位、确立自己身份的做法，感到厌恶和恐惧。苏丝的性感只有从具有浓郁中国风味的服饰中才能充分体现出来，任何西式的服饰和独立的意图都会破坏苏丝所体现和代表的东方风情。苏丝想改变自己亚洲人的身份，洛马克斯则言辞激越地将她推回到原位，他顽固地认为只有他才懂得什么是真正的"美"，也就是说只有他才能够确定苏丝的身份，指导她穿什样的衣服最美。洛马克斯让苏丝穿上他为她购买的中国古装,将她装扮成西方人想象中的"东方公主"。通过这种方式,洛马克斯重新"创造"了东方,让西方的艺术品味在不知自身价值的东方女性身上体现出来,从而创造了一个比现实中的苏丝更加完美的苏丝。这是一个体现洛马克斯主体性的创造过程,在这个过程中,西方与东方、观察者和被观察者、创造者和创造物之间的差别与界线,在浪漫爱情的包裹下,成了再自然不过的事情,而随后的一个轻吻,更让这种差异和界线弥合得天衣无缝。西方文学作品借用浪漫的跨国恋情故事,把强权合理化了。

《大班》是我们探讨的另一部好莱坞电影,它由美国小说家、剧作家詹姆士·克莱威尔(James Clavell,1924—1994)的同名小说改编而来。1966年,克莱威尔发表了他的小说《大班》,该小说一出版就受到读者的好评,一跃成为当时的畅销书,并于1986年改编成同名电影。电影中的大班是一个富有魅力的白人男子:他具有非凡的商业眼光,不惜重金选择当时还是荒岛的香港作为新的殖民地;他具有西方人崇尚的冒险精神,暗渡陈仓利用鸦片换取中国的丝绸和茶叶;他有过人的勇气,只身代表殖民者面见中国严厉的官员林则徐;他具有超人的智慧,在商业竞争中战胜强大的对手。这一切使中国女奴美美不可遏制地爱上了他,甘愿做他的情妇,并想尽办法战胜其他"洋"女人,在他心里取得最高的地位。美美靠自己漂亮的东方面孔,性感、迷人的身体令大班着迷,并幻想借大班的宠爱改变自己性奴隶的地位,但大班不可能让一个中国女人成为自己的妻子,他只把美美当作色情玩偶,作为一种异国情调的点缀。因而当美美穿上精心挑选的西方礼服,希望参加大班举行的宴会时,遭到大班的嘲笑和拒绝,美美融入西方社会的梦想彻底破灭。

对该电影进行深层的思考,我们会发现在白人大班与东方女子貌似合理的恋情背后,隐藏着殖民主义的叙事逻辑。在《大班》

中，大班是勇气、力量、胆识的化身。他商场上披荆斩棘，情场上百花争艳，危局中出奇制胜，简直就是一个完美的典范。而中国女子美美则是一个欲望的符号，心甘情愿地充当性奴隶而不需要任何尊严。所以说《大班》中的两性关系不仅仅是情爱的问题，还是一种政治文化隐喻，诠释着征服与拯救的主题。

《大班》中征服主题的一个重要方面就是西方男性魅力对东方女性的征服。电影中的大班迪克·史楚安（Dirk Struan）洋溢着男人特有的体格和人格魅力，足以让女性为之倾倒。尤其是在具有中国文化氛围的环境中，这种阳刚形象更加令东方女子心驰神往。另一方面，电影《大班》中的东方女性，特别是美美，完全符合西方男性霸权文化对东方女性的想象：愚昧保守、狭隘虚荣，不能容忍将裸体画挂在房间里，不能接受大班与其他女人交往，甚至不自量力地梦想融入西方社会。好莱坞的文化逻辑是：这样的女性就应该被男性征服。电影中陈冲扮演的美美更是性感十足，在大班的训导下，她最终放弃自己的愚昧保守和狭隘虚荣，在飓风中幸福安详地死在大班的怀里。这种征服在白人作家和编剧看来是文明对愚昧的胜利，是进步对保守的凯旋，男性魅力背后是文化的力量，这里用的是一种后殖民的叙事策略，强调的是阳刚、主动、文明、男性化的西方文化，对柔弱、被动、愚昧、女性化的东方文化的征服。

在《大班》中，与征服相关的另一个主题是拯救。拯救意识是西方文明的一个重要情结，它源于基督教的《旧约全书》，指上帝挑选以色列人作为自己的选民，拯救他们脱离埃及法老的统治。这种古老的传说后来成为先进民族统治落后民族合理性的一种论据，运用到在白种男人与东方女子的性恋关系中体现为：白种男人是启蒙者、教化者，居于主导地位，东方女子则是启蒙、教化的对象，被置于客体地位。《大班》完美地演绎了这一价值观逻辑。首先，大班将美美从水深火热之中拯救出来，是他花八千两黄金买来的奴隶。之后，大班又从各个方面教导她。一次美美精心准备了一套欧式服装，想在大班举办的舞会上一展风姿。尽管这套欧式服装色彩灿烂而令人目眩神迷，但大班却觉得这个样子的美美看起来很可怕，教导她欧洲人的衣服不适合她，中国式的服装才能体现出她的美感。小说中当大班答应明媒正娶美美为妻时，美美"噗通一声跪了下来，用前额在地上磕了一个头：'我发誓我会做一个贤妻良母。'"并解释说："我向你磕头，是因为你给了我作女人的至高无上的荣耀。"①美美作为东方女性的价值只有在大班答应同她结婚时才能体现出来，通过婚姻迈入西方上流社会是美美作为女人的骄傲，是她梦寐以求的完美人生。从这个意义上来说，大班不仅是她躯体的拯救者，更是她人生价值的实现者。

这种拯救意识在《庭院里的女人》中体现得更为明显。《庭院里的女人》是根据赛珍珠的小说《群芳亭》(*The Pavilion of Women*, 1946)②改拍的，小说讲述的是20世纪初期发生在中国内地一个大家族的故事，着力刻画了具有女性独立意识、大胆追求自身价值的吴太太这一女性形象，同时也强调了意大利传教士安德鲁对她的精神引导。2001年4月，集制片人、编剧、女主角、后期导演于一身的罗燕，按照好莱坞模式，耗资8000万人民币，将小说《群芳亭》打造成电影《庭院里的女人》，并在全球同步上映。如果说赛珍珠在《群芳亭》里面突出表现的是吴太太和安修士之间心灵的默契的话，那么根据小说改编的电影《庭院里的女人》则重在表现安德鲁与吴太太之间凄婉动人的爱情故事。剧本的封面是闺阁窗子后面吴太太和安德鲁亲吻的剧照，剧照下面有两行醒目的文字："深深庭院中，一段缠绵悱恻的爱情如何演绎？纷飞战火中，两颗渴望自由的

---

① 《大班》，薛兴国译/http：//www.shuku.net/novels/foreign/db/db.html.

② 电影和小说的英文名字一样，但译成汉语时刘海平将小说名译为《群芳亭》，拍成电影汉语名字译为《庭院里的女人》。

灵魂怎样保全?"

罗燕称《庭院里的女人》是一部"插入好莱坞心脏"的电影,其市场在国外。为了迎合外国观众的趣味,影片对原著进行了深度改编,在精神上已经与赛珍珠的小说大异其趣,它突出表现的是安德鲁对吴太太、对吴府、对中国孤儿的启蒙和拯救作用。影片所展示的故事世界里,中国人不懂爱情,没有人权。吴先生从赛珍珠笔下一个比较软弱的人,变成了专横跋扈、霸道、变态的男人,妻子吴太太、小妾秋明先后受到他的虐待。而安德鲁的到来使这一切发生了根本的改变,他让吴太太从西方的梁祝故事——罗密欧与朱丽叶的生死恋情中懂得了爱情的真谛和爱情的魔力不可抗拒,使她身上沉睡的爱情意识开始苏醒,最终毅然走出深深庭院,来到安德鲁的身边。然而有趣的是,早已把肉身献给上帝而摒弃世俗婚姻的传教士安德鲁,也未能抵挡住俗世人生的诱惑,让吴太太几乎是无以选择地掉进了他的情感陷阱。一言以蔽之,安德鲁像一个完美的救世主,他的出现仿佛就是为了给追求自我的吴太太引路的,救吴太太于困厄之中,使得这位精神上走出吴府的"娜拉"既没有堕落,也没有回来,而是找到了自己真正的爱情,实现了自我的价值。

不仅如此,安德鲁的启蒙和救赎还扩展到周围几乎所有人的身上。是他唤醒了小妾秋明沉睡的意识,勇敢地以死向专制家庭和男权社会抗争;还是他从死神手里夺回了秋明的生命,并说服吴太太送她到无锡教会学校读书;更是他的教诲和影响使吴太太儿子的反抗有了鲜明的精神指向,故而当他逃离罪恶的家庭走向革命队伍时,对老师安德鲁真诚地说了声"谢谢你教了我!"在电影里那个疏离文明的不开化的国度里,安德鲁处处扮演着启蒙者和救赎者的角色。电影里面"火中救孤"那场戏,熊熊燃烧的大火,激情悲怆的音乐,危在旦夕的紧张氛围,使安德鲁高大伟岸的英雄形象得到一次升华性的集中体现。孤儿院着火后,安德鲁奋不顾身地抢救孩子,清点人数时发现少了一个,又不顾熊熊烈焰,返身冲进火海,感染得吴太太也不顾生命危险,往自己身上浇了一桶水,顶上一条湿被子,冲进了火势弥漫、摇摇欲坠的孤儿院,吴太太和安德鲁就此坠入爱河。影片最为煽情的高潮出现在结尾部分,日寇的飞机在肆意地狂轰滥炸,人们在惊慌地逃难。这时,耶稣一般救世人于危难的英雄安德鲁出场了。面对日军疯狂的杀戮和惨无人道的兽行,特别是在中国儿童的性命即将遭受涂炭的千钧一发之际,他冒死成功地转移了敌人的攻击目标,然后自己在日军的枪林弹雨中缓缓倒下,壮烈就义。这位高鼻梁、灰眼睛的西方传教士简直被塑造成拯救中华民族于水火的大救星,是舍身堵枪眼的黄继光,是高举炸药包的董存瑞,是高呼"向我开炮"的王成。在这部电影中,中国被表述为一个古老、闭塞、禁锢、愚昧的地方,旗袍、刺绣、瓷器、庭院、纳妾、西方男人和东方女人的情欲故事……缓缓在西方观众面前铺陈开来,成为他们凝视、把玩的客体。在这样的故事中,所有美国化的东西,比如电、望远镜,都代表着光明与文明;而所有中国化的东西,比如幽深的庭院、历史蕴藉的油纸伞,都代表着禁锢与落后,需要被拯救。

三、种族、性别与政治:
好莱坞电影娱乐性背后的意识形态内涵

性别、种族和政治是密切关联的,而西方也一直有把东方女性化的传统,女性先天被欺压、被凌辱的性别特征更能代表西方人对东方人的态度。美国学者安·麦克林托克(Anne McClintock)[①]的研究

---

① 安·麦克林托克著有《帝国皮革:殖民争夺中的种族、性别与性》(*Imperial Leather: Race, Gender and Sexuality in the Colonial Contest*, 1995)一书,从女性主义和性别的角度去分析大英帝国的文化表征,这本书很受重视,也是美国文科博士研究生的必读书。

挖掘出性别对抗的隐在方面,认为大英帝国的男性特征首先在于通过把自己征服的土地加以象征性地女性化处理而得以阐述与确立。著名女权主义理论家凯特·米利特在对种族和两性关系研究后提出这样的观点:"种族之间的关系是一种政治关系,"①而两性之间的关系是一种支配和从属的关系,男人按照天然的权力对女人实施支配。②从这些研究来看,西方与东方之间被隐喻为一种男/女关系,而男/女之间又是一种支配和被支配的关系。占有异国女人象征性地等同于占有异国的土地,在跨国恋情的拯救神话中,种族之间的等级关系也强有力地表现出来。我们前文探讨的异国恋情电影《苏丝黄的世界》、《大班》和《庭院里的女人》,在表层的拯救神话背后,蕴含着性别、种族与政治内涵。在这些电影中,美国和中国之间是一种征服和拯救的关系,华人女性总是作为需要拯救的对象出现的,观众的快感就集中于在惊心动魄的高潮中白人男性骑士的到来。

中国男子与白人女性之间的恋情故事在好莱坞电影中要么被表述成诱奸模式,如程环对露茜的引诱;要么被叙述为渗透着诱惑的俘虏模式,如阎将军对梅甘的"解救"。俘虏模式主要讲述女性遭异族抢掠的故事,其原型可追溯到希腊神话。在西方的神话传说中,欧洲形象一直是纯洁的少女或女神,古希腊赫西俄德的《神谱》和古罗马奥维德的《变形记》中,都将欧罗巴描述为海神的女儿,而西方历史上有关欧罗巴的传说,最多的是欧罗巴被劫的故事,故事本身包含着"种族—性别"冲突的最初信息,而劫持欧罗巴的,总是外族人。克里特神宙斯化作公牛诱拐了欧罗巴,公元2世纪的西

---

① 凯特·米利特:《性的政治》,钟良明译,北京:社会科学文献出版社,1999年,第37页。
② 凯特·米利特:《性的政治》,钟良明译,北京:社会科学文献出版社,1999年,第38页。

西里诗人莫斯楚斯(Moschus)在长诗《欧罗巴颂》中说,欧罗巴被劫的故事象征着西方与东方、欧洲与亚洲的冲突。西方少女或女神是纯洁和道德的载体,体现了种族和性的隔离。同是欧罗巴被劫故事变体的特洛伊王子和伊阿宋的故事,却有着截然不同的价值蕴含。前者带走了希腊美女海伦(因希腊在特洛伊的西方,隐喻东方劫持西方女性),遂变成诱拐者,引起了一场长达十年之久的战争,最终特洛伊被夷为平地。后者带回了东方公主美狄亚,遂变成了英雄。古老的文学原型是解读后世跨种族恋情文本的符码,白种男人爱上黄种女性上演的是拯救神话,而黄种男人爱上白种女性则是性禁忌。跨种族婚恋文本用白种女性来凸显种族差异,强化种族界限,维护白人男性的霸权地位。

  好莱坞常用的叙事策略是采用一些人们共同的美好感情作为表层叙事结构,如对正义的伸张,对文明进步的渴望,对纯洁爱情的维护等等,当人们的意识形态警惕性被这种表层叙事所麻痹的时候,意识形态也就出场了,隐藏在异国恋情故事背后的,是种族、性别与政治冲突的内涵,好莱坞电影一次又一次地将意识形态神话包裹在精心制作的娱乐故事里面,而电影中所承载的意识形态具有极强的同化力和蒙蔽性。电影本是一个想象和虚幻的空间,是一个被重新创造出来的世界,但观众却倾向于将之视为观察世界、认识社会、理解生活的手段,而对银幕世界的虚幻性缺乏警觉,不仅如此,还固执地认为这是现实世界的投影和映像。因而各种充满偏见的、迎合西方主流意识形态的中国形象,在好莱坞电影中一直延续下来,并在美国大众心中生下了根。我们在观看好莱坞电影时所要警惕的,正是这种意识形态的隐蔽性。

"中国佬"与"金山客":
不同称谓背后的文化冲突和认同[①]

"中国佬"和"金山客"是早期赴美华工在异域美国和国内家乡的不同称谓,前者含有歧视和排斥的成分,后者带有羡慕和敬畏的意味。但不管是"金山客"还是"中国佬",不同称谓背后这一群体离乡背井、在陌生国度所承受的艰辛和苦难却是共同的。本文通过考察怀有不同民族认同的作家——美国本土作家和华裔作家,对这个华工群体相互映照的描写,力求全面、深入地探讨早期华人在美国的遭遇。在还原他们历史镜像的同时,倾听他们的哀叹,体验他们的悲欢离合,思索他们不幸遭遇背后的深层文化根源。

一、美国本土作家笔下的"中国佬"

早期赴美华工主要指1848年之后去美国加利福尼亚淘金的矿工和19世纪60年代参加修建美国太平洋铁路的筑路工人。他们在美国西部开发尤其是中央太平洋铁路建设中,表现出卓越的智慧,做出了突出的贡献。当初建议雇佣华工的克罗克说:"不管把他们放到什么地方,他们都是好样的。……假如我现在包下一件定有期限、

[①] 本文原载《华文文学》2008年第5期。

我急于尽快完成的大工程,我一定要雇佣中国劳工。"①1869年5月,当东、西两段铁路并轨时,克罗克在庆功会上提到华工的贡献:"我希望各位不要忘记,我们建设这条铁路之所以提前完工,在很大程度上要归功于那些被称为华人的穷苦和遭受歧视的华工,归功于他们所表现出的忠诚与勤劳。"②中央太平洋铁路公司总裁、前加州州长斯坦福在给时任总统约翰逊的信中也写道:"如果没有中国人参加,要完成这样一个宏大的美国交通大动脉是难以想象的。"③

但由于种族歧视和文化差异的原因,华工对美国做出的巨大贡献和他们身上的优秀品质并没有在这一时期的美国边疆文学作品中得到表现,他们的勇敢、坚强、智慧、力量是缺席的,不仅铁路竣工的庆功仪式上看不到中国人的身影,美国主流文化中的华人形象是"苦力"(coolie)。在当时的美国人眼里,华人身材矮小,不讲卫生,且携带疾病,行为上不仅委琐、被动,而且狡诈、不诚实。他们的长相在美国人看来没有多大差别:一样的长辫子,一样颜色、一样布料的衣服,而且一样的道德堕落——赌博、嫖妓、吸鸦片。早期的华工在美国文学作品中是作为笑料、填料等负面形象出现的。下面我们从这一时期大量的文学作品中采撷几个典型,具体看看美国"边疆诗歌"、"边疆小说"、"边疆戏剧"、"边疆漫画"、"边疆歌谣"中的"中国佬"形象是怎样的。

在早期有关华人的美国边疆诗歌中,布勒特·哈特(Bret Harte)的《诚实的詹姆斯的老实话》(*Plain Language from Truthful James*,

---

① David Haward Bain, *Empire Express: Building the First Transcontinental Railroad*, New York: Viking, 1999, p.221.

② 亚历山大·塞克斯顿:《十九世纪华工在美国筑路的功绩和牺牲》,《世界历史译丛》,1979年第4期.

③ Stephen Ambrose, *Nothing Like It in the World: The Men Who Built the Transcontinental Railroad* 1863–1869, New York: Simon, 2000, p.164.

1870)影响最大。这首诗以诚实的詹姆斯讲老实话的方式叙述了一场打牌赌钱的经过:白人詹姆斯和比尔·奈拉华人阿新一起打牌,两个白人想合伙戏弄阿新,赢光他兜里的钱,没想到阿新出的牌点总比他们的大,而且每次都能赢。后来詹姆斯发现尽管比尔·奈的袖子里塞满了大牌,阿新宽大的衣袖里藏得更多,这使詹姆斯愤慨万分:"关于这点我有话要说,/我绝对直言不讳,/论到歪门邪道,/或是诡计多端,/异教徒中国佬实在精于此道。"①这首诗因多次重复"异教徒中国佬"后来干脆就将标题换成了《异教徒中国佬》。这首幽默歌谣体诗歌原是作为补白刊登在《陆路月刊》上的,没想到问世后风靡全美,不仅使《陆路月刊》销量大增,各地报纸也争相转载,艺术家们把它改编成流行歌曲传唱,书商们把它绘制成连环画兜售。

由于《异教徒中国佬》一诗反响热烈,一时间群起效仿,推动出现了一批侮辱嘲弄华人的打油诗,"异教徒中国佬"也成了一个描写中国人的定型化词语。在描写中国人而名声大噪后,哈特继续在小说中书写"阿新"和他的同胞。1874年,哈特发表了描写华人的小说《异教徒李顽》(*Wan Lee, the Pagan*)。在这篇小说中,作者对中国古老文化的神秘性不乏敬畏和理解,但对异教徒中国佬也流露出揶揄和嘲讽。在对中国人的塑造上,尽管作家对种族歧视给主人公李顽带来的悲惨命运深表同情,但仍有妖魔化的倾向。在小李顽身上,作者渲染了中国人的诡秘,小李顽是在魔术师制造的魔幻氛围中,从一块围巾下神秘现身的。总的来说,哈特是把中国人当作神秘的"他者"来刻画的,其中既有因缺乏了解而带来的陌生感和好奇心,也表现出某种优越感和种族偏见,这是一个民族在遭遇另

---

① William Purviance Fenn, *Ah Sin and His Brethren in American Literature*, Peking: College of Chinese Studies, 1933, p. ix.

一个有着截然不同的文明传统的民族时不可避免的原初状况。

这一时期美国剧作家亨利·格里姆(Henry Grimm)的剧本《中国人滚回去》(The Chinese Must Go, 1879)是一出典型的反华宣传剧。剧中布莱恩一家正为失业焦头烂额, 吃苦耐劳、低薪就业的中国人自然成了他们一家攻击的对象。布莱恩的妻子埋怨丈夫不帮儿子弗兰克找工作, 布莱恩对中国人的怨恨爆发了: "这几年我不是一直在找工作吗? 你没看到工厂和商店里的岗位都被那些可恶的中国人占去了吗?"①"中国苦力不断蜂拥而来, 像他这个年龄的孩子要找份合适的工作简直比登天还难。"②布莱恩是排华分子的代言人, 他的儿子弗兰克同样对华人义愤填膺: "中国人正像寄生虫一样每天在吸白人的血, 一个白人如果深知他的国家处于这样的危险之中而任听之任之的话, 那么, 他要么是个白痴, 要么是在自我毁灭。试想如果一任这些中国寄生虫吸吮美国各州的血液, 侵蚀山姆大叔的肌体, 过不了几年美国就会垮掉。"③该剧中, 中国人对美国建设做出的巨大贡献被抹杀得干干净净, 给美国带来的所谓"问题"却被夸大得无以复加。类似的反华剧在当时并不少见, 一些剧作家不仅写反华剧本, 还参与到反华活动当中, 把剧院当作政治立法的舞台。

美国排华的一个重要理由是华人抢了白人的饭碗。排华分子认为, 华人侵占白人的工作岗位不是因为华人比白人干得更出色, 而是他们提供廉价的劳动力。1882年, 美国的《黄蜂》杂志登载的一幅漫画很夸张地说明了这个问题。画面分左右两部分, 左边是一个

---

① Dave Williams ed., *The Chinese Other*, 1850 – 1925: *An Anthology of Plays*, Lanham: University Press of America, 1997, p.100.

② Dave Williams ed., *The Chinese Other*, 1850 – 1925: *An Anthology of Plays*, Lanham: University Press of America, 1997, p.104.

③ Dave Williams ed., *The Chinese Other*, 1850 – 1925: *An Anthology of Plays*, Lanham: University Press of America, 1997, p.117.

华人身体上伸出 11 只手,每只手从事一项工作:熨衣、卷烟、修补、做木工。……而在右边,在中国人的工棚外,七个白人站在那儿无事可做。漫画作者把身兼数职的华人和无事可做的白人并置在一起,寓意很明显:白人之所以找不到工作,是因为那些华人工作狂抢走了他们的饭碗,二者有着直接的因果关系。

  歌谣也成为这一时期侮辱华人的一种重要形式。在《什么!从来没有?》(*What! Never?* 1879)当中,主角是一个吹牛撒谎的华人,合唱队则用来证明这位华人的可笑与欺诈。歌谣中华人独白者极力辩解,说他绝不是白人所说的那种人:"我是一个善良的中国人/这一点谁也不能否认/不偷不抢不委琐/而且从来不撒谎……我既吃牛肉也喝粥/但我从不食老鼠。"① 而一旁的白人合唱队质问道:"什么!从来没有?"华人则怯怯地回答:"有时候是这样。"② 白人合唱队一步步进逼,华人愈来愈胆怯地承认。歌谣以一种戏剧性的效果,证明这个华人所说的一切都是谎言,进而得出华人不仅不值得信赖,而且胆小如鼠的结论。在这一时期的其他歌谣中,中国人的陋习被一味地夸大,中国人的勤奋工作却丝毫不被提及。

  早期来美华工在美国的边疆诗歌、小说、戏剧、漫画、歌谣中的形象是一样的:前额剃光,长辫子拖在脑后,上穿深色褂子,下着裙子似的宽松裤,脚跋拖鞋,眼睛斜睨。他们的身份不是铁路工人、商人、农夫,而是家仆、强盗、洗衣工。白人作家之所以这样选择,是因为能方便地赋予后者更多滑稽可笑的特征,带来喜剧性

---

① Elissa Sartwell, *The Other Side of the Track:Railroads, Race, and the Performance of Unity in Nineteenth-century American Entertainment*, Diss., Louisiana State University, 2006, p. 106.

② Elissa Sartwell, *The Other Side of the Track:Railroads, Race, and the Performance of Unity in Nineteenth-century American Entertainment*, Diss., Louisiana State University, 2006, p. 107.

的效果。美国音乐史家克里斯廷·莫恩(Krystyn Moon)认为这种选择和当时美国民族身份的论争有关。他说:"有关中国人的歌曲……是19世纪后半叶认同美国身份的和弦之一。歌手及词作者有意无意地迎合当时的意识形态,宣扬中国人是一个难以同化的低等民族,这些歌曲印证了立法和美国白人生活中的歧视行为。"①

总的来看,美国本土作家笔下的华人多是负面的,被描写成入侵者,抢夺白人的饭碗,带坏白人的道德,威胁白人的安全,而华人对美国西部发展做出的巨大贡献和华人在美国遭受的种族歧视以及肉体、心灵上的折磨与苦难,则少有表述,因而他们塑造的华人形象充其量只是一幅片面的、扭曲的、漫画化的失真图画。他们站在局外人的立场上,以自己的民族认同为诉求,对华人的描写缺乏客观性和公正性,尽管有个别作家,如布勒特·哈特、马克·吐温等带着同情之心,试图为中国人鸣不平,但在甚嚣尘上的"黄祸"叫嚣中,他们的声音太弱小了,而且由于身为白人的原因,他们也只能是有限度地为华人申辩。

二、美国华裔作家笔下的"金山客"

为了更全面地考察早期华人在美国的生存、生活状况,我们换一个视角,探讨一下局内人——美国华裔作家对"金山客"的书写,来矫正白人作家塑造中国形象的片面性和局限性,以接近华人移民在美生活的本真面目。由于华裔作家是一个庞大的群体,我们在本文中无意对他们的创作做全面的探讨,只把论述的重心放在与"金山客"有关的作品上,涉及的华裔作家有水仙花、汤亭亭、徐

---

① Krystyn R. Moon, *Yellowface: Creating the Chinese in American Popular Music and Performance, 1850s – 1920s*, New Brunswick: Rutgers University Press, 2005, p.32.

忠雄、赵健秀和他们有关金山华人的作品。这四位作家都以对抗的姿态,塑造了与美国主流文学中迥异的华人形象。

水仙花(Sui Sin Far)原名伊迪丝·莫德·伊顿(Edith Maud Eaton,1865—1914),她满怀对中国人的同情,真实客观地描写了在美华人的境遇。针对当时美国主流话语中认为华人是"道德肿瘤"、"无法解决的政治问题",[①]水仙花通过自己的观察和创作指出:美德不是白人的专利,被白人视为不可理解的"异教徒中国佬"同样充满了仁慈之心,同样具有高尚的道德。美国华裔文学学者林英敏称叹道:"在她之前没有人能像她那样如此充满同情地、如此全面细致地描写北美华人,也没有人能如此深入地触及他们的内心世界。"[②]水仙花有关中国人的作品主要是一些短篇小说,收入1912年出版的《春郁太太》(*Mrs. Spring Fragrance*)之中。在这些小说中,水仙花一方面对华人进行正面描写,如《一个嫁给中国男人的白人妇女》(*The Story of One White Woman Who Married a Chinese*)和《潘特和潘恩》(*Pat and Pan*)突出华人的友情和华人家庭的温情;另一方面,水仙花采取对抗的书写策略,以反讽、对比的手法,从侧面暴露白人的劣迹,来达到她对华人的维护和对白人主流话语中华人形象的反拨。如《阿燕速写》(*O Yam—A Sketch*)强调华人即便是受到白人的攻击,也不做暴力的反抗。相比之下,白人倒成了入侵者、暴力施行者。

水仙花是第一位以客观的态度,真切而富有同情心地描写华人的美国华裔作家,她用白人读者熟悉的"主流话语题材"讲述与白人作家不同的华人故事。在她的讲述中,华人是富有正常情感的主

[①] Dave Williams ed., *The Chinese Other*, 1850–1925: *An Anthology of Plays*, Lanham: University Press of America, 1997, p.46.

[②] Elizabeth Ammons, *Conflicting Stories*: *American Women Writers at the Turning to the Twentieth Century*, New York: Oxford University Press, 1991, p.109.

人公，白人则成了"外人"和"他者"。但遗憾的是，水仙花的创作在19世纪末20世纪初并没有引起重视，美国主流文化制造出来的缺乏男子汉气概、女性化、柔弱、没有胆识和创意、缺乏自信和活力的消极华人形象，构成美国公众对华人的主要认知。华人对美国历史的贡献被消隐，华人所受的歧视与侮辱被遮蔽，这种状况一直延续到20世纪中期。20世纪60—70年代以后，华裔作家在美国文坛上异军突起，他们以觉醒的族裔意识，直面华人所遭受的种族压抑，通过钩沉历史，利用对抗记忆，展现华人对美国历史的巨大贡献，解构美国主流文化塑造的华人形象，重塑华裔男性勇敢、刚毅、充满活力的英雄形象。下面我们以汤亭亭的《中国佬》(*China Men*, 1980, 又译为《金山华人》)、徐忠雄的《天堂树》(*Homebase*, 1979, 亦译为《家园》)、赵健秀的《唐老鸭》(*Donald Duk*, 1991)为个案，探讨他们对参与修建美国铁路的华工的书写。

米歇尔·福柯提出一种撰写历史的新方法——对抗记忆法。他认为历史并非简单的就是逝去的事情，如果重新审视和建构，过去的历史将会产生出新的意义："在一定程度上，追溯历史是有意义的，它向我们表明现存的东西在过去并非就是如此。在我们看来再明白不过的事情，往往是在不稳定的、脆弱的历史过程中，由各种机会和偶然性共同造成的……这就意味着这些事情都是在人类实践的基础上，在人类历史过程中形成的。既然这些事情是形成的，那么只要我们了解了它们是怎样形成的，就能解构它们。"①福柯认为看似牢固可靠的、被人们习惯性地当作真理的历史，实际上掩盖了无数有意无意的错误，仔细考察历史就会发现它极为脆弱，经不起推敲。而且处于社会边缘的人们的历史，往往会受到压制，掩盖了

---

① Michel Foucault, *Politics, Philosophy, Culture: Interview and Other Writings 1977 - 1984*, New York: Routledge, 1990, p.37.

其本来的真实情形。最后福柯提出了撰写历史的新方法——对抗记忆法(counter memory),认为可以"将历史转化成一种完全不同的时间形式"①,来达到对历史的有效书写。与传统历史书写方法相比,对抗记忆通过另一种方式来重叙过去的事件,以根除传统历史中虚假的东西,瓦解人们把历史当成一成不变、僵化的知识和绝对真理的认识。在某种意义上,对抗记忆是通过重新组织、重新判断历史事件来重新记忆,力求贴近历史的原貌。面对华人修建横贯美国的大铁路却在美国历史上被消音的现实,汤亭亭、徐忠雄和赵健秀不约而同地采取了对抗记忆的方法,力图恢复历史的本来面目,还华人以勇敢、强壮、坚毅的本真形象。

汤亭亭的《中国佬》以真人真事为依据,借助古老的中国神话故事,把家族史转变为美国华裔的集体史诗,重构了一段包括美国华人贡献的美国历史,凸显了华人的男性气概,以此来揭露美国官方历史对早期华工的消音,挑战美国主流社会对那段历史的说法。

《中国佬》中的曾祖父迫于天灾人祸来到夏威夷的种植园,被白人老板苛令砍伐作业时不准禁讲话。嗜说成瘾的曾祖父为了缓和自己以及同胞们被消音的痛苦,受国王把王子长了猫耳朵的秘密对着洞口喊出来的故事的启发,在地上挖了一个大洞,身子贴在地上痛痛快快地喊出了自己的思念、期盼和苦难,然后把洞口掩埋起来,就像把话"埋"起来,"种"进地里。小说中的祖父来到美国后,成为中央太平洋铁路公司的一名筑路工人。汤亭亭在这里把华工修建太平洋铁路的巨大付出和所受的歧视几乎原样呈现出来:华工中"有的人耳朵冻掉了,脚趾冻掉了,有的人手指被粘在冰冷的

---

① Michel Foucault, *Language, Counter-Memory, Practice*, Basil Blackwell: Cornell University, 1977, p.160.

银灰色的钢轨上"。①突然的雪崩将很多华人埋到雪堆里,冰雪消融的春天来了,华工们看到正在解冻的工友的尸体:"其中有些死者站立着,手里还握着工具。……他们已经记不清死者的人数。"②"若是没有中国人,就不会有这条铁路。"③但在白人看来,铁路只是美国人创造的奇迹:"阿公从来没有在纪念铁路竣工的照片里出现过。"④最后一句话含蓄精辟地点出了美国对华工的销声灭迹之举,建造横贯美国东西的铁路是美国华裔集体记忆中不可或缺的一部分,然而华人用生命、血汗和智慧建造铁路的伟大贡献,直到汤亭亭发表该作品时才开始被认识和研究。小说中的父亲来美国时已是《排华法案》颁布之后,他先是被关押在天使岛,后来通过层层审查最终成为一名洗衣工。洗衣过去完全由妇女承担,华人男子在美国实际上已经被迫"女性化"了。

《中国佬》中曾祖父、祖父和父亲的故事清楚地反映出早期华裔男性在美国社会被象征性地阉割、去势、被女性化、被迫进入沉默的女性主体位置,屈辱地在异乡挣扎的沉痛经历。但汤亭亭并不代祖先悲观地认命,在曾祖父故事的结尾,作者写道:"在挖出坑的地方,新的绿草不久就会长出来……风儿将会诉说这些故事。"⑤作者在此暗示华人劳工的秘密虽然深埋在美国的土地里,华人劳工的

---

① 马克辛·洪·金斯顿(汤亭亭的英文译名):《金山华人》,李美华译,长春:吉林人民出版社,1985年,第144页。

② 马克辛·洪·金斯顿:《金山华人》,李美华译,长春:吉林人民出版社,1985年,第146页。

③ 马克辛·洪·金斯顿:《金山华人》,李美华译,长春:吉林人民出版社,1985年,第146页。

④ 马克辛·洪·金斯顿:《金山华人》,李美华译,长春:吉林人民出版社,1985年,第154页。

⑤ 马克辛·洪·金斯顿:《金山华人》,李美华译,长春:吉林人民出版社,1985年,第128页。

贡献虽然被从美国的历史上抹去,但总有一天这些事实会为世人所知,从而真相大白于天下。汤亭亭更富创造性的是,她在这部小说中专门用了一小章的篇幅,列举了美国从1868—1978年制定的针对中国移民的各种不平等法律,不仅为她的华人叙事提供了一个宏大的历史框架,也"使得原先不甚生动、甚至被抹煞的历史,成为有血有泪、感人肺腑的族裔经验与记忆"①。

华裔作家徐忠雄同样致力于颠覆美国主流话语中华裔男性柔弱、女性化、温顺的刻板形象。他的《天堂树》通过一个第四代华裔美国人瑞恩弗德·陈(Rianford Chan)的成长经历,以讲故事、书信、想象、梦境与现实的不断交错、过去与现在的反复跳跃等叙述策略,向我们展示了华裔立足美国的复杂经历。对家的渴望,对自己位置的思索,对祖先的缅怀,是小说构建对抗记忆的主要线索。

《天堂树》中主人公瑞恩弗德·陈的曾祖父是参与建设穿越内华达山脉的铁路工人,亲眼见证了华裔劳工为美国的早期建设所做出的牺牲:许多铁路工人被冬天的严寒冻死在铁路沿线,要等到春天冰雪融化的时候,这些华人劳工才可以顺着铁路线,从一个营地走到另一个营地,收拾在寒冬里死去的工友们冰冻的尸体,所以对这些铁路工人而言,春天是哀悼的季节。被曾祖父送回国内的祖父长大以后以"纸儿子"(paper son)的身份进入美国,闯过重重难关,最终成为一名农场工人。他参加过美国的公路建设,凭着自己的毅力和勇气成为"华裔牧马人"。"牧马人"的职业表现了祖父英勇、彪悍的男子汉雄风,颠覆了美国白人作家笔下华人只能做仆人、管家,从事洗衣、烹饪等"女性化"职业的刻板印象。瑞恩弗德·陈的父亲继承了父辈的英雄传统。他不仅上了大学,而且成为

---

① 单德兴:《以法为文,以文立法:汤亭亭〈金山勇士〉中的"法律"》,见单德兴:《铭刻与再现:华裔美国文学与文化论集》,台北:麦田出版社,2000年,第115页。

一位优秀的美国海军工程师,"二战"时到日本关岛服役,爱好游泳和田径运动。父亲纵容儿子瑞恩弗德对飞机、汽车、火车、牛仔、英雄的迷恋和幻想,而瑞恩弗德从家族传统中继承的英雄主义精神,使他成为游泳健将和水球高手,被选为"最有价值的球员"①。徐忠雄在这部小说中通过主人公广阔的游历和丰富的想象,重新发现了一百年来有关华裔的"隐匿的历史",揭示了美国正统历史对华裔历史的消音和扭曲。

同汤亭亭、徐忠雄一样,赵健秀也旨在通过挑战美国东方主义话语的文本建构策略,创建一个"从文学形式到主题都完全迥异的华裔美国(文学)传统"②,即书写建立在文化英雄主义之上的华裔美国人的认同观。而且,赵健秀对华人"族裔感性"的感受更为深切,其认识也更富理性色彩。赵健秀最强有力的观点是华裔美国人的主体意识和个性意识被美国主流文化彻底扭曲了,"被主流文化框于定型化的丑陋形象之中,因此成了温顺、娘娘腔、怪异等的代名词。"③早在1974年,赵健秀在与陈耀光、徐忠雄等人合编《哎呀!——美国亚裔作家选读》时就确信,对华裔和整个亚裔男性的后殖民主义文化偏见集中体现于一种僵化的思维上,即对亚裔男性蓄意进行"去雄化"的文化贬损。用他的话说:"不分好坏,亚裔男性在主流文化根深蒂固的偏见中统统不是男人。更为恶劣的是,亚裔男性令人厌恶——他们不仅女人气,而且一身脂粉气。传统男性

---

① Shawn Hsu Wong, *Homebase*, New York: Plume, 1991, p. 95.
② Shirley Geok-Lim & Amy Ling eds., *Reading the Literatures of Asian America*, Philadelphia: Temple University Press, 1992, p. 325.
③ Patricia Chu, *Assimilating Asians: Gender Strategies of Authorship in Asian America*, Durham: Duke University Press, 2000, p. 119.

的文化品性,如创造性、果敢性、勇气等,在他们身上一片空白"。①赵健秀痛苦地意识到,由于美国政府在立法上排斥华裔,在文化操作上丑化华裔,在历史叙事中抹煞华裔的作用和贡献,最终"导致华裔作为一个群体,在社会学意义上已经死亡"②。他的小说《唐老鸭》借一个华裔男孩顿悟成长的故事,创造性地将美国种族歧视的现实、早期华工在美修建铁路的历史,同中国的古典文学、唐人街的华人习俗结合起来,叙述了一段在白人中心权力话语下被压抑和隐匿的历史,消解了西方白人中心话语所鼓吹的白人建造了铁路奇迹的神话,彰显了华人参与塑造美国历史的光荣业绩,重新恢复了民族记忆。

三、不同称谓背后的文化冲突与文化认同

不同的人对历史的看法不同。英国文化史家彼得·柏克(Peter Burke)对此说道:"希罗多德认为史学家是辉煌历史事件的护卫者,而我更愿意将史学家视为社会集体记忆暗箱之中那些尸骨的守望者……因为这些尸骨揭示了宏大理论和非宏大理论的软肋。"③用柏克的历史观来对照美国本土作家和华裔作家对同一华人群体的不同描写,可以看出前者只记载太平洋铁路的奇迹,而将对铁路建设做出巨大贡献的华工放进了社会集体记忆的暗箱之中;后者则采用对抗

---

① Frank Chin et al. eds., *Aiiieeeee! An Anthology of Chinese and Japanese American Literature*, Washington D. C.: Harward University Press, 1974, p. xxx.

② David Leiwei Li, "The Formation of Frank Chin and the Formations of Chinese American Literature", in Shirley Hume et al. eds., *Asian Americans: Comparative and Global Perspective*, Pullman: Washington State University Press, 1991, p. 212.

③ Peter Burke, *The Varieties of Cultural History*, Cambridge, UK: Polity Press, 1997, p. 59.

记忆的方法,把美国白人社会置放到暗箱中的社会集体记忆,搬出来放在耀眼的阳光下。中国人形象是一面镜子,不同称谓背后反映出不同文化之间的冲突和双方对各自文化的认同。

美国本土作家将华人视为异国形象,而异国形象有言说"他者"和言说"自我"的双重功能。法国学者巴柔在对比较文学意义上的形象进行定义时说:"'我'注视他者,而他者形象也传递了'我'这个注视者、言说者、书写者的某种形象。"[1]美国本土作家以局外人的视角,突出的是中美不同文化之间的冲突,强调的是对美国文化的认同。

19世纪后半期,美国在种族问题上流行一种人相学观点,认为一个种族的外部特征是其内在本质的反映。在美国白人看来,中国人斜眼睛、猪尾巴,与金发碧眼的白人格格不入,认定中国人的这些外部"缺陷"与"古怪"是其民族低等的表现和明证。因而,在19世纪后半叶的美国文学作品中,白人作家极力夸大中国人迥异于美国白人的种族特征。戴夫·威廉姆斯(Dave Williams)高度概括了19世纪后期美国通俗文化中典型的中国人形象:"中国人几乎是清一色的年轻单身汉,留着长长的辫子,穿着宽松的工装,这使得要想融入他们当中十分困难;他们的饮食习惯也非常古怪。在美国白人占主导地位的社会里,他们地位低下,靠做仆人或洗衣谋生。他们的英语说得嗑嗑巴巴,浓重的口音和明显的重音错读常常会引来白人的嘲笑和蔑视。他们的名字通常类似一串奇特的、带有幽默色彩的英文单词的组合,而且每个人都没有值得夸耀的地方……不管是醉酒后还是清醒时,他们都愚笨不堪。"[2]威廉姆斯的这段话形象地

---

[1] 孟华主编:《比较文学形象学》,北京:北京大学出版社2001年,第157页。

[2] Dave Williams, *Misreading the Chinese Character: Images of the Chinese in Euroamerican Drama to 1925*, New York: Lang, 2000, p.186.

说明美国白人对中国人是一种居高临下的凝视。研究美国之亚洲形象的美国学者詹姆斯 S. 莫伊（James S. Moy）认为，美国白人以两种形式凝视中国人：一是在娱乐制品、马戏表演、博物馆中，中国人是带有戏谑、蔑视意味的被看者，用以愉悦白人；二是一种窥视，这种窥视超越了愉悦范畴，"用来印证观看者的权威性，这时被看者往往是牺牲品，以定型化的形象出现。"①在莫伊看来，到了19世纪末期，随着"中国问题"越来越引起美国白人的忧虑，美国文学、文化制品中的中国人形象越来越向第二种凝视转变，华人形象不仅是提供笑料的源泉，更重要的是美国人确认自我、认同自身的一种方式。为了印证美国人的阳刚和强大，华人的男性气质被有意忽略，凸现的是他的长头发、裙子似的装束和洗衣、做仆人等女性化的工作。威廉姆斯对这一点同样有着深刻的认识："美国白人剧作家赋予中国人的职业是使他们被动化、女性化而又对白人无害。剧中的白人矿工、商人、枪手和冒险家，不管是恶棍还是英雄，在实现目标时无一例外地都体现出个性、自主性和充沛的精力。相比之下，剧中的中国人就像当代刻板的女性形象：没有自由，缺乏主动性，他们在社会的边缘挣扎，干体力活或从事女性化的职业。"②随着当代形象学从对他者文化的阐释转向对自我文化的确认，借助他者形象这面镜子认识自我是形象塑造者的一个重要动机，无论形象创造者对他者文化持肯定还是批判的态度，无论是从他者文化中去寻求差异性还是同一性，其结果都可能是对形象创造者自我文化认同的强化和补充。

---

① James S. Moy, *Marginal Sights: Staging the Chinese in America*, Iowa City: University of Iowa Press, 1993, p. 8.

② Dave Williams, *Misreading the Chinese Character: Images of the Chinese in Euroamerican Drama to* 1925, New York: Lang, 2000, p. 189.

与美国本土作家不同，华裔作家则以局内人的身份，反映的是美国白人对华人的歧视和不公，彰显的是对中华文化的认同。水仙花被誉为"义不忘华"的女英雄、女斗士。作为一个欧亚混血儿，她本可以装成白人，去过平静的、不受歧视的生活，实际上她的妹妹就给自己取了一个听起来像日本人的笔名，而她却给自己起了一个中文名字"水仙花"，并用这个笔名发表作品达二十年之久，公开捍卫中国人的权力。她说："我们需要中国人站出来为中国人伸张正义！"[1]难怪对其他华裔女作家多有苛刻言辞的赵健秀对水仙花却推崇备至，在《真假亚美作家一起来吧》一文中他这样评价她："在华裔美国文学中，唯一没有遭受阉割和性别排斥的华人男性形象只有在水仙花、戴安娜·张、韩素音三位欧亚裔作家的作品中才能找到。……她是为了华裔美国人的真实而奋起抗争的孤独的战士，终其一生都在为反对猖獗的种族刻板形象而战，为排除种族主义歧视而战。"[2]

汤亭亭在《中国佬》中借喻唐敖故事中的"耳"与"嘴"，来象征美国历史或白人主流话语对华人在美国所做出的贡献的隔离与抹杀。历史学家们的耳朵被堵塞，就像最后用泥土填塞的"大地的耳朵"。不管中国劳工如何大声诉说，他们的功绩依然无人记录，就像被埋入地洞深处的话语，无人知晓，无人提及。而唐敖在异域遭受的苦刑则象征着华人在美国遭受的迫害，华人在美国遭受的种族歧视又经常表现为对他们男子汉气概的侮辱。

---

[1] Sui Sin Far, "A Plea for the Chinaman", in Amy Ling & Annette White – Parks eds., *Mrs. Spring Fragrance and Other Writings*, Urbana and Chicago: University of Illinois Press, 1995, p.196.

[2] Frank Chin, "Come All Ye Asian American Writers of the Real and Fake", in Jefferey Paul Chan et al. eds., *The Big Aiiieeeee! An Anthology of Chinese American and Japanese American Literature*, New York: Meridian, 1991, p.12.

在徐忠雄的《天堂树》中，华裔主人公瑞恩弗德在旅行中经常梦见曾祖父、祖父及父亲，他们向他叙述自己的故事，教导他、启蒙他。旅行之前，瑞恩弗德感到自己无家可归，到处流浪。踏上旅途之后，他寻访了多处他的华人祖先工作过甚至葬身的地方，了解了华裔美国人的历史，他骄傲地宣称："时至今日，我们华人祖祖辈辈在这里生活了一百二十五年。我不希望我们只是因为待得时间长就自然有了家，我想要一个真正的家，一种归属感。"①

赵健秀在重建华裔美国人的历史时，将关公的英雄主义精神贯注在所展现的隐性叙事中。唐老鸭在梦境中看到"关姓汉子（华人铁路工人的领班——笔者）手握克罗克的六响枪。在克罗克还来不及露出惧色之前，他已经跃上马鞍，手里挥舞着缰绳。他勒着马忽东忽西，克罗克浑身溅满了淤泥。关姓汉子转过头来对唐老鸭说，'上来，孩子，我要你听着……'他抓住唐老鸭，往身后的马鞍上一放，就朝中国人的帐篷飞奔而去。克罗克在后面追赶，……关姓汉子在淤泥中疾驰奔往卖点心的帐篷，用克罗克的六响枪连开三枪。……'明天！十英里！'关姓汉子吼道：'十英里的铁轨！'"②赵健秀推崇以关公为代表的中华英雄主义传统，小说中的关姓汉子是关公的化身。在赵健秀那里，关公的忠诚、英勇、正直是中国人伟大人格的体现。关公形象中蕴含着英雄主义精神，他通过将华裔祖先和关公融为一体，有力地消解了西方白人眼中华人是生性懦弱懒惰、缺乏进取的女性化形象。他挑战美国官方历史的权威性和真实性，通过挖掘早期华人被压制的历史，提供了从华人角度出发的另一种历史文本，在美国主流历史的断裂处和缝隙中重构了华裔历史，并赋予其英雄主义的传统和意识形态的意义。

---

① Shawn Hsu Wong, *Homebase*, New York: Plume, 1991, p.95.
② Frank Chin, *Donald Duk*, Minneapolis: Coffee House Press, 1991, p.77.

同一个华人群体，为什么在美国本土作家和华裔作家笔下会有如此大的不同？归根结底是由于主导其创作的文化认同不同。对前者来说，中国形象是一面镜子，它一方面照出了扭曲的中国形象，另一方面也照见了美国人自己，显现了他们自身的欲望、恐惧与梦想。对后者来说，这面镜子更多地照出了华人在美国的生活真相，照出了美国对华人曾有过的极度不公与深重伤害。

美国大众文化中华裔男性的身份建构：
以傅满洲和陈查理为典型个案[①]

  傅满洲(Fu Manchu)和陈查理(Charlie Chan)一度是美国大众文化中定型化的主导华人形象，带有种族歧视和性别歧视的内涵。当代西方马克思主义文学批评家和文化理论家伊格尔顿在辨析意识形态时曾这样说："文化实践和政治权力是交织在一起的"，[②]而詹姆逊也认为马克思主义阐释框架是任何其他当今流行的阐释方法所"不可逾越的地平线"，提出用政治视角阐释文学作品是"一切阅读和一切阐释的绝对视域"。[③]虽然他们的观点在文学理论异彩纷呈的当代受到一定冲击，但将其应用到美国华裔男性身份的建构研究中仍有其指导意义，因为我们在本文中撷取的个案傅满洲和陈查理在美国文学和文化中的沉浮，与美国社会和政治生活的变迁存在一种同构关系，可以说他们二人在美国大众文化中的起伏沉落，几乎是中美关系的一个晴雨表。

[①] 本文原载《外国文学研究》2007年第1期。
[②] 特里·伊格尔顿：《历史中的政治、哲学、爱欲》，马海良译，北京：中国社会科学出版社，1999年，第90页。
[③] 弗雷德里克·詹姆逊：《政治无意识》，王逢振、陈永国译，北京：中国社会科学出版社，1999年，第4、8页。

一

　　傅满洲和陈查理都被塑造成一种带有种族歧视色彩的定型化形象，其种族属性和性别内涵不可分割。华裔美国文学研究者林爱美指出："种族歧视和性别优越之间的对应关系惊人而准确。前者不但与后者相联系，而且为后者所确证。男人强于女人，同样，一些民族也强于另一些民族。"①傅满洲代表着西方人对华人的憎恶和恐惧：从政治上来看，他要控制整个世界，威胁西方文明；而从身体特征上来讲，他又令人不解地被剥夺了男性气质（masculinity），贬低为仅能繁殖高智商后代的生物。陈查理是一个聪明智慧的华人侦探，用严密的逻辑推理和东方人的耐性机智地破获了一个又一个疑案。但就是这样一个代表美国法律和正义的华人形象也被剥夺了男性特征，成为一个缺乏男子汉气概的"非性化"典型。

　　关于男性气质，美国学者罗伯特·康奈尔（Robert Connell）将其分为四种类型。一是支配性男性气质（hegemonic masculinity，一译"霸权男性气质"），指"那种文化动力，凭借着这种动力，一个集团声称和拥有在社会生活中的领导地位。"②美国学者迈克尔·基梅尔进一步指出，支配性男性气质是以霸权、男性至上、种族主义为基础的，"男性气质是用来界定白种人、中产阶级、青壮年和异性恋男性的，是其他男性要效仿的，是他们的尺度和通常所需要的东

---

① Amy Ling, *Between Worlds: Women Writers of Chinese Ancestry*, New York: Pergamon Press, 1990, p.171.

② R.W.康奈尔：《男性气质》，柳莉等译，北京：社会科学文献出版社，2003年，第105页。

西"。①华人男性被排除在这一高雅群体之外,原因很简单:居支配地位的男性不包括有色人种的男子。二是从属性男性气质(subordinated masculinity),指同性恋男性对异性恋男性的从属。康奈尔认为:"在当今欧洲,美国社会中突出的情形是异性恋处于统治地位,同性恋处于从属地位。"②美国华裔作家赵健秀(Frank Chin)在《大哎呀!美国华裔与日裔文集》中痛心地指出:"今日美国自由派白人认为:华裔男人说得好听一点是缺少男人味、暗地搞同性恋的家伙,就像陈查理;说得难听一点,他们是同性恋威胁者,就像傅满洲。"③男性同性恋者类似于女性,在社会、文化中处于从属地位。北美的一些商业录像经常把亚洲男子描绘成神秘、具有异国情调、搞"同性恋"的异类形象,旨在强化主流意识形态中所宣扬的白人至上的种族主义观点。三是共谋性男性气质(complicit masculinity),指那些支配性男性气质不明显,而又从支配性男性气质中受益或潜在地支持男性霸权的男性。有色人种的男性,由于被排除在霸权男性之外,带有共谋性男性气质。尽管由于族裔属性而受到白人男性的排斥,他们仍然能从父权制中获得好处,但渴望成为霸权男性的诱惑是一种强大的力量,促使他们挣脱共谋性男性气质,以攻击性的行为去成为霸权男性中的一分子,这对霸权男性气质来说是一种显在的或潜在的威胁。傅满洲就被塑造成带有这种气质的有色人种男性,他身上的"黄祸"特征既是对西方世界的威胁,也是对白人男性霸权的威胁。第四种是边缘性男性气质(marginalized masculinity),"指占

---

① Michael Kimmel, "Masculinity as Homophobia: Fear, Shame, and Silence in the Construction of Gender Identity", in Harry Brod and Michael Kaufman eds., *Theorizing Masculinities*, Thousand Oaks: SAGE, 1994, p.124.

② R.W.康奈尔《男性气质》,柳莉等译,北京:社会科学文献出版社,2003年,第107页。

③ Jeffery Paul Chan et al. eds., *The Big Aiiieeeee! An Anthology of Chinese American and Japanese American Literature*, New York: Meridian, 1991, p.xiii.

统治地位的男性气质与从属阶级或集团的边缘男性气质之间的关系。边缘性男性气质总是与统治集团的支配性男性气质的权威性相联系着。"①康奈尔提醒我们,有色人种的男性被边缘化了,他指出,即使一些有色人种的男性体现出霸权男性的性征,他们在社会和文化上仍被居支配地位的男性推至边缘,少数有色男性的成功并不能改变他们之中多数人的处境。

对美国华人男性气质的讨论自20世纪70年代就在亚裔美国文学中作为一个问题提了出来,亚裔美国文学批评家张敬珏(King-kok Cheung)指出:"要研究华裔美国文学中的性别问题,不从历史上挖掘华人男性被女性化的事实,不面对民族性的定型化形象和民族主义的反抗,或者更重要的,不厘清亚洲文化和欧洲文化中关于男性和女性的陈词滥调,是不可能的。"②亚裔男性在美国大众文化中被阉割了,他们不断地作为女性化、缺乏性吸引力的形象出现,很少扮演浪漫的主角。在美国文化中,占主导地位的男性是维护父权制社会秩序的,华人男子被表述为没有力量、缺乏男性气概的从属性、边缘性群体,被排斥在霸权异性恋男性之外。

二

傅满洲和陈查理,一个被塑造成恶魔,一个被塑造成模范少数族裔,但有一点是共同的,他们都是缺乏男性魅力的华人男子。

---

① R.W. 康奈尔《男性气质》,柳莉等译,北京:社会科学文献出版社,2003年,第111页。
② King-kok Cheung, "The Woman Warrior versus The Chinaman Pacific: Must a Chinese American Critic Choose between Feminism and Heroism?", in Marianne Hirsch and Evelyn Fox Keller eds., *Conflicts in Feminism*, New York: Routledge, 1990, p.234.

傅满洲是英国作家萨克斯·罗默塑造的一个负面华人形象。罗默关于傅满洲的小说一共有 13 部长篇、3 部短篇、1 部中篇，他的第一部傅满洲小说是《神秘的傅满洲博士》（1913），小说一出版即获得巨大成功，后来他在签名时甚至将自己名字的第一个字母 S 写成美元 $ 的符号！二战以后，罗默来到纽约，并最终定居美国，继续为美国读者创作惊险、神秘的傅满洲故事。许多傅满洲系列故事被改编成电影、戏剧、电视剧，以更加通俗直观的形式，深入到美国的大街小巷，傅满洲在西方世界几乎无人不知、无人不晓。

　　傅满洲是邪恶的化身，"黄祸"的代表。欧洲著名东方学家莱昂内尔·巴顿爵士（Sir Lionel Barton）认为傅满洲是"一个利用昆虫、细菌、窒息和不知名的毒液，在一个星期之内比希特勒一年里面造成的伤亡还要多的敌人。"①罗默在小说中用不同的犯罪手段来加强这一形象的异域色彩和邪恶性。小说中反复说明他代表着一个崛起的亚洲政权，其行为是由亚洲文化和种族决定的，异国情调和阴险邪恶交织在一起。傅满洲的独特特征固定在了罗默的脑海里，在他的每一部小说中，下面这段描写总是以不同的形式表述出来，以加深读者对傅满洲的印象："试想一个人，高高的、瘦瘦的，肩膀高耸，长着莎士比亚的额头、撒旦的脸，脑袋刮得精光，细长的、不乏魅力的眼睛闪着猫一样的绿光。他集东方人的所有残忍、狡猾、智慧于一身，可以神不知鬼不觉地调动一个财力雄厚的政府能够调动的一切资源。试想那样一个可怕的人，你心中就有了一副傅满洲博士的形象。"②

　　傅满洲这一定型化形象并没有真实地反映华人的内在特性，而是来自于白人中心社会的外在需求，正如奥尔波特（Allport）所指出

---

① Sax Rohmer, http：//www.kirjasto.sci.fi/rohmer.htm.

② Sax Rohmer, *The Insidious Doctor Fu-Manchu*, reprint, New York：Pyramid, 1961, p.17.

的:"定型化形象是自反性的,与其说它说明着被定型化的形象,不如说更能说明定型化形象塑造者自身。"① 罗默关于东方的知识是东方主义的,他不是在真实地反映东方,而是根据西方的需要改造东方,将傅满洲这一形象"东方化",满足美国人要制造一个假想敌的需要,目的是要强调西方文明的优越,维护白种男人的优势地位。萨克斯·罗默的傅满洲完全符合美国人的社会记忆,认为中国人是一个和美国人完全不同的、偏执的民族,在文化、宗教、道德、体貌特征上都与西方人格格不入,是神秘、不可捉摸的异类。

显然,傅满洲形象体现着种族歧视和性别歧视的内涵。虽然傅满洲在每一部小说中都精心策划,但最终总是被代表正义的史密斯(Denis NayLand Smith)机智地解构。史密斯和傅满洲之间的冲突不仅是个人冲突,更重要的是延伸到了种族、文化和性别,是东方民族和西方民族的冲突,是亚洲文化和欧洲文化的冲突,是截然不同的男性气质的冲突。在罗默的第一部傅满洲系列小说《邪恶的傅满洲博士》②中,史密斯的助手皮特里(Dr. Petrie)这样说道:"它(指奇异的香水)是来自东方的气息,是伸向西方的一只黄色的手,象征着傅满洲身上那种狡猾的、难以赋形的力量;而内兰德·史密斯身材魁梧、灵活,面庞被缅甸的太阳晒成古铜色,代表着英国人的高效率,与险恶的敌人周旋。"③ "狡猾"、"难以赋形"是傅满洲的性格特征,而内兰德·史密斯则磊落、魁梧,两人判然分明。更重要的是,将香水和东方人连在一起揭示出东方男子的女人气,而西方则

---

① Gordon Wilard Allport, *The Nature of Prejudice*, London: Addison-Wesley, 1979, p. 191.

② 罗默的第一部傅满洲小说在英国出版时书名是 *The Mystery of Dr. Fu-Manchu*,在美国出版时为 *The Insidious Dr. Fu-Manchu*.

③ Sax Rohmer, *The Insidious Dr. Fu-Manchu*, New York: Mcbride, 1913, pp. 137 – 138.

代表标准的男子汉气概：高大、敏捷、被阳光晒成古铜色的健康肤色。

如此看来，傅满洲的男性气质包含着两种互为矛盾的内涵，一方面，他力图统治别人，主宰西方民族。既然霸权男性是要获取支配其他男性的权力，那么傅满洲博士属于这一类型。但另一方面，罗默在小说中对傅满洲的描写又突出他没有任何男性魅力，也没有表现出正常的性需求。实际上，炼长生不老丹和吸鸦片是他压倒一切的生理需求，只是在想要一个聪慧的孩子时，他才对欧洲女人感兴趣。傅满洲被塑造成缺乏性吸引力的男性，他强暴女性只是因为想生育出高智商的后代。

陈查理是美国作家厄尔·德尔·比格斯在 20 世纪 20 年代创造的一个和傅满洲截然不同的文学形象。傅满洲邪恶，威胁到西方人的霸权地位，而陈查理则代表着善良、对西方人没有任何威胁的华人男子。1925 年，比格斯受檀香山一个华人侦探所的启发，创造了陈查理这一形象，他先是出现在《星期六晚邮报》(*The Saturday Evening Post*)的专栏里，随后以书的形式与读者见面。比格斯共写了 6 部陈查理小说①，1933 年比格斯去世之后陈查理又在喜剧、广播、电视剧里面找到广阔的发展空间，并被好莱坞拍成 48 部电影和 39 集电视连续剧，最终以聪明、幽默、富于喜剧色彩，但又缺乏男子汉气概的形象定格在西方人的记忆里。

在许多美国读者和观众看来，陈查理被塑造成代表法律和正义的正面形象，是一位好公民，为什么却得不到华裔美国人的认可和喜欢？他们没有意识到，尽管比格斯有意识地塑造了一个正面形象，对亚裔美国人表现出了同情，但陈查理其实仍然是一个从属

---

① 分别是 *The House Without a Key* (1925); *The Chinese Parrot* (1926); *Behind That Curtain* (1928); *The Black Camel* (1929); *Charlie Chan Carries On* (1930); *The Keeper of the Keys* (1932).

性、边缘化的男性形象,至多被赋予了某种"种族歧视之爱"。在美国白人眼里,有色人种的男性不应该对支配性的白人男性构成威胁,陈查理就是这样一个符合他们标准的男性范式:他有着睿智的头脑,超凡的技艺,但心无旁骛地为白人服务,然后回到自己远离美国内陆的檀香山家中,谦卑、与世无争,没有任何威胁白人的企图。另外,如果说美国白人是霸权男性、支配男性,陈查理则是典型的从属性、边缘性男性。与白人主人公要么英俊潇洒,要么美丽性感截然不同,陈查理表情呆板单一,身体肥胖臃肿,缺乏男子汉气概,女人气十足,是一个被阉割的形象。下面这段描写以不同的方式反复出现在比格斯的陈查理小说中:"他确实很胖,但却迈着女人似的轻快步伐。他那象牙般肤色的脸像婴儿一样可爱,黑头发剪得短短的,深褐色的眼睛有点斜视。"①陈查理被比格斯沥去了男子汉气概,被孩童化了,其目的是要塑造一个没有任何威胁的典型。桑德拉·郝莉在《陈查理的重要性》中认为这位体态肥胖的中国侦探被同佛联系在一起:"陈被描写成一尊心地纯净、面无表情的佛,一尊安详、像石头般静止不动的佛,一尊完全不顾历史事实的阴郁而冷漠的佛。"②将陈查理描写成像佛一样沉静,突出了他对生活的满足和对种族歧视的宽容。顺从和屈服的奖赏是被塑造成"正面的"少数族裔形象,一种从属性、被剥夺了任何家长制权威、在种族和文化上被驯化的形象。

　　陈查理作为一个中产阶级侦探,他的服务对象不是华人或移民社区,而是上流社会的白人,他们还经常瞧不起他。他虽然有11孩

---

① Earl Derr Biggers, *The House Without a Key*, New York: Grosset & Dunlap, 1925, p.76.

② Sandra M. Hawley, "The Importance of Being Charlie Chan", in Jonathan Goldstein, Jerry Israel, and Hilary Conroy eds., *America Views China: American Images of China Then and Now*, Bethelem: Lehigh University Press, 1991, p.136.

子,仍然被描写成没有性感的男人。种族歧视对他没有太大的触动,在外办案时不断地渴望回到他在夏威夷的家,而这个地方象征着自我边缘化。陈查理缺乏热情,没有生动的表情,英语说的磕磕巴巴,突出了他和美国主流社会的不协调。和美国白人相比,他是二等公民,谦卑驯服。他是富裕美国白人家庭的高级仆人,是和他们不一样的文化"异类"。厄尔·德尔·比格斯通过将陈查理界定为低于霸权男性的异类男性,把华人男性边缘化了。

三

大众文化作为一种流行范式,对一个国家的民众和文化有着重要影响。在20世纪二三十年代,由于对东方知之甚少,西方的读者和观众必定依赖各种媒介来认识世界上其他民族,由此,关于东方的小说也获得了一种权威性。具有讽刺意味的是,对一个民族仅知皮毛的人成了这一民族文化的专家。罗默和比格斯都从未到过中国,对中国的认识很肤浅,但由于创作了关于中国的小说,因而被看做"东方"事务的专家。但他们不可能描绘出一个客观、真实的中国,而是从白人的种族立场和自我需要出发,将中国和中国人"东方化",甚至不顾历史事实歪曲、丑化中国形象,建构出一种"虚假真实",将想象的、虚构的、歪曲的说成是真实的、正常的、自然的。

英国传媒学者斯图亚特·霍尔(Stuart Hall)对大众文化及其意识形态作用有精辟的见解,他提出三种解读立场,即偏好解读或主导解读(the preferred reading)、协商解读(the negotiated reading)和对抗解读(the oppositional reading),被誉为诠释的典范。他在《编码/解码》一文中探讨了偏好解读是怎样产生出来的,认为文本的意义不可能完全由文化符码预先决定,很大程度上它还要受社会主导话语的影响:"符码间的内涵是不相同的。任何有着不同程度封闭性的社会文化都趋向于将其社会的、文化的和政治的世界分类。这些构成了一个主导文化秩序……社会生活的不同领域似乎都被指定进了话语的版图,按等级组织偏好意义或主导意义。"① 这种偏好解读一旦被大众所认可,就会产生持久的影响。

当一种形象被偏好地解读成定型化的形象时,往往将其视为一个种族或族群的代表,不熟悉这个民族或族群的读者和观众就会下意识地,甚至有意识地以这样一种形象(尽管是虚构的)为参照,去理解这个民族及其文化。美国大众在面对傅满洲和陈查理这样定型化的中国形象时,会采取一种萨义德所说的"文本态度"(textual attitude),将这种文本形象(包括文学作品、电影和电视中的形象)作为参照看待中国,而不愿面对真实的中华民族。

各种主观、片面、扭曲的定型化中国形象,由于系统制作和反复演变,构成一种斯图亚特·霍尔所说的"种族法则"(grammar of race)②,对当今海外年轻一代华人产生了十分不利的影响,尤其是像傅满洲和陈查理这样的定型化形象,通过纵向的继承,将华人男性边缘化了。被边缘化的男性总是缺乏支配性异性恋男人的男性气质(hegemonic heteromasculinity),结果,美国华人被迫要去证明自己的异性恋男性身份,要不就被污蔑为从属性的被阉割者、无性能力者或男性同性恋者。

被誉为"美国亚裔文学的良心"的赵健秀一直在致力于打破种族歧视性的定型化华裔形象,他一反华裔谦卑、顺从、消极、遵纪

---

① Stuart Hall, "Encoding/decoding", in Stuart Hall et al. eds., *Culture, Media, Language*, London: Hutchinson, 1981, p.134.

② Stuart Hall, "The Whites of Their Eyes: Racist Ideologies and the Media", in George Bridges and Rosalind Brunt eds., *Silver Linings: Some Strategies for the Eighties*, London: Lawrence and Wishart, 1989, p.39.

守法的旧形象,致力于在他的作品中重塑具有华裔男子汉气概的新形象。在他的短篇小说《陈查理的儿子们》(*Sons of Chan*,1988)中,赵健秀以陈查理之子的视角,探讨推翻形象继承的问题。赵健秀让陈查理的一个儿子作为叙述人,不无讥讽地让人们注意到陈查理作为神话的复杂内涵。他指出,一个白人作家在小说中虚构了陈查理这一形象,在后来的电影中又一直由白人演员扮演,这是一种殖民行为:华人的地位和形象均被美国白人决定和控制着。为了阻断和破坏陈查理这一主导形象,赵健秀小说的叙述人宣称他要杀掉"电影中的父亲形象",重塑他的中国祖先,用暴力展示华裔男子的男性身份。既然认为比格斯的象征性殖民行为明显地阉割了华人男性形象,赵健秀针对性地让他的主人公发动一场旨在对抗"电影上的祖先"的战争,寻求恢复被美国大众文化否定的华人支配性男性气质。

更令人担忧的是,带有种族歧视和性别歧视色彩的定型化形象已经内化为某些华裔美国人思想的一部分。在赵健秀看来,大量华裔女性(据他估计是50%左右)背弃本族裔男性而愿意嫁给白人,这是华裔轻薄自己的一个标志。白人对华人男性的歧视加上来自华人自身的偏见,极大地挫伤了华人男子的心智,许多人感到他们已经无法洗去无能的纹身,当他们质疑自我的时候,已经不可避免地在某种程度上认可了对他们的偏见。因此,在美国大众文化中重建华裔男性的阳刚形象已显得十分突出,而重构华人男性的身份无疑就要拒斥、否定、破除那些定型化的形象。安东尼·陈(Anthony Chen)花了大量时间对美籍华人进行广泛访谈,总结出四种方法:替补法(compensation),即用霸权男性形象取代充满偏见的定型化男性形象;偏移法(deflection),把注意力从定型化的行为上移开;否定法(denial),拒绝承认定型化形象;批驳法(repudiation),批驳使定型化形象得以存在的男性文化机制。①

由于历史的沉重积淀,改变对华人男性的偏见不是一朝一夕的事,有人认为需要发起一场华人男性运动,以提高华人男性的社会地位,维护他们充满活力、儒雅、有男性魅力的形象。也许从华人内部着手更为重要,华人男女应携起手来,自觉抵制来自内部和外部的偏见,同时争取白人的认可和合作。随着中国综合国力的增强和在国际上地位的不断提高,我们有充分的理由和信心期待早日根除定型化形象的不良影响,让中国男性的魅力在世界上放出异彩。

---

① Anthony S. Chen, "Lives at the Center of the Periphery, Lives at the Periphery of the Center: Chinese American Masculinities and Bargaining with Hegemony," in *Gender and Society*, October 5, 1999, pp. 584–607.

傅满洲与陈查理：好莱坞对华人男性的祛魅[①]

早在默片时代，好莱坞电影就开始了对华人的刻画。从 1894 年的无声电影《华人洗衣铺》，到 20 世纪一十年代的《落花》，三十年代的《阎将军的苦茶》、《大地》，六十年代的《花鼓歌》，七十年代李小龙主演的功夫片等等，好莱坞银幕上的中国和中国人在不同的历史时期呈现出不同的历史风貌，而给人印象最深刻、被作为系列电影反复演绎的当数"傅满洲"和"陈查理"。前者是"黄祸"化身，是"种族主义之恨"的典型；后者是"模范族裔"，是"种族主义之爱"的代表。尽管二者在白人眼中迥然不同，但都是被滤掉了男子汉气概、被剥夺了男性魅力的华人男子，是"非性化"、从属性、边缘性的祛魅形象。

一 "黄祸"化身傅满洲

"傅满洲"和"陈查理"系列电影均由小说改编而来。

傅满洲系列小说最早出自英国作家萨斯·罗默（Sax Rohmer）之手。1913 年，罗默出版了第一部傅满洲小说《神秘的傅满洲博士》，小说中白人英雄内兰德·史密斯紧急追踪傅满洲这位"恶

[①] 本文原载《艺苑》2006 年第 7 期。

魔",声称他这样做"不仅是为了英国政府的利益,而且是为了整个白种人的利益"①。这一姿态立即赢得了美国人的共鸣,美国人"同仇敌忾",很快就以《邪恶的傅满洲博士》之名在美国重版。罗默小试牛刀,就在英美两国获得了巨大成功,得到了将近二百万美元的报酬,得意之余他甚至将名字 Sax 缩写成美元 $ 的符号。此后罗默的傅满洲小说几乎一出版就流入美国,在美国不仅有不同名字的版本,而且在好莱坞电影、美国的广播电台、电视、喜剧和期刊杂志中广为流行。

罗默关于傅满洲的小说有近二十部/篇。在这些小说里面,傅满洲一方面凶狠残暴,另一方面又颇有教养,智力超群,精通古今中外的科学技术知识,其超常的能力连他的死对头白人英雄史密斯都感到佩服。1929年,好莱坞开始把"傅满洲"搬上银幕。傅满洲可以说是好莱坞银幕上贯彻"黄祸论"思想最彻底的形象,他集中了当时美国白人对华人世界最恶劣的想象,是邪恶妖魔的化身。好莱坞制片厂的宣传材料上曾有这样的话:"他手指的每一次挑动都具有威胁性,眉毛的每一次挑动都预示着凶兆,每一刹那的斜视都隐含着恐惧。"②

好莱坞一共拍摄了十四部有关"傅满洲"的电影,在这些系列电影中,"傅满洲"总是幽闭在自己的黑暗世界里,策划种种邪恶的勾当。他残暴成性、诡计多端,精通五花八门、鲜为人知的酷刑,能调制稀奇古怪的毒药。他周围总是聚集着一群爪牙和帮凶,随时听候差遣,"傅满洲"由此也成了邪恶世界的主人。他不仅掌

---

① Sax Rohmer, *The Insidious Dr. Fu-Manchu*, New York: McBride, 1913, p.8.
② 哈德罗·伊萨克斯:《美国的中国形象》,于殿利、陆日宇译,北京:时事出版社,1999年,第157页。

握西方先进的科学,而且精通中国古代的炼丹术,东西合璧的智慧使他具有超人的能力,经常是在这部片子中遭到惩罚死去,又在下一部电影里奇迹般地复活,从而演绎出了一个又一个惊险罪恶的故事。

  傅满洲是好莱坞精心制作的一个脸谱化形象,很大程度上成为以后好莱坞刻画东方恶人的原型人物。其形象的隐秘、诡诈,其活动的帮会特征,其作恶手段的离奇古怪……都被好莱坞反复加工利用,傅满洲成了中美关系的晴雨表和贯彻美国政治意识形态的急先锋。傅满洲在 20 世纪二三十年代的好莱坞银幕上频频亮相,这一时期拍摄了八部傅满洲电影:《黄爪》(1921)、《傅满洲博士的秘密》(1923)、《傅满洲博士的秘密续集》(1924)、《神秘的傅满洲博士》(1929)、《傅满洲博士归来》(1930)、《龙女》(1931)、《傅满洲的面具》(1932)、《傅满洲的鼓声》(1940)。抗日战争期间,中国人民反侵略的事迹激起了西方世界的同情,傅满洲销声匿迹了一段时间,但随着蒋介石的垮台、中华人民共和国的建立,美国对新中国产生恐惧,随后朝鲜战场上的交锋更加深了美国人的恐惧。于是"黄祸论"沉渣泛起,变成"红色威胁"主宰了西方世界对中国的主流认识。适应他们歪曲中国的需要,傅满洲再次复活,以更加邪恶、恐怖的面目活跃在好莱坞电影中。20 世纪五六十年代,好莱坞又拍摄了《傅满洲历险记》(1955)、《傅满洲的脸》(1965)、《傅满洲的新娘》(1966)、《傅满洲复仇》(1967)、《傅满洲的血腥》(1968)五部电影。直到 1980 年,好莱坞还不肯放弃这个形象,拍摄了《傅满洲的奸计》,该片出笼后立即遭到美国华人世界的愤怒抗议。由于该影片本身粗制滥造,再加上主题又是老掉牙的故事,并无票房价值,制片商也就低调处理,不了了事。甚至到了 21 世纪的今天,任何力图妖魔化中国的好莱坞电影,都不断地回到"傅满洲"这个原型人物上面,他仿佛成了"妖魔化"中国的一个盾牌,需要的时候就拿出来招摇一番。

二 "模范族裔"陈查理

陈查理是与傅满洲截然不同的华人形象,是对邪恶的中国人形象的"矫正"。好莱坞电影杜撰了大量的辱华影片,傅满洲无疑是其中最突出的一个。国内有学者对这类影片进行了研究,认为最早传达出退潮信息的是陈查理。的确,陈查理是 20 世纪 30 年代好莱坞以欣赏的态度描写华人的代表。

陈查理出自美国作家厄尔·德尔·比格斯(Earl Derr Biggers)之手。1925 年,比格斯受檀香山一个华人侦探所的启发,构思出陈查理这一形象,他先是出现在《星期六晚邮报》的专栏里,随后以单行本的形式与读者见面。比格斯一共写了六部陈查理系列小说:《没有钥匙的房间》(*The House Without a Key*,1925)、《中国鹦鹉》(*The Chinese Parrot*,1926)、《在幕布后面》(*Behind That Curtain*,1928)、《黑骆驼》(*The Black Camel*,1929)、《陈查理接手》(*Charlie Chan Carries On*,1930)以及《守护神》(*Keeper of the Keys*,1932)。

虽然陈查理小说只有六部,但衍生出来的作品却何其多!从 1925 年根据小说《没有钥匙的房间》改编的同名电影开始,到 1949

年的《天龙》(The Sky Dragon)，陈查理系列电影已达到47部。①在小说中，陈查理的活动范围仅局限于美国西海岸，而在电影里面，他的足迹却遍及世界各地：伦敦、巴黎、埃及、上海……哪里有疑案，哪里就会出现陈查理的身影。因此，在许多电影中，陈查理只是观众喜闻乐见的一个人物，他要处理的案件完全突破了比格斯的想象，更大程度上，他是编剧、导演兴之所至，或精心或随意差遣的一个对象。

从扮演的社会角色来看，陈查理是美国大众文化所塑造的"模范族裔"的早期代表，是被美国主流文化同化的、从工人阶级进入到中产阶级行列的少数人士之一。陈查理象征着成功的美国梦：被美国白人主流社会所认可，有一个美满的家庭，过着相对富裕的生活。

---

① 分别是 House Without a Key(1926), The Chinese Parrot(1926), Behind That Curtain(1929), Charlie Chan Carries On(1931), The Black Camel(1931), Charlie Chan's Chance(1932), Charlie Chan's Greatest Case(1933), Charlie Chan's Courage(1934), Charlie Chan in London(1934), Charlie Chan in Paris(1935), Charlie Chan in Egypt(1935), Charlie Chan in Shanghai(1935), Charlie Chan's Secret(1936), Charlie Chan at the Circus(1936), Charlie Chan at the Race Track(1936), Charlie Chan at the Opera(1936), Charlie Chan at the Olympics(1937), Charlie Chan on Broadway(1937), Charlie Chan at Monte Carlo(1938), Charlie Chan in Honolulu(1938), Charlie Chan in Reno(1939), Charlie Chan at Treasure Island(1939), Charlie Chan in City in Darkness(1939), Charlie Chan's Murder Cruise(1940), Charlie Chan at the Wax Museum(1940), Charlie Chan in Panama(1940), Murder over New York(1940), Dead Men Tell(1941), Charlie Chan in Rio(1941), Castle in the Desert(1942), Charlie Chan in the Secret Service(1944), The Chinese Cat(1944), Black Magic/ Meeting at Midnight(1944), The Jade Mask(1945), The Scarlet Clue(1945), The Shanghai Cobra(1945), The Red Dragon(1945), Dark Alibi(1946), Shadows Over Chinatown(1946), Dangerous Money(1946), The Trap(1947), The Chinese Ring(1947), Docks of New Orleans(1948), The Shanghai Chest(1948), The Golden Eye(1948), The Feathered Serpent(1948), The Sky Dragon(1949).

19世纪下半期以来,大批国外移民进入美国,其中有黑人、东方人、犹太人、阿拉伯人等。对当时的美国主流社会来说,这些移民无疑是需要在思想上、行为上加以改造的对象。为了更好地改造、驾驭他们,除了政府硬性的政策、法案、条例之外,还需要一种正面的榜样力量,用鲜活的个案来引导、规范其他移民,陈查理就被塑造成这样一个榜样个案。尽管陈查理和傅满洲差不多同一时期出现在好莱坞银幕上,但他们的形象特征、内涵却差异很大。前者面目可憎,令人畏惧,是颠覆西方世界的罪魁祸首;后者温和善良,是美国人心目中的模范移民;前者是白人警察日夜缉拿的要犯,后者是抓捕白人罪犯的侦探。出于种族歧视和白人至上的观念,白人警察有时瞧不起陈查理这个华人侦探,但他从头到尾都表现得比白人上司和同事要聪明很多,最后也总是由他来破获案件。陈查理用他的东方智慧——高超的断案本领、处变不惊的品格、谦逊的态度、适时说出的警句,赢得了西方人的认可、信任和尊重。

扮演陈查理的演员有六位之多,其中最主要的三位是瑞典演员华纳·奥兰德(Warner Oland)、美国演员西德尼·托勒(Sidney Toler)和罗兰·温特斯(Roland Winters)。奥兰德饰演的陈查理温顺和蔼、彬彬有礼,在任何情况下都不敢表示自己的不满;西德尼扮演的在某些场合含有嘲讽的表情,甚至有机会表示愤怒,倾向于用威压的方式让嫌疑人伏罪;温特斯扮演的陈查理则更进了一步,从中国人的角度看,他的陈查理更令人欣赏,陈查理不时向上司投去冷冷的一瞥,而且能把东方式的格言警句说的恰到好处。可以说在这三位主要的陈查理演员中,温特斯是最率性、最轻松的一位。

陈查理电影在20世纪三四十年代曾狂飙般地吹遍了西方世界,至今网上还有陈查理、陈查理家族、陈查理影迷的网页。与好莱坞拍摄的很多东方题材电影不同,陈查理系列电影真正吸引观众的不是其中的神秘成分,也不单纯是陈查理的探案方式,而是陈查理这个人物本身，他那脱口而出的警句、超然其外的态度，他的"多谢"的口头禅，还有隐藏很深的罪犯因一点小小的疏忽而被查理验明正身、最后不得不痛苦而又佩服地承认："你很聪明，陈先生"，……这些是陈查理电影的真正魅力所在，而三位扮演陈查理的老牌明星奥兰德、托勒、温特斯精彩的表演更让陈查理影迷们崇拜不已。

西方人对陈查理这个人物始终怀有难以割舍的情愫。1949年新中国建立后，中美关系进入"敌视期"，在美国人看来表现正面中国形象的陈查理电影，其拍摄也告一段落。但陈查理作为一个虚构的文学人物，经过二十多年的反复拍摄，已经深深地印在了美国人的脑海里，很难一下子从记忆中抹去。1957年，美国又拍摄了39集电视连续剧《陈查理侦探故事新编》，1972年，华纳公司旗下的汉纳—芭芭拉（Hanna Barbera）工作室拍摄了动画剧集《了不起的陈查理和他的家族》，讲述陈查理的后代在他的帮助下到世界各地破案的故事。1981年，又一部陈查理电影戏说《陈查理和龙后之咒》在美国拍摄完成。90年代，美国的米拉麦克斯（Miramax）电影公司再一次将陈查理搬上银幕，拍摄了《上锁的房间》（The Locked Room）。2003年，20世纪福克斯电影公司又决定重新拍摄一部以陈查理为主角的电影，讲述陈查理的孙女接替祖父的事业，成为新世纪女神探的故事。西方的陈查理影迷不仅对新的陈查理电影充满期待，而且对那些已蒙上岁月尘埃的上个世纪三四十年代的陈查理电影也情有独钟。2003年6月，福克斯电影频道应西方广大陈查理影迷的要求，将老影片进行修补，在夏季档播出。虽然影片因华裔美国人的强烈反对而停播了一段时间，但很快就被解禁，现在陈查理电影碟片甚至在国内也有出售。

三　祛魅的华人男性

好莱坞银幕上的傅满洲和陈查理尽管有恶魔与模范之别,但有一点是共同的:他们都是缺乏男性魅力的华人男子。

傅满洲虽说某种程度上是对此前西方塑造的中国形象的突破,因为中国人在傅满洲之前的美国小说中多是一些任人摆布、任人宰割的牺牲品,而傅满洲则是一个能够表现自己的力量,可以实践自己主观意志的威力型中国形象。但傅满洲丝毫不具有白人对手身上刚毅果敢、英俊潇洒的男性气质,没有任何男性吸引力,也没有表现出正常的性需求。在好莱坞电影中,傅满洲是个指甲纤细、举止女性化的男人,对白人男性常有抚摸动作,表现出男同性恋倾向。白人作者和导演害怕傅满洲会给白人女子带来性威胁,因而把傅满洲身上的男性魅力悉数剔除,实际上炼长生不老丹和吸鸦片是他压倒一切的生理需求,只是在想要一个聪慧的孩子时,他才对欧洲女人感兴趣,因为他迷信"混血优势"理论。傅满洲被塑造成缺乏性吸引力的男子,他强暴白人女性只是因为要生育后代。

陈查理虽然是以华人侦探郑阿平(Chang Apana)为原型创造出来的,但白人作家比格斯并没有把郑阿平的性格特征全部赋予陈查理,而是从白人至上的立场出发,对郑阿平原型进行了祛魅过滤。从外表上来看,郑阿平目光威严,身材灵活,阳刚十足,武艺超群,令匪徒闻风丧胆;而比格斯塑造的陈查理则身材臃肿,迈着女人似的步伐,长着婴儿般的圆脸。这些外貌特征被好莱坞电影表现得淋漓尽致。影片上的陈查理举止谦卑、动作矫揉造作,缺少阳刚之气,动辄"子曰诗云",迂腐呆板,一点也没有白人侦探身上粗犷豪放、坚毅浪漫、风流倜傥的男性魅力,是一个被阉割的形象。因此,与白人观众的热衷相反,陈查理一直没有得到华人的认可与喜欢。在华人看来，尽管陈查理儒雅、智慧、沉稳、善于思考，但他显然经过了美国时政需要和种族主义视点的"过滤"。作为一个"模范少数族裔"，他满足了美国社会将一个民族塑造成典范去反衬、对照、驯化其他族裔的需要，而且他身上仍然没有脱去种族歧视的内质。白人塑造者赋予他睿智的头脑，超凡的技艺，但又让他心无旁骛地为白人服务，并极力凸显他的谦卑和与世无争。尽管查理有十多个孩子，仍被描写成没有性感的男人。如果说美国白人是霸权男性、支配性男性，陈查理则是典型的从属性、边缘性男性，是二等公民，是女性化的、袪魅的华人男子。

好莱坞电影具有强大的娱乐功能和意识形态功能。就前者来说，它一遍又一遍地用"善有善报、恶有恶报"、"有情人终成眷属"等等的世俗神话，为观众安排了电影文本中虚幻的主体位置，让他们在虚假的现实中暂时忘却生活中的痛楚，得到象征性的宣泄和满足。就后者来讲，早在第一次世界大战期间，美国政府就意识到电影和其他大众文化都不仅具有产业意义，而且对于宣传美国的政治、文化，扩大其经济影响也具有不可替代的重要作用，同时也有利于改变其他国家和民族的文化，促使其向美国的信念和价值观念融合，因此电影被形象地称为"装在铁盒里的大使"。

好莱坞电影一般都有一个程式化的模式：电影的开头总是展现出某种美好的秩序，然后突然出现了狂徒或是发生了谋杀案，正常的秩序遭到破坏。危机时刻，代表正义和秩序的英雄、侦探出现了，他们以无比的勇气、高超的本领和过人的智慧，将犯人击毙或捉拿归案，给观众一种恶人必将完蛋、秩序必定恢复的大团圆结局。20世纪三四十年代的"傅满洲"和"陈查理"系列电影也符合这样的模式，前者类似于犯罪片、惊险片，后者属于侦探片。他们一个是邪恶和犯罪的代表，一个正义与法律的化身，最后总是正义战胜邪恶，法律恢复秩序。在"傅满洲"电影中，正面主人公白人内兰德·史密斯不是挫败傅满洲,就是将他处死。在"陈查理"电影中,黄面孔的华裔大侦探陈查理总会将隐藏极深的白人罪犯揭露出来,秩序终又恢复过来。"傅满洲"和"陈查理"电影在20世纪三四十年代的美国广为流行,美国观众在白人警察制服中国罪犯、华人侦探揪出白人恶徒的反复演绎中,得到一种心理上的安慰和满足。

葛兰西的霸权理论认为:一个社会制度的真正力量并不在于统治阶级的暴力或国家机器的强制性权力,而是被统治阶级对于统治阶级世界观的接受,即在意识形态领域建立起霸权。同样,一个国家的霸权地位不仅在于其拥有强大的政治、经济、军事能力,还在于它用意识形态去影响、渗透其他国家和民族。今天,美国式的价值观念、生活方式以及美国至上的意识,正通过电影等传媒形式在更大范围内传播,形形色色的意识形态渗透更为隐蔽,更为多样化,更具冲击力,或隐或显地影响和改变着其他民族的价值观念和身份认同,对此我们应多加警惕和思考。

布勒特·哈特的异教徒中国佬[①]

布勒特·哈特(Bret Harte,1836—1902)是19世纪以描写美国西部而闻名的作家,也是把地方色彩引入美国文学作品的重要作家。他出生于美国东部,1848年加利福尼亚发现金矿的消息传出后,数以万计的美国人从中东部蜂拥来到西部,哈特也抱着发财致富的愿望于1854年来到这里。在加利福尼亚的这段时间里,他从事过邮递员、司药员、排字工人、小学教师、报社编辑等各种职业,虽然没有获得财富,却学到了许多东西,接触了各式各样的人,了解到美国西部世界里奇特的性格、环境和风土人情。1868年,他的短篇小说《咆哮营的幸运儿》在《陆路月刊》上发表,旋即轰动美国。次年,另一个短篇《扑克滩放逐的人们》问世,更使他蜚声海外,被称为美国"西部幽默小说家"、"乡土文学作家"。

在哈特一生的创作中,有一部分是描写美国西部华人的,如诗歌《诚实的詹姆斯的老实话》(*Plain Language from Truthful James*,1870)、短篇小说《费德城插曲》(*The Episode of Feddle City*,1873)、《异教徒李顽》(*Wan Lee, the Pagan*,1874)、《加布里尔·康洛伊》(*Gabriel Conroy*,1875—1876)、《海盗岛的皇后》(*The Queen of Pirate Isle*,1887)、《四邑人》(*See Yup*,1898)、《加拿大城的美少女》(*A Belle of Canada City*,1900)、《千里达岛的三个流浪

[①] 本文原为《镜像后的文化冲突与文化认同》第五章第二节,中华书局,2008年。

汉》(Three Vagabonds of Trinidad, 1901)，与马克·吐温合作的剧本《阿新》(Ah Sin, 1877)等。我们在本文中重点讨论《诚实的詹姆斯的老实话》和《异教徒李顽》。

在哈特描写中国人的作品中，《诚实的詹姆斯的老实话》是影响最大的。这首诗共六十行，十小节，以诚实的詹姆斯讲老实话的方式叙述了一场打牌赌钱的经过：詹姆斯和比尔·奈打牌，因缺人便与华人阿新凑成一局，阿新声称自己不会打牌，似乎是勉为其难地上了牌桌。詹姆斯和比尔·奈本来想联起手来赢光阿新的钱，没想到次次输给阿新。后来詹姆斯发现尽管比尔·奈偷偷藏牌，但表面木讷的阿新藏得更多，这使詹姆斯义愤填膺：

> Which I wish to remark,
> 关于这点我有话要说，
> And my language is plain,
> 我绝对直言不讳，
> That for ways that are dark
> 论到歪门邪道，
> And for tricks that are vain,
> 或是诡计多端，
> The heathen Chinee is peculiar,
> 异教徒中国佬实在精于此道
> Which the same I would rise to explain.
> 对此容我慢慢道来。
>
> Ah Sin was his name;
> 他的名字叫阿新，
> And I shall not deny,

我不否认

In regard to the same,

这个名字

What that name might imply;

所隐含的意思,

But his smile it was pensive and childlike,

但他的笑容既忧郁又孩子气,

As I frequent remarked to Bill Nye.

这一点我经常向比尔·奈提起。

……

Then I looked up at Nye,

然后我抬头看看奈,

And he gazed upon me;

而他也两眼朝我直瞪,

And he rose with a sigh,

他站起来,叹了一口气,

And said, "Can this be?

说道:"这难道是真的?

We are ruined by Chinese cheap labor,"

中国贱劳工毁了我们。"

And he went for that heathen Chinee.

于是他扑向异教徒中国佬。

In the scene that ensued

此后发生的各种事件,

I did not take a hand,

我袖手旁观决不参与。

But the floor it was strewed

整个地板飞满纸牌,

Like the leaves on the strand

像河滨的满地落叶,

With the cards that Ah Sin had been hiding,

都是阿新藏起来的牌,

In the game "he did not understand".

来玩这"他不会的游戏"。

……

这首幽默歌谣体诗歌刊出后大受欢迎,后来将标题改成诗中多次重复的《异教徒中国佬》,不仅风靡全美,还穿越大西洋,转载在英国的《旁观者》杂志上。

这首诗在当时引起的热烈反响超乎哈特的意料,他曾表示创作此诗完全出于无心,他的本意或许是嘲笑白人本想欺骗华人反而被欺骗这样一种聪明反被聪明误的丑行,并对中国人遭受的不公正待遇表示同情,但他的白人同胞误读了他的本意,认为这首诗具有排华意味,迎合了当时的潮流,因而普遍接纳了它。比如当时一位评论家就作如是观:"中国人蜂拥来到加利福尼亚……虽在许多方面遭到反对,仍坚持他们自己的行为习惯。布勒特·哈特富于远见地看到了这一切会带来什么样的结果,并认为通过用一种幽默的笔调来描述这种状况,能够适时地提醒公众注意这个问题。"[①]就连为哈特立传的亨利 W. 伯伊顿(Henry W. Boynton)也这样写道:"'廉价的中国劳工'已经吹响了涌入美国的号角,而布勒特·哈特凭借他对现

---

① William Purviance Fenn, *Ah Sin and His Brethren in American Literature*, Peking: College of Chinese Studies cooperating with California College in China, 1933, pp. 47–48.

实问题的敏锐的直觉,用极为简单而又强有力的形式,抓住了问题的要害。"①针对这一偏离作者原意甚远的误读,哈特不得不站出来辩护,解释说如果这首诗里含有意识形态成分的话,那也是要指控白人矿工的贪婪,不知廉耻地戏弄、坑害其他种族的人,结果反而被倒打一耙。尽管如此,很多白人还是愿意从这样的意义上来解读这首诗:首先,中国人是"廉价劳力",与"自由的白人"相比是低一等的;其次,从外表上看,中国人总是笑容可掬,笑起来傻里傻气的样子,那他们就应该是智力低下、愚钝、痴傻的异类,但事实上,中国人在赌桌上诡计多端,所以中国人是欺诈者、骗子。

由于《异教徒中国佬》一诗反响热烈,一时间群起效仿,推动出现了一批侮辱嘲弄华人的打油诗,"异教徒中国佬"也成了一个描写中国人的定型化词语。"异教徒"最初是基督徒对非基督徒的称谓,本质上只是表示信仰的不同,不是什么贬义词,但在美国人的偏好解读下,这个词带上了"善恶分野"的内涵。称华人为"异教徒中国佬"不仅反映了美国人的优越感,也反映了在这种优越感的支配下,美国人对不同文化、不同种族关系的处理方式,即在现实生活中从西方中心的心态出发,要求华人放弃自己的信仰、道德伦理甚至日常生活礼仪,皈依基督教。一旦这种心理得不到满足,便视华人为劣等人种,中国人的智慧也带上了妖魔化色彩,就像阿新的牌技一样不可思议。哈特的这首诗使中国人和异教徒牢牢地联系起来,从此成了美国人以轻蔑、厌恶的口吻来谈论中国人的一个惯用语。

尽管哈特创作《异教徒中国佬》的目的是要讥讽自己同胞的贪婪,对远离故土、在美国备受捉弄、殴打的华工表示同情,但他的

---

① William Purviance Fenn, *Ah Sin and His Brethren in American Literature*, Peking: College of Chinese Studies cooperating with California College in China, 1933, p. 48.

白人读者却主要解读成对华人的讥讽和嘲弄,并为此欣喜若狂。哈特本人对西方公众的误读感到可笑,对由此而给华人带来的损害感到内疚,便想在此后的创作中做些弥补,①于是另一篇关于华人的短篇小说《异教徒李顽》诞生了。

在哈特有关华人的作品中,写得最哀婉动人的当数《异教徒李顽》。主人公李顽的故事按时间顺序分三个阶段讲述。第一阶段发生在1856年,那时的华人和白人基本上相处融洽。小说的主人公李顽是"在内廷变戏法的老王"的头生儿子,华商辛和(Hop Sing)邀请老王为几个尊贵的美国客人表演,美国人看了表演之后很赞赏,高兴之余就认老王的儿子为教子。第二阶段是九年之后的1865年,由于李顽的"性命目前正受到旧金山文明学校里你们(指白人——笔者)很有教养的文明子弟的威胁,而遭到了危险"②,辛和把李顽送到朋友(孩子的一位教父,也是小说中的"我"——笔者)所在的报馆去当学徒。但聪明而又淘气的李顽常常搞一些恶作剧,比如送报时弄坏了订户的报纸,报复捉弄过他的工头,偷邻居的鸡蛋,甚至抢劫邮包,但他与报馆里的美国人相处得还算融洽。第三阶段是在两年以后,这时候的种族关系已经变得相当严峻复杂。李顽被带回旧金山,进入一所教会学校学习,并和房东家的小女孩建立了亲密的友情。小女孩"白白胖胖的脖子上挂着闪闪发亮的十字架,"而李

---

① Elaine H. Kim, *Asian American Literature, An Introduction to the Writings and Their Social Context*, Philadelphia: Temple UP, 1982, p.11.

② "Wan Lee, The Pagan", *Scribners Monthly, An Illustrated Magazine for the People*, 1874(5), p.554./http://cdl.library.cornell.edu/cgi-bin/moa/pageviewer? frames=1&coll=moa&view=50&root=%2Fmoa%2Fscmo%2Fscmo0008%2F&tif=00560.TIF&cite=http%3A%2F%2Fcdl.library.cornell.edu%2Fcgi-bin%2Fmoa%2Fmoa-cgi%3Fnotisid%3DABP7664-0008-94/2007-3-23. 以下出自该文的引文不再一一注明网址。

顽的"褂子里揣着丑陋的瓷菩萨像"①。李顽为小女孩做各种各样的玩具,小女孩则为他弹琴、唱歌、读书,并送给他一根黄缎子扎小辫子,还带他去主日学校。中国孩子竟敢和白人孩子有如此亲近的关系,带有浓重种族歧视眼光的白人不能容忍。于是,接下来发生了持续两天的袭击和屠杀华人的暴动:"居民中有一伙暴民袭击并残杀了手无寸铁、不能自卫的外国侨民,因为他们是外国人,是属于另一民族、宗教、人种的人,因为他们乐意为他们能够得到的随便多少工资而工作。"②就是在这次暴力袭击中,李顽被一伙半大不小的小伙子和基督教学校的学生用石头砸死在旧金山的街道上。哈特怀着悲凉的心情写下了这样的句子:

  死了,可敬的朋友们,死了!在旧金山街头,活活被石头砸死,正是公元一千八百六十九年,是一群半大不小的顽童及基督教学校里的学生下的手!
  当我郑重地将手按在他的胸膛上,感到衣服下面有个碎裂的东西……是李顽的陶瓷菩萨像,那些喊叫着铲除偶像的基督徒,亲手用石头将它打得粉碎!③

对于这段凄婉的描写,虽然有人会说哈特像狄更斯那样感伤,但我们能感受到哈特字里行间对中国人的真诚同情,似乎是在对自己以前不明朗的态度做些补偿。

---

 ① "Wan Lee, The Pagan", *Scribners Monthly, An Illustrated Magazine for the People*, 1874(5), p.558.

 ② "Wan Lee, The Pagan", *Scribners Monthly, An Illustrated Magazine for the People*, 1874(5), p.558.

 ③ "Wan Lee, The Pagan", *Scribners Monthly, An Illustrated Magazine for the People*, 1874(5), p.559.

在这个故事里面，哈特讽刺的笔触部分放在那些信奉基督教的美国人以基督的名义犯下的罪孽。哈特的父亲信仰天主教，母亲信仰新教，但哈特感到母亲的新教不能给人以鼓舞，父亲的天主教也无助于解决实际问题，因此，他是一个怀疑论者，不具体信奉某一个教派，只是偶尔对一个教派的教义表现出兴趣。他在早期的一个小册子《皈依基督的异教徒与传教士之间的对话》中说过这样的话："我不喜欢那个没有皈依基督的异教徒吗？不，不是这样的！"[1]哈特一生都坚持这种观点，当然，在《异教徒李顽》中这种思想也有明确的流露，比如小说中有这样的描写："这个小女孩很高兴能够在李顽没有意识到的情况下，用自己的基督善心慢慢地影响他。"[2]白人女孩和黄种男孩能够毫无芥蒂地亲密友爱，十字架和菩萨像两相辉映，说明在哈特心目中中西两种信仰、两种文化并非不能共容，这是哈特美好的理想，至少是他良好的愿望，正因为如此，他在小说中才对李顽的死渲染得如此悲凉，对种族主义的愤慨使他突破了惯常所用的无动于衷的态度。同是描写华人，布勒特·哈特和马克·吐温明显地不一样，吐温把他对种族主义的愤怒和对华人的同情态度明朗地展现在作品中，而哈特基本上采用客观的手法，尽管带有揶揄和有意夸大的成分，但主观感情很少渗入和流露，他对白人种族主义的愤慨表现得比较平和、委婉，将中国移民所受到的不公平的待遇深深地隐藏在作品之中，或是巧妙、自然地点到为止，一般不做过分的渲染。而且他还擅长用一种幽默的方式来减弱种族冲突，把对中国人民的同情和对白人种族主义者的不满，都掩映在幽默、玩笑的氛围里。相比之下，《异教徒李顽》就是一部立场

---

[1] William Purviance Fenn, *Ah Sin and His Brethren in American Literature*, Peking: College of Chinese Studies cooperating with California College in China, 1933, p.55.

[2] "Wan Lee, The Pagan", *Scribners Monthly, An Illustrated Magazine for the People*, 1874(5), p.558.

较为鲜明的同情华人的作品了。

也许是《异教徒中国佬》那首诗给哈特带来了太多的荣誉和金钱，1878年，他又写出了一首以阿新为主人公的诗《中国人最近的愤怒》(The Latest Chinese Outrage)。在这首诗里，白人矿工在狩猎回家的路上碰到华人洗衣工，其中"异教徒阿新"向白人索要洗衣的工钱，白人拒绝付费。诗中有这样的句子："我们难道束手无策，让亚洲/这些野蛮的家伙横行在文明之邦？"明明是自己拖欠华人的洗衣工钱，白人却表现得满腔义愤："这些人卑劣低下，/污浊不堪，/迷信如来，/难道还能算债权人？"①于是在阿新的带领下，中国人袭击了这几个白人矿工，抢走了他们的猎物及其他财物以抵洗衣费。更令白人惊讶的是，这些中国人竟然掳走了一名欺骗他们的白人矿工约翰逊(Johnson)，并以中国人的方式审判他：给他穿上中国人的服饰，剃掉眉毛，脸上涂上油彩，嘴里塞上烟枪。然后捆住他的手脚，塞进一个竹笼里，挂在树上，外面放个标签，上面用中文写着："有个白人在此！"然后，静悄悄地离开，"任他悬挂在那儿，像个熟透的果子。"②

1877年，哈特还与马克·吐温合作，写了一个剧本《阿新》，又称《异教徒中国佬阿新》(Ah Sin, the Heathen Chinee)，于当年5月份在华盛顿"国家大剧院"上演。在英文中，"阿新"的字面意思是"啊，罪孽"，以这样的名字为剧中的主人公命名，显然不是要塑造一个正面形象，而是一个集中国移民所谓的邪恶、诡计多端之大成的化身。剧中的阿新潦倒、酗酒、偷盗，尤其精通赌博，表面上显得愚蠢、可怜，实际上工于心计。最后，一直被人作弄的阿新却

---

① Bret Harte, *Complete Poetical Works*, New York: P. F. Collier & Son, 1902. http://www.telelib.com/authors/H/HarteBret/verse/completepoetical/chineseoutrage.html.

② Bret Harte, *Complete Poetical Works*, New York: P. F. Collier & Son, 1902. http://www.telelib.com/authors/H/HarteBret/verse/completepoetical/chineseoutrage.html.

把自以为聪明的布劳德里克"耍了":"万恶的中国佬,他让我伸长脖子钻进绳套。"布劳德里克对着阿新大声吼叫:"你这个罪恶(sinful)的老强盗,滚回中国去!"①剧本重点突出了华人的狡诈,在巴尔蒂摩的演出海报就很能说明这一点:阿新拖着长长的辫子,嘴巴大张着,眼睛鼓着,穿着袖子宽大的对襟大褂,手攥一把扑克牌,头往上仰,鼻尖上立着一张王牌,和哈特的幽默诗《异教徒中国佬》里面长袖子里藏牌的阿新如出一辙。吐温和哈特对华人并没有特殊的感情,只是把他们视为可怜无助的族群。两人出于正义感和同情心借华人来讥讽本国人的暴力和偏见,但如果华人表现得比白人聪明,便会惹恼白人观众:"让一部戏剧围绕一个精明的华人转,尤其是他可以轻易胜出周围的白人,也许就要求得太过分了——即使不是对戏剧,对观众也是如此。"②这也许是剧本《阿新》失败的一个主要原因。

虽然哈特对华人所遭受的不公平对待表示同情,但他又是带着好奇的眼光来看待华人的,将华人视为诡秘的异教徒:漠然的面孔、怪异的装束、灵巧的肢体、神秘的特征和整体上的难以捉摸。哈特的描写与当时美国民众对中国人的好奇心和神秘感有着某种程度的一致性,这既是一个民族在遭遇另一个与之有着截然不同的文明传统的民族时所不可避免的初始状况,也是19世纪遍及欧美的浪漫主义文学影响的余绪,是文学中追求异国情调的表现,而这种异国情调的东西,用写实的手法罗列出来,给读者提供了一个真实可感的环境和氛围。

贯穿《异教徒中国佬》始终的是华人所谓的表里不一、不可捉

---

① 转引自朱刚:《排华浪潮中的华人再现》,《南京大学学报》(哲学·人文科学·社会科学版),2001年第6期。

② Elaine H. Kim, *Asian American Literature*, *An Introduction to the Writings and Their Social Context*, Philadelphia: Temple University Press, 1982, pp. 15 – 16.

摸,他们整日面无表情,对什么都无动于衷,生活在迷信和诡秘之中。剧本《阿新》中,主角阿新透出一股冷漠的神秘感。剧中的大部分时间里,他一直是个赌徒、骗子、偷窃者,剧终时却摇身一变,从一个邪恶之徒变成了惩治恶人的英雄,令白人观众感到华人是一个戴着多重面具的种族。

而在《异教徒李顽》中,哈特对华人的诡秘性做了更深层次的揭示,特别是中国的民间文化——变戏法,其中小李顽在魔术表演中的神秘现身,则是最激动人心的一幕。在观众焦急的等待中,表演魔术的地下室里静极了,甚至能听到大街上的钟鸣声和偶尔驶过的马车的哒哒声。那种紧张得近乎恐怖的氛围被哈特渲染到了极点:"观众怀着凝神期待的心情,看到朦胧、神秘的微光笼罩在怪模怪样的中国神像上,地下室里弥漫着一股跟香料混合在一起的轻微的鸦片气味,再加上我们真正等待的事情难以捉摸的恐怖性,这一切使我们很不舒服地脊背发凉。"[①]紧接着,小李顽终于在魔术师老王神秘莫测的表演中,从看上去一无所有的虚空中显现出来:

> "围巾下面有东西!不错——有一件先前不在那儿的东西,起初,只不过有一点凸起的迹象,有一个模糊的轮廓,可随着每一分钟的流失,愈来愈清晰,愈来愈明显……那个隐蔽的东西成了一个躯体,从围巾中央顶起了五六英寸。现在毫无疑问了,这是一个完整的小躯体,胳膊和腿全显现出来了。……老王站起身来,用一个迅速、利落的动作,一把将围巾和绸子扯开,露出一个中国婴孩儿,安安静静地睡在我的手帕上!……这是一个一周岁的可爱男孩儿,看起来像是用檀香木雕刻

---

① "Wan Lee, The Pagan", *Scribners Monthly, An Illustrated Magazine for the People*, 1874(5), p.553.

成的一个丘比特。"①

不仅中国的魔术不可思议,中国的商品也带有神秘的异国气息。哈特在《异教徒李顽》中这样描述中国商人辛和的批发店:

> 星期五晚上八点钟,我走进了辛和的批发店。里面充满着我早先就注意到的那种芬芳中浸润着神秘外国气息的香味;还有原先一直摆在那儿的一些奇形怪状的东西,那排成一行的罐子和陶器,那琳琅满目的怪诞、灵巧、精致的玩意儿,那些不断叫人联想到脆薄易碎的质地的物品,它们的色彩一点儿也不协调,但每件物品本身又都美丽、罕见。……瓷质和青铜的菩萨塑像,造型夸张地丑陋、可怕……还有上面写满了孔夫子至理名言的糖果罐子、看起来像草篮的帽子和看起来像帽子的草篮……②

这些描写既透露出哈特对中国文化的好奇,也表现出由于好奇而产生的对中国文化的神秘感和敬畏心理。

中国人的沉默寡言也是哈特有意放大的一个方面。远渡重洋来到加利福尼亚的华工,最初几年由于补充了美国西部劳动力的短缺,带去了精湛的手工艺,再加上他们温和的性情和吃苦耐劳的精神,赢得了白人的好感,被称为"天朝的子民"。但好景不长,随着金矿的采尽和贯穿美国东西的中央太平洋铁路的完工,华人很快被视为与白人争夺工作机会的异类,他们迥异于美国白人的习俗、穿

---

① "Wan Lee, The Pagan", *Scribners Monthly, An Illustrated Magazine for the People*, 1874(5), p.554.

② "Wan Lee, The Pagan", *Scribners Monthly, An Illustrated Magazine for the People*, 1874(5), p.552.

着、语言和行为习惯也成了遭受攻击的借口。尽管哈特对华人的了解比当时普通的美国人要多,他仍把中国人视为一个待解的谜。"沉默寡言、谨小慎微的中国人"、"不善交际的中国人"是哈特经常用来描写中国人的词语。在《加布里尔·康洛伊》中,他对中国人不善于与白人沟通做了这样的描绘:

> 阿福脸上的表情瞬间踪影全无,加布里尔问的那个简单的问题,比一块湿海绵还要完全地擦掉了他那空洞、灰白脸上的表情和内心的想法。阿福以令人不解的平静面无表情地看着他的提问者,慢慢拉了拉已经盖过手指的长袖子,以一种东方式的姿势,将双手顺从地放在前面,明显地是在等待加布里尔问一个他能听懂的问题。①

在美的华人沉默寡言,一方面是出于在排华处境中保护自己的愿望,避免祸从口出而三缄其口,另一方面也是中国文化赋予中国人的一个重要性格特征,和中国人生活在一个尊重等级制度、重视家庭内部和谐、强调以中庸之道处理事务的环境与方式有关,是中西文化差异的一个重要方面。但惯于以自己的标准评价别人的西方人,由于对中国人的性格特征缺乏了解,武断地得出中国人难以捉摸、不可理解、不愿沟通的结论,并藉此排斥、攻击华人。

哈特关于中国人的作品中也表露出一种东方主义的思维模式。《异教徒李顽》中的商人辛和是哈特倍加赞赏的一个华人,他一派绅士风度,会讲流利的法语和英语。但无疑这种赞赏的背后是东方主义的思维定势,辛和是受到西方文明的教化而成功的极端例子,在

---

① William Purviance Fenn, *Ah Sin and His Brethren in American Literature*, Peking: College of Chinese Studies cooperating with California College in China, 1933, p.68.

《异教徒李顽》中,哈特对他有这样一段描写:

> 他是一个相当庄重、正派、英俊的上流人士,他的肤色就像一块上等的棕色上光细棉布,除了蓄辫子的地方,整个头都是那种颜色。他的眼睛又黑又亮,眼睑总是保持着15°角,他的鼻子笔直、端正,嘴巴很小,牙齿洁白。他穿一件深蓝色绸子上衣,冬天的时候再加一件羔皮短外套。……他的态度尽管有些过于严肃,却彬彬有礼。他的法语和英语讲得都很流利。总而言之,我怀疑你们能否在旧金山的基督徒商人中找到一位与这位异教徒店老板相媲美的人物。[①]

辛和在哈特笔下之所以受到关照,是因为他会说流利的法语和英语,和那些满口洋泾浜英语的中国下层"苦力"截然不同。语言的教化随之带来举止行为的大方得体以及交际范围的扩大,辛和与联邦法院的法官、政府的要员、报社的编辑、显赫的商人都有不同程度的往来。

哈特还以东方主义的视野将中国人的聪明、灵巧涂上妖魔化色彩。他的一些作品有意夸大中国人作弊的手段,并认为这是阿新和他的同胞共同具有的特征。在短篇小说《费德城插曲》中,哈特用特写描绘了阿福(Ah Fe)利用宽大的袖子作弊的情形:

> 忽然,……阿福在桌布下面偷偷地伸出了一只手,又将手伸进袖子,动作缓慢、小心,像蛇爬行一样不易为人察觉,然后将东西塞进了裤子里面。……几秒钟之后,红缎子桌布在神

---

① "Wan Lee, The Pagan", *Scribners Monthly, An Illustrated Magazine for the People*, 1874(5), pp. 552–553.

秘的刺激下泛起一丝波纹，之后停在阿新的手掌下面，又是一阵同样复杂的动作，之后桌布不动了。①

两年之后，在《加布里尔·康洛伊》里面，另一个阿福"将一块金子和一封信迅速地藏在袖子里面"。在二十多年之后的《加拿大城的美少女》中，又一个阿福玩弄这个把戏："从袖子里忽然抽出一张字条，然后迅速、灵巧地将它转到手里。"②

中华民族是一个智慧的民族，早期的华工用自己的聪明才智为美国的铁路建设做出了巨大贡献，但就连哈特这样对华人心怀同情的作家，也不能正面表现中国人的智慧。不过总的来说，哈特主要还是怀着同情的心态来描绘华人形象的，哈特本人有四分之一的犹太血统，所以一般美国白人的那种白人——盎格鲁——撒克逊——新教文化的优越感对他来说不是至高无上的东西。对哈特来说，美国不是大熔炉，而是充满令人不安的甚至暴烈因素的对抗之地，他虽然无意为华人辩护，但《诚实的詹姆斯的老实话》确实有"对白人背叛行为的轻松揭露"，从《异教徒李顽》里面也可以读出对"以武力杀害手无寸铁、毫无反抗能力的外族人"③的谴责。他笔下的"异教徒中国佬"虽然多数时候显露出谦卑懦弱的一面，但是哈特希望他们能够具有仇恨之心，获得一种令人畏惧的气质，找到伸张正义的机会，来回击那些关于低等民族天生该被奴役、被践踏的无聊叫嚷。

---

① William Purviance Fenn, *Ah Sin and His Brethren in American Literature*, Peking: College of Chinese Studies cooperating with California College in China, 1933, p.67.

② William Purviance Fenn, *Ah Sin and His Brethren in American Literature*, Peking: College of Chinese Studies cooperating with California College in China, 1933, p.67.

③ David Wyatt ed., *Selected Stories and Sketches*, Oxford & New York: Oxford UP, 1995, pp. xx – xxv.

《大地》：从小说到电影[①]

在美国的中国形象史上，赛珍珠和她的小说《大地》是无论如何也不能忽略的，采用社会学方法、对美国的中国形象进行过深入研究的美国学者伊萨克斯这样评价道："在所有喜爱中国人、试图为美国人描述并解释中国人的人当中，没有一个人能够做得像赛珍珠那样卓有成效。没有一本关于中国的书比她那著名的小说《大地》具有更强大的影响力。几乎可以说，她为一整代的美国人'制造了中国人'。"[②]另一位美国学者詹姆斯·葛雷在他的《关于第二种思想》一书中也写道："我们其中的一些人在学生时代，即还只有十几岁时，一直把中国看作存在于地平线之外某个广袤、荒无人烟的地方，看作存在于可能性王国之外的一个地方，这个地方因为战争才浮现出来，"而"改变这种状况的主要原因应归功于赛珍珠，是她的系列作品帮助我们改变了原先的想法，使我们的心智朝着健全、同情和理解的方向发展。"[③]

《大地》出版后在西方世界一时间好评如潮。美国的《星期六文学评论》(Saturday Review of Literature)认为这是一本"非常不错的

[①] 本文原载《艺苑》2008年第7期。

[②] 哈洛德·伊萨克斯：《美国的中国形象》，于殿利、陆日宇译，北京：时事出版社，1999年，第212页。

[③] Sharton R. Gunton ed., Contemporary Literary Criticism. Detroit Michigan: Gale Research Company, 1981, p.32.

小说",让读者读到了"真实的中国人";①伦敦的《泰晤士报文学副刊》(Times Literary Supplement)发表评论,说赛珍珠的小说"真实地描绘了中国人民生活的画面,令人信服"②;《新政治家与国家》(New Statesman and Nation)的评论者写道:"没有比《大地》描写得更真实的了,中国人每天都在富于诗意的艺术帷幕中快乐地生活着……《大地》是不容错过的好书。"③赛珍珠的传记作者彼得·考恩多年之后这样总结道:"批评家对《大地》的评价惊人地一致,他们尤其赞叹小说摆脱了定型化中国形象的窠臼,写出了中国人生活中人性的一面,甚至把他们当作普通人看待。"④

但《大地》出版后的一段时间内在中国的命运却不那么乐观。虽然有出版家、作家、翻译家赵家璧等人给予了好评,认为这部小说超越了此前美国作家对"中国佬"的负面塑造,不仅抓住了中国人的外貌特征,而且写出了中国人的灵魂,总的来说显得真实可信。⑤但大多数文人对赛珍珠其人其作及其成功不以为然,他们认为《大地》歪曲了中国农民形象,"尤其是对于中国人和事的描写,简直浅薄得可笑",也不配获得诺贝尔文学奖"这样的虚名","《大地》是一本写给高等白种人的绅士太太们看的杰作"。⑥

最先将《大地》译成中文的伍蠡甫写了长达 28 页的前言《福地述评》,对小说的真实性和作者的动机与态度提出了质疑:这是真

---

① "Review of The Good Earth", *Saturday Review of Literature*, March 21, 1931, p. 676.
② "Review of The Good Earth", *Times Literary Supplement*, April 30, 1931, p. 344.
③ "Review of The Good Earth", *New Statesman and Nation*, May 16, 1931, p. 431.
④ Peter Conn, *Pearl S. Buck: A Cultural Biography*, New York: Cambridge University Press, 1996, p. 127.
⑤ 赵家璧:《勃克夫人与黄龙》,载《现代》,1933 年 9 月第 3 卷第 5 期。
⑥ 祝秀侠:《布克夫人的〈大地〉——一本写给高等白种人的绅士太太们看的杰作》,《文艺》,1933 年第 2 期。

实的中国吗?作者这样写的时候是否带着白种人的优越感、借口拯救中国而掩饰外国人的侵略行径?还是在暗示贫穷、绝望的中国人要改变自己的状况从而成为威胁世界和平的"黄祸"?① 胡风认为,赛珍珠把握不了中国农村的经济结构,不能揭示中国农民悲剧命运的根源,忽略了中国与帝国主义之间的矛盾,而去美化外国人。②鲁迅先生在20世纪30年代也注意到赛珍珠,他曾写道:"中国的事情总是中国人做来,才可以见真相,即如布克夫人,上海曾大欢迎,她也自谓视中国如祖国,然而看她的作品,毕竟是一位生长在中国的美国女教士的立场而已,所以她之称许'寄庐'也不足怪,因为她所觉得的,还不过一点浮面的情形,只有我们做起来,才能留下一个真相。"③一位身在海外的中国学者江亢虎(时任麦吉尔大学中国问题研究室教授)在读了赛珍珠的《大地》等作品后认为这是对中国人的公开侮辱,他毫不留情地批评赛珍珠:"她似乎更热衷于描写中国人的怪癖甚至缺点,而不是在描述普通的中国人……她把这些东西突出出来,并一再强化,有时甚至在一个人身上'堆积'了太多这种东西,以至于他看起来不像是现实生活中活生生的人。从这个角度来看,布克夫人更像是在绘制扭曲的漫画,而不是进行忠实的描绘。"而且认为赛珍珠这样做会给不了解中国的西方人带来严重的误导:"读者会从这些描述中形成自己对中国的认识,由此作者有意或无意地提供了一幅很不友善的中国图画,虽然她在中国长大,而且至今还待在中国。"④蒋介石政府也不喜欢赛珍珠塑造的中国形

---

① 伍蠡甫:《评〈福地〉》,见《福地述评》,上海:黎明书局,1932年,第1—2页。
② 《胡风评论集》(上),北京:人民文学出版社,1998年,第184—196页。
③ 鲁迅:《书信》,见《鲁迅全集》第12卷,北京:人民文学出版社,1981年,第272—273页。
④ Jiang Ganghu, "A Chinese Scholar's View of Mrs. Buck's Novel", *The New York Times*, January 15, 1933.

象。此时的蒋介石正极力赢得美国人的好感,以便从美国得到更多金钱、武器方面的援助,因而力图把中国好的、文明的一面展示给美国和西方世界,自然对赛珍珠小说中对中国贫穷、落后、愚昧、土匪等有关内容的描写不满,认为她对中国农民阶层的刻画是在丑化中国,和国民党政府极力打造的中国国际形象相背离。

对于这样一部取材于中国而又影响广泛的作品,电影界是不会无动于衷的。1931年底,米高梅电影公司有意将《大地》改拍成电影,付给赛珍珠五万美元购得改编权。由于这是一部以中国为背景、描写中国人生活的作品,因此影片的摄制从一开始就引起当时中国南京政府的关注。此时正是中国民族主义高涨时期,从知识分子到国民政府,民族意识空前增强,尤其反对外国人对中国进行歪曲描写。这一时期,美国驻上海的商务参赞阿诺德告诫美国商人,在同中国人打交道时要"比以往更注意礼节和礼貌",稍有疏忽就会"招致中国政府的敌意,因为目前中国的民族主义情绪正日益高涨,对西方国家对待中国的态度非常敏感。"[①]20世纪30年代,中国政府已经充分认识到电影对公众舆论的巨大影响力,因而自米高梅公司启动拍摄计划之日起,南京政府就决定表达自己的希望和意见,旨在使影片反映出中国新的精神面貌,不出现侮辱中国的镜头和画面。米高梅公司也一改以往好莱坞的骄横作风,同中国政府协商。1933年12月,国民党政府驻旧金山的副领事江易生致信南京外交部,汇报他与米高梅公司商议《大地》剧本的修改意见,内容有十八处之多,包括不出现吸鸦片、裹脚、妓院、要饭、过多的男人留辫子镜头,对士兵和土匪要加以区分,增添推翻清政府、建立中华民国的内容等。米高梅最终做出了片中不出现污蔑中国的镜头的保证,并订立了正式协定。这是好莱坞历史上第一次为了拍摄影片

---

① "Wake Up California-China is Moving", Speech by Julean Arnold, December, 1933.

而同外国政府签订协议，做出承诺，也是中国政府第一次在美国电影制作中起到举足轻重的作用，暗示出中国要在国际秩序中寻求相应的地位，并认识到电影作为国际交流的媒介所具有的重要作用。

接着，中国政府在协议的基础上，派杜庭修将军去好莱坞，以中国全权代表的身份监制影片的拍摄（后来此职由中国驻旧金山总领事馆的总领事黄朝琴接替）。与此同时，米高梅公司也采取了比较认真负责的态度。1933年12月，由导演乔治·希尔（George Hill）率领一个摄制组前往中国，拍摄一些背景素材，收集影片所需要的各种道具。摄制组在华中、华北地区工作考察了半年多时间，虽然他们对外宣称收获不多，但随行的摄影师查尔斯·克拉克却在一篇文章中一语道破天机。他描述说摄制组共拍摄了150000英尺长的胶卷，3000张照片，近1000段录像，购买了重达20吨的道具，包括全套的农具、三头水牛，大量的服装和小孩玩具，此外还有中国人日常生活中的一切用品，以备在好莱坞拍摄时使用。①

依照协议，《大地》的演员最初准备全部选用中国人，米高梅公司曾在中国和美国分别登报招聘，会说英语是其中的一个主要条件。但白人导演担心票房收入，不愿让华人或华裔女演员饰演电影的女主角阿兰。后来米高梅找到当时颇有名气的华裔女演员黄柳霜，意欲让她饰演《大地》中的重要配角荷花，但黄柳霜拒绝了。她说如果让她饰演阿兰的话，她会很高兴地答应，但让她——一个华人去演配角，而让白人女演员去演中国女主角，她不能接受。男主角王龙最初选定华裔演员查瑞龙，但他担心里面有辱华内容，提出想看看剧本，遭到拒绝，于是查瑞龙放弃了可观的片酬，拒绝饰演王龙。男女主角的扮演者经多次竞争，最终获胜的是

---

① Charles Clarke, "China Photographically Ideal", *American Cinematographer*, September 15, 1934, p.212.

当时崭露头角的好莱坞新秀保罗·穆尼（Paul Muni）和路易丝·蕾纳（Luise Rainer）。

导演的选择也颇费周折。最初执导的乔治·希尔在影片未正式开拍前即自杀身亡，据说自杀的原因是米高梅反对他选择华人饰演电影的主角。接替他的是维克多·弗莱明（Victor Fleming），也即后来《乱世佳人》一片的导演，但不久即因病不得不中断合同，最后担任导演的是西德尼·弗兰克林（Sidney Franklin）。西德尼执导有方，将影片分割成几大部分，聘任几位副导演分别负责特技、外景和群众场面的拍摄，自己则主要负责男女主角的表演。为了尽可能真实地体现出中国的"情调"，保证影片的真实感，西德尼在加利福尼亚州租下了五百英亩土地，在那里修建了中国道路，种下了中国庄稼，建造了中国农舍，还打了一口中国水井，甚至修筑了一段中国长城。演员坐的椅子、穿的衣服，也都是从中国收集去的。另一方面，男女主演保罗·穆尼和路易丝·蕾纳也多次去唐人街体验生活，模仿中国人的一举一动，尽可能地塑造出活生生的中国人形象。在拍摄过程中，杜庭修将军和黄朝琴总领事认真履行职责，贯彻蒋介石的旨意，力图说服米高梅塑造一个积极的中国银幕形象，而米高梅也表现出少有的温和态度，尽可能地满足南京政府的要求，不仅减少了小脚、辫子、饥饿、迷信、吸鸦片等镜头，甚至遵照蒋介石政府的提议，将耕地的水牛换成拖拉机，虽然当时中国还没有这种现代化的农机设备。结尾也由小说中的争吵变为大家庭的和睦，王龙的发家由小说中阿兰在大户人家捡到珍珠，改为电影中的勤劳节俭致富。

经过长达三年多的努力，《大地》终于杀青。公映前米高梅公司请胡适和林语堂观看。胡适虽然对电影并不完全认可，但认为相对于小说有很大改进。林语堂认为电影真实地表达了中国人的思想和感情，中方电影监制黄朝琴在给南京政府的审查报告书中援引林语堂的话:"作为一部表现中国人生活的电影,《大地》是感人的,在艺术上表现出高度的真实。电影中的每一个技术性细节都处理得很到位。作为一部描写人类充满痛苦与欢乐的奋斗史,它能引起每一个人的共鸣。"①

1937年1月,《大地》在美国公映,获得了极大的成功。民众踊跃观看,票价由最初的5.5美元炒到80美元。电影院附近的街道也被围得水泄不通,人们争相一睹明星的风采。为了帮助营造氛围,米高梅在电影院旁边的凉亭里组织了"中国道具展",电影中用到的各种中国器具、物品以及其他从中国运来的小物件,让美国人大饱了眼福。黄朝琴参加了当晚的首映式,并发表讲话,在致南京外交部的信函中他写道,当天晚上看到的《大地》"从技术角度来讲,比我们之前在华盛顿中国大使馆观看的要好多了","观众从头到尾情绪饱满……深深地被影片打动了",而米高梅公司也"很高兴",因为"该片获得了美国电影界专家的好评"。黄朝琴说他"看了电影之后很欣慰",感到自己完成了使命。②《大地》取得了非常可观的票房收入,据赛珍珠的传记作者彼得·考恩考察:电影史家估计约两千五百万人观看了这部电影,③多萝西·琼斯在1955年写道:这部电影在世界上"183个不同的国家和地区上映,观众达到42,

---

① 黄朝琴:《〈大地〉影片审查报告书》,1936年10月31日。此处转译自 Michael C. Wall, *Chinese Reaction to the Portrayal of China And Chinese in American Motion Pictures Prior to 1949*, Diss., Georgetown University, 2000, p.604.

② C. C. Huang(San Francisco) to Director S. K. Wu, Ministry of Foreign Affairs(Nanjing), Feb.10.1937. 转引自 Michael C. Wall, *Chinese Reaction to the Portrayal of China And Chinese in American Motion Pictures Prior to 1949*, Diss., Georgetown University, 2000, p.617.

③ Michael C. Wall, *Chinese Reaction to the Portrayal of China And Chinese in American Motion Pictures Prior to 1949*, Diss., Georgetown University, 2000, pp.632–633.

500,000 之多,其中美国观众约有 23,000,000"。① 《大地》五次获奥斯卡提名,其中 1937 年获得最佳女主角奖和最佳摄影奖。

1937 年 4 月,经过中国政府的审查和删节,《大地》在中国公映。但公映的效果比在美国逊色很多。中国的电影评论者认为该影片"乏味、陈腐",男主角"笑得太夸张",女主角的表演虽然差强人意,但不时"令人困惑"。②不过很少有人认为该影片歪曲了中国和中国人形象。

该影片是中国政府第一次干预好莱坞对中国电影的拍摄,对于扭转中国在国外的形象有一定的促进作用,彼得·考恩认为该片"在美国大众文化建构亚洲形象方面向前迈进了一大步。电影把目光聚焦到一般的中国人身上,展现了普通的男人和女人如何在困境中奋斗的故事。影片没有追逐东方情调,刻画中国人的难以捉摸,而是把我们带到一个交织着奋斗与雄心的普通人类世界。"③ 多萝西·琼斯持同样的看法,说米高梅第一次以严肃的态度"在好莱坞电影中描绘了一个真实的中国",强调《大地》"体现了对待中国问题的全新视角,将一个中国农民家庭搬上了银幕","努力把中国人视为和地球上其他地方一样的人,而不是将其作为怪异、诡秘、虚构的人来讲述他们的故事。这部电影……反映出美国银幕试图描绘一个真实的而非幻想的中国的努力。这部电影不仅轰动了美国,而

---

① Dorothy B. Jones, *The Portrayal of China and Chinese on the American Screen*, 1896-1955, Cambridge: Center for International Studies, Massachusetts Institute of Technology, 1955, p.47.

② "Review of 'Dadi'", *Diansheng*, Febrary 11, 1938(2), p.33. 转引自 Michael C. Wall, *Chinese Reaction to the Portrayal of China And Chinese in American Motion Pictures Prior to 1949*, Diss., Georgetown University, 2000, p.625.

③ Peter Conn, *Pearl S. Buck: A Cultural Biography*, New York: Cambridge University Press, 1996, p.195.

且在全世界都产生了很大影响。"①

电影《大地》的拍摄是中美文化交流史上一次有益的尝试,虽然在具体的合作过程中有过不愉快的经历甚至是冲突,但无疑是一次独特的历程。此后好莱坞也曾采纳过蒋介石政府的建议,但像这次这样中美之间形成一种良好的、正式的合作关系,却再也不曾有过。《大地》的成功改变了此前好莱坞电影对于中国的认识,不光用离奇的手段塑造的中国和中国人能引起西方观众的兴趣,真实描写中国人生活的电影同样能吸引观众的视线。对中国来说,这次合作也有着不容忽视的意义,它表明当时的中国国民党政府已经充分意识到电影对塑造中国国内、国际形象的重要影响,要在国际舞台上树立一个繁荣、进步的中国形象,通过电影进行宣传是一个重要的途径。

---

① Dorothy B. Jones, *The Portrayal of China and Chinese on the American Screen*, 1896 – 1955, Cambridge: Center for International Studies, Massachusetts Institute of Technology, 1955, p. 47.

颠覆与维护：英国文学中的中国形象透视[①]

一

任何民族文学中的异国形象都既在一定程度上反映了本民族对异族的了解和认识，也折射出本民族的欲望、需求和心理结构。从精神分析学的角度来看，异国这一他者是作为形象塑造者的欲望对象存在的，形象塑造者把自我的欲望投射到他者身上，通过他者这一欲望对象来进行欲望实践。形象塑造者把他者当作一个舞台或场所，在其间确认自我，展示自我的隐秘渴望，表达自我的梦想、迷恋和追求，叙说自我的焦虑、恐惧与敌意。一国文学中对异国的想象，经常是该国文化自身结构本质的投射和反映，它意味着该国文化自身的本质与现实之间出现了断裂，于是就以想象的形式投射到异域形象当中去，这种异域形象实际上渗透着自身内在的本质特征。

一国文学中对异国形象的塑造通常并不是现实的客观呈现，而是具有乌托邦或意识形态色彩。一般来说，如果形象塑造者用离心的、反形象塑造者社会的模式及异于其社会话语的语言来塑造异国形象，那么基本上是乌托邦化的形象；而按照本社会的模式，使用

[①] 本文原载《东南学术》2005 年第 1 期。

本社会的话语所塑造的异国形象，则大多是意识形态化的形象。意识形态的功能在于维护和保持现实及现实秩序；而乌托邦本质上是质疑现存秩序的，具有颠覆、构建社会的功能。意识形态化的形象将塑造者一方的社会群体价值观投射到异国形象身上，通过调解异国的现实，来符合本国群体认可的象征模式，从而消解和改造异国形象，达到归化异国的目的；而乌托邦化的形象是塑造者一方力图否定其社会的群体价值观，创造出一个根本不同于自我世界的异国形象。因此，对异国形象的意识形态化不会造成自身文化传统结构的变化，它只是在既定视野内提供一套编码符号，将异己的信息消融在自身传统之中；而乌托邦化的形象则是将他国作为一种异己力量，促进对自身文化传统和社会现实的调整。

二

从英国作家对中国形象的塑造来看，正体现了这两方面的功能。我们通过考察英国作家塑造的中国形象，发现英国作家对中国形象的塑造主要有正面和反面两种，正面形象多具有乌托邦色彩，在一定程度上是对英国社会的质疑和颠覆，目的旨在促进英国社会的改造和变革。从历史上看主要是两个时期，一是19世纪以前的英国文人及19世纪的某些英国作家对中国的文明富庶、哲人治国、文官考试制度等方面的颂扬与借鉴，二是20世纪初忧思西方文明的英国知识分子对东方智慧的希冀和畅想。负面塑造多具有意识形态色彩，在一定程度上是对英国社会的维护与整合，通过对中国形象的贬抑，达到消解他性，维护自身的目的，这主要表现为19世纪和20世纪初叱咤环寰的大英帝国倾向于利用丑化的中国形象来彰显自我，凸显霸气。

一国文学中的异国形象往往是形象塑造者根据自身文化传统所

进行的重组、重写，渗透着本民族的情感与观念，是一种文化构想物。英国文学中对中国的想象和利用源远流长。早在 14 世纪，被誉为"坐椅上的旅行家"的曼德维尔就在其作品《曼德维尔游记》(The Travels of Sir John Mandeville, 1357)中描述了一个富有传奇色彩的乌托邦中国。这是一本有关中国的虚构小说，在曼德维尔爵士眼中，遥远的中国是世界上最美好的国家，那里富庶瑰丽，世间的珍奇无所不有，大汗的宫殿富丽堂皇，大汗的权势威震四方，大汗统治的国度安居乐业。曼德维尔游记中的古代中国很大程度上是一个幻想的中国，相对于中世纪晚期贫困混乱的英格兰来说，古代中国是一个世俗天堂，而此时的英格兰非常需要一个物质化的异域形象，来获得一种超越自身基督教文化困境的启示。曼德维尔对中国的物质化想象，正迎合了这样一种需求，它为英国人提供了一个超越的尺度，使他们超拔于当时有限的现实。曼德维尔的中国形象旨在颠覆基督教对人性中世俗欲望的压抑和泯灭。

17 世纪许多英国文人更对中国不吝赞美。博学之士罗伯特·伯顿(Robert Burton, 1577—1640)以其不朽的《忧郁的解剖》(The Anatomy of Melancholy, 1621)向世人提供了一付医治英国乃至整个欧洲"忧郁病"的灵丹妙药，那就是模仿中国，像中国那样治理国家。他从马可·波罗和利玛窦的游记与著述中了解到有关中国的知识，认为繁荣富庶、文人当政、政治开明的中国是一个堪为效法的榜样。尤其是中国选拔人才的制度，深得伯顿的称颂，他说："他们从哲学家和博学之士中挑选官员，他们政治上的显贵是从德行上的显贵选拔上来的；显贵来自事业上的成就，而不是由于出身高贵，"而自己国家的官吏只知道"放鹰打猎，吃喝玩乐"，[①]根本无暇顾及

---

① 范存忠：《中国文化在启蒙时期的英国》，上海：上海外语教育出版社，1991年，第8页。

国家的治理。这里,伯顿对英国的讽刺和批判显而易见,其目的旨在质疑当时英国的社会秩序,寄托一种变革的愿望。

17世纪另一个对中国情有独钟的英国文人是散文大师威廉·坦普尔爵士(Sir William Temple,1628—1699),他以世界性的眼光,认为中国的一切,无论是政治道德,文化艺术,还是哲学医学,都是英国效法的榜样。坦普尔对中国文化的兴趣得益于其时欧洲对中国的报道,坦普尔在自己的文章中对中国多有褒扬,特别是在《论英雄的美德》(*Of Heroic Virtue*,1657)中,他热情赞扬中国是世界已知的最伟大、最富有、人口最多的国家,拥有比任何别的国家更加优良的政治体制,惊讶于西方人从柏拉图开始就憧憬的哲人治国的理想在中国竟是现实,称赞孔子是最有学问、最有智慧、最有道德的人,认为中国的科举制度有利于人才选拔,远胜过只注重世袭门第的英国贵族制度。坦普尔目光高远,17世纪欧洲文人关于世界最宏阔的认识也只是"从巴黎到秘鲁,从日本到罗马",而坦普尔却语出惊人,"从中国一直到秘鲁。"不仅如此,他还将异域文明当作一面镜,认为遥远的民族不但可以提供一幅异域生活图景,而且可以启发对自身的反思与省察。

哥尔斯密(Oliver Goldsmith,1730—1774)的《世界公民》(*Citizen of the World*)借用中国的故事、寓言、哲理、箴言,讽喻英国,寄托颠覆某些不合理的制度、变革英国社会现实的愿望。他在书中有许多美化、夸大中国之词,但这并不重要,因为当时的英国并不需要一个真实的中国,而是需要一个理想化的中国,一个文明富庶、政治稳定、司法严明的乌托邦,以期用它来开启国人的智慧,激发起国人变革现状的热情,这应该说是哥尔斯密的真正意图。

18世纪以后,英国在国力上不断强盛,种族优越感助长了英国人的傲慢和霸气,雄霸天下的野心与日俱增,再加上1793年英国特使马戛尔尼出使中国失败,一股敌视、蔑视甚至诬蔑中国之风日盛。在这种背景下，英国文学中利用中国质疑自我之声几乎销声匿迹。拜伦眼中的中国人是被嘲笑的对象，雪莱将中国人看做"未驯服"的"蛮族"，狄更斯借笔下人物之口质疑中国的哲学。但在这股逆流中，仍有作家特立独行，其中之一就有兰陀。

19世纪英国著名的散文家兰陀（Walter Savage Landor，1775—1864）在他享有盛誉的《想象的对话》（*Imaginary Conversation*，1824—1829）中，有一篇是在中国皇帝与派到英国去的钦差庆蒂之间展开的，名为《中国皇帝与庆蒂之间想象的对话》（"Imaginary Conversation Between Emperor of China and Tsing Ti"）。当然，这完全是兰陀想象性的虚构，他旨在借中国人的眼光来观察英国社会，对其弊端进行批判嘲讽。以东方人的眼光来审视欧洲文明并对之进行批评是英国文学乃至欧洲文学的一个传统，但在贬抑中国之风盛行之日仍能坚持这一传统，确非独立不倚的品格不能为之，兰陀正是这样一个孤独傲世、超群拔俗的人物。兰陀在《中国皇帝与庆蒂之间想象的对话》中，以理想化的中国图像同英国的现状进行对比，以批评英国的弊端。他以中国的赏罚严明同英国的赏罚不明相对照；用中国皇帝对和平的热爱反衬英王的穷兵黩武；用中国科举制度给每一个人提供的均等进取机会批评英国的贵族世袭制。与中国相比，英国的一切都那么不协调，那么令人沮丧，这就是兰陀借中国之镜对英国时政的评价。

时光流转，但欧洲国家借异域文明来批评自身的传统并没有中断，这应该算是人类的一大幸事。19世纪末20世纪初，西方文明的弊端越来越明显，特别是第一次世界大战给人类带来空前的灾难，打破了人们对西方文明的幻想，欧洲的自信心受到沉重打击。许多西方文化人在反思之余，把目光转向东方的中国，希望从中国文化里面寻找拯救欧洲危机的曙光，英国作家迪金森（G. Lowes Dickenson，1862—1932）和哲学家、文学家罗素（Bertrand Russell，1872—

1970)是其中两个重要的代表,但他们对中国的想象和利用已不是像以前的英国文人那样,直接用来批判英国的社会或政治,而是从美学和哲学上对西方现代工业文明的反思。他们怀疑西方现代文明中用进步、富足来衡量一切的价值观念,求索西方人精神危机的深层原因。他们不约而同地把目光转向东方,正如学者周宁所说的,他们"开始在西方文明之外、现代文明之前,在古老的东方,寻找启示与救赎。中国是这个文化东方的重要代表,中国形象作为前现代想象中的'他者',在时间上代表着美好的过去,在空间上代表着遥远的东方,表现出现代主义思潮中那种怀乡恋旧的寄托与精神和谐的向往。"[①]迪金森在《约翰中国佬的来信》(1901)塑造了一个现代审美视野中的乌托邦中国,赞叹中国的文人善于感受、捕捉生活中的真善美,月夜花园中的玫瑰、草坪上的树影,盛开的鲜花、松树的清香,都会凝结成优美的文学作品,而这些在英国则被机器的轰鸣、工厂的浓烟淹没了。西方的人们终日孜孜求利,片刻不得安闲,更谈不上从容地享受生活,感受自然,欣赏艺术。

罗素于1920年来到中国,寻求拯救西方文明的东方之光。罗素认为中国人对生活的享受,对自然美的享受,是他欣赏中国文明的重要理由。因此,相对于儒家,他更欣赏道家,儒家的繁文缛节使他厌倦,而老庄的一切遵循自然,悠然、宁静、恬适的生活方式在他眼里散发着一种自然的魅力,艺术的魅力。这也加剧了他对西方工业社会违背自然、违背人性的厌恶,认为天性的幸福或生活的快乐是西方人在工业革命和生活重压下失去的最重要、最宝贵的东西。中国人虽然在物质上并不富裕,而且大多数人还相当贫穷,但他们懂得享受生活的快乐。他说中国文化是在丝毫未受到欧洲影响的情况下独立发展起来的,具有与西方截然不同的优点和缺点。"中

[①] 周宁:《双重他者:解构〈落花〉的中国想象》,《戏剧》,2002年第3期。

国现在虽然政治无能、经济落后,但它的文化和我们不相上下,其中有些是世界所急需的,而我们却大有将它毁坏的危险。"①并告诫西方人:如同与中国人做生意能使我们的口袋鼓起来一样,中国的思想也能丰富我们的文化。

三

以上我们谈的基本上都是对中国形象的正面塑造。当然,英国文学中也有对中国形象的负面描写,而且与法德等国相比,在英国总有一些文人对中国持怀疑、贬斥、轻视的态度,他们不时发表一些贬抑中国的言论,在欧洲"中国热"的退潮中,英国人有意无意地起了带头作用。

在18世纪初期,我们就听见笛福(Daniel Defoe, 1660—1713)对中国的严厉批评。他在《鲁宾逊漂流记续编》(*Farther Adventures of Robinson Crusoe*, 1719)、《感想录》(*Serious Reflections of Robinson Crusoe*, 1720)等作品中说中国人怯懦、愚昧、奸诈、自以为是,中国的港口、贸易、城市、宫殿也无法与欧洲相比。中国不仅物质贫乏,知识、学术和科学技术也相当落后。尽管中国有天体仪或地动仪,但对天体运动所知甚少。普通百姓更是愚昧无知,当发生日食时,"他们便以为是一条大龙在进攻太阳,要把它夺走,于是全国的人都去击鼓敲锅,响成一片,想以此吓跑那恶龙,这情况就像我们把一群蜜蜂轰进蜂箱。"②中国的官员贪婪、虚荣、傲慢;中国的军队纪律涣散,士兵懦弱,根本没有战斗力;中国的宗教只是可怕的

---

① Bertran Russell, *The Problem of China*, London: George Allen& Unwin LTD, 1922, p.163.

② 丹尼尔·笛福:《鲁宾逊历险记》,上海:上海文艺出版社,1997年,第389页。

偶像崇拜。笛福是以一种殖民主义心态来看待中国的,他是商业时代的鼓吹者,主张贸易就是一切,他最尊重的人是商人,认为解决贸易所带来的商品市场问题的主要办法就是扩张殖民地,自然对自给自足、不愿意与别国贸易的中国无甚好感。他对中国的严厉批评,意在从贬低中国中获得一种发展商业贸易,维护自身社会的力量。

19世纪英国著名的散文家德·昆西(Thomas De Quincey,1785—1859)也是个贬华派作家,他是英国文学史上鸦片吸食者之一,鸦片带给他短时的乐趣,也带给他无穷的痛苦,这种痛苦表现为侵扰他后半生挥之不去的恶梦,而梦的来源和场景都是东方人和东方。他在《一个鸦片吸食者的自白》(*The Confession of An English Opium-eater*,1821)中说,如果让他生活在中国的方式、礼节和景物之中,准会发疯,他宁愿同疯子和野兽待在一起,也不愿意在中国生活。在他眼里,中国是一个无生命力的国度,中国人是非常低能的民族,甚至就是原始的野蛮人,因此他不仅支持向中国贩卖鸦片,而且主张依靠军事力量去教训那些未开化的中国人。德·昆西笔下的中国体现出一种自信自大、蒸蒸日上的文明需要一个陪衬的异域形象,一个停滞、可鄙、堕落的异域形象,以加强英国的优越感,凸显自身的文化与制度。

毛姆(William Somerset Maugham,1874—1965)在《人性的枷锁》(*Of Human Bondage*,1915)中将来自中国的宋先生刻画成"黄皮肤,塌鼻梁,一对小小的猪眼睛",①令人感受到一个强大起来的民族的傲慢与偏见。毛姆曾于20世纪20年代到中国旅行,并把在中国的旅行见闻形诸文字。从反映毛姆中国观的重要作品《在中国

---

① William Somerset Maugham, *Of Human Bondage*, London: Penguin Books, 1915, p.123.

屏风上》(On A Chinese Screen，1922)，我们可以看出他最感兴趣的是那暮色里消失的东方神奇与奥秘，他心目中的中国形象是汉宫魏阙，是唐风宋采，是一种凭藉着自身文化优越感发出的异国情调的慨叹，典型地透露出他的东方主义心态。萨义德在引起东方国家理论震级的《东方学》中，以一个学者的睿智，一针见血地剖析了西方对东方的偏见和幻想："东方几乎是被欧洲人凭空创造出来的地方，自古以来就代表着罗曼司、异国情调、美丽的风景、难忘的回忆、非凡的经历。"①毛姆也正是带着东方主义的心理定势来品味中国的，他到中国是来寻觅古风远韵的，他置重的是历史的中国，狭窄街道上雕刻着精致镂花的店铺，呈现出一种衰落的豪华，他幻想着在其中发暗的龛橱里，陈列着各式各样神秘莫测的东方古玩。而暮色里驶来的一辆北京轿车(the Peking cart)，满载着东方的神奇与奥秘，车上或许坐着一个歌妓，穿着花团锦簇的刺绣缎袢，青可鉴人的头发上簪着一块碧玉，正要去伺候一个宴会，和风流蕴藉的公子哥优雅地应对。

毛姆这种东方主义心态还表现在他对中国的看客心态上。他把中国的苦力(the coolie)称为"the Beast of Burden"，对他们非但没有怜悯和同情，反而觉得那些不堪重负、靠出卖力气糊口的下层中国人构成一幅有趣的图画："当你第一次看见苦力挑着担子在路上走，触到你的眼帘的是逗人爱的目的物……你看那一个跟着一个一溜上路的苦力，每人肩上一条扁担，两头各挂着一大捆东西，它们绘就一幅令人惬意的图景。看着他们反射在水田里匆匆忙忙的倒影，是非常有趣的。"②这里，毛姆是一个看客，中国苦力则是被观看者。萨义德在《东方学》中写道："东方被观看……而欧洲人则是看客，

---

① Edward Said, *Orientalism*, New York：Vintage Books, 1979, p.1.

② William Somerset Maugham, *On A Chinese Screen*, Oxford：Oxford University Press, 1985, p.77.

用其感受力居高临下地巡视着东方。"①西方人以一种西上东下的思维结构来想象中国,西方人是理性的、贞洁的、正常的,而东方人是非理性的、堕落的、不正常的。东方与西方之间存在着一种权力关系、支配关系、霸权关系。

四

从英国作家对中国形象的塑造来看,不管是被高山大洋阻隔、各民族相互隔膜的中世纪,还是现代交通、通讯将世界变成地球村的20世纪,中国始终是作为一个参照物、作为一个非我的他者而存在的。18世纪以前,英国人对中国的知识很有限,绝大部分是想象,英国人把中国当作补偿自己缺憾的理想国。当他们所渴求,所构想的东西在现实中无法满足时,便幻化为一种"他性",投射到中国形象上面,表达一种愿望,激起一种追求,从中国形象中汲取某种改革现状,颠覆现实的力量。19世纪以后,一方面由于工业革命带来的爆发力使英国国力陡增,优势日彰,另一方面随着对中国现实了解的增多,发现了中国文明的弊端,中国人蓝色的衣袍下面露出一双泥足。更重要的是,当英国人用进步观念来审视中国时,发现中国相对于欧洲在科技等各方面进步缓慢,于是一股蔑视中国之风蔓延英国,中国成了英国验证自身、彰显自我的对象,被塑造成维护自身的意识形态化的形象。可见,社会基础,即一个国家的政治、经济、军事、科学技术以及文化实力在异国形象塑造中起着重要作用。当被塑造者比塑造者强大时,塑造者往往将其纳入视野的中心,多采用仰视视角,以仰慕的态度把对方放在重要位置,用理想化的形式来描述对方,同时赋予其强大、先进、发达、进步、文

---

① Edward Said, *Orientalism*, New York: Vintage Books, 1979, p. 103.

明等特征。相反，当被塑造者比塑造者贫弱时，塑造者倾向于将其放在次要位置，采取俯视视角，以轻视甚至傲慢的态度来对待对方，趋向于用低劣、愚昧、落后、贫穷等词汇来描述其特征。

两次世界大战极大地打击了西方人的自信心和自豪感，在对自己的文明失望、绝望之余，英国人又想到了曾经受惠的中国，在新的视野里发现了利用中国的新的可能性。然而，不管肯定、否定如何变换，英国作家所塑造的中国形象始终是自身的对立面，作为与自我相对的"非我"、"他者"而出现，在这种非我、他者、异己的意向中，体现着英国人的文化价值观。英国人需要中国形象，就像他们需要一个自我超越的地方，在英国人塑造的中国形象里面，体现的是英国精神生活的真实。异国形象从来都不是自在的、客观化的产物，而是自我对他者的想象性制作，即按自我的需求对他者所做的创造性虚构，是形象塑造者自我欲望的投射。制约着英国人心目中的中国形象的，主要不是中国的现实，而是英国自身的问题、需要和欲望，这些问题、需要和欲望是英国作家塑造中国形象的过滤器。

自中世纪以来，中国之于英国作家一直作为这样一个他者被想象，被塑造，被赋予颠覆和维护两种功能，被置于乌托邦与意识形态两极间的张力上。

17—18 世纪英国文人眼中的典范中国[①]

在文化交流史上，一个民族在历史的某些关键时刻如何看待自己，并与其他先进民族相对照，往往是推动学习他人或传播自己文化的首要因素。互照互省、互相借鉴历来是不同民族、不同文化之间交流与对话的目的。葡萄牙游历家兼小说家品托[②]早在 16 世纪就提出利用中国来批判欧洲的某些社会风习。18 世纪，中国对欧洲来说是一个尺度，一方视野，一种价值观，不仅有席卷欧洲的"中国风"（Chinoiserie），中国还是启蒙运动的一面旗帜：中国的君主政体被视为最佳政体，道德观被视为最完备的道德规范，中国的哲学被视为最富理性的哲学。而在欧洲的"中国热"当中，英国是"早恋的"，钱锺书先生通过对 17、18 世纪英国文化中的中国形象的详细考察，得出如下结论："如果我们的研究是对的，那么英国对中国的仰慕在 17 世纪就达到了顶点。"[③]

英国是个经验主义哲学发达的国家，经验主义哲学认为一切观念意识均来自实践经验。17 世纪初期的哲学家弗朗西斯·培根强调

[①] 本文原载《国外文学》2008 年第 3 期。

[②] 品托（Fernão Mendez Pinto）于 1537 年到东方游历，历时 21 年，曾到过东南亚、中国和印度等地，1558 年返回故土，他撰写的《游记》（Peregrinations）于 1578 年完成，在作者去世三十年多后的 1614 年出版，书中对中国文明有较为详细的介绍。

[③] Qian Zhongshu, "China in the English Literature of the Seventeenth Century", in Adrian Hsia ed., *The Vision of China in the English Literature of the Seventeenth and Eighteenth Centuries*, The Chinese University Press of Hong Kong, 1998, p.61.

重视观察试验,主张在占有足够经验事实的基础上归纳出结论,在试验观察的基础上找出事物之间的关联。而被誉为经验主义哲学基石的洛克在他的《人类理解论》中进一步指出,经验是"所有知识之源,一切盖莫出乎于此"。①这种经验主义传统使英国人更为信赖和关注事实材料,17世纪,中国先进的制度和文化对英国人的思想和意识产生了强烈冲击,而当时的英国正处于社会与政治变革时期,易于借鉴别国的一切先进经验。

一

一些英国学者认为汉语是人类的初始语言。《旧约》里通天塔(Tower of Babel)的故事在西方人尽皆知,相传在洪水大劫难以后,挪亚的子孙在新的天地里繁衍生息,且全都讲同一种语言。在向东迁徙的过程中,他们发现一片广袤的原野,商量着在此修建一座城,城中筑塔,直通天庭。此事惊动了耶和华,认为他们之所以齐心协力,靠的是同一种语言,如果他们建塔成功,以后可能会无法辖制他们。由于担心自己的权威受到挑战,耶和华决定离乱他们的语言,使建塔的人只有附近的几个能听得懂,稍远一点的就听不懂了。由于语言不通,通天塔也就无法再建造下去,耶和华趁机将众人分散到各地去,从此世间就有了好多种语言,每一种语言又区分出若干不同的方言。由此人们陷入语言的混乱之中,不仅交流困难,而且语言从此失去了与事物统一的神圣性,甚至导致邪恶,引发谬误。因此,从中世纪开始就不断有人试图寻找一种普适的语言,到17世纪形成一股热潮,人们认为普适语言会导致对真理的直

---

① 吴景荣、刘意青主编:《英国十八世纪文学史》,北京:外语教学与研究出版社,2000年,第77页。

接把握,甚至能恢复古人所说的"黄金时代"。

当然,英国此时对中国的语言文字发生兴趣还有其独特的社会背景。17世纪初,信奉新教的英国人在攻击天主教的同时,希望能找到一种取代拉丁文的通用语言。因此,对中国语言文字的研究在一定程度上与此种努力有关。早在1605年,弗朗西斯·培根在《学术的进展》中就谈到中国文字的特征,他写道:"他们使用象形文字……这种文字写出来比说起来更容易明白。"① 由于中国文字的书面语只有一种形式,尽管中国省份众多,彼此之间听不懂对方的方言,但能看懂别省书写的文字,培根据此提出汉语是否可能成为人们所需要的那种世界通用语言? 在这样的背景下,17世纪上半叶一些学者开始将汉语与人类的初始语言联系起来。托马斯·布朗爵士(Sir Thomas Browne,1605—1682)认为汉语是人类建造"通天塔"之前的"初始语言",而约翰·韦伯(John Webb,1611—1672)更是对此做出了贡献,他在1669年发表的《从历史论证中华帝国的语言是初始语言的可能性》一文中指出,汉语"简便(simplicity)、概括(generality)、准确适度(modesty of expression)、实用(utility)、简洁(brevity)、一致(consent of authors)"②的特征,决定了是它,而不是希伯来语,有可能是大洪水之前全世界通用的语言。他采用历史学的方法,从巴比伦塔之乱以前人类共同使用的语言在洪水之后是否保存下来入手,认为挪亚在洪水中漂到了中国,洪水退去后留在中国繁衍生息,并据此认为中国历史上记载的尧就是挪亚,中国人就

---

① Qian Zhongshu, "China in the English Literature of the Seventeenth Century", in Adrian Hsia ed., *The Vision of China in the English Literature of the Seventeenth and Eighteenth Centuries*, The Chinese University Press of Hong Kong, 1998, p.37.

② Qian Zhongshu, "China in the English Literature of the Seventeenth Century", in Adrian Hsia ed., *The Vision of China in the English Literature of the Seventeenth and Eighteenth Centuries*, The Chinese University Press of Hong Kong, 1998, p.47.

是挪亚的后代。挪亚定居中国后并未改变语言,他的后代所讲的语言就是人类最初使用的语言,因此,中国人使用的汉语就是人类的初始语言。他的工作甚至得到美国当代著名中国史研究专家史景迁的赞赏,他说:"他(指韦伯)毕其一生来证明汉语是世界上的第一语言,是所有语言的始祖。"① 而且韦伯对中国的宗教、哲学、艺术、道德等各个方面都有涉猎,并极为赞赏,在他眼里,中国人来自上帝之城,"他们的国王可以说是哲学家,而他们的哲学家可以说都是国王。"②

二

启蒙时期的欧洲哲学家,特别是法、德等国的哲学家,利用中国形象挑战暴政和神学。没有基督教也可以产生出高尚的道德和英明的君主,中国便是一个榜样,这不仅使欧洲人感到震惊,也促使他们思索:既然上帝不能保证人类的幸福,那么,何不尝试着像中国那样,用世俗的道德和教育为人类营造一个现世乐园?在这种时代氛围中,中国的儒家学说成了英国的自然神论者攻击启示宗教的武器。欧洲宗教改革以后,由于自然科学的发展,思想界逐渐有了一种挣脱传统神学镣铐的要求,在英国出现了"自然神论"(Deism)。自然神论者并不否定宗教,但反对神的启示,他们从自然出发,从理性出发,反对超自然的、神秘的东西,主张一种自然的、合理的宗教。自然神论的代表人物有廷达尔(Mathew Tindal,1655—1733)、柯林斯(Anthony Colins,1676—1729)、兰姆塞(Che-

---

① Jonathan D. Spence, *The Chan's Great Continent: China in Western Minds*, New York: W. W. Norton & Company, 1998, p. 65.

② 张隆溪:《非我的神话》,见史景迁:《文化类同与文化利用》,廖世奇、彭小樵译,北京:北京大学出版社,1997年,第207页。

valier de Ramsay，1686—1743）以及博林布鲁克（Henry St. John Bolinbroke，1678—1751）等人，他们从去过中国的耶稣会士及其著述中了解到中国的儒家思想，其视野与儒家思想中的世俗理性主义融合了，他们试图寻找纯理性的宗教，而孔子的教导在他们看来正是一种世俗的理性学说，18 世纪英国的哲学家休谟甚至说："孔子的门徒，是天地间最纯正的自然神论的信徒。"①

自然神论认为启示并不是确定性的唯一根据，它只是传达某种真理的一种特殊方式，真理的终极证明必须到理性本身去寻找。廷达尔在他 1731 年发表的《与创世纪一样古老的基督教》（*Christianity as Old as the Creation*）中指出，自然宗教与启示宗教的区别在于，前者是人的意志的内在表现，后者是人的意志的外在表现，因此，基督教不能取代自然神论，相反，真正的启示在自然本身，在人的天赋理性之中，所以异教的孔子有着比基督徒更好的美德，说"我根本不认为孔子的教条和耶稣的教导有什么区别，而认为前者平易通俗的教条有助于人们理解后者更晦涩不明的教导。"②

主张自然神论的柯林斯也非常注意吸收中国文化，在他的藏书中，关于中国的书籍达 40 余种，多是耶稣会士关于中国的论述。1713 年，他发表《思想自由论》（*A Discourse of Freethinking*），主张以理性为基础的信仰，指出在批评基督教信条时应到东方材料中寻找证据，说东方的佛教徒有自己的经文，借以说明不同的民族有不同的宗教，基督教绝非唯一的宗教，《圣经》也不是所有人种的经典。苏格兰人兰姆塞的《自然宗教与启示宗教的哲学原理》（*The Philosophical Principles of Natural and Revealed Religion*）于 1749 年出

---

① 转引自范存忠：《中国文化在启蒙时期的英国》，上海：上海外语教育出版社，1991 年，第 26 页。

② 雷蒙·道森：《中国变色龙》，常绍民等译，时事出版社、海南出版社，1999 年，第 79 页。

版，书中指出上帝的概念在许多民族的信仰中都是有的，只是说法不同而已，在基督教中它被称为上帝，在中国则被称为"天"或"道"。博林布鲁克也认为东方存在着使宇宙保持秩序的主宰，但这个主宰并不干涉世俗人生。他还在耶稣会士翻译的中国古代经典中找到一种符合理性的个人道德和公共生活准则，认为它们就是尊奉"自然道理"的原始宗教。廷达尔、柯林斯、兰姆塞和博林布鲁克这些英国的自然神论者，都借用中国的儒家学说或东方的佛教攻击启示宗教，在这方面中国文化得到了广泛的运用。

三

中国世俗、开明、充满家庭温暖的君主政治，受到许多欧洲思想家的推崇。17、18世纪的中国在西方人面前展现了一个灿烂的文明，一幅哲人治国的理想图画，而且这一灿烂的文明与欧洲根本没有关系，因而必定会在政治方面对欧洲产生强大的影响。在许多人看来，欧洲当时最光明的希望存在于中国开明的专制主义者身上。1769年，法国人普瓦尔夫(Poivre)以赞叹的口吻写道："假如该帝国的法律成为所有国家的法律，中国提供了整个世界将要振奋的前景。到北京去吧！瞧瞧那位最伟大的人；他是天国真正完美的形象。"①对先进的思想家来说，铲除世袭特权相对于拥有贵族阶层并享有特权的欧洲而言，构成了当时的一大进步，在他们看来中国哲人治国的理想已经实现，他们在中国找到了所需要的东西，用英国汉学家赫德逊(G. F. Hudson, 1903—1974)的话说，找到了"一个帝国，像罗马那么古老，至今仍然存在，其人口相当于整个欧洲，没

---

① 雷蒙·道森：《中国变色龙》，常绍民等译，时事出版社、海南出版社，1999年，第80—81页。

有特权等级、贵族和教会，受制于一个通过一种文官官僚制度进行统治的承受天命的王权。"①

英国的文人对中国的政体和法律进行评论，尤其赞赏中国的文官考试制度。17世纪的博学之士罗伯特·伯顿在他那堪称鸿篇巨制的《忧郁的解剖》（The Anatomy of Melancholy，1621）中有一段描述中国科举选拔人才的文字："他们从哲学家和博学之士中选拔官员，他们政治上的显赫来自于品德的高尚。显赫是基于事业上的成就，而不是由于出身高贵，古代的以色列就是这样。至于他们官吏的职责，不论在战时或平时，都是保卫和治理他们的国家，而不像许多人那样，光是放鹰打猎，吃喝玩乐。他们的老爷、高官、学者、硕士以及凭自己的德才升上来的人——只有这些人才是显赫之人，也就是被认为可以治理国家的人。"②

威廉·坦普尔爵士（Sir William Temple，1628—1699）以景仰的口吻评述中国的政治体制，1657年，他发表了《论英雄的美德》（"Of Heroic Virtue"）一文，文中把中国称为最伟大、最富有的国家，拥有世界上最优良的政治体制；盛赞孔子是最有智慧、最有学问、最有道德的人，孔子的学说是治理国家的正确原则；认为中国的科举制度有利于人才选拔，远胜过只注重世袭门第的英国贵族制度。在《论民众的不满》（"Of Popular Discontents"）中他又赞叹道："只有中华帝国那样历史悠久的政府，才能在最深刻和最智慧的基础上建立起传说中的那种政治。"③

---

① 雷蒙·道森：《中国变色龙》，常绍民等译，时事出版社、海南出版社，1999年，第81页。

② Robert Burton, The Anatomy of Melancholy, Vol. II, New York: Hurd Houghton, 1864, pp. 259-260.

③ Qian Zhongshu, "China in the English Literature of the Seventeenth Century", in Adrian Hsia ed., The Vision of China in the English Literature of the Seventeenth and Eighteenth Centuries, The Chinese University Press of Hong Kong, 1998, p. 49.

哲学家休谟（David Hume，1711—1776）也谈到了中国的政治和法律问题，他说："（中国）一直由君主统治着……虽然中国政府是纯粹君主制的，但确切地说，它不是绝对专制的。"①从他在《人性论》中的观点来看，之所以不认为中国是一个纯粹的专制国家，是因为虽然最高当权者的意志具有绝对权威，但政府官员的行为却要受到法律的制约，并且他做了进一步的分析：中国几乎没有邻国，而万里长城、巨大的人口进一步捍卫了这个国家，所以，军队训练常被忽略，因此"剑总是在人民手中握着"，这就使得君主及下属官员受制于一个总的法律，以造成君主政权的平稳和民众适度的自由这样双重的效果。

塞缪尔·约翰逊（Samuel Johnson，1709—1784）在法国人杜哈德的《中国通志》英文版出版时为其做宣传，他以读者的名义给当时英国有名的《君子杂志》写信，称赞中国的文明及其美好的政治制度："当他熟悉中国的政府和法制以后，他能享受新鲜事物所能引起的一切快感。他为发现世界上有这样一个国家而感到惊奇。在那里，高贵和知识是同一件事；在那里学问大了，地位就高，而升等晋级是努力为善的结果；在那里，没有人认为愚昧是地位高的标志，或以为懒惰是出身好的特权。"②

哥尔斯密的《世界公民》（The Citizen of the World，1762）是18世纪英国乃至欧洲利用中国材料的文学中最主要、最有影响的作品，是一部洋洋大观的书信体散文。他在第71函里这样说："英国的法律只是惩治罪恶，中国的法律进了一步，它还奖励善行。"（The English laws punish vice, the Chinese laws do more, they reward

---

① 休谟：《休谟政治论文集》，张若衡译，商务印书馆，1993年，第71页的原注。
② 转引自范存忠：《中国文化在启蒙时期的英国》，上海：上海外语教育出版社，1991年，第62—63页。

virtue!")① 通过中英法律的对比，哥尔斯密对英国的法律提出了批评，认为虽然 18 世纪英国的法律繁多，但并不保障穷人的安全。司法人员利用职权巧取豪夺，对触犯法律者极尽敲诈勒索之能事，而对于案件的审理却一拖再拖。

英国在 17、18 世纪对中国政体的热情颂扬影响到后世。18 世纪末期，英国的中国形象发生了逆转，公认的事件是 1793 年英国马戛尔尼使团访华，试图与中国建立贸易关系，但由于拒绝行叩首礼无功而返。马戛尔尼及其随员虽然因此对中国十分恼火、失望，但在其记述中仍然反映出对当时中国制度之优越的赞叹和称奇。在马戛尔尼看来，中国的行政机器组织、运转得相当好，国内的一切都在政府行之有效的控制之下，遇到问题能马上解决。汉学家麦都思（原名沃尔特·亨利·梅德赫斯特，Walter Henry Medhurst，1796—1857）也对中国通往仕途之路的方法极为赞赏，认为"财富、庇护、友情或青睐在获得擢升时均不起作用；而才干、优点、智能和锲而不舍，即使是最贫穷和最卑贱的人，如果拥有这些美德，也几乎可以肯定能够得到适宜的报偿"。② 麦都思是一大批赞扬中国的科举制度并倡导把它引入欧洲的人士之一。

类似的对中国科举制度的赞扬在年代更靠后的作品中仍可看到。卡莱尔在他的《英雄和英雄崇拜》（*On Heroes, Hero-Worship*, 1841）的"文人英雄"一章中侃侃而谈："我听说了一个最有趣的关于中国人的事实，这个事实就是，中国人力图使他们的文人成为他们的统治者！……在初级学校突出的年轻人被选拔进高级学校的合适环境，他们可以继续更加突出，一直向前发展，然后从这些人中选

---

① Oliver Goldsmith, *The Miscellaneous Works of Oliver Goldsmith*, Vol. III, London: S. & R. Bentley, 1820, p. 161.

② 雷蒙·道森：《中国变色龙》，常绍民等译，时事出版社、海南出版社，1999年，第 87 页。

取官员和新任的统治者。"①20世纪的洛斯·迪金森继承了这一传统,他以想象中国人的口吻写道:"在中国,成百上千年来,一直存在着一个单独区分出来以从事文学艺术的阶层,他们注定要发挥政府的功用。这些人并没有构成一个严格世袭的等级,它向所有拥有必要的才干和趣味的人敞开大门,欢迎他们加入,从这一点上来说,我们的社会早就是世界上最民主的。"②甚至对中国充满傲慢与偏见的索姆塞特·毛姆也这样写道:"在东方,人与人之间享有某种在美洲和欧洲见不到的平等。地位和财富使一个人相对于另一个人有着纯粹偶然的优越性,它们并不构成社会活动性的障碍。"③17、18世纪英国人关于中国社会机会均等的神话,在20世纪转变成对"平等"的追求,融入西方人对"自由、平等、博爱"的倡扬之中。

英国文人在揄扬中国政治制度的同时,希望英国参照中国的做法,实行文官考试制度。虽然英国在欧洲国家中较早形成议会制度,能有效地约束王权,形成权力制衡机制,但在选拔政府官员时采用的还是基于门第、财富的委任制。这种制度和中国悠久的文官考试制度相比,其弊端显而易见。随着中国文化在欧洲的传播,介绍、鼓吹中国科举制度的声音不绝于耳。"早在16世纪,伽斯帕·达·克鲁斯就第一个间接提到中国的这一制度,罗伯特·伯顿则首先提供证据,表明这一消息给知识界留下了印象。"④经济学家亚当·斯密(Adam Smith,1723—1790)面对腐败也提倡采用考试制

---

① 托马斯·卡莱尔:《英雄和英雄崇拜—卡莱尔演讲集》,张峰、吕霞译,上海:三联书店出版社,1988年,第1—2页。
② G. Lowes Dickinson, *Letters from John Chinaman*, London: J. M. Dent&Sons, LTD, 1913, p.31-32.
③ W. Somerset Maugham, *On a Chinese Screen*, London: Heineman, 1935, p.124.
④ 雷蒙·道森:《中国变色龙》,常绍民等译,时事出版社、海南出版社,1999年,第87页。

度，他的观点影响到统治阶层，对以后实施考试制度起到了一定的作用。1832年，竞争考试制度首先在英国东印度公司的《特许法案》中得以实施，次年英国开始实行考试制度，到1870年，这一制度成为进入政府部门工作的常规途径。英国文官改革的成功影响了整个欧洲，按照法国学者雅克·布罗斯（Jacques Brosse）的说法，政府选拔官吏的制度——科举和会考制"首先被英国运用于其文职机构中，后来在整个欧洲都取得了成功"。①

四

从文化交流史的角度来看，一个典范民族的形象最重要的不在于它是否和现实相符合，而在于它能否引起各民族间一系列的刺激、反应或互动，是否诱发了有意义的变革，并对历史发展产生了重大影响。亚洲形象研究专家哈洛德·R.伊萨克斯指出：在具有权力和力量的人的意识中形成的形象或意念，即使是基于误会和不正确的资料产生的，在时机适合的情况下，也能引发重大的变革，对历史做出关键性的影响。②

虽然17—18世纪的英国文人学者对中国的描述有片面之嫌，夸大了中国历史文化中的"理性主义"、科举取士的任人唯贤、君主专制中的民本主义和王道理想，而对中国文化的弱点，例如君主政治中专制的成份和百姓中流行的迷信思想视而不见，但英国思想家、文学家笔下近乎完美的典范中国形象，的确促动了英国社会的某些变革，从学术、思想、政治、文化、政治诸方面给英国带来了冲

---

① 雅克·布罗斯：《发现中国》，耿昇译，济南：山东画报出版社，2002年，第89页。

② Harold R. Issacs, *Images of Asia, American Views of China and India*, New York: Capricorn Books, 1962, p.401.

击，推动了世界历史的发展。世界历史是一个多元发展、相互作用的系统工程，不仅西方塑造了中国的现代化运动，中国形象也作为文化"他者"，参与塑造了西方文化的"自我"，并对西方文明的进程留下了不可磨灭的痕迹，这一点通过17—18世纪英国文人眼中的中国形象，可以清楚地看出来，中国对世界文明进程曾发挥过重要作用。

《曼德维尔游记》中的传奇中国[①]

早期英国对中国的认识,想象多于知识。英国人无法想象遥远的东方那块太阳最先升起的地方是什么样的,这就为他们构筑异己提供了极大的想象空间。因此,早期英国的中国形象是一些传说和猜测,事实与虚构混杂的介绍,曼德维尔的游记便是其中最典型的一个代表。

曼德维尔游记是英国作家感知中国文化的开始。曼德维尔是一位座椅上的旅行家,并没有真正到过中国。他于1357年著成的《曼德维尔游记》(*The Travels of Sir John Mandeville*)一书,实际上是一部虚构的小说,只不过打着亲历的旗号,获得一种真实感,赢得人们的信任。在遥远的欧洲,在人类的交流被浩江瀚海、崇山峻岭隔绝的时代,其风靡程度不下于马可·波罗的游记。《曼德维尔游记》主要的资料来源是法国多明我会修士文森特(Vincent of Beauvais)撰写的大百科全书《世界镜鉴》(*Speculum Majus*),这部书里收录了古代和中世纪许许多多关于地理学和自然史的知识及学说,为曼德维尔进行神奇的中国书写提供了依据。此外,还有鄂多利克(Odoric of Pordenone)的《东游录》(*The Travels of Friar Odoric*)、马可·波罗的游记,以及中世纪流传甚广、实为人伪造的长老约翰(Prester John)

[①] 本文原为《文学想象与文化利用——英国文学中的英国形象》第二章第二节,中国社会科学出版社,2005年。

的信件等等。曼德维尔在借鉴上述材料的基础上，利用自己的想象进行创造性地发挥，制造出一个神奇诱人的传奇般国度。

在曼德维尔笔下，遥远的古代中国是一个富庶的国家。在游记的第 22 章他这样叙述道："从这个岛屿向东走好多天，你将发现一个名为蛮子（Mancy）的国度。它远在印度之上，世间珍奇，无所不有。……这个国家里没有穷人，也没有人去乞讨。……那里的禽类比寻常的要大上两倍，而且到处是各种各样物美价廉的东西。"①这里虽不出产小麦、大麦，但人们的食物并不单一，大米、蜂蜜、牛奶、干酪、水果等品种繁多。

这里有着奇风异俗。《曼德维尔游记》受鄂多利克和马可·波罗的影响，讲述了一些令人不可思议的事情。鄂多利克在《东游录》中曾写道：大汗宫廷的变戏法者能让盛满酒的金杯在空气中穿行，自行跑到赴宴者的嘴边。《马可波罗游记》里面也有类似的描述，说是在术士施过法术之后，"所有的酒壶、乳瓶或其他饮料壶，不必侍卫动手，都会将饮料自动地注入杯中，然后杯子在空中飞越十步的距离，到达大汗的手上；当大汗饮完以后，杯子又自动飞回原处。"②曼德维尔认为这尚不足以激动人心，进而想象出能把白天变成黑夜、把黑夜变成白天的巫师，他们还能变出妩媚的少女翩翩起舞，勇猛的骑士比武厮杀。这里有着独特的捕鱼方式："这个城市的人们驯养一种叫鸬鹚的水禽，让它飞进水里或河里，直接从水中捕捉出大量的鱼，这样只要人们需要，想捕多少就能捕多少。"③这里

---

① Mandelville，*The Travels of Sir John Mandeville* /http：//www.worldwideschool.org/library/books/hst/biography/TheTravelsofSirJohnMandeville/toc.html.

② 鲁思梯谦：《马可波罗游记》，陈开俊译，福州：福建科学技术出版社，1981年，第 76—77 页。

③ Mandelville，*The Travels of Sir John Mandeville* /http：//www.worldwideschool.org/library/books/hst/biography/TheTravelsofSirJohnMandeville/toc.html. 此处引自 http：//www.worldwideschool.org/library/books/hst/biography/TheTravelsofSirJohnMandeville/chap22.html.

还有奇异的矮人国:"当人们渡过一条有近三英里宽的大淡水河,就进入到大汗的领地。那条河横穿过矮人国,那里的人们身材矮小,仅三拃高。……他们半岁时结婚,只活到六七岁,能活到八岁的便被视为长寿者。这些小人儿在世上各行各业中最擅长丝绸纺棉、金银制造。"①

这里有着富丽堂皇的宫殿,在游记的第 23 章有详细描述。契丹省②的东部有一座古老的城市,鞑靼人又在旁边建了另一座城池,名曰大都,大汗在这里有一座壮丽的宫殿,宫殿中央的龙座"纯用钻石做成",龙座的四角各有一条金龙,龙座的四周和下方布满管道,里面流出香醇的御酒。宫殿的厅堂十分壮丽,餐桌以黄金镶边,缀满钻石和珍珠。大摆宴席时,"大汗及殿中其他人的餐桌旁都绕有金制的滕,它环绕于整个宫室,上面缀满状似真葡萄的东西,有白的、绿的、黄的、红的,还有黑色的。白的是水晶……;红的是光滑耀眼的红宝石;黄的是黄玉;绿的是祖母绿和翡绿;黑的是黑玉和黑玛瑙。所有这些宝石制作精美,看上去像正在生长的真葡萄滕

---

① Mandelville, *The Travels of Sir John Mandeville* /http://www.worldwideschool.org/library/books/hst/biography/TheTravelsofSirJohnMandeville/toc.html. 此处引自 http://www.worldwideschool.org/library/books/hst/biography/ TheTravelsofSirJohnMandeville/chap22.html.

② 大约从 10 世纪初期起,欧洲人通称中国为"契丹(Cathay)",称中国人为"契丹人(Cataian)",这是因为中国在唐代以后的半个多世纪出现了五代十国的分裂局面,北方是辽、金。辽原名契丹,故欧洲人称中国为"契丹"。后成吉思汗及其孙子远征欧洲,中国人和英国人之间偶有接触。之后蒙古人灭了辽和金,统一中国,建立了元朝,意大利威尼斯商人马可·波罗在元大都生活了二十多年,其游记在 14、15 世纪的欧洲广为流传。但 16 世纪和 17 世纪仍有不少欧洲人沿用旧名,称中国为"契丹",中国人为"契丹人"。莎士比亚在《第十二夜》的第二幕第三场和《温莎的风流娘儿们》第二幕第一场曾提到"契丹人"这样的称呼。1576—1578 年间英国有一个向外发展计划,名为"契丹探险",目的是要寻找一条通往亚洲的道路,英国女王伊丽莎白也是该计划的股东之一。虽然此项计划数次尝试都未成功,但英国朝野上下却因此熟悉了"契丹"与"契丹人"一类的名词。

一样。……大汗的宫殿大厅和房间里摆放的器皿都用宝石做成，……杯子上饰有绿宝石、蓝宝石、黄玉或诸如此类的宝石。"①

大汗治下的国家秩序井然。大汗的国土上有十二个省（provinces），每个省有众多城邦（cities），每个城邦又下辖众多城镇（towns）。大汗任命了十二位大王（principal king），分别治理十二个省份，这些大王手下又有诸多小王（king），而所有这些大大小小的王全都效忠于大汗，听命于大汗。因此，虽然大汗的国土广袤无边，但整个国家却管理得井井有条。

大汗每年举行四次盛大的活动，一次生日宴会，一次祭天，两次祭祖，每一次都兴师动众，盛况空前，各色人等粉墨登场。曼德维尔展开其丰富的想象力描述道，先是一千名显贵，身着用绿色丝线连缀金子制成的华服，衣服边上缀满各种宝石。然后是一千人穿着用红色丝线连缀金子而成的服饰，四周同样缀满数不清的珍珠、宝石。第三千人和第四千人分别穿着紫色和黄色的丝绸衣服，上面各种颜色的宝石闪闪发光。这四千人两人一组列队而行，接受大汗的检阅。大汗周围簇拥着各类有学识的人：科学家、天文学家、巫师，甚至占卜者，他们向那些接受检阅的人发出不同的指令，所有这些人都宣誓效忠大汗。然后是吟咏诗人歌功颂德，妩媚少女翩翩起舞，美酒斟满，珍馐摆上，一派歌舞升平、富庶祥和的景象。

大汗出巡时也颇为壮观，有四个骑兵团为他壮行，一个先遣团提前一天动身，两个仪仗团在大汗的左右两侧排列，第四个骑兵团殿后，阵容在四个团中最为庞大。大汗乘坐的马车布置得十分雍容华贵，木料是来自天国花园的沉香木，马车里面铺满了金片、宝石、珍珠，四头白象或白马拉车，五六名显赫的贵族护卫在左右。

---

① Mandelville, The Travels of Sir John Mandeville /http：//www.worldwideschool.org/library/books/hst/biography/TheTravelsofSirJohnMandeville/toc.html. 此处引自 http：//www.worldwideschool.org/library/books/hst/biography/TheTravelsofSirJohnMandeville/chap23.html.

当经过大汗治理的城镇时,人们燃起火把,点着香烛,双膝跪地,恭敬而又拥戴地迎接他。游记中关于大汗的描写是最吸引欧洲人的地方,他是世界上最有权势的君主,连欧洲的长老约翰也不如他伟大。其实早在马可·波罗笔下,忽必烈汗就是一副英俊威严、气宇轩昂的形象,他"中等身材,修短适中,四肢匀称,整个体态配合得很和谐。他眉清目秀,英气照人,有时红光满面,色如玫瑰,更增加了他的仪容风采。他的眼睛乌黑俊秀,鼻梁高直而端正。"① 曼德维尔在书中这样评价大汗:"这一最为强大、最为圣洁的人间统治者,以及他的奢华、仁慈,他那为数众多的仆从,他那幸福的臣民以及他那繁忙的城市,必定会给西方许许多多暗淡无光的城市带来生气和斑驳的色彩,给被战争喧嚣闹得头昏脑胀的世界上成百上千万人带来新的勇气和希望。"② 曼德维尔关于大汗的叙述颇似基督传奇,显示着本土传统文化对异域文化强大的归化与认同。他在基督教义和骑士道视野内改造了大汗的形象。

这里流传着长老约翰(Prester John)的动人传说。大约在12世纪中期到13世纪末期,欧洲盛传在东方的亚洲有一个基督教国王叫长老约翰,他拥有无数的土地,管辖着众多的城镇和岛屿,过着奢华的生活。《曼德维尔游记》的第30章叙述说,长老约翰住在一个叫苏萨(Susa)的城市里,那里坐落着规模庞大的宫殿,其富丽程度堪与大汗的行宫媲美。宫殿里最重要的塔上有两个硕大的圆形金柱,上面镶嵌着两颗巨大的宝石,如夜明珠一般,晚上光芒四射。宫殿的正门前铺着红玛瑙,四边嵌着象牙;厅堂和卧室的窗户用水晶制成;餐桌则用绿宝石、紫水晶和黄金铸成;御座上也嵌着各类名贵

---

① 鲁思梯谦:《马可波罗游记》,陈开俊译,福州:福建科学技术出版社,1981年,第90页。
② 转引自雷蒙·道森:《中国变色龙》,常绍民、明毅译,时事出版社、海南出版社,1999年,第38页。

的宝石，不仅能发出熠熠华辉，而且散发出一种好闻的香味。长老的卧榻用极其精美的蓝宝石雕成，并饰有黄金，抑制长老淫乱的念头，带给他香甜的睡眠。长老约翰是一个基督徒，他国家里的大部分人也都信仰耶稣。他治理下的国土，没有欺骗，没有诡计，也没有弄虚作假的事情发生。曼德维尔还让长老约翰与大汗联姻，说长老约翰娶了大汗的女儿为妻，大汗也同样娶了长老约翰的千金。①

曼德维尔游记中的古代中国很大程度上是一个幻想的中国。苦难与脆弱的时代是幻想活跃的时代，人被束缚在沮丧的现实中，从人性深处点燃的幻想是某种解放的力量。曼德维尔对契丹的财富与君权的渲染，为英国人提供了一种超越的尺度，使他们超拔于当时有限的现实，获得某种调节的激励和尺度。没有幻想的人沉沦在有限的现实中，没有幻想的文化束缚在可怜的物质中，幻想是摆脱绝望的现实、走向自由与完善的翅膀。在曼德维尔的中国幻象里，寄托着英国人自我超越、自我改造的动机与希望。

曼德维尔游记中的古代中国也是一个物质化的中国，大汗治理下的领土最大的魅力在于其物质方面的繁荣。古代中国相对于中世纪晚期贫困混乱的英格兰来说，是一个人间天堂，而此时的英格兰非常需要一个物质化的异域形象，作为他们超越自身基督教文化困境的一种启示，因为当时的英国要发展资本主义，就要鼓励人们发财致富，而中世纪主宰西方国家的基督教蔑视财富，圣经上宣扬不要为自己积累财富，并说财主进天国比骆驼穿过针眼还难。思想意识对经济的发展有很大影响，如果不改变基督教蔑视财富的思想观念，资本主义就不可能发展起来，物质化的中国形象给英国萌芽期的资本主义发展注入了力量。从大的时代背景看，此时的欧洲正

---

① See http://www.worldwideschool.org/library/books/hst/biography/TheTravelsofSirJohnMandeville/chap30.html.

处于文艺复兴的发轫期，反对神权，肯定世俗生活日益成为人们关注的重心，中国这个世俗的天堂，正契合了欧洲人追求物质财富、追求世俗享乐的需求和渴望。因此，从某种程度上来说，物质化的古代中国激发了英国文化中的世俗欲望，使其成为资本主义文明发展的动力。

曼德维尔的声望持续下来，他的游记作为故事书18世纪仍在重印，在整个19世纪持续出售，他激发了民众对荒诞不经的传奇故事的需求，用一种神话式的、辉煌灿烂的东方幻想充实了英国乃至整个欧洲民众的想象，一度成为他们渡过苦难的福音。

由曼德维尔开启的繁荣富庶的中国形象在英国以各种方式长期留存下来，在文学和哲学方面产生了不可忽视的影响，18世纪哥尔斯密的《世界公民》，19世纪兰陀的《中国皇帝和庆帝之间想象的对话》，20世纪迪金森的《约翰中国佬的来信》，都是引人注目的例子。

《忽必烈汗》残篇里的奇幻中国[1]

柯勒律治(1772—1834)的残诗《忽必烈汗》以其奔放不羁的想象力和香馥浓郁的异国情调,为后人交口称赞,被《大不列颠百科全书》誉为"英国文学中最伟大的诗作"。

柯勒律治有着异乎寻常的想象力,又生活在浪漫主义文学运动如火如荼的时期,写出《忽必烈汗》这样充满奇幻色彩的诗章就不足为奇。柯勒律治非常推崇想象力,认为对一位诗人来说,没有比它更重要的了。想象力之于诗,正如血液之于生命,它能够弥合,能够创造,使诗句获得永久的生命力。在他的文艺论著《文学传记》(*Biographia Literaria*,1817)中,关于想象力这种"综合的神奇力量",有这样一段阐述:"最理想的完美诗人能使人的全部灵魂活跃起来,使各种才能互相制约,然又发挥其各自的价值与作用。他到处散发一种和谐一致的情调和精神,促使各物混合并进而溶化为一,所依靠的则是一种善于综合的神奇力量。这就是为我们专门称为想象的力量。这力量……能使相反的、不协调的品质平衡与协调起来……诗的天才以良知为躯体,幻想为外衣,运动为生命,想象力为灵魂——而这个灵魂到处可见,深入事物,并将一切合为优美而机智的整体。"[2]《忽必烈汗》就是这种"综合的神奇力量"的结

---

[1] 本文原载《名作欣赏》2006年第12期。
[2] 转引自王佐良:《英国文学史》,北京:商务印书馆,1996年,第206页。

晶，而读者对其进行解读时，也要靠一种"综合的神奇力量"。

《忽必烈汗》是柯勒律治吸食鸦片后的一个离奇梦境，一个超自然的图景。柯勒律治曾备受风湿病的折磨，后来找到一种神奇的止痛药，这就是鸦片。虽然鸦片带给他的痛苦往往多于欢乐，但却能暂时缓解他的病痛，有时还能使他进入如痴如醉的梦境。关于这首诗的产生柯勒律治有一个题解，说是1797年的夏天，他因病幽居在英国乡间的农舍里。一天，他因感觉不适服用了鸦片，坐在椅中阅读帕切斯的游记（*Purchas His Pilgrimage*，1613）。帕切斯是英国地理学家，曾搜集、编译过欧洲各国旅行家的东方游记，成为后世不少文学家创作的题材来源。柯勒律治自叙读罢关于"忽必烈汗敕命在此处营造豪华宫殿，并开辟御苑，将方圆三十里沃土俱囊括在四周墙垣之内"一段后，药力攻心，酣然入睡，沉睡了三个多小时，梦中赋诗二三百行，醒来时还依稀记得全诗，于是急忙奋笔追忆。刚写下四五十行，忽然一个生意人来访，客人一个小时离去后他再次提笔追忆时，梦中所赋的其余诗句却飘然已逝，柯勒律治儿次试图补续，无奈总不满意，只好就此戛然而止。

《忽必烈汗》全诗共五十四行，分三节，虽是残篇，却美妙无比。下面我们结合具体诗句，看看柯勒律治是如何驰骋想象力和渲染异国情调的。

柯勒律治在开篇就给我们打开了一片迷人的景色：

> 忽必烈汗降旨在上都
> 建造壮观的行乐宫阙：
> 艾弗圣河穿越此间的
> 幽深岩洞，向冥冥沧海
> 奔泻而去。
> 宫阙围以城垣，上设望楼，

三十里沃野尽收眼底：
御苑中溪流蜿蜒，碧波粼粼，
四处林木飘香，花团锦簇；
丛林如此处的丘陵般古老，
透过浓荫，洒下斑驳的阳光。

(吴持哲译，下同)

绿树掩映的小山，兰露香泽的花园，蜿蜒流淌的溪水，阳光明媚的绿地，四周环绕着高墙和塔楼，一条圣河喧嚣流过，穿越山洞，一直奔向大海。这样的一座宫阙，动静相映，明暗交织，衬托出忽必烈汗至高无上的荣耀和威严。诗人用了"降旨"(decree)、"壮观"(stately)、"神圣"(sacred)等词语来渲染帝王的高贵，用"幽深"(measureless to man)、周围的"城垣和望楼"(walls and tower)来描绘皇家的气派，一连串的视觉意象"御苑"(garden)、"丘陵"(hills)、"溪流"(rills)、"丛林"(forests)和嗅觉意象"林木飘香"(incense-bearing tree)等词汇，生动地描摹出皇家宫院的风貌，给人以强烈的真实感。

浪漫主义诗歌的一个重要特征在于托物咏志，用含义朦胧的事物寄托思想感情，《忽必烈汗》亦复如此。蒙古大汗要把宫殿建造在一片沃野上，这里的一切都显露出勃勃生机：古木参天的树林，阳光明媚的绿地，明丽澄莹的花园，鲜花盛开、芳香四溢的奇花异木，还有象征着女性的城垣和望楼。诗人的想象力将各种物象啮合成一体，一种浓郁的生命氛围跳入眼帘，并且在这一生命图景中，还因艾弗(Alph)圣河带给人一段浪漫凄婉的爱情故事。在古希腊神话中，河神艾弗厄斯(Alphues)爱上了山林中的仙女阿瑞托萨，阿瑞托萨惊恐万分，逃至西西里附近的一个小岛，在月神的帮助下变成了一眼喷泉，痴情的艾弗厄斯便化作一条圣河与喷泉汇合。多么痴情的恋人！多么浪漫的故事！浪漫的故事与充满生命的图景相互辉映，带给人无尽的遐思和深情的向往。

但在这一片盎然的生机中也跳跃着不和谐的音符。"艾弗圣河穿越此间的／幽深岩洞，向冥冥沧海／奔泻而去。""幽深岩洞"（caverns measureless to man）和"冥冥沧海"（a sunless sea）则象征着黑暗的地狱，在这里诗人意在用隐喻表明表面的繁盛掩饰不住其必然衰亡的命运，荒淫无度的生活只会引向万劫不复的地狱，这在诗的第二节中有进一步的描述：

> 但是，从古柏蔽日的青翠山坡
> 陡然而落的离奇沟壑深不可测！
> 一片荒野！仿佛有一个断肠的女子
> 在残月淡淡的余辉下徘徊，
> 为其亡夫的幽灵声声哀泣！
> 整个大地俨然在吁吁地喘息——
> 原来是一股喷泉在呼啸、翻滚，
> 从沟壑中汹涌地迸出地面：
> 喷泉穿过怪石，溅起片片水帘，
> 既像无数的冰雹在乱舞，
> 又如连枷下糠秕漫天飞扬：
> 从这一片嶙峋的乱石间，
> 圣河势不可挡，腾空而起。
> 它曲折地奔流在这数十里的原野上，
> 穿越森林的河谷后，
> 遂潜入幽深的岩洞，
> 喧嚣着向冥冥沧海直泻而去。

字面上，残月下为亡夫哭泣的女子是变成喷泉的林中仙女阿瑞托萨，深壑中的波涛迭涌隐喻着河神坚贞不渝的爱情。然而，联想到第一节中象征着女性的"城垣"和"望楼"，我们能够领悟到其中隐隐的喻意：忽必烈汗下令建造的游乐宫殿，不仅有葱茏的林木，袭人的花香，潺潺的流水，还有许多宫女被囚禁在"城垣"和"望楼"中，她们是大汗欲望难填的牺牲品，有的甚至终生不被宠幸而在深墙幽院内走完寂寞孤独的人生。骄奢淫逸的帝王，只顾及时行乐，哪管宫女在月光下幽咽悲泣。这是一个残酷、幽怨的人间地狱，根本没有艾弗厄斯忠贞不渝的爱情。诗人在这一节中花费了大量笔墨来描写艾弗圣河，意在突出帝王的威严和神圣，但与希腊神话中艾弗厄斯变成的圣河向西西里流去，同自己钟爱的姑娘化成的泉水汇合不同的是，忽必烈汗的行宫坐落其上的这条河，却通向深不可测的洞窟和不见阳光的海底深处，作者在这里的反讽意味显而易见。

接着，忽必烈汗再次出现：

> 忽必烈汗从圣河急流的喧嚣声中
> 听到了先祖征战的召唤！

战争，不论是对古人还是对今人来说，都不仅是英雄创立辉煌业绩、施展雄才大略的机会，更是残杀、毁灭和死亡的场所。蒙古大汗的游乐宫，是战争意义上的游乐宫，在带给他辉煌业绩的同时，也必然会漂浮在波涛之上，最终漂入冥冥的沧海深处。

接下来的第三节越是描写行宫的鬼斧神工，越能突出战争的那种毁灭性力量：

> 行乐的宫阙阁楼

> 碧波上投下倒影；
> 从喷泉和岩洞
> 传来共鸣的乐章。
> 这冰寒的溪涧，明净的阁楼，
> 真堪称神工鬼斧，造化的奇迹！

柯勒律治用"冰寒的溪涧"和"明净的阁楼"这一相反的意象，暗示出所谓的游乐宫只不过是一座死亡的坟墓罢了。

接下来的诗句似乎离开了蒙古大汗和他的宫殿，背景从上都转到非洲，韵律从轰鸣的泉水变为悠扬的琴声，主人公也从忽必烈汗转为诗作者本人。

> 我在梦幻中看见
> 一个操琴的女郎——
> 阿比西尼亚姑娘，
> 她轻轻拨动琴弦，
> 把阿波拉山吟唱。

这位阿比西尼亚（今埃塞俄比亚）姑娘就是赋予诗人以灵感的缪斯，借着少女的歌声和琴声，诗人欣喜间营造了一座艺术之都，它同样用冰窟筑成，同样阳光明媚：

> 啊，但愿我能在心底
> 把她的乐曲和歌声复制，
> 那时我就会如痴如醉，
> 我只消用那悠扬的仙乐
> 就能重建那天空瑶池，

> 那阳光灿烂的宫殿和冰的洞窟!
> 凡是聆听者都将目睹,
> 大家都将高呼:"当心!当心!"

这座灿烂的宫殿和冰的洞窟不是忽必烈汗下令建造的行乐之宫,而是诗人获得艺术灵感之后的杰作,所有能领悟神之启示的人也都能够看见它的存在,而诗人灵感喷发时更是如痴似狂:

> 瞧他飘扬的长发,闪亮的眼睛,
> 我们要绕他巡行三圈,
> 在神圣的恐惧中闭上双眼,
> 因为他尝过蜜的甘露,
> 又饮过天堂里的乳浆。

柏拉图在《伊安篇》里说:"凡是高明的诗人,无论在史诗或抒情诗方面,都不是凭技艺来做成他们优美的诗歌,而是因为他们得到灵感,有神力附凭着。"抒情诗人在做诗时,"心里都受一种迷狂支配","(他们)飞到诗神的园里,从流蜜的泉源吸取精英,来酿成他们的诗歌。"[①]柯勒律治的这首诗正如柏拉图所言,是神灵附体时的代神之言。当然,这也并不是一种神乎其神的东西,从唯物主义角度来讲,它是作家平时积累的瞬间升华。

第三节的主要形象是抚琴的少女和受灵感驱动做诗的诗人,似乎与前两节的意象相去甚远,但在这里,诗人是在把想象中构筑的艺术大厦同忽必烈汗下令修建的行乐之宫相对衬:一个建造在空

---

① 柏拉图:《文艺对话录》,朱光潜译,北京:人民文学出版社,1997年,第7—9页。

中,一个修筑在水边;一个是精神的追求,一个是物质的享受;一个把诗人引入天堂,一个将大汗推向地狱,表达了诗人对艺术的赞美和对物质享乐的鞭笞。这样,全诗不仅在情调上前后贯通,在意象上也协调一致。

　　通观全诗,意象突兀诡异,情景苍莽幽邃,主题若隐若现,节奏韵律变换无定,充分体现出梦幻的性质。柯勒律治对中国、对上都、对忽必烈汗都了解不多,他在诗中并不企图描摹现实,只是借中国题材作为驰骋想象力、渲染异国情调的艺术空间。从文学本身来看,文学特别是浪漫主义文学,有一种异国情调的美学追求,异国情调简而言之就是向特定民族呈现他民族的生活情调。在各民族交往因交通工具不发达而受到限制的岁月里,人们对遥远的国度充满了幻想而向往一种异国情调,应当说是十分自然的事情,或许可以说,这主要是审美情趣上追求新奇和差异的问题。异域情调是美的重要组成部分,当我们理解同我们自己的文化截然不同的他者文化时,它就构成了外来文化的吸引力。法国学者谢阁兰说:"异域情调就是关于不同的概念,关于差异的看法,是对非自我的他者的认识。"①对谢阁兰来说,异域情调和审美是可以互换的概念。异域情调是一种审美态度,是对异己之物的理解和对美的崇拜,是一种诗化的想象,其中一个核心的、必不可少的因素是差异性。"异域情调并不是一般的旅行者或庸俗的观察家们所看到的万花筒式的景象,而是一个强大的个体在面对客体时所感受到的距离,和体验到的新鲜生动的冲动。"②在这个意义上,英国把中国看成和英国完全不同的一个个体,一种差异,对这种差异的审美理解

---

① Victor Segalen, *Essai sur L'exotisme: une Esthetique du Divers*, Paris: Fata Morgana, 1978, p.23.

② Victor Segalen, *Essai sur L'exotisme: une Esthetique du Divers*, Paris: Fata Morgana, 1978, p.38.

带给人极大的审美愉悦。

柯勒律治之所以选择中国,有一定的偶然性(他睡前正阅读忽必烈汗在上都建造行宫的章节),也有其必然性。中国从马可·波罗时代起就成了激发西方人新的灵感、新的审美情趣和异国情调的地方,虽然到了19世纪西方人开始蔑视中国,但在艺术创作上,这个遥远的异域之邦对文人的诱惑力仍不可低估,她曾经有过的繁荣和传奇色彩,不断地激发着西方人强劲的想象力,而忽必烈汗那无尚的荣耀与威严,皇家宫殿的恢宏与奢华,更投合了浪漫主义诗人追求宏大气势的心理,带给他们一个想象的释放地和审美的安置所。因而,忽必烈汗和他的御苑,经过柯勒律治想象力的雕琢和异国情调的涂抹,悬挂在文学园林里的长青藤上,被古往今来的文人墨客一次又一次地抚摸。

英国历史上的"中国风"[①]

西方自马可·波罗以降,大批商人、传教士、旅行家来到中国,他们通过贸易、报告、游记、著述,将中国文化传播到欧洲,在欧洲社会引起巨大反响,到17、18世纪形成席卷欧洲的"中国风"。英国现实生活里的"中国风"主要包括中国光洁的瓷器、飘逸的丝绸、健体的茶叶和浑然天成的园林艺术。

瓷器是中国送到欧洲的最高雅、最令人心动的礼物,它与原产地牢固地连在一起,以致瓷器的英文名称就叫"china"。欧洲人如19世纪英国的散文家兰姆(1775—1834年)正是通过绘制在瓷器上的玲珑人物、自然景物、风情习俗感受中国的。17世纪初,荷兰人劫掠了葡萄牙的大帆船,将船上的中国物品运往阿姆斯特丹拍卖时,欧洲的妇女惊诧于中国瓷器的典雅美丽,在她们眼里,这种天赐的宝物如此圣洁,以至于不敢用手触摸。这种神圣性还和传说中中国瓷器能够消灾解毒及其制作材料和制作工艺的独特要求有关。关于中国瓷器的制作,西方人说法不一。培根(1561—1626年)在其幻想游记《新大西岛》(1624年)中谈到中国瓷器时借人物之口说:"我们在不同的土层中埋藏东西。这些洞壁用粘土和瓷土的混合物涂抹,就像中国人给瓷器上彩釉一样。"[②]17世纪英国的托马斯·布朗

[①] 本文原载《中外文化交流》2006年第4期。

[②] 梁实秋译:《莎士比亚全集》上册,海拉尔:内蒙古文化出版社,1995年,第151页。

（1605—1682年）以科学的理性精神试图澄清时，指出另外两种制作传说：一是把蛋壳、龙虾壳、石膏埋在地下80年后制成；二是认为其基础材料是泥土，但要放在阳光下，风吹日晒40年使之硬化。这些传奇般的说法更增添了中国瓷器的神圣与珍贵。

中国瓷器在莎士比亚的戏剧中就已提及。在《恶有恶报》里，莎士比亚使用了"China"一词，此处指瓷器而非指称中国。斯威夫特也说有一个时期他爱上了瓷器，即使价值连城，也要设法购置。诗人盖伊亦描述了一位贵夫人如何被精美的中国瓷器搅得不得安闲："古瓷是她心目中的爱好所在／一个杯子、一只盘、一个碟子、一只碗／能够触动她胸中的火焰／给她欢乐，或叫她不得安闲。"①

英国社会自宫廷王室到普通贵族都卷入中国瓷器热中。英格兰的亨利八世收集精美而雅致的中国瓷器；女王伊丽莎白一世藏有一个白瓷碟和一个青瓷杯，视为无上珍品；1604年，荷兰海军袭击葡萄牙大帆船，从船上劫掠了大量中国瓷器后，运到阿姆斯特丹拍卖，英王詹姆斯一世是买主之一。收集、珍藏中国瓷器是英国达官贵人的一大嗜好，在他们的客厅、书房，甚至壁炉架上，都摆设着各式各样的中国瓷器，以显示主人的阔绰和风雅。浏览那个时代的书信，我们看到一位德拉尼夫人，她花了不少时间和金钱，收集中国的器物，并把中国的杯子、盘子、碟子送往乡下的亲戚朋友处，共同赏玩，分享快乐。英国的《旁观者》杂志1712年3月26日的第336期上刊登了一位瓷器店服务员的来信，透露了当时瓷器热的情形：一些贵夫人出于对瓷器的挚爱，每天到他的店里光顾两三次，一会儿说要买一个花瓶，售货员就得把花瓶搬出来给她看，一会儿说想要一个茶杯或是一个盘子，售货员又得把东西从架子上、橱窗

---

① 转引自范存忠：《中国文化在启蒙时期的英国》，上海：上海外语教育出版社，1991年，第79页。

里拿出来让她挑拣,可她不是说这个太贵了,就是说那个太土了,好不容易看中一件,还说暂时用不着。原来,她们并不是真心买瓷器,而是饱饱眼福过过瘾。英国人对青花瓷始终情有独钟,就像兰姆说的:英国的中国迷对"那些无序的、带有蓝点的小奇物"①,怀有特殊的兴趣。

中国丝绸进入英国的时间虽然较晚,但影响很大。英国素以毛纺织业著称,丝织业却很薄弱。16—17 世纪,中国的丝绸、刺绣、织锦等是英国商人远东贸易的重要商品。1599 年,英国地理学家哈克卢特(1552—1616 年)在其编写的《英吉利民族的重大航海、航行、交通和发现全书》(简称《航海全书》)中提到:"中国非常富饶,超过东方其他王国;……男人耕田种稻,女人养蚕缫丝……画家很多,使用笔或针,后者又叫刺绣工。神妙地把金线织到丝绸、棉布和亚麻布上。"②1694 年,英国东印度公司的一艘商船抵达福建厦门,指定要丝绸、刺绣、织锦。一时间,中国的丝绸和刺绣服装在英国成为时尚并流行开来,英国贵妇们穿上华贵的中国刺绣服装,披上瑰丽的中国刺绣披肩,戴上精致的中国刺绣围巾,口袋里装着小巧的中国刺绣手帕,以东方美人自诩,出入上流社会。中国皇室的图案尤其受到青睐,在当时的伦敦,绣有龙凤、麒麟图案的服装被认为是最时尚的。西方人本来视龙为凶恶之物,这时却感到这种东方怪物有"难以言状的美感"。在贵族的寝宫和小姐夫人的化妆室里,也装饰着典雅精致的中国刺绣床幔、窗帘和屏风,宛如中国的宫殿一般。从着装到陈设,中国的丝绸、刺绣带给英国人一种异国情调的美感和雍容华贵的气度。

---

① Hugh Honour, *Chinoiserie: The Vision of Cathay*, London: John Murray LTD, 1961, p.110.

② 陈伟、王捷编著:《东方美学对西方的影响》,上海:学林出版社,1999 年,第 68 页。

中国的茶也是英国人喜爱的饮品。有一个时期,英国人最大的享受莫过于起床前倚在床头上喝一杯茶了。中国的茶叶约17世纪中期进入英国,起初十分稀有珍贵,只有王公贵族才能消费得起,查理二世搞到两磅茶就心满意足了,但有钱人还是想方设法追逐这一时尚,并津津乐道饮茶的种种好处。1700年,桂冠诗人纳厄姆·泰特(1652—1715年)写了一首《饮茶颂》,说饮茶可以忘忧,使人头脑清醒,不像酒,喝多了不但去不了烦恼,还会使人神志不清。社交界闻名的蒙塔果夫人赞颂饮茶不仅使社交活动更富有生气,还使老年人焕发童颜,年轻人葆有青春。[①]而当时英国的文坛领袖约翰逊(1709—1784年)也是饮茶大家,他在一篇文章中说自己白天喝茶下饭,傍晚喝茶解闷,夜半喝茶提神,20年来茶炉从来没有冷却过。宫廷的倡导,文人的赞颂,使得饮茶成为风气。到18世纪末,随着茶叶进口量的剧增,其价格逐渐降至普通百姓也能消费得起的水平,最终形成英国社会嗜茶如命的风气。饮茶成了英国人生活的重要组成部分。

在影响英国艺术发展的中国物品中,瓷器、丝绸和茶叶都扮演了重要角色,如果说茶的输入一定程度上改变了英国人某些日常生活习惯的话,那么瓷器、丝织品的作用则是双重的,它们除了具有实用价值外,还兼有装饰功能,不仅是使用的对象,更是欣赏和审美的对象,它们的造型、色泽、图案携带着丰富的中国文化信息,成为传播中国文化的载体。尽管如此,构成英国"中国风"核心的,还要数中国园林艺术对英国园林建造的影响。

中国和英国的园林艺术风格截然不同。英国园林遵循西方天人相分、人类支配自然、改造自然的理念,追求人为的巧夺天工;中

---

① 范存忠:《中国文化在启蒙时期的英国》,上海:上海外语教育出版社,1991年,第77页。

国园林在天人合一思想的烛照下,遵循师造化、法自然的设计原则,通过移步换景、曲径通幽等手法,求得自然与人为的巧妙和谐。16—17世纪,英国园林突出文艺复兴以来的审美理想,以和谐为美的最高原则,讲究对称、有序,致力于将树木、溪流、丘陵等自然景观图案化。在那里,树木、花草被修剪成规则的几何形状,层层套嵌,组成纹样图案,中轴线两旁有严格对称的水池、喷泉、雕像,整齐划一,但千园一面。17—18世纪之交,这种讲究整齐划一和严格对称的园林风格逐渐使英国人厌倦,他们渴望某种变化。

威廉·坦普尔爵士(1628—1699年)是一位园林爱好者,曾在海牙任过大使,从到过远东的朋友那里听说了中国的园林,极为赞赏,并注意搜集有关资料。1685年,他写成《论伊壁鸠鲁的园林》,将欧洲传统的园林式样同中国的园林布局对比,说"建筑物和花木的美,首先在于它们按一定的比例布置,讲求对称和统一;我们园中的小径和树木被安排得如此整齐,以致在相隔同样距离的地方会出现另一条与之相呼应的小径或树木。中国人却不喜欢这种方法,他们力图设计一种整体的美,而不在意局部的秩序……中国人描绘其是'参差不齐又错落有致的无序美'"。①坦普尔认为,这正是中国园林所追求的,也是他极为欣赏的。

坦普尔新的园林趣味对英国的艺术风尚产生了深远影响,并赢得一批赞同与支持者,最忠实的是艾狄生(1672—1719年)。艾狄生是英国18世纪上半叶重要的小品文作家,1711年他和斯蒂尔(1672—1729年)一起创办了《旁观者》报,并在第414期上发表的一篇谈论中国园林文章的结尾说:"描述中国情况的学者告诉我们,那个国家的人民嘲笑我们欧洲人的花园在设计和布置上循规蹈矩,

---

① Hugh Honour, *Chinoiserie: The Vision of Cathay*, London: John Murray LTD, 1961, pp. 144 – 145.

他们说任何人都会把花木摆成一样的行列和相同的图案。中国人宁愿在大自然的作品上展示才华,从而永远把他们指导自己生活的艺术隐藏起来。他们的语言中有一个词专门表达他们在花园内一见便能浮想联翩的特定之美,而无须辨认具有如此功效的东西为何物。相反,英国的园林家却不顺从自然,偏爱尽可能地违背它。我们的树木呈圆锥形、球形和金字塔形生长。我们在每一棵树和每一丛灌木上都能看到剪刀的痕迹。"①艾狄生还把诗歌创作与园林设计联系起来,认为二者都有自然的和人工的两种不同类型:"我主张的园林结构是希腊诗人品达的长短句,且是颂歌式的,具有自然的粗犷之美,但又不失艺术的细致典雅。"②

诗人蒲伯(1688—1744年)也视威廉·坦普尔为权威,他在1713年9月29日写的文章中说:"天才和最有艺术才能的人总是最喜欢自然;因为他们真正体会到一切艺术的目的都在于模仿和研究自然。"③"忘却自然千万不该"是蒲伯的信条,也是他付诸实践的准则。1718年底,他在泰晤士河畔建造了一座具有中国园林风格的花园别墅,取名托肯汉姆,依据"一切艺术的目的在于模仿和研究自然"的原则,四周没有墙垣,园中也没有平行对称的小径、树丛和花坛,却有一个岩洞,是蒲伯最大的骄傲,它几乎完全是自然的造化,无须人工雕琢。

18世纪胸襟博大的英国作家哥尔斯密(1730—1774年)在他的书信体作品《世界公民》(1762年)第30函中,谈论中国园林的新气

---

① Gregory Smith ed., *The Spectator*, Vol. 3, Gregory Smith, New York: J. M. Dent & Sons LTD, 1979, pp. 286–287.

② Gregory Smith ed., *The Spectator*, Vol. 4, New York: J. M. Dent & Sons LTD, 1979, p. 13.

③ 范存忠:《中国文化在启蒙时期的英国》,上海:上海外语教育出版社,1991年,第84页。

象:"在园林艺术方面,英国人尚未达到中国人那种尽善尽美的水平,不过近年已开始仿效他们的做法。人们现在比以往更加忠心耿耿地顺从自然景观。花木可任意地枝繁叶茂;溪流不再被迫改道,放任地沿河岸蜿蜒流淌;野生花草取代了精美的花坛和围着瓷砖修剪一新的草地。"①

到18世纪后半期,迷恋并宣传中国园林的主要是威廉·钱伯斯(1726—1796年)。钱伯斯1742年以瑞典一艘商船押运员的身份到过中国,后作为英国建筑师重游远东。他考察了中国的建筑和园林,在广州期间曾将中国的服饰、屋宇绘成简明的图画,回国后于1757年出版了《中国房屋、家具服饰、机械和家庭用具设计图册》一书,1772年又发表了《东方园林论》,颂扬中国园林美的同时,对18世纪70年代初英国某些滥用中国园林的设计原则,模糊园林与荒野界线的极端做法提出批评,强调必须用艺术补救自然的不足,指出中国园林的精妙在于师法自然,而非不事人工雕琢的纯粹自然。他说,中国园林是经精心挑选后设计的,以便景色多样,千变万化,早、中、晚各有不同,时而悦目,时而迷人。湖泊、溪流、瀑布、岛屿、岩洞、树木、花草、野生植物,一切仿效自然。这种设计看似简单,实则独具匠心,非广博的知识不能为之。钱伯斯实践其园林主张最著名的例子是18世纪60年代初为肯特公爵设计的丘园。这座丘园以中国园林为蓝本,力图在自然与艺术之间求得平衡:一方面顺应天然环境,保留曲折蜿蜒的自然风光,同时又采用拱桥、假山和凉亭为点缀。为使其景色多样化,他还添置了颇富中国情调的小景,包括一座160英尺高、共10层的宝塔,每层都有翘起的檐角,屋顶四周饰有80条龙,涂以色彩艳丽的彩釉,这座中国

---

① 范存忠:《中国文化在启蒙时期的英国》,上海:上海外语教育出版社,1991年,第84页。

宝塔成为丘园的象征，也是中英文化交流永恒的见证，当之无愧地成为欧洲新式园林的范本。

西方人喜爱中国风格，一方面是由于中国工艺产品精美，尤其是瓷器；更重要的是这种风格适应了英国的需要。17—18世纪的英国人，对艺术古典传统的拘谨感到厌倦，对希腊式的优雅和对称感到乏味，需要一些更通俗、更有娱乐性、更精美和不拘礼节的东西，中国的艺术品正好满足了这些需求。同时，欧洲同东方的贸易有了较大发展，当时"对华贸易"是英国海外商业活动中最重要的贸易。英国的国王非常重视与中国的海上贸易，1596年伊丽莎白女王派遣罗伯特·都德里爵士等人，经海路前往中国。查理一世亦曾派遣使节赴华，却因无人愿意承担此外交使命而作罢。英国政府具有持续发展对华贸易的兴趣，并与商人密切合作，通过东印度公司，同中国进行了欧洲各国中份额和规模最大的贸易。但英国政府并不满足，渴望有进一步的发展。为此，英国政府1792年向中国派出了以马戛尔尼为首的庞大通商使团。

休·奥诺认为，到18世纪50年代，中国式风格在英国的流行达到空前的高潮，令其他国家望尘莫及："尽管对此也有批评与嘲笑，'中国式风格'还是渗入各种家具陈设上，甚至应用于从酒杯到书籍装帧的各种装饰品上。在公园里，草坪花圃都用交叉形状的中国篱笆围起来，小溪上架着精致的中国拱桥。在橡树和山毛榉树间，冒出大批异国情调的小庙。在喜庆集会场合可看到人们穿着绣了花和龙的中国旗袍，而卡纳莱托在他的一幅英国风景画上，就画着一群穿这种衣服的人。"[①]此后，中国式风格走向衰落。不过在英国一些公园里仍可见到中国风格的建筑，中国式的家具仍受欢迎，

---

① Hugh Honour, *Chinoiserie: The Vision of Cathay*, London: John Murray LTD, 1961, p.132.

从中国进口的瓷器、丝绸、壁纸继续流入英国市场,且很快被抢购一空。英国南部布赖顿市建造的皇家东方宫殿1821年竣工,中国风格的音乐台1836年揭幕,是英国中国式风格的最后一座公共纪念建筑。

英国历史生活里的"中国风"既出于英国自身的需要,也是对异域情调及风情的追求,当英国的皇室、贵族穿着绣有中国图案的丝绸服装,在中国风格的亭台楼榭里用精致的中国瓷器饮茶谈天时,最令他们欣喜的是一种异国情调的享受。

西方视域中的中国当代文学

中国当代文学海外传播与中国形象塑造[①]

中国当代文学在海外的传播是中国形象塑造的一个维度。中国形象和中国文学海外传播之间既有同构性，也有因文学传播的多样性而带来的中国形象的复杂性。文学的向外传播从宏观上讲有两个主渠道：外方作为主体的"拿"和中方作为主体的"送"。"拿"是外方基于自身的欲望、需求、好恶和价值观，塑造的多少带有某种偏见的"他者"形象；"送"是中国政府基于外宣需求，传播的具有正向价值的"自我"形象，是对西方塑造的定型化中国形象的矫正和消解。这两种中国形象在新中国的每一个历史时期铰结并存，构建出中国形象的不同侧影。

一、1950—1960年代：定性译介与敌对性形象

意识形态对文学传播和形象塑造起着不容忽视的作用。新中国成立之初，中国文学的海外传播和外国人眼中的中国形象受冷战思维的影响，呈现出定性译介和敌对性的形象特点。

海外的中国形象在不同阶段有不同的主导塑造者：18世纪是法国，19世纪是英国和德国，20世纪以来主要是美国。20世纪50—60年代美国的中国形象主导、影响着西方的中国形象，而这一时期

[①] 本文将载于《小说评论》2014年第4期。

由于美苏冷战和朝鲜战争的爆发，中国被美国视为敌国，负面的中国形象成为抹不去的主色调。在这一中国形象主导下，西方英语世界对中国当代文学的译介甚少，仅有王蒙揭露官僚主义的小说《组织部新来的青年人》，郭沫若的《浪淘沙·看溜冰》、冯至的《韩波砍柴》、《我歌唱鞍钢》、何其芳的《我好像听见了波涛的呼啸》、臧克家的《短歌迎新年》、《你听》、艾青的《在智利的纸烟盒上》、《寄广岛》、毛泽东的《北戴河》、《游泳》等部分诗歌，①老舍的戏剧《龙须沟》②等。我们以对王蒙《组织部新来的青年人》的译介略作阐释。这篇小说收入《苦涩的收获：铁幕后知识分子的反抗》一书，该书选择的是当时社会主义阵营如苏联、东德、波兰、匈牙利、中国等国的作品，偏重于那些揭露社会黑暗、干预生活的小说、诗歌、杂文。编选者埃德蒙·史蒂曼坚持入选的作品要"鲜明地表达了这些国家的作家想要打破政治压抑，独立、真实地表达个人感情、经历和思想的愿望"③，因而，那些大胆揭示社会弊端、批判政党管理方式的作品是《苦涩的收获：铁幕后知识分子的反抗》选择的重点，王蒙的小说《组织部新来的青年人》即被看作是满足了这样的要求而收入的作品。编者埃德蒙·史蒂曼特别强调了这部小说描写对象的特殊性——北京某区党委，说这个区党委是一处"懒惰和错误像'空气中漂浮的灰尘'那样悬挂着的地方"，该小说的主人公——新来的林震"与不知因何堕落的韩常新、刘世吾展开斗争以拯救区党委"，并特意指出《组织部新来的青年人》作为"中

---

① 见 Hsu, Kai-yu trans. & ed., *Twentieth Century Chinese Poetry: An Anthology*, New York: Anchor, 1964.

② 见 Dorothy Blair Shimer ed., *The Mentor Book of Modern Asian Literature from the Khyber Pass to Fuji*, New York: New American Library, 1969.

③ *Bitter Harvest: The Intellectual Revolt behind the Iron Curtain*, edited by Edmund Stillman, with an introduction by François Bondy, London: Thames & Hudson, 1959, p. xvii.

国知识分子的春天中较早开放的鲜花"、"受到了严厉打击"。①史蒂曼意在借文学作品窥探社会主义新中国的政治管理和社会发展状况。

从这一时期英语世界的研究来看,新中国文学中所谓的"异端文学"成为关注的重心。鉴于当时资本主义阵营和社会主义阵营之间的冷战与对峙,西方研究者多采取潜在的敌视新中国的立场,对那些背离了主流文学规范的作品给予较高评价,旨在证明作家与新生的社会主义政权之间的矛盾。典型的研究如谷梅的《胡风与共产主义文学界权威的冲突》②、《共产主义中国的文学异端》③、包华德的《毛泽东统治下的文学世界》④等。其中谷梅几乎完全将注意力集中在新中国的"异端"作家身上,将他们视为新中国知识分子的代表,从而忽略了更大范围内的"正统"作家,反映出她批判新生的社会主义政权,用所谓的社会主义社会的残暴来反证西方社会自由、民主的意图。对西方英语世界而言,中国是意识形态上的"他者",专制、残暴的中国形象更符合西方自我形象建构和文化身份认同的需要。

与此同时,新中国也通过对外译介文学作品,向西方展示自我塑造的中国形象。新中国成立后,由于西方国家的封锁政策和中国采取的严密防范措施,中西交流的大门关闭了,幸而《中国文学》杂志通过向外译介文学作品介绍新中国的真实情况,以抵消西方媒

---

① *Bitter Harvest: The Intellectual Revolt behind the Iron Curtain*, edited by Edmund Stillman, with an introduction by François Bondy, London: Thames & Hudson, 1959, p.143.

② Merle Goldman, "Hu Feng's Conflict with the Communist Literary Authorities", *The China Quarterly*, 1962(12).

③ Merle Goldman, *Literary Dissent in Communist China*. Cambridge, Mass.: Harvard University Press, 1967.

④ Howard L. Boorman, "The Literary World of Mao Tse-tung", *The China Quarterly*, 1963(13).

体报道中对我国形象造成的消极影响。

　　1951年创刊的《中国文学》以英、法两种语言向西方世界译介中国文学。就当代文学来说，20世纪50—60年代主要选译反映建国后人民群众生活的作品，宣扬革命、斗争、战争等工农兵题材的尤多，如《王贵与李香香》、《新儿女英雄传》、魏巍的《谁是最可爱的人》、刘白羽的《朝鲜在战火中前进》、赵树理为配合新中国第一部婚姻法出台而创作的《登记》、沙汀歌颂新型农民的《你追我赶》等。"文革"开始后样板戏成为译介的新方向，《沙家浜》、《智取威虎山》、《红灯记》都通过《中国文学》走向了海外。《中国文学》由于承担着外宣任务，在译介的篇目选择上受到主流意识形态、配合国家外交需要等因素的制约，服从于对外宣传我国文艺发展变化的需要，通常以作家的政治身份为标准选择当代作家，不支持"左倾"思想的作家作品往往被排斥在外。在思想倾向上，《中国文学》支持亚非拉、东欧等第三世界国家的民族解放运动，声援法国的社会运动，批评英美国家的侵略行径。因而，从接受情况来看，《中国文学》受到亚非拉国家的称赞，遭到欧美国家的批评。亚非拉国家的读者通过阅读《中国文学》确曾受到鼓舞，西方资本主义国家的读者虽然从中对中国的现实生活和文学创作有所了解，但并没有带来同情和理解，反而招致否定和排斥。特别是《中国文学》上刊登的反美斗争文章，引起外国读者的强烈反应，这种对立面形象的自我塑造同样使得西方对中国的认识片面化、妖魔化，以"蓝蚂蚁"①、"蚂蚁山"②等蔑视性词汇来描述中国。

---

　　① 见 Robert Guillain, *The Blue Ants: 600 Million Chinese Under the Red Flag*, translated [from the French] by Mervyn Savill, London: Secker & Warburg, 1957.

　　② 见 Suzanne Labin and Edward Fitzgerald, *The Anthill: the Chinese Human Condition in Communist China*, New York: Praeger, 1960.

二、1970年代:"正统"文学译介与美好新世界形象

1970年代,以美国为首的西方世界与新中国的关系发生了较大转变。此时深陷越战泥潭的美国出现一股自我反思、自我批判的情绪,越来越认识到资本主义社会的弊端和帝国主义战争给其他国家造成的伤害,转而肯定殖民地国家的反帝斗争。尤其是尼克松1972年的访华使美国人心目中邪恶的中国形象得到扭转,此后西方各行各业的人寻找机会来到中国,看到红色中国巨大的物质进步和社会主义"新人新风尚",带回大量有关中国的正面报道:"中国是一个开明的君主制国家……是一个信仰虔诚、道德高尚的社会……人民看上去健康快乐,丰衣足食。"①一个美好的新世界形象出现在西方人的视野里。70年代末中国改革开放的方针和邓小平访美,使西方美好的中国形象进一步走向深入。由于改革开放的思路与传统的马列社会主义存在一定差别,西方世界将之误读为中国开始放弃社会主义,向资本主义靠拢。在苏联这个最大敌人的陪衬下,改革开放并"资本主义化"的中国形象显得无比美好。

在如此的形象背景下,英语世界对新中国文学的译介不再将重点放在"异端文学"上,而是加大了对正统的、主旋律文学的关注。海外中国文学研究者的政治立场亦发生较大转变,不再像20世纪50—60年代那样敌视新中国,而是理解、同情中国共产党的革命斗争,把描写革命与建设的新中国文学视为严肃的作品,肯定新中国文学中的价值质素。这一时期英语世界译介的新中国文学远远超过上一个时期,涵盖小说、戏剧、诗歌等多种体裁,择其要者有英

---

① Paul Hollander, *Political Pilgrims: Travels of Western Intellectuals to the Soviet Union, China, and Cuba, 1928-1978*, New York, Oxford: Oxford University Press, 1981, p.278.

国汉学家詹纳编选的《现代中国小说选》①，收入孙犁的《铁木前传》等；美国学者沃尔特·麦瑟夫和鲁斯·麦瑟夫编选的《共产主义中国现代戏剧选》②，收入《龙须沟》、《白毛女》、《妇女代表》、《马兰花》、《红灯记》等当时有代表性的剧目；巴恩斯顿与郭清波合译的《毛泽东诗词》③以及聂华苓、保罗·安格尔合译的《毛泽东诗词》④，二者收录的都是毛泽东建国后发表的诗歌，编目上大同小异，只在注释方式上有所不同；约翰·米歇尔编选的《红梨园：革命中国的三部伟大戏剧》⑤，收入了《白蛇传》、《野猪林》、《智取威虎山》；许芥昱编选的《中国文学图景：一个作家的中华人民共和国之行》⑥，节选了杨沫的《青春之歌》、高玉宝的自传体小说《高玉宝》、浩然的《金光大道》等主旋律作品；许芥昱的另一个选本《中华人民共和国文学作品选》⑦收入了杨朔的《三千里江山》、李准的《不能走那条路》、艾芜的《夜归》、峻青的《黎明的河边》、周立波的《山乡巨变》、茹志鹃的《百合花》、梁斌的《红旗谱》、杨沫《青春之歌》、柳青的《创业史》、李英儒的《野火春风斗古城》等或节选或全文的内容；美国汉学家白志昂与胡志德合编

---

① W. J. F. Jenner ed., *Modern Chinese Stories*, Oxford: Oxford University Press, 1970.

② Walter J. Meserve and Ruth I. Meserve eds., *Modern Drama from Communist China*, New York: New York University Press, and London: University of London Press, 1970.

③ *The Poems of Mao Tse-Tung*, Translation, Introduction, Notes By Willis Barnstone in Collaboration with Ko Ching-Po, New York: Harper & Row, 1972.

④ Hua-ling Nieh Engle and Paul Engle eds., *The Poetry of Mao Tse-tung*, London: Wildwood House, 1973.

⑤ John D. Mitchell ed., *The Red Pear Garden: Three Great Dramas of Revolutionary China*, Boston: David R. Godine, 1973.

⑥ Kai-yu Hsu, *The Chinese literary Scene: A Writer's Visit to the People's Republic*, New York: Vintage Books, 1975.

⑦ Kai-yu Hsu ed., *Literature of the People's Republic of China*, Bloomington: Indiana University Press, 1980.

的《中国革命文学选》①，收入了秦兆阳的《沉默》、周立波的《新客》、浩然的《初显身手》等；聂华苓的《"百花"时期的文学》卷2《诗歌与小说》②，收入了张贤亮的《大风歌》、王若望的《见大人》、李国文的《改选》、王蒙的《组织部新来的青年人》等作品。总的来说，这些选本的意识形态色彩与第一个时期相比明显减弱，编选者更注重从文学发展轨迹及作品的审美特性出发选译作品。他们的言说中虽然不能完全排除抨击新中国政权的话语，但敌对态度大为缓和。选本和研究中透露出来的中国形象比第一个阶段明显友善。

1970年代，《中国文学》杂志继续向国外译介中国当代文学作品。"文革"期间，样板戏受到异乎寻常的重视，继续得到译介，并刊载相关评论文章，对"样板戏"的思想内容和艺术价值予以评价，以引导异域读者，促进在海外的接受。浩然等硕果仅存的"合法"作家塑造"社会主义新人"形象的作品也成为此时对外译介的重要对象，浩然的《艳阳天》、《金光大道》、《西沙儿女》、李心田的《闪闪的红星》、高玉宝的《高玉宝》等，都作为代表时代特色的作品译介到国外。而集体翻译的毛泽东诗词无疑是该时期最重要的英译作品，为此专门成立了毛泽东诗词英文版定稿组，有的负责翻译，有的负责润色，并向国内高校师生和亲善中国的美国记者安娜·路易斯·斯特朗征求意见，于1976年隆重推出，以至于国内有学者指出："毛诗翻译受重视程度之高，翻译过程持续时间之长，参与人员之复杂，规格之高，译入语种之多，总印数之大，在世界诗

---

① John Berninghausen and Theodore Huters eds., *Revolutionary Literature in China: An Anthology*, White Plains, New York: M. E. Sharpe, 1976.

② Hua-ling Hieh ed., *Literature of the Hundred Flowers Period, Vol. 2 Poetry and Fiction*, New York: Columbia University Press, 1981.

歌史和文学翻译史上是罕见的。"①"文革"后至70年代末,《中国文学》也及时译介、刊载了反映新时期中国人民真实心声的作品,如伤痕小说宗璞的《弦上的梦》、刘心武的《班主任》等。

《中国文学》此一时期推出的这些译作集中体现了新中国方方面面的发展变化,向世界展示一代"社会主义新人"形象。这些作品对外传递的是与西方社会的个人主义截然不同的、以集体主义为核心的价值观,旨在树立新的自我文化形象,以显示社会主义制度的优越性。

三、新时期以降:多元化译介与"淡色中国"形象

新时期以降,以美国为主导的西方的中国形象是变动不居的。先是中美建交结束了两国多年的对抗与猜疑,随后邓小平访美以及中国改革开放的深入使得美国舆论对中国的赞成率大幅上升。美国媒体对中国经济改革的正面报道越来越多,尤其是《时代》周刊以不无欣喜的态度,不断报道中国充满活力的经济、丰富多样的市场和"新体制试验田"取得的成功。但美好的中国形象并没有持续多久,20世纪80年代末的那场政治风波使西方的中国形象陡然逆转,再加上90年代初东欧社会主义阵营的解体,中国不仅失去了制衡苏联的地缘政治意义,而且成为资本主义全球化大潮中唯一一个社会主义大国,被视为"对抗世界"的"他者",是美国主宰的世界秩序下的异己。于是,"中国威胁论"、"中美冲突论"成为20世纪90年代西方之中国形象的主调。21世纪以来,"中国机遇论"逐渐成为西方人的共识。2004年,美国一位家庭主妇萨拉·邦乔尼对没有"中

---

① 马士奎:《文学输出和意识形态输出——"文革"时期毛泽东诗词的对外翻译》,《中国翻译》,2006年第6期。

国制造"的日子的慨叹让西方人认识到中国既是竞争对手，更是合作伙伴。中国的发展不仅让西方人享受到中国制造的质优价廉的商品，也给西方经济注入了活力，并在"反恐"问题上站在美国一边，西方对中国的好感暗自增长。美国著名的中国问题专家、高盛公司高级顾问乔舒亚·库珀·雷默将中国形象界定为"淡色中国"。他说这个词不很强势，又非常开放，同时体现出中国传统的和谐价值观，因为"淡"字将"水"和"火"两种不相容的东西结合在一起，使对立的东西和谐起来。雷默认为中国要想在世界上塑造良好的形象，最强有力的办法就是保持开放的姿态，而不是硬性推销中国文化。①这种观点何尝不体现了历史上西方对中国的态度和看法：长期以来，西方的中国形象在"浪漫化"和"妖魔化"之间徘徊，在喜爱和憎恨之间摇摆。西方需要抛弃意识形态的偏见，摆脱欲望化的视角，用"淡色"来看待中国。

与对中国变动不居的认知相应，新时期以来西方世界对中国当代文学的译介呈现出多元化、多样性的特点。既有不同作家的合集，也有单个作家的作品集、小说单行本；既有对新时期不同文学流派的追踪翻译，也有对女作家群体的结集译介；既有按主题编选的译本，也有按时间段编排的选本；既有对正统文学的关注，也有对争议性作品的偏好。

就合集译介来说，新时期的作品从伤痕文学、反思文学、改革文学，到寻根文学、先锋小说等，都引起海外学者的关注。比如《伤痕：描写文革的新小说，1977—1978》②收录了卢新华的《伤

---

① 参见乔舒亚·库珀·雷默等著：《中国形象：外国学者眼里的中国》，沈晓雷等译，北京：社会科学文献出版社，2006年，第16—17页。

② Geremie Barmé and Bennett Lee eds., *The Wounded: New Stories of the Cultural Revolution*, 77-78, Hong Kong: Joint Publishing Co., 1979.

痕》、孔捷生的《姻缘》、刘心武的《班主任》和《醒来吧，弟弟》等伤痕文学作品；《新现实主义：文革之后的中国文学作品集》①收入了高晓声的《李顺大造屋》、蒋子龙的《乔厂长上任记》、叶文福的《将军，你不能这样做！》、王蒙的《夜之眼》、谌容的《人到中年》、张弦的《被爱情遗忘的角落》等"反思文学"和"改革文学"作品；《春笋：中国当代短篇小说选》②收录了郑万隆的《钟》、韩少功的《归去来》、王安忆的《老康归来》、陈建功的《找乐》、扎西达娃的《系在皮绳扣上的魂》、阿城的《树王》等"寻根文学"作品；《中国先锋小说选》③收入了格非、余华、苏童的、残雪、孙甘露、马原等人创作的先锋小说。

除多人合集外，新时期一些作家的个人作品集和小说单行本也得到大量译介。像莫言的短篇小说集《爆炸及其他故事》、《师傅越来越幽默》，小说单行本《红高粱》、《天堂蒜薹之歌》、《酒国》、《丰乳肥臀》、《生死疲劳》、《变》、《檀香刑》、《四十一炮》等都被译成英语，"译成法语的作品有近20部"④。余华的短篇小说集《往事与刑罚》，长篇小说《活着》、《许三观卖血记》、《在细雨中呼喊》、《兄弟》；苏童的中篇小说集《大红灯笼高高挂》、《刺青》，短篇小说集《桥上的疯女人》，长篇小说《米》、《我的帝王生涯》、《碧奴》、《河岸》；贾平凹的《浮躁》、《古堡》、《废都》等，也都译成英语、法语出版。

---

① Yee Lee ed., *The New Realism: Writings from China After the Cultural Revolution*, New York: Hippocrene Books Inc., 1983.

② Jeanne Tai ed., *Spring Bamboo: A Collection of Contemporary Chinese Short Stories*, New York: Random House, 1989.

③ Jing Wang ed., *China's Avant-Garde Fiction: An Anthology*, Durham: Duke University Press, 1998.

④ 许方、许钧：《翻译与创作—许钧教授谈莫言获奖及其作品的翻译》，《小说评论》，2013年第2期。

新时期一些有争议的作品也是西方关注的对象之一。美国汉学家林培瑞编选的《倔强的草：文革后中国的流行文学及争议性作品》①选入的大多是 20 世纪 70 年代末有影响、有争议的小说和诗歌；同样是他编选的《玫瑰与刺：中国小说的第二次百花齐放，1979—1980》②收入了发表于 1979—1980 年间的不同程度上的"刺"，他认为在中国，歌颂性的作品是"花"，批评性的作品是"刺"。《火种：中国良知的声音》③收入的是中国文坛上的杂沓之声，其中有些是有争议的作品，而堪称《火种：中国良知的声音》续篇的《新鬼旧梦录》④收录的是和原来严格的意识形态文学不同的文坛新声。被视为"中国现当代文学中事实上的、最具争议性的作家"⑤阎连科，其《为人民服务》、《丁庄梦》、《年 月 日》、《受活》等都被译成法语，"阎连科的'被禁'以及他的'批判意识'""赢得法国人的无数好感。"⑥

海外对中国新时期文学的多元译介反映了西方人心目中杂色的中国形象。虽然文学的交流不能和渗透着意识形态的异国形象严格对应，但隐秘地投射出西方人对中国的态度和看法。

---

① Perry Link ed., *Stubborn Weeds: Popular and Controversial Chinese Literature after the Cultural Revolution*, Bloomington: Indiana University Press, 1983.

② Perry Link ed., *Roses and Thorns: The Second Blooming of the Hundred Flowers in Chinese Fiction*, 1979 – 1980, Berkeley: University of California Press, 1984.

③ Geremie R. Barme and John Minford eds., *Seeds of Fire: Chinese Voices of Conscience*, New York: Hill and Wang, 1988.

④ GeremieBarmé and Linda Jaivin eds., *New Ghosts, Old Dreams*, New York: Random House, 1992.

⑤ 胡安江、祝一舒：《译介动机与阐释维度——试论阎连科作品法译及其阐释》，《小说评论》，2013 年第 5 期。

⑥ 胡安江、祝一舒：《译介动机与阐释维度——试论阎连科作品法译及其阐释》，《小说评论》，2013 年第 5 期。

在海外"拿"来中国新时期文学的同时,中国在"送"出去方面也加大力度。《中国文学》在新时期拓宽译介的题材范围,并注重同英美国家的文学交流。20世纪80年代初推出的"熊猫丛书"把诸多新时期作家如池莉、冯骥才、方方、邓友梅、梁晓声、刘绍棠、王蒙、张洁、张贤亮、周大新等人的作品传播到国外,其中销售较好的《中国当代七位女作家》、《北京人》、《芙蓉镇》、《人到中年》、《爱,是不能忘记的》等引起英美一些主流报刊如《纽约时报书评》的关注。

21世纪以来,中国政府多措并举,进一步加大中国文学海外推广的力度。2003年中国新闻出版总署提出新闻出版业"走出去"战略。2004年国务院新闻办公室与新闻出版总署启动"中国图书对外推广计划",成立"中国图书对外推广计划"工作小组,每年召开专门会议,出版《"中国图书对外推广计划"推荐书目》。2006年,中国作家协会推出"中国当代文学百部精品译介工程",2009年开始实施"经典中国国际出版工程",并全面推行"中国文化著作翻译出版工程"。中国政府旨在通过这些文学、文化层面的努力,塑造一个多元、开放、积极的中国形象。

但不管是西方的"拿"过来还是中国的"送"出去,对新时期女作家作品的译介都是焦点之一。我们下面通过西方自发译介和《中国文学》、"熊猫丛书"自主输出的中国新时期女作家的作品,看看文学译介中"他塑形象"和"自塑形象"的不同。

英语世界对新时期女作家颇为关注。《玫瑰色的晚餐:中国当代女作家新作集》[1]、《恬静的白色:中国当代女作家之女性小说》[2]、

---

[1] Nienling Liu et al eds., *The Rose Colored Dinner: New Works by Contemporary Chinese Women Writers*, Hong Kong: Joint Publishing Co., 1988.

[2] Hong Zhu ed., *The Serenity of Whiteness: Stories by and about Women in Contemporary China*, New York: Ballantine Books, 1991.

《我要属狼：中国女性作家的新呼声》[1]、《蜻蜓：20世纪中国女作家作品选》[2]、《红色不是唯一的颜色》[3]等收入了谌容、张洁、张抗抗、宗璞、茹志鹃、王安忆、张辛欣、铁凝、蒋子丹、池莉、陈染等人的作品。此外还译介了不少女作家的个人作品集和小说单行本。国内对新时期女作家的译介也相当重视。承担《中国文学》和"熊猫丛书"外译出版工作的中国文学出版社出版了七卷中国新时期女作家的合集和个人文集，将茹志鹃、谌容、宗璞、古华、王安忆、张洁、方方、池莉、铁凝、程乃姗等众多女作家的作品推向海外。但中外在选译女作家的作品时秉承的理念、原则迥然不同。海外的译介主要是用他者文本烛照本土观念，以印证本国的文学传统和价值观念，是在借"他者"言说"自我"，"是认识自身、丰富自身的需要，也是以'他者'为鉴，更好地把握自身的需要。"[4]而中国是要通过对本土文学的译介，塑造积极、正面的中国形象，彰显中国的文化软实力，为改革开放和经济建设创造有利的国际环境。以海外、国内对王安忆作品的译介为例。英语世界最早选译的是王安忆探讨男女隐秘幽深的本能欲望的"三恋"——《小城之恋》、《荒山之恋》和《锦绣谷之恋》，这种选择偏好和西方的女性主义诗学传统以及20世纪70—80年代女性主义批评理论在西方的兴起与发展有关。"三恋"让英语世界的读者在他国文学中看到了熟悉的影

---

[1] *I Wish I Were a Wolf*: *The New Voice in Chinese Women's Literature*, compiled and translated by Diana B. Kingsbury, Beijing: New World Press, 1994.

[2] Shu-ning Sciban and Fred Edwards eds., *Dragonflies*: *Fiction by Chinese Women in the Twentieth Century*, New York: East Asia Program, Cornell University, 2003.

[3] Patricia Sieber ed., *Red Is Not the Only Color*: *A Collection of Contemporary Chinese Fiction on Love and Sex between Women*, Lanham, Maryland: Rowman & Littlefield Publishers, 2001.

[4] 许钧：《我看中国现当代文学在法国的译介》，《中国外语》，2013年第5期。

子,并因此给予好评:"王安忆对人类性意识的描写敏感且具有说服力……任何一个熟悉过去几年中国文学发展的人都会认识到王安忆坦诚、公开地探讨性主题,需要何等的勇气。"①从中可以看出,英语世界对中国文学的译介内在里隐含着对自身文化的自恋式欣赏,是在用他者确认自我,完成的是自己的身份认同。

国内对王安忆的译介则体现出截然不同的选材倾向。尽管王安忆的创作题材十分广泛,从伤痕、反思、寻根,到先锋、新写实、新历史无不涉猎,但《中国文学》和"熊猫丛书"选译的却是《小院琐记》、《妙妙》、《雨,沙沙沙》、《人人之间》、《流逝》等短篇小说。究其原因,恐怕和这些小说在主题上符合主旋律、在艺术表现上中规中矩有关。《中国文学》和"熊猫丛书"偏重选择以现实主义为基调的作品,试图通过中国文学向世界展示一个秉承传统文化价值观、生活化、市井化的中国形象。"三恋"虽然在王安忆的创作中占有重要位置,但其对女性欲望的大胆直面使得对爱情的表现由彰显灵魂到突出本能欲求,不仅在审美趣味上和中国传统的观念相距甚远,也与国家倡导的主流文学不相符合,因而被排除在外也就在所难免。

新中国成立以来,构建良好的中国形象受到国家层面的高度重视。从人民民主国家到改革开放的形象,从对外宣传中展示中国的"五个形象"到树立和平、合作、发展、负责任的大国形象,从提出文化软实力战略到具体实施各项"译介工程"、"推广计划"、"出版工程",中国一直在致力于塑造一个国际舞台上良好的中国形象。但中国对自我形象的认知和其他国家对中国的认知尚有很

---

① Caroline Mason, "Book Review: Love on a Barren Mountain", *The China Quarterly*, No. 129, March 1992, p. 250.

多不一致之处，尽管这在国与国之间是普遍存在的现象，但在中国身上尤为突出。怎样通过文学的译介增近彼此的共识，缩小二者间的差距，让世界理解并认可中国自我塑造的形象，是我们要进一步思考的问题。

中国当代文学海外传播研究的方法及存在问题[①]

新时期以来,中国当代文学的对外传播受到越来越多的重视,特别是进入新世纪以后,国家制定多种文化输出战略,各相关部门、机构积极响应,再加上海外出版机构对中国当代文学的大力引进,中国政府、机构促成的海外访问和民间的多种文化文学交流活动,使得中国当代作家作品更多地为世界各国所认知。特别是2012年莫言获得诺贝尔文学奖,既是对他本人三十年来辛勤笔耕的世界性认可,同时也是中国文学整体加强对外交流取得的成就,说明中国当代文学已经产生了重要的世界影响力。除莫言外,中国当代作家中像余华、苏童、王安忆、毕飞宇、贾平凹、阎连科、王蒙、残雪、徐小斌等,在海外都有相当充分的译介,其中有些作家作品的译介不仅二十年来连续不断,而且相当及时、快捷,并在国外获得过很高的"专业评价"。

面对中国当代文学令人欢欣鼓舞的对外传播态势,中国学术界对其的研究也已拉开了帷幕。但在研究方法和对一些问题的认识上还有很多可探讨的地方,本文重点在这两方面做些尝试性的探索。

[①] 本文原载《青海社会科学》2013年第2期。

一、中国当代文学海外传播研究的方法论

每一门学科领域都有适合自己的研究方法,就中国文学在国外的传播研究来说,首先,将定性研究与定量分析,比如统计列表、问卷调查、抽样分析等结合起来,不失为一个有效的尝试。定性研究是一种适合度较广的研究方法,而定量分析虽然在社会科学领域比较常用,但目前为止在文学批评领域使用得不多,这可能是出于以下两方面的原因,一是认为文学研究中真正有价值的问题是不能被量化的;二是担心量化研究会损害文学研究最重视的人物性格和作品的复杂性。但国外已有很多学者认识到定量分析会对文学研究带来突破,比如英国知名学者安东尼·肯尼(Anthony Kenny)认为量化研究的价值堪比空中摄影:"空中拍摄能发现从地面上无法发现的图案,能让我们透过树木看到整片森林,而这在地面上由于距离过近而无法看到。因此,对文本进行量化研究能揭示出一个作家创作的宏观脉络,这种宏观图景在一字一句的作品阅读中是难以发现的。"[1]美国的乔纳森·戈特沙尔(Jonathan Gottschall)借助对各国民间故事和神话故事的定量分析,来修正女性主义研究者对这一类文学作品的阐释;[2]而另一位美国学者约瑟夫·卡罗尔(Joseph Carroll)通过对托马斯·哈代的小说《卡斯特桥市长》的定量分析,用翔实的数据阐明该小说中人物的性格特征以及读者、研究者对他们的认

---

[1] Anthony Kenny, *A Stylometric Study of the New Testament*, Oxford: Oxford University Press, 1986, p.116.

[2] Jonathan Gottschall, "Quantitative Literary Study: A Modest Manifesto and Testing the Hypotheses of Feminist Fairy Tale Studies", in Jonathan Gottschall and David Sloan Wilson eds., *The Literary Animal: Evolution and the Nature of Narrative*, Evanston: Northwestern University Press, 2005, pp.119–224.

同或排斥，并从中得到这样的认识：定量分析能够打破文学研究中先入为主范式的僵局，开辟出新的研究空间。①从国外学者的研究实践来看，定量分析或曰量化研究能极大地提高定性分析的效能，使对文学的认识更为全面、准确。

抛开国外学者的量化研究实践不谈，就中国当代文学的海外传播研究这一课题而言，也适合用统计、量化分析的方法进行研究，因为我们不仅要考察某一位中国当代作家作品的海外译介与研究情况，还要考察不同作家作品的海外译介与研究，以便进行比较分析。同样，海外在不同时期对中国当代文学作品的接受与研究，通过统计列表的形式能更直观地呈现出来。目前国内学者在这方面已进行了有益的尝试，取得了显而易见的效果。比如刘江凯博士对中国当代文学海外接受的研究②和纪海龙博士对冷战期间美英对中国"十七年文学"的解读研究③。前者的研究中运用了大量的统计列表，对国外某一大学图书馆中国当代文学的藏书情况、某一位中国作家作品的翻译、用西方语言撰写的中国文学博士论文数量等，进行了尽可能详细的统计，用数据说话，不仅具有说服力，而且给他的研究带上科学、实证的色彩。后者的研究将冷战时期美英两国对中国"十七年文学"的研究分为 1950—1960 年代、1970 年代、1980—1990 年代初三个阶段，详细统计了每个阶段的西方本土研究者和华裔研究者，以及三个阶段西方关于中国"十七年文学"的各种选本，不仅搜集、挖掘了大量的英文原始文献，而且在充分占有

---

① Joseph Carroll，"Quantifying Agonistic Structure in *The Mayor of Casterbridge*"，in-*Reading Human Nature*：*Literary Darwinism in Theory and Practice*，New York：SUNY Press，2011，pp.177 – 195．

② 刘江凯：《认同与"延异"：中国当代文学的海外接受》，北京：北京大学出版社，2012 年。

③ 纪海龙：《"我们"视野中的"他者"文学——冷战期间美英对中国"十七年文学"的解读研究》，武汉大学博士学位论文，2010 年。

数据的基础上进行了系统、深入的分析。

因此,量化分析的引入能使我们对中国当代文学海外传播的考察更具有实证性,观点结论更令人信服。而定性研究与定量分析的有机结合则能使该项研究既有宏观的概括,又有局部的透视,既充满思辨性,又不乏考证性。

其次,借鉴比较文学的理论与方法也会让中国当代文学的海外传播研究打开新的局面。中国当代文学的海外传播研究本身就带有跨学科性质,它涉及中国文学、传播学、接受美学、社会学等多个方面,在具体研究时还会和国家的政治经济地位、国际关系、民族心理等因素铰结在一起。海外对中国当代文学的翻译与研究是站在自身角度对他者的一种诠释,而法国学者巴柔在对比较文学意义上的形象进行定义时说道:"'我'注视他者,而他者形象也传递了'我'这个注视者、言说者、书写者的某种形象。"[①]在这里,套用巴柔的话说,海外对中国当代文学的研究也传达了西方人自身的某种心理、需求和欲望,他们在言说中国文学的同时,也在言说自我。这种言说自我可能不是显在的,而需要通过分析他们的话语机制、言说背景、民族性格及心理特征才能看到,这样就可能把对中国当代文学海外传播的研究由表层引向内里,不仅阐述谁在研究,怎样研究,还要进一步剖析为什么会这样研究。比如英美对中国"十七年文学"中某些作家作品的研究一方面关注这些作家对新中国社会阴暗面的批判,另一方面是借此反证西方社会的民主、自由。

中国文学在海外的传播其实也是中国形象的一个体现。比较文学形象学认为,一个国家在世界上的形象和其政治、经济、军事力

---

① 巴柔:《形象》,见孟华主编:《比较文学形象学》,北京:北京大学出版社,2001年,第157页。

量密切相关,当各方面都比较强盛时,该国的文化、文学就会流向其他国家,其他国家也多以仰视的视角来看待该国。而当诸方面都处于弱势时,其他国家则会对该国采取俯视的视角,该国的文学、文化也就难以影响到其他国家。因此,综合国力和国际影响力对于文学的海外传播存在着影响。我们在进行海外中国文学传播的研究时,应把它置于各种因素组成的"场域"中进行探讨,放在多种相关因素交织成的网络中加以观照。

最后,从求同研究到求异探索。文学作品具有超越东西方界限与时间的普遍性特征,这是进入一个与自己的文化传统、价值取向、审美趣味完全不同的文学世界的基点,普遍性的东西带给人一种熟悉感,能让异域读者较少排斥性地进入到一个完全不同的文学传统。但在有了基本的认同之后,人们便渴望看到与自己的文学传统迥然不同的风景,求异的愿望便油然而生。文学的普遍性让异域的读者容易感受和接受,而独异的本土气质所散发出来的迷人光彩才是吸引异域读者的魅力之源。就西方读者对莫言的接受来说,他们先是在西方文学脉络里理解莫言的作品,通过基本的类比,比如福克纳、马尔克斯这些他们较为熟悉的作家去接近莫言。但随着他们进入莫言的作品,便会发现莫言给他们打开了一个与自身的文学传统、历史背景、社会环境迥然不同的缤纷世界,他们兴味盎然地玩味这个世界,迷恋于这个世界的色彩、音响、人物、氛围、节奏。

另一方面,西方读者对莫言作品的接受也受到蕴涵其中的中国传统民间文学的影响。相对于中国当代文学来说,中国古代文学在海外的影响要大得多,西方人从内容、形式到理念对中国传统的东西是怀有敬意的,而莫言的创作自觉不自觉地在延续中国文学的传统。比如他的《生死疲劳》承继了中国古典章回体小说和民间叙事的伟大传统,《檀香刑》中或实或虚地流露出山东地方戏曲形式。因而，西方人由对中国古典文学的认同，到接受吸收了传统创作方法的莫言，这种情感上的认同是认识莫言创造的五彩缤纷的文学世界的起点，而更让西方读者着迷的是打上了莫言式烙印的形形色色的中国人物，是从莫言心底流淌出来的既在情理之中又超出阅读期待的中国故事。

二、中国当代文学海外传播研究存在的问题

中国当代文学的海外传播研究已经取得了一些富有价值的成果，从中国知网上检索可以看到近百篇与此相关的报刊论文和硕博论文，相关的著作也有出版。但在肯定成绩的同时，我们也要看到目前研究中存在的问题和以后研究时要注意的事项。

第一是如何从资料整理走向带有问题意识的深入分析。资料整理在任何一项研究的初期阶段都必不可少，特别是拓荒性的资料收集是展开深入研究的基础。就中国当代文学的海外传播来说，第一手资料的整理已经取得了很大进展，报纸文章中及时的跟踪报道，期刊论文里就某一位中国作家或某一个文学创作阶段的资料收集，专著中对多位作家、不同流派文学作品翻译与研究的梳理，都已颇见功力。但这项研究要想走向深入，必须超越资料整理阶段，从特定的问题着手，或围绕某个专题，进行深层的剖析。比如中国当代的寻根文学在海外曾有过一阵热闹的译介与评论，相对于中国当代的先锋小说，为什么西方人对中国的寻根文学更有热情？这里面隐含着怎样的话语机制、文学理念、美学意识、意识形态逻辑？

另外，对资料的运用要采取动态、发展的眼光，不断收集、分析最新的译介、研究资料。中国当代文学的翻译出版与海外研究发展非常迅速，其翻译质量、研究水平也在不断提高。在这种背景

下，再用西方人十几年前甚至更早对"熊猫丛书"、外文版《中国文学》杂志的某些评价来笼统指代整个中国当代文学在海外的传播与接受就显得片面、滞后。目前中国当代文学海外传播研究中常为学者引用的观点，比如加拿大汉学家杜迈克发现严肃的中国文学要想获得国际承认面临着很多巨大的障碍①、香港大学的爱德华兹指出"中国文学很少能让国际读者感兴趣"②、英国汉学家蓝诗玲认为"中国文学在西方被忽视了"③、英国汉学家詹纳指出"熊猫丛书"的某些译文让西方汉学家感到"荒唐可笑"④等，再一味地用来指称今天海外对中国当代文学的认识与评价就显得有些不合时宜。传播的内容、研究的对象在不断变化，数量在日益增多，质量在逐渐提升，再一味刻舟求剑式地引用固有的评述有碍于对动态发展的中国当代文学海外传播做出客观、及时、公允的评价，应从流变的角度，分阶段地呈现出中国当代文学在海外传播与研究的发展脉络。

第二，要警惕海外中国当代文学研究与译介中的东方主义心态和意识形态因素。就海外对中国"十七年文学"的探讨来说，西方本土研究者更热衷于探讨其中所包含的中国传统文化因素。像英国

---

① Michael S. Duke, "The Problematic Nature of Modern and Contemporary Chinese Fiction in English Translation", in H. Goldblatt ed., *Worlds Apart: Recent Chinese Writing and Its Audiences*, New York: M. E. Sharpe, 1990, p. 201.

② Louise Patricia Edwards, "Late Twentieth Century Orientalism and Discourses of Selection", *Renditions: A Chinese-English Translation Magazine*, 1995(44).

③ J. Lovell. "Great Leap Forward", *The Guardian*, 2005 - 06 - 11.

④ W. J. F. Jenner. "Insuperable Barriers? Some Thoughts on the Reception of Chinese Writing in English Translation", in Howard Goldblatt ed. *Worlds Apart: Recent Chinese Writing and Its Audience*, New York: M. E. Sharpe, 1990, p. 189.

的詹纳(W. J. F. Jenner)①、美国的白之(Cyril Birch)②、夏默(Dorothy Blair Shimer)③、赫格(Robert Hegel)④、戈茨(Gotz Michael)⑤等,都着重从这一角度进行阐释。但这种关注夹杂着萨义德所说的西方学者对东方文学、文化的偏爱与猎奇心理。如白之对赵树理《三里湾》中爱情故事的解读强调小俊与满喜的结合证明了农村传统婚姻中"媒人"的重要性,认为二人是出于对"媒人"的共同信任而结成人生伴侣的。一些西方本土学者在编选中国当代文学作品集时还以作品与传统的关系为重要标准,比如在夏默看来,那些包含了"本土形式影响下的古老思想或行为习惯"的作品"令人兴奋并常令人激动"⑥。因此,我们要批判地审视国外对中国文学的研究,分析他们的研究凸显了什么,又遮蔽了什么,这种凸显与遮蔽体现了他们怎样的思维定势和心理机制。又如国外对余华小说《兄弟》的研究,对其中提到的用钉子钉入脑袋自杀、砸碎宋平凡尸体的膝盖以放进棺材、厕所偷窥等细节津津乐道,而没有从中国的具体历史背景和社会发展出发,对这些现象进行结合实际的剖析。

---

① 詹纳研究中国文学的主要成果有: Modern Chinese Stories; "Is a Modern Chinese Literature Possible?" etc.

② 白之研究中国文学的成果主要有: "Lao She: The Humorist in His Humor"; "Chinese Communist Literature: The Persistence of Traditional Forms"; "The Particle of Art"; "Literature Under Communism", etc.

③ 夏默研究中国文学的成果主要有: The Mentor Book of Modern Asian Literature from the Khyber Pass to Fuji, etc.

④ 赫格研究中国文学的成果有: "Making the Past Serve the Present in Fiction and Drama: From the Yan'an Forum to the Cultural Revolution", etc.

⑤ 戈茨研究中国当代文学的成果主要有: "The Development of Modern Chinese Literature Studies in the West: A Critical View"; "Chinese Communist Fiction Since 1949", etc.

⑥ Dorothy Blair Shimer, The Mentor Book of Modern Asian Literature from the Khyber Pass to Fuji, New York: New American Library, 1969, p.20.

意识形态操纵下对中国当代文学作品的翻译、选本等也是值得我们注意的问题。翻译的选材、翻译策略的选择、对原文的增删和改写，都体现了意识形态背后的操纵作用。意识形态在翻译中的影响可以说无处不在，我们这里从几部中国当代作品翻译成英语时题目的改动来做一管窥。

王安忆的《长恨歌》虽然最终以忠实的译名 The Song of Everlasting Sorrow 之名出版，但出版社最初主张把书名改成《上海小姐》，理由是有这样一个书名做噱头好卖。只是由于译者白睿文（Michael Berry）一再坚持忠实于原名的翻译，才最终使《长恨歌》的英文版在美国非盈利性的哥伦比亚大学出版社出版，不过仍加上了一个副标题："一部关于上海的小说"（A Novel of Shanghai）。上海是西方人熟悉的意象，也是放荡不羁的想象力的释放地，而"上海小姐"更令人联想到东方主义和东方情调，其中的意识形态蕴涵不言而喻。

意识形态的潜在操纵作用还体现在苏童的《妻妾成群》、虹影的《饥饿的女儿》等书名的翻译上。《妻妾成群》译成英文时用了该小说改编的电影《大红灯笼高高挂》（Raise the Red Lantern）的名字，《饥饿的女儿》被译成《江的女儿》（Daughter of the River）。这些译名中的"大红灯笼"、"江"很大程度上迎合了西方对于中国的"东方主义"想象，会令西方读者联想到早已形成的东方文化的固有形象——大红灯笼不仅是一种喜庆的标志，也是性的象征，令西方人联想到小脚、妻妾、充满神秘意象的中国旧式宅院和悲剧性的东方女性形象；"江"令西方人联想到中华民族的生命、文化和历史的象征——长江与黄河。西方的出版社和某些译者有意识地去建构、树立符合西方意识形态及西方认知理解中的中国形象和中国文学形象。难怪中国作家协会主席铁凝感慨地说："在中国文学走向世界的过程中，还将不断碰到由文化的不对等带来的冲击。"①

第三是海外、国内的研究如何形成有效的对话。国外的外视角研究和本土的内视角研究是可以互补、互识、互证的，我们要厘清国外的中国当代文学研究有哪些洞见，对本土研究带来怎样的启发，以及由此带来的对本土研究内部的调整与优化。本土研究在国外的传播如何？对外视点的研究又带来什么样的影响？

我们以余华的《兄弟》在国内外的接受与研究为例略作说明。自 2009 年 1 月由美国兰登书屋推出英文版以来，《纽约时报》、《纽约客》、《华盛顿邮报》、《洛杉矶时报》和《波士顿环球报》等美国主流媒体都给予好评。其中《纽约时报》周末版用六个版面介绍了《兄弟》和它的作者。《纽约时报书评》推出中国专题，其中也介绍了《兄弟》，说《兄弟》是一部反映 20 世纪末中国社会生活的小说，这个故事像美国电视剧《24 小时》一样充满了狂风暴雨般的语言、肉体暴力以及情欲，具备这些元素的作品在西方应该能一鸣惊人。②

相比国外对《兄弟》几乎一边倒的赞美，它在国内的接受则经历了冰火两重天。国内有评论家认为这部小说情节"失真"，语言"粗糙"，"根本不值一提"，是一部失败之作。③指出余华用血统论推定人类生活中的卑微与高贵，结果是"过去 40 年来中国人百感交集的复杂经验，被简化成了一场善与恶的斗争"④。甚至出版了一部《给余华拔牙》的批评文集。但《兄弟》也受到著名评论家陈思和

---

① 吴越：《〈长恨歌〉在美差点改名"上海小姐"》，《文汇报》，2009 年 11 月 9 日。

② Jess Row, "Chinese Idol," *New York Times Book Review*, Mar. 8, 2009, p. 15.

③ 参见谢有顺：《〈兄弟〉根本不值一提》，《南方日报》，2006 年 4 月 6 日。

④ 李敬泽：《〈兄弟〉顶多也就是两行泪水——我读〈兄弟〉》，见杜士玮、许明芳、何爱英主编：《给余华拔牙：盘点余华的"兄弟"店》，北京：同心出版社，2006 年，第 24 页。

等人的青睐和高度评价,陈思和从巴赫金的怪诞现实主义概念出发,以"狂欢"和"民间"为着眼点,认为这是"一部奇书"、"惊世之作",①从美学概念上根本扭转了对该作品的解读。

为什么国内外对余华《兄弟》的接受表现出如此大的差异?这可能同中西方对新闻媒体、文学作品的不同定位有关。西方强调其批判功能,余华《兄弟》中对发展中的中国社会、道德的批判,契合了西方人的阅读定势,因而受到他们的欢迎。而中国的批评家认为余华沉陷在脏、乱、臭、黑的世界里,是在向西方展现中国消极的一面。中国批评家敏感的东西,西方的批评家可能并没有考虑过。

不过,总的来看,国外对译介过去的中国当代文学的接受与研究很大程度上处于一种脱离中国历史语境的想象状态(一些华裔学者的研究除外)。东西方读者有着不同的小说观念。在西方读者看来,小说不含有历史因素,而中国小说中往往包含着大量的历史事件和历史人物,因而理解中国文学的关键是了解中国的历史,研究中国文学需要结合具体的历史语境展开。由于外国的中国文学研究者对中国的社会、历史发展缺乏足够的了解,因而他们在分析中国文学作品时容易从自身的感受出发,运用有限的中国知识,加上大胆的想象和联想,得出的结论虽然独特、新鲜,却有时有悖于作家的创作初衷和中国的实情,造成严重的误读。

第四是对中国当代文学海外传播的现状不能过于乐观,而要有清醒、理性的认识。

我们经常在很多当代作家的介绍中看到他们的作品已被译成十几种甚至几十种文字,有的甚至在作品重新出版时附上"英译本序"、"法译本序"等,再加上媒体、报刊出于中国文学走向世界的

---

① 陈思和:《我对〈兄弟〉的解读》,《文艺争鸣》,2007年第2期。

热切愿望而带有夸大色彩的赞誉之词(如某某作品在国外"好评如潮",某某作家在国外"受到追捧"),不时见诸报端的中国某某作家去海外演讲、参加文学活动的夸大报道,使得国内的读者和研究者产生这样一种印象,以为中国当代作家在国外广为人知并大受欢迎,中国当代文学在国外已经产生了相当的影响力。但实际情形是翻译成外语的中国当代文学在西方主流读者视野中总体上处于被忽视的状态。以新近的诺贝尔文学奖得主莫言为例。莫言的《红高粱》和《天堂蒜薹之歌》分别于1997年、2001年译成瑞典语出版,起印仅为一千册,但就是这一千册直到莫言获得诺贝尔文学奖之前也没售完,是获奖契机让这些滞销的作品宣告售罄。国际接受度较高的莫言的作品尚遇到此种情状,中国其他作家作品的销路更可以想见。

与国内如火如荼的外国文学译介与研究不同的是,西方对翻译文学并不热衷,华裔学者张旭东说:"美国文学只关注自己,""他们的文学中,所有翻译文学只占1%,少得不可思议。"①"中国当代文学真能深入美国社会的根本没有。"②中国当代文学在美国是"一少二低三无名"③。"用'沧海一粟'来形容中国当代文学在北美的微弱处境,或许夸张;但说中国当代文学在北美读书界处于四舍五入的微妙界点,大概是一个不错的形容。"④

给中国读者以中国文学在海外产生了广泛影响的错觉的另一个原因,是对中国作家的海外演讲和去国外参加文学活动的描述,这

---

① 张伟、刘丹青:《放眼世界文学版图 莫言在这里》,《人物》,2012年第11期。

② 王侃:《中国当代小说在北美的译介和批评》,《文学评论》,2012年第5期。

③ 康慨:《一少二低三无名:中国当代文学在美国》,《中华读书报》,2011年1月12日。

④ 王侃:《中国当代小说在北美的译介和批评》,《文学评论》,2012年第5期。

些描述有作家的自说自话，也有媒体的推波渲染。一些去往海外宣传演讲的作家回国后喜欢说自己的演讲如何引起轰动，有多少国外的媒体争相报道。但其真实情形如何，还需要还原历史现场来判定。首先，听众的层次和范围是只限于汉学家、东亚系的学生、来自中国的访问学者，还是远远超出了"专业圈子"的范围，作为一个文学事件引起了国外普通民众的关注。其次，海外报道这些消息的媒体是主流报刊还是名不见经传的小报。只有找到国外媒体报道此事的第一手材料，对演讲现场情况有真切的了解和掌握，才能判定其影响有多大，不能只听演讲者的一己说法，或某些国内媒体根据其说法添枝加叶的夸大报道。

中国作家到国外参加文学活动同样如此。我们不能只听参加者本人回国后放大其效果、夸大其重要性的叙述，而是要去切实了解这些活动的档次、影响力，因为国外的这类活动主办单位良莠不齐，会议层次高低有别，我们不能一厢情愿地相信都是些国际会议级别的活动。因此，对中国文学在海外传播的研究不能停留在感性认识上，而应进行理性的总结，在还原事实真相的基础上，进行客观深入的研究。

欧洲人视野中的贾平凹[①]

无论从作品数量还是从影响力来看,贾平凹都可以说是中国新时期文坛上举足轻重的重要作家。他不仅在国内备受关注,在国外也有着广泛的影响,其作品被译成英、法、德、日、韩、越等不同文字,受到海外读者和研究者的青睐,并获得了美国、法国的重要文学奖。本文重点探讨贾平凹的作品在英语、法语世界的译介、影响和研究情况,并分析他在国外受欢迎的原因。

一、贾平凹作品在国外的译介与影响

贾平凹的作品主要通过三种形式传播到国外。一是中国官方主办的旨在把中国文学推向国外的英语刊物《中国文学》(Chinese Literature)和"熊猫丛书"(Panda Books)刊登、出版了一些译成英文的贾平凹作品;二是国外翻译出版的中国当代作家作品集收入了部分贾平凹的中短篇小说和散文作品;三是国外的出版社以单行本的形式,翻译出版了贾平凹影响较大的长篇、中篇小说。

《中国文学》杂志在贾平凹创作初期就开始译介他的作品,并一直坚持不断,使得贾平凹的很多短篇小说以此种渠道传播到国外。以时间为序,《中国文学》刊登的贾平凹的小说和散文主要有:

[①] 本文原载《小说评论》2011年第4期。

《果林里》(1978年第3期)、《帮活》(1978年第3期)、《满月儿》(1979年第4期)、《端阳》(1979年第6期)、《林曲》(1980年第11期)、《七巧儿》(1983年第7期)、《鸽子》(1983年第7期)、《蒿子梅》(1987年第2期)、《丑石》(1987年第2期)、《月迹》(1993年第2期)、《我的小桃树》(1993年第2期)。创刊于1951年的《中国文学》在20世纪80年代迎来了自己的黄金时代,作为中国文学对外译介的一个重要窗口,它翻译登载了大量反映新时期中国人民心声的文学作品,贾平凹以其对中国农村生活的清新描写,赢得了《中国文学》的青睐,也由此走进了国外读者的视野。

1981年问世的"熊猫丛书"出版了贾平凹的两部作品集,一是《天狗》(*The Heavenly Hound*,1991),收入了《天狗》、《鸡窝洼人家》和《火纸》三篇小说;一是《晚雨》(*Heavenly Rain*,1996),收入了《晚雨》、《美穴地》、《五魁》、《白朗》四个中篇。另外,外文出版社还出版了贾平凹的英文版散文集《老西安:废都斜阳》(*Old Xi'an: Evening Glow of an Imperial City*,2001)。"熊猫"丛书发行到世界上一百五十多个国家和地区,让贾平凹的作品更好地走向世界,扩大了他在国外的知名度。

国外出版的中国当代作家作品选集中也收入了贾平凹的一些中短篇小说和散文作品。朱虹编译的《中国西部:今日中国短篇小说》[①]中收入了贾平凹的《人极》和《木碗世家》;萧凤霞编译的《犁沟:农民、知识分子和国家,现代中国的故事和历史》[②]收入了贾平凹的《水意》;从《中国文学》杂志上选编的作品集《时机并

---

① Zhu Hong, *The Chinese Western: Short Fiction from Today's China*, New York: Ballantine Books, 1988.

② Helen F. Sui ed., *Furrows: Peasants, Intellectuals, and State: Stories and Histories from Modern China*, Stanford: Stanford University Press, 1990.

未成熟：中国当代最佳作家及其作品》①收入了贾平凹的《火纸》；汉学家马汉茂与金介甫编选的《当代中国作家自画像》②收入了贾平凹的《即便是在商州生活也在变》③；汉学家吴漠汀编的《20世纪中国散文译作》④收入了贾平凹的《秦腔》、《月迹》、《丑石》和《弈人》；英文版的"乡土中国"系列中《故乡与童年》⑤收入了贾平凹的散文《春》。

国外出版社以单行本形式出版的贾平凹作品有美国著名汉学家葛浩文翻译的《浮躁》⑥和罗少颦翻译的《古堡》。⑦

以上是贾平凹的作品在英语国家的译介与传播情况。此外，贾平凹在法国也很有影响，据笔者粗略统计，他的译成法语的单行本和作品集主要有《废都》⑧、《被吞没的村庄》⑨和《背新娘的驮夫》⑩，其中《背新娘的驮夫》由《五魁》、《白朗》、《美穴地》三个中篇组成。另外，贾平凹的一些中短篇小说还收入了《中国新时

---

① Bian Ying, *The Time Is Not Yet Ripe: Contemporary China's Best Writers and Their Stories*, Beijing: Foreign Language Press, 1991.

② Helmut Martin & Jeffery Kinkley ed., *Modern Chinese Writers: Self-Portrayals*, Armonk, New York: M. E. Sharpe, 1992.

③ 原为贾平凹写的《腊月·正月〈后记〉》，《十月》，1984年第6期。

④ Martin Woesler ed., *20th Century Chinese Essays in Translation*, Bochum: Bochum University Press, 2000.

⑤ *Hometowns and Childhood*, San Francisco: Long River Press, 2005.

⑥ Jia Pingwa, *Turbulence*, trans. Howard Goldblatt, Louisiana: Louisiana University Press, 1991.

⑦ Jia Pingwa, *The Castle*, trans. Shao-Pin Luo, Toronto: York Press, 1997.

⑧ Jia Pingwa, *La Capitale Déchue*, traduit Geneviève Imbot-Bichet, Paris: Stock, 1997.

⑨ Jia Pingwa, *Le Village Englouti*, traduit, Geneviève Imbot-Bichet, Paris: Stock, 2000. 中文名字是《土门》。

⑩ Jia Pingwa, *Le Porteur de Jeunes Mariées*, traduit Lu Hua, Gao Deku, Zhang Zhengzhong, Paris: Stock, 1995.

期作品选》和《中国文学：过去与现在》等法文版的中国当代作品选集。

贾平凹的作品不仅在国外得到大量译介，也得到了广泛的认可和称誉，这从他的作品在美国和法国获得的重要文学奖可见一斑。贾平凹的《浮躁》1988年获得美国的"美孚飞马文学奖"。贾平凹获得该奖后在美国出现了一股评价他的热潮，其《浮躁》也正是在这股热潮中被美国汉学家葛浩文翻译成英语，于1991年出版。为了庆祝《浮躁》一书的英文版在美国首次发行，美孚石油公司"飞马文学奖"顾问委员会特别邀请贾平凹偕夫人访问美国。1991年10月，贾平凹踏上了美国的旅程，在华盛顿、丹佛、洛杉矶等地朗读自己的作品，他那伴着地方歌谣的朗诵把中国的文学、文化带进了美国人民的心田。

获得美国的文学奖九年后，贾平凹又以《废都》获得1997年度的法国国际"费米那文学奖"，同时被法国《新观察》杂志评为1997年度"世界十大杰出作家"。"费米那文学奖"是法国的主要奖项之一，与龚古尔文学奖、梅迪西文学奖共称为法国的三大文学奖，每年奖励世界文坛中一部最优秀的作品，而且规定销售量要达到8万册以上才能入选。贾平凹获得"费米那文学奖"也是亚洲作家第一次获此奖项。2003年，贾平凹又获得由法国文化交流部颁发的"法兰西共和国文学艺术荣誉奖"。法国驻华大使在给贾平凹的贺信中说："您的作品在法国影响很大，这项荣誉是授予您作品内容的丰富多彩性与题材的广泛性。"①

二、贾平凹作品在国外的研究

贾平凹的作品不仅在国外得到大量的译介，还引起了研究者的

---

① 《贾平凹荣获法国文学艺术荣誉奖》，《南方都市报》，2003年7月8日。

热忱,仅就英语国家的博士论文来看,1998年至2004年就有四篇以贾平凹为专题的研究论文,分别是悉尼大学王一燕的《叙说中国:〈废都〉和贾平凹的小说世界》①、多伦多大学司徒祥文的《农民知识分子贾平凹的生活与早期创作的历史—文学分析》②、加拿大英属哥伦比亚大学郑明芳(音译)的《贾平凹20世纪90年代四部小说中的悲剧意识》③和方金彩(音译)的《中国当代作家张贤亮、莫言、贾平凹创作中的男性气质危机和父权制重建》④。

王一燕的博士论文修改后于2006年成书出版,⑤该论文/专著以霍米·芭芭的"国族叙述"(national narration)为理论框架,探讨了贾平凹的《浮躁》、《废都》、《妊娠》、《逛山》、《白夜》、《土门》、《高老庄》、《怀念狼》等作品。

司徒祥文的论文结合贾平凹的生活,主要从以下几个方面展开探讨:贾平凹的创作与中国古典文学名著比如《红楼梦》、《金瓶梅》等的联系;贾平凹的创作和其他中国作家比如沈从文、高行健、钟阿成的关系;贾平凹作品中表现出来的道家和佛家思想;贾平凹作品中对待女性的态度。

郑明芳的论文主要研究了贾平凹20世纪90年代创作的四部作品《废都》、《白夜》、《土门》和《高老庄》的悲剧意识。论文作者

---

① Yiyan Wang, *Narrating China: Defunct Capital [Feidu] and the Fictional World of Jia Pingwa*, 1998, PhD dissertation, The University of Sydney, 1998.

② John Edward Stowe, *The Peasant Intellectual Jia Pingwa: An Historico-Literary Analysis of His Life and Early Works*, PhD dissertation, The University of Toronto, 2003.

③ Ming Fang Zheng, *The Tragic Vision in Jia Pingwa's Four Novels of the 1990s*, PhD dissertation, The University of British Columbia, 2004.

④ Jincai Fang, *The Crisis of Emasculation and the Restoration of Patriarchy in the Fiction of Chinese Contemporary Male Writers Zhang Xianliang, Mo Yan and Jia Pingwa*, PhD dissertation, The University of British Columbia, 2004.

⑤ Yiyan Wang, *Narrating China: Jia Pingwa and His Fictional World*, London and New York: Routledge, 2006.

在梳理西方悲剧理论的基础上,剖析了贾平凹上述四部作品中主人公的生活、他们跨越城乡界限的努力以及小说对不同社会发展阶段的展示。作者的结论是:贾平凹具有一种悲剧意识,并且成功地将这种悲剧意识以艺术的形式传达出来。

方金彩的论文从女性主义角度,在20世纪80—90年代呼吁重建儒家父性权威的文化语境中,重新解读中国当代三位著名作家张贤亮、莫言、贾平凹的三部作品《男人的一半是女人》、《红高粱》和《废都》。该论文从历史发展的角度深入探讨了为什么当代男性气质的重建很大程度上依赖于女性,在具体论述时剖析了三个方面的问题:1)男性感到失去男性力量和女性化的主要原因,2)重构理想男性气质的意识形态框架,3)这些框架是如何建构男性的性别地位并影响男性对女性的看法和感情的,男性是如何让女性参与他们的男性气质建构的。

从国外对贾平凹的研究来看,主要集中在他的译成英文的《浮躁》、《古堡》以及《废都》、《人极》等作品上。

《浮躁》是英语世界研究贾平凹的重头戏。在1991年出版的英文版封二、封三上有这样的话:"融史诗、爱情和政治寓言于一体的《浮躁》,让读者置身于一个《易经》和《毛泽东选集》和谐共处的世界,最狂热的理想和诱惑、放荡、政治交织在一起。但在小说中,人性超越了文化和政治差异,作家对农村生活的全景式观照——污秽、野蛮、欢乐、痛苦的大合唱,具有极强的说服力。读罢掩卷长思,挥之不去的是州河上静谧的月光、两岸摇曳的灯火,还有名为'看山狗'的鸟儿的叫声。"英文版的《浮躁》出版后在西方世界立刻引起关注,出版当年(1991)就有5篇书评分别在《新书推介》①、《柯克斯评论》、《纽约时报》(2篇)、《图书馆学刊》上发

---

① Sybil Steinberg, "Rev. of *Turbulence*", *Forecasts*, 30 August 1991.

表，1992—1993年又有5篇评论在《基督教科学箴言报》、《威尔森图书馆学报》①、《选择》②、《现代中国文学》③、《今日世界文学》④等报刊杂志上与读者见面。

《柯克斯评论》上刊文说："这是20世纪80年代发生在中国农村的一个复杂微妙而又躁动不安的故事……既真切感人，又带给人以启迪。"⑤索尔兹伯里1991年10月11日在《纽约时报》上发表的书评中说：贾平凹在《浮躁》中所描述的商州，位于黄河文化的发祥地。自新中国成立以来，那里虽然发生了不小的变化，但至今仍保留着很多传统的东西，正是这些传统的东西吸引了众多的读者。⑥安·斯科特·泰森发表在《基督教科学箴言报》上的评论认为："这是一部极为难得的描写中国一个小镇的农民，在后毛泽东时代的十年改革中所经历的浮躁生活的小说，作品情节曲折，充满着对生活的真知灼见。贾平凹以当地的方言和粗鲁的幽默，令人信服地描述了中国农村中支配农民精神和社会关系的价值观——忍耐。"⑦《图书馆学刊》上的评论指出："贾平凹描写20世纪80年代中国生活的小说……会让所有的美国读者爱不释手。"⑧

与报刊杂志上的短评相比，澳大利亚华裔学者王一燕从学术研究的高度对《浮躁》进行了更为深入的探讨。她认为"《浮躁》以

---

① Keith Snyder, "Rev. of Turbulence", *Wilson Library Bulletin*, January 1992.
② Jeffrey C. Kinkley, "Rev. of Turbulence", *Choice*, April 1992, Vol. 29.
③ David Der-Wei Wang, "Rev. of Turbulence [*Fuzao*]", *Modern Chinese Literature*, Vol. 6, 1992.
④ K. C. Leung, "Rev. of Turbulence", *World Literature Today*, Vol. 67, Winter 1993.
⑤ Kirkus Associates, "Rev. of Turbulence", *Kirkus Reviews*, 15 August 1991.
⑥ Salibury Harrison, "Rev. of Turbulence", *New York Times*, 11 October 1991.
⑦ Ann Scott Snyder, "Rev. of Turbulence", *The Christian Science Monitor* (Eastern edition), 15 January 1992.
⑧ Paul E. Hutchinson, "Rev. of Turbulence", *Library Journal*, Vol. 116, 1991.

对中国农村社会生活的关注独树一帜。……'浮躁'首先指的是州河,描写州河能量无限奔腾咆哮,穿山越岭滋润田地摧毁家园。其次是指小说中男主人公金狗浮躁的心态,进而泛指中国八十年代末期广大农民的心态。社会变革带给农民可望可求的致富机会,村村寨寨都跃跃欲试,不再'安居乐业'。"并指出:"过去与现在的紧密联系在《浮躁》中……具体真实地存在着,乡村的经济改革显然受制于传统的中国政治的运作方式,现代性与传统激烈冲突,陕西南部的山村毫无疑问成为当代中国的缩影。商州州河的激流俨然是商州青年八十年代胸中激荡的热情与希望,是中国社会当时对改革的向往。"①

从以上的评论来看,国外对《浮躁》的解读与国内的评论比较一致,即都以肯定为主。《浮躁》在国内出版后,《人民日报》、《文汇报》刊发专文报道,称"要了解当前的中国社会,不可不读《浮躁》。它的出现,是近年来长篇小说创作中的一个重要成果。"②国内著名的评论家、作家,像唐达成、何振邦、刘思谦、陈俊涛、李健民、石湾、朱卫国、董子竹、李星、汪增祺等,都纷纷发表自己对《浮躁》的看法,认为"《浮躁》最引人注目的是它从整体上所做的对时代情绪,对时代的文化心理的准确概括。"③正是由于《浮躁》对中国社会转型时期国民心态的理性思考,才引起了中外读者、评论家的一致好评。

如果说国外对《浮躁》的接受主要集中在英语世界的话,国外对《废都》的接受则是英语、法语世界并驾齐驱。如果说国外对《浮躁》的评价与国内基本一致的话,国内对《废都》毁誉杂陈的

---

① 王一燕:《说家园乡情,谈国族身份:试论贾平凹乡土小说》,《当代作家评论》,2003年第2期。

② 孙见喜:《贾平凹前传·鬼才出世》,广州:花城出版社,2001年,第445页。

③ 孙见喜:《贾平凹前传·鬼才出世》,广州:花城出版社,2001年,第442页。

评论与国外对《废都》几乎一边倒的赞誉形成富有意义的对比。

《废都》出版后，不仅中国的学者、评论家争相阅读、评论、发表看法，海外的中国学者像哈佛大学的陈建华、旅美华人查建英、国外的汉学家和中国文学研究者，也撰文发表他们的观点，甚至在国外举办的一些亚洲研究会议上，贾平凹的《废都》也成了热门话题。

哈佛大学的陈建华在《二十一世纪》上发表了一篇题为《〈废都〉及其启示：末世文士的历史"覆影"》的文章，认为《废都》艺术上的优劣、性暴露等不过是次要问题，它的价值在于"对当前大陆社会和文化形态的回应及其回应的方式，对知识分子挟裹在政治权势、残存意识形态和都市文化畸形关系之中这一特殊窘态的描写。"①陈建华指出，《废都》使一些批评者感到惋惜或愤怒的原因主要在于其反"理性"的方式，尤其是以自我"作贱"的方式弃绝对作家身份的认同。陈建华认为，这整部作品不啻是明清各种通俗文类的后现代"覆影"——通过明清通俗文类这一镜像，映照出当代文人荒诞和颓废的众生相，使作品带有中华帝国晚期的美学情趣。但这个作为中介的文类镜像同时被作者自己的美学想象所"幻化"，出现某种属于"后现代性"的主体的自我揶揄与自我消解。

旅美华人查建英就《废都》撰写了一篇题为《黄祸》的文章，认为该"小说以现实主义的笔触，用现实生活中的细节，痛快淋漓地一步一步揭开了一个在各方面都走向腐败的旧都城的生活画面，这个昔日繁华的都城如今到处充斥着贪婪、堕落、虚伪，迷信盛行，色欲涌动，权力扭曲。……小说里面的人物举目四望，没有一个是真诚可爱的，即便主人公庄之蝶也是一个反英雄，他对政府官

---

① Jianhua Chen, "*Feidu* and Its Enlightenment: the Historical 'Replica' of Literati at the End of the Century", *The* 21st *Century*, 25 October 1994.

员阿谀奉承,为一己私利让情人嫁给市长跛脚的儿子。"并引用一位欧洲汉学家的看法:"性描写是小说中最不引人注目的地方——贾平凹对性一无所知,只是从中国古典小说中猎取了一点皮毛。小说最吸引人、最有光彩的部分是它无情而又细腻地揭露了中国社会体系从内到外的运作——日常生活中的权力交易,庸常生活下的各种暗箱操作,行贿受贿、人情冷暖、互相利用,人们在生活的泥淖中搅作一团。""中国当代作家中没有人能像贾平凹写得这样好,""他不给你任何生活的庄严,他把是一个懦夫、一个骗子推到你的面前,""他表现的是大家都十分熟悉的生活,里面有各种各样的潜规则和心照不宣的行为规范。人们知道他们无法逃脱这种生活环境,也知道如何在这种环境里周旋。"①

澳大利亚华人学者王一燕认为"《废都》以中年作家庄之蝶在古城西京的日常生活为主线来勾画中国社会现状,表现中国知识分子的心理现状。""《废都》将中国文化的历史中心设立在古城西京,又将当代中国的知识分子蜕化成文人骚客,并在此之上进一步制造当代文人传统及其身份特质和性行为方式,"主人公庄之蝶"以感官及性欲的满足来消解社会异化对他的无情打击,"他"本人以及他的各路朋友都极为接近中国传统小说中的旧式文人","废却的都城隐藏着中国文化历史的集体记忆,又为中国文化史提供了空前'真实'的场景"。②

加拿大英属哥伦比亚大学的方金彩从男性气质角度,对《废都》里的男女主人公做了富有深度的分析。其博士论文认为:"《废

---

① Jianying Zha, "Yellow Peril", *Triquarterly*, Iss.93, Spring 1995.
② 王一燕:《说家园乡情,谈国族身份:试论贾平凹乡土小说》,《当代作家评论》,2003年第2期。

都》可看作是中国男性知识分子寻找失去的男性气概的旅程。"①主人公庄之蝶推崇道家和儒家,因而在"才子佳人"模式中寻找理想的男性气质。方金彩指出,《废都》里面隐含着古典"才子佳人"小说中一夫多妻的影子,对主人公庄之蝶来说,理想的家庭模式以男人为中心。在小说中,他和好几个女人有染——既有妻子牛月清,又有情人唐宛儿、柳月、阿灿。"性和女人实际上是庄之蝶寻找男性气概的象征,因为他拒绝向压迫人的现实社会妥协"。②但方金彩得出的结论是:以庄之蝶为代表的中国男性知识分子对男性气概的寻找最终一无所获,"因而《废都》只不过是一曲感伤中国男性知识分子失去男性气概的挽歌。"③

女性主人公也是《废都》中不可忽视的存在,方金彩认为她们是"男性重建男性气质的附庸"。④小说不是从欣赏女性出发的,女性是为了建构男性气质而存在的,她们是男性标准审视下的理想女性,不仅是男人心目中漂亮迷人的尤物,还乐于为男人献身。"在庄之蝶的男性气质建构过程中,女人和性是他的最后防线,是他最后

---

[1] Jincai Fang, *The Crisis of Emasculation and the Restoration of Patriarchy in the Fiction of Chinese Contemporary Male Writers Zhang Xianliang, Mo Yan and Jia Pingwa*, PhD dissertation, The University of British Columbia, 2004, p.262.

[2] Jincai Fang, *The Crisis of Emasculation and the Restoration of Patriarchy in the Fiction of Chinese Contemporary Male Writers Zhang Xianliang, Mo Yan and Jia Pingwa*, PhD dissertation, The University of British Columbia, 2004, p.268.

[3] Jincai Fang, *The Crisis of Emasculation and the Restoration of Patriarchy in the Fiction of Chinese Contemporary Male Writers Zhang Xianliang, Mo Yan and Jia Pingwa*, PhD dissertation, The University of British Columbia, 2004, p.262.

[4] Jincai Fang, *The Crisis of Emasculation and the Restoration of Patriarchy in the Fiction of Chinese Contemporary Male Writers Zhang Xianliang, Mo Yan and Jia Pingwa*, PhD dissertation, The University of British Columbia, 2004, p.311.

的存在形式。"①男人有得意和失意两个世界,女人和性是这两个世界的分界线和平衡器,在从男性主宰的受人尊敬的第一个世界跌向男性气质失落的第二个世界的过程中,庄之蝶试图借助女人和性来维护、留住男人的威权。但建立在弱者之上的力量不算是真正的力量,这就是为什么庄之蝶尽管有征服女人的快乐,但很快又陷入深深的恐慌和悲哀之中的原因。当沉溺在征服女人的快乐当中时,他感到自己是女性王国里的王;当回到男性主宰的社会现实中来时,他又感到自己是个失败者,是个懦夫。

英属哥伦比亚大学的另一位研究者郑明芳从悲剧意识层面剖析了贾平凹的《废都》,指出"《废都》主要刻画了城市里的一群文化人。时代的突变引起价值体系发生变化,造成人们无论道德上还是思想上都有无所适从之感,引发人们思考历史的荒诞性,思索当前的生活。时代突变中的人们丧失了道德和伦理基础,滑向堕落的深渊,而且在自身走向堕落的过程中也伤害着他们深爱的人。"②

多伦多大学的司徒祥文认为贾平凹的"《废都》里面既有方言、俗语,也有文学语言、西化的散文句式和普通话。因此,从表面上看小说充满着矛盾,既是一本通俗小说,当然是基于生活真实的通俗小说,又是现代"文人小说"的典范,只有具有文学素养的人才能真正读懂它。"③

另外,在哈佛、悉尼、蒙特利尔、多伦多举行的亚洲研究会议上也有学者提交有关《废都》和贾平凹其他作品的论文。比如哈佛

---

① Jincai Fang, *The Crisis of Emasculation and the Restoration of Patriarchy in the Fiction of Chinese Contemporary Male Writers Zhang Xianliang, Mo Yan and Jia Pingwa*, PhD dissertation, The University of British Columbia, 2004, p.334.

② Ming Fang Zheng, *The Tragic Vision in Jia Pingwa's Four Novels of the 1990s*, PhD dissertation, The University of British Columbia, 2004, p.233.

③ John Edward Stowe, *The Peasant Intellectual Jia Pingwa: An Historico-Literary Analysis of His Life and Early Works*, PhD dissertation, The University of Toronto, 2003, p.144.

大学的陈建华在1996年的"亚洲研究学会中国分会"会议上提交了题为《被放逐的幻想和悲剧：贾平凹的〈废都〉和顾城的〈英儿〉》；[1]在1997年的"亚洲研究学会中国分会"会议上，蔡荣提交了《贾平凹〈废都〉中的变位与男性权威危机》[2]；1997年在悉尼举行的"澳大利亚—加拿大新联结会议"上，王一燕提交了《语言、时间和自我反省：玛格丽特·阿特伍德和贾平凹比较研究》[3]；1997年在澳大利亚新南威尔士鲍勒尔举行的"国际研究年会"上，王一燕提交了《国族小说和国族叙事》[4]；2000年在蒙特利尔大学举行的第36届"亚洲及北美国际会议"上，司徒祥文提交了《贾平凹〈人极〉中的农民价值观》[5]；2000年多伦多大学东亚研究系举办的"第一届研究生年会"上，司徒祥文宣读了《贾平凹建立的中国知识分子新角色/身份》的论文[6]；2002年多伦多大学东亚研究系举办的"第三届研究生年会"上，司徒祥文又做了题为《古老山梁上流淌的现代水：贾平凹的本土身份》[7]的发言。这些会议论文标志着贾平凹在国际上的影响进一步扩大。

在法国，翻译成法文的《废都》于1997年出版后，法国一时出现了热议《废都》的局面。《世界报》1997年10月17日发表书评，

---

[1] Jianhua Chen, "Fantasy and Tragedy in Exile: Jia Pinwa's *The Decadent Capital* and Gu Cheng's *Ying'er*".

[2] Rong Cai, "Appropriation and the Crisis of Representativity in Jia Pingwa's *Ruined Capital*".

[3] Yiyan Wang, "Language, Time and Self-introspection: A Comparison between Margaret Atwood and Jia Pinwa".

[4] Yiyan Wang, "National Fiction and Narrating the Nation".

[5] John Edward Stowe, "On Peasant Values in Jia Pingwa's 'Extremities'".

[6] John Edward Stowe, "A New Role/Identity as a Chinese Intellectual Established by Jia Pingwa".

[7] John Edward Stowe, "Modern Water in Ancient Mountains: Indigenous Identity of Jia Pingwa".

认为《废都》"确实是一部了不起的伟大作品","是贾平凹描绘的一幅茅盾或巴金式的社会画卷",小说除了描写主人公庄之蝶"令人不可思议的堕落和精神上受到的巨大伤害"外,"还讲述了省城其他有影响的文人(画家、书法家、音乐大师)的社会活动和爱情生活,这些人放荡、贪婪、投机钻营"。①《费加罗报》也刊登《废都》书评,认为"贾平凹给读者提供了一幅中国当代生活的巨幅画卷,他以讽刺的笔法,通过对知识分子和显贵阶层的细腻分析,揭示了当代社会的精神荒原。由于平庸、退让抑或物欲,人们不知不觉地在生活中沉沦,被阴谋所吞噬。"②法国读者也注意到了《废都》中暴露的性描写:"与中国现代文学格格不入的是,贾平凹大胆地描写了这些人物放纵猥亵的性生活"。③但法国读者认为性描写是为揭示腐败和堕落服务的,他们对贾平凹的这部小说持肯定态度:"《废都》是一位为揭露这片土地上的堕落而不懈努力的作家献给世人的一部力作。"④

综合国外对《废都》的评价,主导倾向是正面的肯定。"废"和"性"是《废都》所表现的两个重要方面,西方读者着重于"废",即关注小说对中国当代生活中阴暗心理、腐败现象的揭露。他们对小说中的性描写并未大惊小怪,这是因为西方文化并不像中国文化那样对性讳莫如深。

较之于国外对《废都》总体上倾向于正面的评价,国内对《废都》的看法却是毁誉参半。1993年《废都》刚出版时,国内学界一片哗然,批评的声音像雨点一样纷至沓来。唐先田认为《废都》给中国文坛带来了负面影响:"《废都》和'废都意识'显现出的与道

---

① Aline Peyraube, *Le Monde*, 1997 – 10 – 17.
② Diane de Margerie, *Le Figaro*, 1997 – 12 – 11.
③ Claire Devarrieux, *Le Libé ration*, 1997 – 9 – 25.
④ Claire Devarrieux, *Le Libé ration*, 1997 – 9 – 25.

德规范的严重不和谐,在中国文坛的负面影响是一个不容忽视的客观存在。"①肖夏林甚至认为《废都》就是黄书、淫书:"《废都》张狂的性描写简直是一种犯罪,是一种是可忍孰不可忍的作家堕落行为。《废都》无疑是一部令人心惊的黄书淫书,实在与中国的第一淫书《金瓶梅》没有什么差别。"②雷达在《心灵的挣扎——〈废都〉辨析》中把《废都》比喻为妖冶的女子:"它那熟悉的封面在到处招摇,好像妖冶的女子哪里都不会拒绝。它甚至悄悄地把王朔从书摊上挤了下来,同时似乎不无讽刺地告白着,文学的轰动效应并没有过去。"③《废都》1993年上半年出版,下半年就以"格调低下、夹杂着色情描写"的名义遭禁。

当然,批评的声浪过后,国内的评论家又在《废都》中发现了其所蕴含的巨大价值。白烨称小说是惊人、醒人之作,而决非媚人、惑人之作。陈俊涛把小说称为40年来文坛没有见过的奇书。曾镇南指出,该小说的卓异奇绝之处在于既对当前都市生活中异常广泛的社会现象进行了毫无讳饰的真实描写,又对当代文化人的人生悲剧和精神悲剧做了深刻揭示。阎纲称赞贾平凹对文化的深刻领悟、对文学的独到把握,在小说中都有超凡的表现。④著名学者季羡林也肯定《废都》,认为小说20年后必然大放光彩。⑤中国文坛对《废都》的正面评价和它在2009年的解禁说明这部作品拥有经得住岁月淘洗的文学价值,国内的评价和国外的看法统一到一个方向上来了。

---

① 唐先田:《〈废都〉和"废都意识"的颓废影响》,《江淮论坛》,2002年第2期。
② 肖夏林主编:《废都废谁》,北京:学苑出版社,1993年,第136页。
③ 雷达:《心灵的挣扎——〈废都〉辨析》,《当代作家评论》,1993年第6期。
④ 肖夏林主编:《废都废谁》,北京:学苑出版社,1993年,第128—131页。
⑤ 孙见喜:《贾平凹前传·神游人间》,广州:花城出版社,2001年,第348页。

除了《浮躁》和《废都》外,《古堡》、《人极》也在国外受到关注。

英文版的《古堡》"前言"中说道:"《古堡》中的三条线索有机地结合在一起。第一条是从道家角度重新讲述战国时期的改革家商鞅(公元前390—338年)的故事,……第二条线索描述的是1958—1966年的当代商州,……第三条线索是小说中导演和他的电影采景组在村里较长一段时间的安营扎寨,……过去、现在、未来交织在一起,组成小说最重要的结构和思想框架。"①《古堡》英文版出版后不久即有书评在《今日世界文学》上发表,书评认为:"《古堡》是贾平凹1985—1986年发表的'商州系列'小说中最受欢迎的一篇……尽管贾平凹对贫瘠的黄土高原的文学描写中不乏粗粝的现实社会经济场景,但他对神话、象征和草莽英雄主义的娴熟运用赋予该小说一种史诗性特征,使它不仅赢得了广大读者的喜爱,还催生了很多根据他的小说改编的电影。"②该评论者指出,尽管在翻译方面有不尽如人意的地方,但"小说本身的魅力和作者的重要地位使得《古堡》非常值得一读。"③

朱虹在将《人极》翻译成英语时这样评价道:"中国西部作家创造了一种新的人物类型,即突破了模式化的社会主义英雄形象,这些新的先驱性形象既有传统的美德,又掌握新的致富本领,他们实实在在地造福当地人民,尽管在造福于民的过程中仍然受到种种限制。"④朱虹指出:"该作品真正感动读者的是主人公试图建立起一种

---

① Jia Pingwa, *The Castle*, trans. Shao-Pin Luo, Toronto: York Press, 1997, "Introduction", p. i.

② Philip F. Williams, "Rev. of *The Castle*", *World Literature Today*, 1997(4).

③ Philip F. Williams, "Rev. of *The Castle*", *World Literature Today*, 1997(4).

④ Zhu Hong, *The Chinese Western: Short Fiction from Today's China*, New York: Ballantine Books, 1988, p. xvi.

权威。"①

汉学家雷金庆专门撰写长文,评价《人极》。他认为《人极》是贾平凹从性别和阶级角度对男性气质的张扬。雷金庆指出,贾平凹在《人极》中塑造了农民"硬汉子"形象光子。光子具有"硬汉子"的所有品质,坚韧、刚强,尽管在生活中受尽磨难,却永远保持道德的高洁。光子身上既打上了传统文化的烙印,也体现出新时代的特征。与《水浒传》中以武力著称的"好汉"不一样,光子有意识地避免使用暴力,同情遭受强暴的亮亮和白水,对待妻子温和、体谅。但雷金庆也指出:"《人极》中光子和亮亮的命运揭示出,不管是男人还是女人,如果不遵循传统分配给他们的性别角色,就会变得男不男、女不女。虽然阴阳论中强调阴、阳可以彼此调和,相互转化,但《人极》却告诉我们,如果违反了阴阳的本分会带来什么样的后果。"②苦难的岁月把亮亮折磨得没有了女性的妩媚与温柔,由于长期为自己和家人的蒙冤奔走呼号,亮亮患上水肿病,身体臃肿,脾气急躁。而光子也不能成为一个完完全全的男人,因为虽然他和亮亮结了婚,但由于妻子身体有病,无法怀孕生子,光子也只能是一个无法完成父亲角色的男人。

三、贾平凹作品在国外被接受的原因

贾平凹的作品在西方世界得到积极的评价和接受同他主动分析、借鉴西方文学的创作理念和方法,同时敏锐地抓住中国现实社会中人们的心态问题,力求在自己的创作中"达到最高的人类相通

---

① Zhu Hong, *The Chinese Western: Short Fiction from Today's China*, New York: Ballantine Books, 1988, p. xvi.

② Kam Louie, "The Macho Eunuch: The Politics of Masculinity in Jia Pingwa's 'Human Extremities'", *Modern China*, 1991(2).

的境界"有很大关系。虽然并不处在改革开放的前沿阵地,贾平凹却表现出强烈的开放意识和在世界文化层面上审视本民族文化的自觉。他既深受中华民族传统文化的熏陶和浸染,又自觉地在全球化的语境中审视本土文化,对外国文学的认识和接受经历了扬弃、借鉴和融合的过程,这使得他的创作中渗透着世界性因素,从而受到海外读者和研究者的重视。

贾平凹虽然是一个地域色彩极浓的作家,但对外国文学并不隔膜,实际上,他认真研读、思考过外国文学作品,并在此基础上形成了自己独特的创作理念。

贾平凹认为西方文学具有大境界。"那些现代派大家的作品除了各自的民族文化不同、思维角度不同外,更重要的是那些大家的作品蕴有大的境界和力度,有着对人生的丰富体验和很深的哲学美学内涵。"①贾平凹所谓的大境界,一是作品要表现人类相通的意识。他说:"要做一个好作家,要活儿做得漂亮,就是表达出自己对社会人生的一份态度,这态度不仅是自己的,也表达了更多的人乃至人类的东西。"②二是作品要有宏阔的涵盖面。20 世纪 80 年代中期,贾平凹在接受《文学家》杂志的访谈时说道:"他们③创造的那些形式,是那么大胆,包罗万象,无所不有,什么都可以拿来写小说,这对于我的小家子气简直是当头一个轰隆隆的响雷!"④并说:"我长期思考一个问题:鲁迅先生的《阿 Q 正传》和塞万提斯的《堂·吉诃德》,为什么能典型地概括那个时代的特点。我觉得是人家能够从现实生活中抓住当时时代社会心态问题,抓准了,抓得有力,涵

---

① 孙见喜:《贾平凹前传·鬼才出世》,广州:花城出版社,2001 年,第 418 页。
② 贾平凹:《四十岁说》,见雷达、梁颖主编:《贾平凹研究资料》,济南:山东文艺出版社,2006 年,第 17 页。
③ "他们"此处指拉美作家。
④ 贾平凹:《贾平凹文集》第 14 卷,西安:陕西人民出版社,1998 年,第 132 页。

盖面就大。"①贾平凹认为，西方文学最主要的特点是分析人性："对于人性中的缺陷与丑恶，如贪婪、狠毒、嫉妒、吝啬、啰嗦、猥琐、卑怯等等无不进行鞭挞，产生许许多多的杰作。越到现代文学，越是如此。"②在对西方文学进行研读、思索的基础上，贾平凹的创作走出了"山地笔记"编写感人故事的狭小圈子，逐步走向关注人类生存、人类命运的博大境界，思考传统与现代、自然与文明、乡村与城市的关系等一系列人类共同面临的重大问题，追求"重精神、重情感、重整体、重气韵，抽象而丰富"③的境界。贾平凹自《浮躁》以来的小说"从现实生活中抓住当时的时代社会心态问题"，④真实地为时代、社会做记录，准确地再现了时代精神和民众心态，在表现复杂人性的同时，批判现实中的丑恶，宣扬美善理想，探讨"人类究竟怎么样才生活得好"。⑤他的《浮躁》描绘了改革开放时期中国农民对经济社会的向往和传统文化心理深层上的微妙变化，准确地概括出了弥散在各个阶层的"浮躁"情绪和"浮躁"心态；《废都》写出了城市人在旧观念失去、新观念未确立之时心灵无以附着的惶惑状态；《古堡》揭示了变革与守旧的矛盾冲突，表现了来自各方面的变革阻力；《土门》真实地表现了传统被现代无情摧毁的必然命运；《美穴地》、《白朗》、《五魁》逼真地呈现了人性的美与丑、善与恶。正是因为他的作品真实地记录了我国转型时期社会生活的原生态，艺术地再现了人类文明史进程中的一个必然阶段，表现了"一些人类相通的东西"，才在国外受到欢迎。

---

① 贾平凹：《贾平凹文集》第14卷，西安：陕西人民出版社，1998年，第149页。
② 贾平凹：《病相报告》，上海：上海文艺出版社，2002年，第303—304页。
③ 贾平凹：《卧虎说》，见雷达、梁颖主编：《贾平凹研究资料》，济南：山东文艺出版社，2006年，第7页。
④ 贾平凹：《说舍得：中国人的文化与生活》，上海：东方出版中心，2006年，第58页。
⑤ 孙见喜：《贾平凹前传·神游人间》，广州：花城出版社，2001年，第276页。

贾平凹主张学习西方文学的大境界，而在具体写法上，却强调要凸显本民族的特色。他说："就是马尔克斯和那个川端先生，他们成功，直指大境界，追逐全世界的先进的趋向而浪花飞扬，河床却坚实地建凿在本民族的土地上。"①贾平凹也曾模仿过西方现代主义文学作品，但他很快就注意到我国当代模仿西方现代主义写法的作品并不受读者的欢迎，他通过研究得出这样的结论：中国文学应该借鉴的是西方文学的境界。"近代中国历史上有一句著名的话：'中学为体，西学为用'，进而发展的在文学史上只能借鉴西方写作技巧的说法，我觉得哪儿总有毛病发生。文学或多或少，或大或小，都要阐述人生的一种境界，这个最高境界反倒是我们应该借鉴的，无论古人与洋人。"②"我写作品，在境界上借鉴西方的东西，在具体写法上，形式上，我尽量表现出中国人的气派、作派，中国人的味。"③他在探索如何"用中国的水墨画写现代的东西"④，认为中国文学不能只借鉴西方的表现技巧，而应该努力丰富基于东方的重整体性感应的写作技巧，"达到最高的人类相通的境界中去"。⑤贾平凹上述在国外产生影响的小说，都是既有西方文学的大境界，又体现着浓郁的中国地域色彩的作品，他不仅追求西方文学的大境界，还写出了中国的味道，把自己民族性的创作通向了人类最后相通的境界。贾平凹以这样的创作走向了世界，昂首迈入世界文学行列之中。

---

① 贾平凹：《四十岁说》，见雷达、梁颖主编：《贾平凹研究资料》，济南：山东文艺出版社，2006年，第18页。

② 贾平凹：《四十岁说》，见雷达、梁颖主编：《贾平凹研究资料》，济南：山东文艺出版社，2006年，第17页。

③ 孙见喜：《贾平凹前传·神游人间》，广州：花城出版社，2001年，第277页。

④ 孙见喜：《贾平凹前传·神游人间》，广州：花城出版社，2001年，第299页。

⑤ 贾平凹：《说舍得：中国人的文化与生活》，上海：东方出版中心，2006年，第58页。

西方人视野中的余华[①]

在中国当代文坛上,余华是少数几位在国内外文学界都具有广泛影响的作家,被认为是极具潜力获得诺贝尔文学奖提名的作家,也是少数几位被赋予"大师"期待的作家。他的作品不仅选入了中国的中学课本,也走进了国外的大学课堂,余华在欧美大学的东亚系、文学系有一定的知名度,享有国际声誉。目前,余华的作品已被翻译成英、法、德、意大利、西班牙文等在国外出版,成为获国外文学奖最多的中国当代作家。本文拟从"世界文学"的维度观照余华及其创作,看看西方人视野中的余华侧影。

一、余华作品在西方的传播与影响

在中国新时期作家中,余华的作品不论是翻译成外文的数量还是语种,都是较多的。目前为止,余华译成英文的长篇小说有美国兰登书屋出版的《活着》(2003年)、《许三观卖血记》(2004年)、《在细雨中呼喊》(2007年)、《兄弟》(2009年),夏威夷大学出版社出版的小说集《往事与刑罚》(1996年)。《往事与刑罚》是余华的第一部英文版小说集,收入了《十八岁出门远行》、《古典爱情》、《世事如烟》、《往事与刑罚》、《一九八六》、《鲜血梅花》、《一个地

---

① 本文原载《山东师范大学学报》(人文社会科学版)2010年第2期。

主的死》、《难逃劫数》八个短篇,也是中国先锋作家中第一个在海外出版小说集的。该小说集的英文版封底上有这样的评价:"阅读这些故事就像欣赏震撼心灵的风景,经历残酷无情的暴力。在这里,读者的阅读期待被颠覆,已有的道德观念被解构,语言营造的华丽外表下游走着令人难以置信的恐怖暴力。""难怪余华的小说在20世纪80年代面世时引起了文坛的轰动,他的创作是对中国文学传统观念的反叛,令人想到卡夫卡、川端康成、博尔赫斯、罗布—格里耶这些西方现代主义作家,但其创作灵感却完全来源于中国的传统叙事。"①除了上述单行本整部作品的翻译外,余华还有部分单篇小说收入了英文版的中国新时期作品集,比如美国著名汉学家葛浩文主编的《毛主席会不高兴:今日中国小说》②收入了余华的《往事与刑罚》,王晶主编的《中国先锋小说选》③收入了余华的《西北风呼啸的中午》和《此文献给少女杨柳》,刘绍铭、葛浩文编译的《哥伦比亚中国现代文学作品集》④收入了余华的《十八岁出门远行》,等等。

余华在法国和德国同样受到热烈的欢迎,他的作品译成法文的除了法国南方行动出版社出版的四部长篇小说《活着》(1994年)、《许三观卖血记》(1997年)、《在细雨中呼喊》(2003年)、《兄弟》(2008年)和三部小说集《古典爱情》(2000年)、《一九八六年》(2006年)、《我没有自己的名字》(2009年)之外,还有法国菲利

---

① Yu Hua, *The Past and the Punishments*, translated by Andrew F. Jones. Honolulu: University of Hawaii Press. 1996.

② Howard Goldblatt ed., *Chairman Mao Would Not Be Amused: Fiction From Today's China*, New York: Grove Press, 1995.

③ Wang Jing ed., *China's Avant-Garde Fiction: An Anthology*, Durham: Duke University Press, 1998.

④ Joseph S. M. Lau & Howard Goldblatt eds., *The Columbia Anthology of Modern Chinese Literature*, New York: Columbia University Press, 1996.

普·毕基耶出版社出版的小说集《世事如烟》(1994年)。余华的四部长篇小说也全部译成了德文、意大利文、西班牙文,此外他的部分长篇小说和短篇小说集被译成荷兰文、葡萄牙文、瑞典文、挪威文、希腊文、俄文、捷克文、斯洛伐克文、希伯来文等语种。

余华不仅在作品翻译成西方语言方面独领风骚,还是中国新时期作家中获国外文学奖最多的一位。其长篇小说《活着》荣获意大利格林扎纳—卡佛文学奖(1998年),其中篇、短篇小说获澳大利亚悬念句子文学奖(2002年),《在细雨中呼喊》被法国文化交流部授予文学艺术骑士勋章(2004年),《许三观卖血记》荣获美国巴恩斯—诺贝尔新发现图书奖(2004年),《兄弟》获法国首届"国际信使外国小说奖"(2008年),另外,《兄弟》还入围英国布克奖的姊妹奖"曼亚洲文学奖"(2008年,遗憾的是最后没能获得该奖项)。

余华香飘海外,虽然他与"鲁迅文学奖"、"茅盾文学奖"等国内的重要奖项无缘,但却受到国际文学奖的青睐,而且这些奖项的级别也不低。格林扎纳·卡佛文学奖是意大利的最高文学奖,该奖项每年都要评出三部意大利本国的小说、三部国外的小说,分为国内文学奖和国际文学奖,评委会也是由最著名的评论家和作家组成,诺贝尔文学奖得主萨拉马戈、格拉斯、莱辛和著名作家略萨、富思特斯等都曾获得过该奖。

余华获得的澳大利亚悬念句子文学奖则是中国作家首次获此殊荣,詹姆斯·乔伊斯基金会的授奖词中说:"你的中篇和短篇小说反映了现代主义的多个侧面,它们体现了深刻的人文关怀,并把这种有关人类生存状态的关怀回归到最朴实的自然界,正是这种特质把它们与詹姆斯·乔伊斯及以塞缪尔等西方先锋文学作家的作品联系起来。"①

---

① 余华:《世事如烟》,上海:上海文艺出版社,2004年,第4页。

法国文学艺术骑士勋章是法国政府授予文学艺术界的最高荣誉，专门颁发给在文学艺术领域获得卓越成就的人，每年只有极少数享有很高声誉的艺术家有资格获得。巴恩斯—诺贝尔新发现图书奖是美国一个鼓励、发现创新之作的重要奖项，而《国际信使》是法国知识界非常有影响的一份杂志，2008年决定颁发以此命名的"外国小说奖"，参与角逐该奖项的有130余部当年在法国出版的外国小说，最后评审团一致决定将其授予余华的小说《兄弟》，获奖评语中说该小说"从文革的血腥到资本主义的野蛮，余华的笔穿越了中国40年的动荡。这是一部伟大的流浪小说。"[①]

余华作品在西方的译介与传播呈现出这样几个特点，一是翻译成的外语语种多，不仅有英语、法语、德语等大语种，还有瑞典语、挪威语、希腊语、捷克语、希伯来语等小语种。二是作品翻译的数量多，不仅有先锋时期的作品，更有其创作转型后反映现实的小说。可以说余华的作品在西方得到了较为全面的译介，从他多次在国外获奖反映出他的作品在西方得到了相当程度的认可，受到从文学研究者到文学爱好者多个层面的关注和欢迎。三是翻译成西方语种的历时长，从1994年其小说集《世事如烟》被译成法语开始，十五年来一直没有间断，不仅新作及时译成不同的语种，就是以前的旧作也不断地走进国外出版社的视野，以至于以前很少出国宣传自己作品的余华，近年来总是不断地受到邀请，经常到世界各地演讲、访问，以多种形式宣传、介绍自己的作品。

二、余华作品在西方的研究

随着余华在国外的知名度越来越高，对其作品的研究也徐徐拉

---

① 《余华获法国首届"国际信使外国小说奖"》http：//yuhua.zjnu.cn/ArticleOne.aspx? id＝267.

开序幕。《往事与刑罚》是他的第一部英文版小说集,该小说集在美国一面世,《出版者周刊》就发表文章,对余华的暴力叙事和象征运用进行评论:"尽管这些暴力同优雅的叙述、层层叠叠的象征并置在一起,但它们之间并非没有关联,我们从对作品的深层解读中感受到了当代中国严酷的一面。"①随后,《今日世界文学》也发表了对该作品集的评论:"阅读余华就像阅读川端康成和卡夫卡:你不知道接下来会有什么样的事情发生,不过总会给你带来惊喜和耳目一新的感受。《往事与刑罚》中的八个短篇把读者带进了一个万花筒般的文学世界,余华最出色的才华在于他善于利用各种题材和时代背景来编织故事。""余华和他同时代的苏童、格非都属于中国先锋作家,他们以自己独特而又富于表现力的创作,向中国当代文坛投射了一道强光。""余华高于同时代中国作家的地方在于他对象征手法的非凡运用,《往事与刑罚》、《十八岁出门远行》、《世事如烟》、《难逃劫数》都是这方面极好的范例,在这一点上余华可以说是超越前人的。"②

《活着》是余华在国外广为接受的一部作品,该小说英文版的封底上有这样的评价:"余华是当今中国最深刻的作家,《活着》不仅写出了中国和中国人的精神内核,而且触及到人性的深处。""《活着》是一个震撼心灵的故事,融美德、反抗和希望于一体,余华的小说理应得到高度评价。""作为当代中国一位重要的小说家,余华以冷峻的目光剖析社会,以温暖的心灵感受世事。他的小说构思巧妙,散发着神奇的光晕,虽然讲述的是中国的人和事,引起的却是世界性的共鸣。""《活着》讲述了一个曲折感人的故事,你之所以

---

① Maria Simson, "The Past and the Punishments", *Publishers Weekly*, 1996(26), p.56.

② Fatima Wu, "The Past and the Punishments", *World Literature Today*, 1998(1), p.204.

喜欢余华笔下的人物,是因为他们虽有缺点,却真实可信,个个感情充沛、生气勃勃;你和他们一同感受生活中小小的快乐,经历人生的磨难和痛苦。《活着》是人类精神的救赎,表达了人类共同的情感追求。"①就连美国作家也称赞《活着》是一部永恒的作品:"如果现在要读一些东西,显然你应该读一些永恒的东西。《活着》就是这样一流的作品。"②德国的《柏林日报》(1998年1月31日)评论道:"这部小说不仅写得十分成功、感人,而且是一部伟大的作品。"③意大利的《共和国报》(1997年7月21日)刊文说:"这里讲述的是关于死亡的故事,但它要我们学会的是如何活着。"④

《许三观卖血记》也在国外赢得了较高评价:"这是一部令人难忘的小说,余华详细描写了当代中国最动荡年代里的混乱以及生命的脆弱。""余华抓住了动荡岁月里中国家庭生活中简单和复杂的不同层面,把深沉的爱包裹在黑色幽默里面,展现了一位父亲在种种困难面前显示出来的宽厚、善良以及为家人不惜赴汤蹈火的牺牲精神。"⑤而迪尔德丽·萨宾娜·奈特(Deirdre Sabina Knight)早在该小说译成英文之前,就对其进行了深入的分析研究。她指出:"卖血有一种社会功能。许三观的爷爷曾告诉他,只有卖过血的男人才称得上身体'结实',许三观的乡邻阿方和根龙在他第一次卖血时告诉他要怎样做:卖血前要多多喝水,卖血后要吃猪肝补身体。因而卖血是确立男性身份和同他人建立交际关系的一种方式。……在小说的

---

① Yu Hua, *To Live: A Novel*, Translated with an Afterword by Michael Berry, New York: Anchor Books, 2003.

② 兰守亭:《〈活着〉是一部永恒的家庭史诗》,《中华读书报》,2003年12月10日。

③ 余华:《活着》封底,海口:南海出版公司,1998年。

④ 傅查新昌、黄向辉:《失衡的游戏》,上海:学林出版社,2005年,第167页。

⑤ Yu Hua, *Chronicle of a Blood Merchant*, trans. Andrew F. Jones, New York: Pantheon Books, 2004, Words on Back Cover.

结尾,许三观向年轻一代的卖血者传授他的卖血经,而由于年过六十,血头不再要他的血时,许三观经历着身份的危机……这些情节表明许三观卖血不仅是为了家人的生存,还是他确立自我、获得归属感……同他人建立关系的一种方式。"①在迪尔德丽看来,卖血不仅能带来经济收入,帮助养家糊口,还是许三观确认自我、同他人交际的一种方式。当年老体衰,血头不再要他的血时,他感到失去了自我,失去了同他人交际的重要渠道。迪尔德丽还从私有制和启蒙价值的角度对《许三观卖血记》做进一步的剖析,认为许三观一次又一次的卖血体现了中国市场经济中的私有成分,即许三观拥有自我,可以自由地支配自己的身体:"这是我的生活,这是我的身体,我愿意怎样就怎样,只要不妨碍别人就行,即便这样做会让我付出巨大的代价,即便别人不喜欢我这样做都没有关系。"②从经济层面来说,能够支配自己的身体很大程度上让许三观有了决定自我的权力。他一生中 11 次卖血是为了自由地换取他所需要的东西,从这个层面上讲,迪尔德丽认为余华的《许三观卖血记》反映了当时中国市场经济中的私有成分,即把劳动力当作商品,到市场上进行交换。但紧接着,迪尔德丽又提出了疑问,既然许三观很多次卖血都是为了维持家人的生活,这就引发了她对启蒙观念中关于个人价值实现的思考。由于许三观对自己身体的所有权是服从于家庭义务的,小说到底是在强调人支配自我的重要性,还是赞赏许三观履行了儒家思想中男人对家庭的义务?而这种家庭义务和私有制中个人价值的自我实现之间不无矛盾。最后迪尔德丽得出结论:在中国,任意支配自我的私有因素不是放任自流,而是既要受到经济的约

---

① Deirdre Sabina Knight, "Capitalist and Enlightenment Values in 1990s Chinese Fiction: the Case of Yu Hua's *Blood Seller*", *Textual Practice*, 2002(3), p.557.

② Deirdre Sabina Knight, "Capitalist and Enlightenment Values in 1990s Chinese Fiction: the Case of Yu Hua's *Blood Seller*", *Textual Practice*, 2002(3), p.558.

束,也要接受道德的评判。①

理查德·金则从这两部小说的共性出发,进行了比较研究,他分析道:"余华这两部小说的主人公——《活着》中的福贵和《许三观卖血记》中的许三观,尽管贫穷却始终保持着做人的尊严……这种转变在余华以前冷酷无情地描写暴力的作品中是不可能出现的,福贵和许三观年轻时曾虐待妻儿,但后来他们成为有尊严的男人,是体贴妻子的丈夫,是关爱孩子的父亲,他们的灵魂得到了拯救,最终获得了人生的幸福感。""余华比他一贯忧国忧民的前辈作家更为乐观,……鲁迅的作品中少有宽容、温和,而在余华的《活着》和《许三观卖血记》中,忍耐无处不在,余华向这种忍耐力致敬。"②

《在细雨中呼喊》的英文版一问世,美国的《书单》上就刊登书讯,简要介绍了小说的内容,认为余华"生动地展现了一个男孩的成长经历"。③英文版封底上评价说该小说描述了"共产党领导下中国社会的变迁"。④《太平洋事务》杂志上也发表评论文章,指出"作为一位敏锐的社会观察者和中国当代文坛富有独创性的作家,余华描写了中国社会大动荡时期人们的悲剧命运。《在细雨中呼喊》……让我们不得不思索文化大革命所带来的文化、教育和心理创伤……余华的小说从亲历者的角度,对那个时代进行了深刻而又独到的描绘。""余华向读者展示了孩子眼中的家庭、友谊、性、婚姻、命运、死亡以及降生,而这一切又掺杂着成年人孙光林的评论和哲

---

① Deirdre Sabina Knight, "Capitalist and Enlightenment Values in 1990s Chinese Fiction: the Case of Yu Hua's *Blood Seller*", *Textual Practice*, 2002, (3), pp. 557–565.

② Richard King, *To Live & Chronicle of a Blood Merchant*, MCLC, Mar., 2004.

③ Kristine Huntley. Cries in the Drizzle. *The Booklist*, 2007(4), p. 32.

④ Yu Hua, *Cries in the Drizzle: A Novel*, translated and with a preface by Allan H. Barr, New York: Anchor Books, 2007.

学思考。"①

目前，从国外对余华作品的研究来看，《兄弟》是重头戏。自其法文版、英文版在欧美问世以来，对该小说的评论可谓雨后春笋般地不断涌现。法国《图书周刊》刊登文章说："《兄弟》是一部迷乱而狂热的小说，它拥有滑稽奇妙的情节……这是法国读者所知的余华最为伟大的一本书。《兄弟》是一部杰作。"②法国的《费加罗报》称"《兄弟》叙述了中国 40 年来所经历的从狂热的'文化大革命'到开放状态的市场经济的动荡变迁，讲述了在道德压制和欲望释放的不同背景下，追求道德风尚和唯利是图的两兄弟的复杂命运。"③比利时《晚报》则刊文评价说："余华利用《兄弟》的故事来叙述中国的故事"，认为《兄弟》将"荒诞和悲剧、爱情和悲伤、美丽和痛苦交织在一起"，"不失灿烂，波澜壮阔，发人深省"。④

《兄弟》2009 年由美国兰登书屋推出英文版以后，《纽约时报》、《纽约客》、《华盛顿邮报》、《洛杉矶时报》和《波士顿环球报》等美国主流媒体都登载文章，进行评论。其中《纽约时报》周末版用六个版面介绍了《兄弟》和它的作者。美国全国公共广播电台也在"新鲜空气"（Fresh Air）这一美国著名的推荐新书节目中播出了美国评论家莫琳·科里根对《兄弟》的评论。她说："无论从风格、历史跨度还是叙事技巧来看，《兄弟》都称得上是一部宏伟的作品。"⑤他对余华作品的褒扬在美国引起很大反响，让美国读者进一步去阅读、探讨余华的这部小说。2009 年 3 月 8 日出版的《纽约时

---

① Hua Li, "*Cries in the Drizzle: A Novel*", *Pacific Affairs*, 2008(4), pp. 625 – 627.
② 让-克劳德·皮埃尔：《李先生不可阻挡的崛起》，《图书周刊》，2008 年 3 月 28 日。
③ 伊丽莎白·巴利列：《从前，在中国》，《费加罗报》，2008 年 7 月 5 日。
④ 阿德里安娜·尼日特：《一个女人考验下的兄弟情谊》，《晚报》，2008 年 7 月 11 日。
⑤ Maureen Corrigan, NPR's *Fresh Air*, 2009 – 02 – 09.

报书评》推出中国专题,其中也介绍了《兄弟》,说《兄弟》中狂风暴雨般的语言、对情欲和肉体暴力的描写,都可能会成为吸引西方读者的元素。①

　　统观余华作品在国外的研究,可以发现有以下两个特点。一是外国人写的,这一类研究中介绍性的居多,而就某一个问题,从某一方面进行深入分析、探讨的较少,个别研究显示出东方主义的猎奇色彩。比如对《兄弟》的研究中,对其中提到的用钉子钉入脑袋自杀、砸碎宋凡平尸体的膝盖以放进棺材、厕所偷窥等细节津津乐道,而没有从中国的具体历史背景和社会发展出发,对这些现象进行多层面的剖析。二是海外的中国学者写的,这类研究中有一部分分析得很见功力,比如王斑在其著作《历史的崇高形象:二十世纪中国的美学与政治》中通过与鲁迅的比较,探讨了余华先锋创作中的怪诞。王斑认为:"鲁迅小说中的怪诞服从于讽刺的需要,没有逾越现实的语境,而余华的《世事如烟》直接把我们带进了一个难以名状的世界——一个世俗与荒诞、梦幻与现实、活人与死者难以区分的王国。"②"梦对其中的人物来说具有至高无上的权威和重要意义,他们把每一个白天都变成梦境。"③"在余华的故事中,世界是非理性的,生活是怪诞的,""我们发现自己迷失在一个没有名字、没有意义、不知置身何处的世界里。""由于迷失和不知置身何处,我们发现我们对常理世界的认识被颠覆和摧毁了……余华展现在我们面前的是一种逼人而又混乱的怪诞。"④再比如刘康在其长达30页

---

① Jess Row, "Chinese Idol", *New York Times Book Review*, 2009-03-08, p.15.

② Ban Wang, *The Sublime Figure of History: Aesthetics and Politics in Twentieth-Century China*, California: Stanford University Press, 1997, p.254.

③ Ban Wang, *The Sublime Figure of History: Aesthetics and Politics in Twentieth-Century China*, California: Stanford University Press, 1997, p.256.

④ Ban Wang, *The Sublime Figure of History: Aesthetics and Politics in Twentieth-Century China*, California: Stanford University Press, 1997, p.257.

的论文《短命的先锋：余华的转型》中详细论述了余华从凌空蹈虚的先锋创作到脚踏实地的现实主义书写，认为"20世纪80年代的余华是'先锋小说的典型代表'，而他20世纪90年代的创作则有意避开精心建构的元小说形式，用'直白的'、地地道道的现实主义方法创作小说，变成了一个畅销书作家。……仅仅五年时间，余华就放弃了先锋试验，写出了《活着》和《许三观卖血记》这样两部完全是现实主义的作品。"[①]刘康进而指出，"余华创作的转型不应该视为先锋小说在中国的失败，而应看作余华善于捕捉审美的转向和社会现实的发展变化，他不拘泥于任何一种文学趋向和文学形式。余华的这一转型帮助我们认识全球化时代中国先锋小说的辩证特征。"[②]但也有很多中国留学生写的有关余华作品的学位论文仅用英语将中国批评界的观点介绍到国外，缺乏新颖、独到的见解。

三、余华作品在西方受关注的原因

通过梳理、分析余华及其作品在国外的译介和研究，可以看出余华是深受西方读者和研究者欢迎的，究其原因，主要有以下四点。

（一）西方人希望通过阅读、研究中国当代作家的作品，来了解中国历史、政治和社会生活的变迁，而余华在"文革"、市场经济等典型中国环境中塑造的福贵、许三观、李光头、宋钢等典型中国人物，成为西方人了解中国的一个窗口。西方对中国新时期文学的研究属于汉学研究的一部分，而"汉学"在欧美的起源，自19世纪

---

① Liu Kang, "The Short-Lived Avant-Garde: The Transformation of Yu Hua", *Modern Language Quarterly*, 2002(1), p.90.

② Liu Kang, "The Short-Lived Avant-Garde: The Transformation of Yu Hua", *Modern Language Quarterly*, 2002(1), p.91.

开始,与资本主义在亚洲的扩张同时并行,因此经济因素是驱动"汉学"研究、并促使其不断发展的主要动因。就美国来说,其长期以来的中国研究和教学实际上是美国国家安全部的分支,是情报所和策略思想库。在冷战时代,地域研究、东亚研究资助的重要来源是美国国家安全部门,现在虽然东亚各国都对美国大学的地域研究有所捐款,但来自美国国家层面的资助仍然十分重要。从这一点来看,西方对待中国新时期文学有一种功利主义的态度,其对余华《兄弟》的接受正显露出这样的痕迹。法国《十字架报》指出:"从'文革'的残酷到市场经济的残酷:余华涤荡了近年来的历史,把粗野怪诞的故事重现在我们面前。这是一部大河小说,构筑宏伟,既是一部流浪小说,又充满着荒诞色彩,为了解当今的中国,慷慨地打开了一扇门。"①《卢森堡日报》评论说:"作者在描绘两个兄弟的冲突当中,展现了一幅从20世纪60年代到今天的中国社会的完整图画。"②《今日法国》刊文道:"通过这两种人生轨迹(指小说主人公宋钢和李光头——笔者),我们看到了整个刘镇,乃至整个民族的苦难与不幸。"③法国《书店报》分析道:"在这本书中,读者还会发现昨天和今天中国民众的日常生活……李光头和宋钢所居住的刘镇,是中国20年来发展变化的一个完美缩影……余华向我们展示了人民如何生活在国家的变化当中。"④

(二)透过余华的作品了解当代中国的发展变化固然是西方读者喜欢余华的一个重要原因,但从文学方面来讲,这还不是根本的因素,关键是余华的小说本身打动人,他的作品中有更多的人性关怀,更关注人物本身的生命价值,将中国社会的历史变迁融入普遍

---

① 詹妮弗·威尔卡姆:《受伤的中国景象》,《十字架报》,2008年5月29日。
② 让雷米·巴朗:《中国的传奇之旅》,《卢森堡日报》,2008年6月25日。
③ 弗朗索瓦:《〈兄弟〉:非凡卓越》,《今日法国》,2008年5月24日。
④ 安托尼·佛伦:《〈兄弟〉:当代中国的史诗》,《书店报》,2008年6月7日。

的人性描写当中，把文学的民族性和世界性有机地融合起来。从主题上来看，余华的小说特别是长篇小说，更善于描绘普通人的故事，在平凡的小人物身上挖掘出深刻的生存命题。在《活着》的主人公福贵那充满苦难的一生中，我们看到了余华关于人是为活着本身而活着的，不是为活着之外的任何事物而活着的人生思考；《许三观卖血记》让我们在一个普通男人的辛酸背后看到了人性的温暖。较之20世纪80年代的先锋试验，90年代以来的余华承继了中国传统文人关注民生的传统，真正回归到日常生活中来，表现出对底层民众生存状态的更多关注。他不再纠缠于曾经的纯粹叙事，而是开始关注普通人，书写他们的日常生活和悲欢离合。作者把更多的同情和怜悯给予了像福贵、许三观这样的小人物，剖析他们面对生存和死亡时的人生态度。在福贵、家珍、许三观、宋凡平等普通人身上我们看到了人类的无私与伟大，看到了爱情、亲情的力量。而《兄弟》在西方人看来："从未有过这么一个家庭故事构思得如此得当，如此谵妄狂热，如此地大不敬，让读者又笑又哭，也从没有人向我们传达过这样的一个中国。"①

（三）西方读者在余华的作品中读到了他们自身所熟悉的东西，唤醒了他们记忆深处的某些情感。西方读者在接受中国文学时有两种思维定势，一是寻求文化认同，追求不同文学间的互证、互识；二是寻求一种全新的、同自己的文化习俗迥异的东西，追求东西方文化的互补。余华在走向文学创作的道路上受到很多外国作家的影响，主动吸收外国文学的养分，让西方读者在他的作品中找到一种文化认同感。

在对《兄弟》的解读中，很多西方人读出了自己文化、文学传

---

① 朱尔·纳多:《异国故事：在一个中国淫荡者身上的谵妄故事》,《义务报》,2008年7月12日。

统中亲切、熟悉的东西。瑞士《时报》评价说:"这是一部大河小说,因为它编织了数十人的生活,从20世纪60年代一直延续至今。"①《自由比利时报》宣称:"在700余页的篇幅里,余华用一个具有流浪汉文学色彩、拉伯雷式的、庞大的叙述,向我们展开了他们的故事。"②上述对《兄弟》的评价涉及西方文学史上两种典型的小说类型。一是大河小说,大河小说也称"长河小说",是20世纪上半叶西方文学史上一种容量巨大、人物众多的长篇现实主义小说,多以一个家族或整个社会为对象,力图全景式地反映某一历史阶段的生活,犹如一条蜿蜒奔腾的江河冲向大海,像罗曼·罗兰的《约翰·克利斯朵夫》就是典型的"长河小说"。而流浪汉小说是欧洲文艺复兴时期产生于西班牙的一种小说类型,多以主人公的流浪为线索,从下层人的角度去观察和讽刺社会,像无名氏的《小癞子》即是流浪汉小说的典范之作。把《兄弟》定位为"大河小说"和"流浪汉小说",让西方人拥有了一种强烈的阅读期待,感到就像阅读自身文化传统内的文学作品一样,异域文学的陌生感很快融化在本土文学的熟悉感之中,由此带来接受上的主动性、积极性。

另外,很多西方读者也在《兄弟》中读出了西方作家和西方作品中人物的韵味。蒙特利尔《义务报》如此说:"经过十年的沉默,余华这个以孩子王式的淘气而闻名的作家,交付给公众一部拉伯雷式的鸿篇巨制……故事中两个异父异母的兄弟生长在物质极度匮乏的文革时期一个勉强维持生活的重组家庭里。父亲试图掩饰在红卫兵手中受到的不公正对待,他编造令人发笑的谎言——就像《美丽

---

① 埃蒙诺尔·索尔瑟:《中国四十年聚焦了西方四个世纪》,《时报》,2008年5月24日。

② 盖伊·杜普莱特:《一部叙述中国的庞大的流浪小说》,《自由比利时报》,2008年5月30日。

人生》中的罗伯托·贝尼尼。"①美国评论家莫琳·科里根评论说："读完《兄弟》的最后一页时，余华笔下的'反英雄'人物李光头已和大卫·科波菲尔、尤赖亚·希普、艾瑟·萨莫森②等狄更斯笔下的文学人物一样，拥有了独立于小说作品之外的永恒生命力。"③西方读者借自己熟悉的文学人物来理解余华笔下的中国性格，将东西方文学融合起来阅读，显示了东西方文学交流的互识与互证。

西方读者之所以从余华的作品中读到了自己熟悉的文学传统、文学人物，是和余华对外国文学的吸收与借鉴分不开的。在《影响我的10部短篇小说》中，余华谈到川端康成的《伊豆的歌女》、卡夫卡的《在流放地》、博尔赫斯的《南方》、马尔克斯的《礼拜二午睡时刻》、罗萨的《河的第三条岸》、辛格的《傻瓜吉姆佩尔》、史蒂芬·克莱恩的《海上扁舟》、布鲁诺·舒尔茨的《鸟》、杜克司奈斯的《青鱼》，中国的只有一部鲁迅的《孔乙己》。可见外国文学哺育了余华，他说川端康成教会了他描写细部；卡夫卡解放了他的思想，教会他自由写作；乔伊斯教会了他如何写对话；福克纳传授予他心理描写的技巧。正是因为饱受外国文学的滋养，余华才让西方读者感到既陌生又熟悉，既让他们感受到异域文化的迥异风情，又让他们触摸到本土文化的枝节根须，在熟悉中融化陌生的风情，在陌生中捡拾熟悉的传统。虽然余华受到外国作家的影响，虽然西方读者从余华的作品中读出了他们熟悉的东西，但并不是说余华是在步西方作家的后尘。他曾有个形象的比喻，说接受外国作家的影响就好比树木接受阳光，作家是以树木而非以阳光的方式成长，因而

---

① 朱尔·纳多:《异国故事：在一个中国淫荡者身上的谵妄故事》,《义务报》, 2008年7月12日。

② 他们分别是英国作家狄更斯的《大卫·科波菲尔》、《远大前程》、《荒凉山庄》中的人物。

③ Maureen Corrigan, NPR's *Fresh Air*, 2009-02-09.

他的创作只能越来越像自己。余华真正希望看到的是：外国读者能够在他的小说里读到他们自己的感受，或者唤醒他们记忆深处的某些情感。

（四）余华作品在西方的广为传播还和余华简洁的语言、得力的翻译有关。余华作品的一个重要特征是文笔洗练，始终保持着简洁的文风。余华的小说多用短句，而且结构简单，少用修饰语、复合句，呈现一派自然天成之美，这一切恰为西方人翻译、阅读他的作品提供了有利的契机。法国《世界报》评价他的小说"风格简洁、句子简短"。①另一方面，好的翻译也是余华作品在西方流传的重要因素。瑞士《时报》说："皮诺和伊莎贝拉的翻译可谓非常成功。《兄弟》的法译本完全体现了中文版中那个聪明的顽童形象，多亏这两个译者的博学才使得法译本在真实的中国大背景下，准确而游刃有余地还原了原著。《兄弟》让读者身临刘镇，得以全方位地窥见当代中国史诗般壮阔的图景。"②

《活着》和《许三观卖血记》同样翻译得十分出色。理查德·金这样评价说："迈克尔·贝利和安德鲁·琼斯两人对余华的作品翻译都非常好，既忠实于原著，又符合英文的阅读习惯。由于这两部小说的叙事风格截然不同，一部是由一个小人物娓娓道来的民族史诗，另一部是带有很多戏剧性场景的歌剧风格小说，因而译者也采取了不同的翻译策略。对翻译《活着》的迈克尔·贝利来说，最大的挑战来自于描述福贵困惑的词汇，像'谁知'、'谁知道'、'没想到'等。这些简洁的表达在汉语文本中得心应手，但翻译成英语时句子既长又生硬，贝利选择了有细微差别的英语表达：'No one imagined that'（*To Live*，140），'who'd have known that'（*To Live*，147），

---

① 尼尔斯·阿尔：《历史逆境中的生活》，《世界报》，2008年5月9日。
② 埃蒙诺尔·索尔瑟：《中国四十年聚焦了西方四个世纪》，《时报》，2008年5月24日。

'No one expected that', and 'who could have guessed that'（*To Live*, 173），or 'who could have known that'（*To Live*, 193）等等，这样翻译既表达了福贵心中的疑惑，又不至于太打断英语表述的流畅。针对《许三观卖血记》雄辩的文风，安德鲁·琼斯采取一种不同于《活着》的翻译风格，轮番使用'My fate is bitter / My fate is sweet'的句式，来呼应原文的重复叙事。当许三观告诉四叔自己想结婚时，余华在一个自然段中重复了七次"四叔"：'Fourth Uncle, I want to find someone to marry. Fourth Uncle, for the past two days I've been thinking…'（*Chronicle*, 18 - 19）①等，琼斯对这段话的翻译几乎达到了和原文同样的效果。对于小说中其他部分的翻译，琼斯尽可能地使用短句和口语化的表达方式，以和余华的原文相对应。余华小说中的"恶有恶报，善有善报"，琼斯简洁地译为'This is what is meant by Karma'（*Chronicle*, 147）。《活着》和《许三观卖血记》的两位译者都出色地再现了余华简洁、生动的语言和具有高度可读性的散文风格。"②

《在细雨中呼喊》的翻译也非常到位："巴尔优美的译文不仅读起来简洁流畅，而且不论在风格上还是情感上，都非常忠实于原著。英文版的《在细雨中呼喊》很好地传递了原著的幽默色彩以及隐藏在小说中的弦外之音，巴尔在翻译时敏锐地捕捉到了余华中文表述的简洁性和内涵的复杂性，他不是简单地把中文意思翻译出来，

---

① 原文是："四叔，我想找个女人去结婚了。四叔，这两天我一直在想这卖血挣来的三十五块钱怎么花？我想给爷爷几块钱，可是爷爷太老了，爷爷都老得不会花钱了。我还想给你几块钱，我爹的几个兄弟里，你对我最好。四叔，可我又舍不得给你，这是我卖血挣来的钱，不是我卖力气挣来的钱，我舍不得给。四叔，我刚才站起来的时候突然想到娶女人了。四叔，我卖血挣来的钱总算是花对地方了……四叔，我吃了一肚子的瓜，怎么像是喝了一斤酒似的，四叔，我的脸，我的脖子我的脚底，我的手掌，都在一阵阵地发烧。"（余华：《许三观卖血记》，上海：上海文艺出版社，2004 年，第 18 页。）

② Richard King, *To Live & Chronicle of a Blood Merchant*, MCLC, Mar., 2004.

而是以富有文学色彩的语言,力求把原著表述中的隐含意义完全表达出来。译者还特别注意了中国人名、地名的翻译。比如,对于小说中的父辈孙光才,巴尔用韦氏拼音,而对于子辈孙光林和孙光明则用汉语拼音,如此巧妙地将两代人的名字区分开来。该小说……字斟句酌的英译无疑会受到喜欢东西方小说的读者的欢迎,不仅学术圈里的研究者会喜欢,一般的读者也会爱不释手。"[①]

余华这位从浙江小城海盐走出来的作家,不仅是中国新时期文坛上耀眼的中流砥柱,也是国际文坛上令人瞩目的新秀。他所受的外国文学滋养,他对人性的深度开掘和悲悯情怀,不仅拨动了中国读者的心弦,也启开了西方读者的心扉,余华是属于世界的。

[①] Hua Li, *Cries in the Drizzle: A Novel*, *Pacific Affairs*, 2008(4), p.627.

西方人眼中的王安忆[①]

王安忆是新时期文坛上杰出的女作家之一,她的作品以丰富深厚的意蕴、清新细腻的语言、性情抒写中蕴含理性哲思的风格,赢得了广大读者的喜爱,成为当前文学评论界的热点之一。王安忆的创作不仅在国内产生了重大影响,也受到国外的关注,其作品被译成英、法、德、日、荷、韩等多种文字,产生了良好的反响。

一、王安忆作品在国外的传播

王安忆的作品在国外产生影响主要通过翻译,其渠道主要有以下三种:一是中国官方出版的向国外翻译中国文学的杂志上选译了王安忆的部分作品;二是一些国外的或旨在推向国外的中国当代文学选集收入了王安忆的作品;三是国外的出版商和汉学家直接找到王安忆,要求翻译出版她的作品。

就第一种渠道来说,1951年创刊的英、法文版文学刊物《中国文学》和1981年开始出版的英、法文版的"熊猫丛书"都关注过王安忆。《中国文学》的资深英裔翻译家戴乃迭(Gladys Yang)等人先后翻译了王安忆的《小院琐记》("Life in a Small Courtyard", *Chinese Literature*, 1983, No.9)、《命运》("The Destination", *Chinese Liter-*

---

① 本文原载《时代文学》2009年第12期。

ature, Autumn, 1984)、《话说老秉》("Speaking of Old Bing", Chinese Literature, Autumn, 1989)、《妙妙》("Miao Miao", Chinese Literature, Spring, 1992)等。1988年，"熊猫丛书"出版了戴乃迭翻译的王安忆短篇小说集《流逝》(Lapse of Time)，收入了《命运》、《雨，沙沙沙》、《小院琐记》、《舞台小世界》、《人人之间》、《流逝》等重要中短篇小说。"熊猫丛书"和外文出版社出版的一些英文版的中国当代文学作品集，比如《中国当代七位女作家》(Seven Contemporary Chinese Women Writers, 1982)、《时机并未成熟：中国当代最佳作家及其作品》(The Time is Not Ripe Yet: Contemporary China's Best Writers and Their Stories, 1991)也收入了王安忆的作品。

　　第二种渠道也使王安忆的许多作品传播到国外。1988年刘年玲等编选翻译的《玫瑰色的晚餐：中国当代女作家新作集》(Nienling Liu et al. eds., The Rose Colored Dinner: New Works by Contemporary Chinese Women Writers, Hong Kong: Joint Publishing Co., 1988)收入了王安忆的《朋友》；1989年戴静编选翻译的《春笋：中国当代短篇小说选》(Jeanne Tai ed., Spring Bamboo: A Collection of Contemporary Chinese Short Stories, New York: Random House)收入了王安忆的《老康回来》。2001年，美国俄亥俄州立大学东亚研究中心夏颂(Patricia Sieber)编辑出版的英文版《红色不是唯一的颜色：中国当代女性情爱小说集》(Red Is Not the Only Color: A Collection of Contemporary Chinese Fiction on Love and Sex Between Women)，收录了张京媛翻译的王安忆的《弟兄们》；美国女编辑金婉婷(Diana B. Kingsbury)翻译的《我要属狼：中国女性作家的新呼声》(I Wish I Were a Wolf: The New Voice in Chinese Women's Literature, compiled and translated by Diana B. Kingsbury, Beijing: New World Press, 1994)以及《中国当代小说精选》(The Vintage Book of Contemporary Chinese Fiction, Carolyn Choa and David Su Li-Qun eds., New York: Vintage Books, 2001)、

《蜻蜓：20世纪中国女作家作品选》(*Dragonflies：Fiction by Chinese Women in the Twentieth Century*, Shu-ning Sciban and Fred Edwards eds., Ithaca：Cornell East Asia Series, 2003)等也都收入了王安忆的作品。

通过第三种渠道传播到国外的王安忆的作品主要有：《小城之恋》(*Love in a Small Town*, trans. Eva Hung, Hong Kong：Research Centre for Translation, Chinese University of Hong Kong, 1988)、《小鲍庄》(*Baotown*, trans. Martha Avery, New York：W. W. Norton &Company, 1989)、《荒山之恋》(*Love on a Barren Mountain*, trans. Eva Hung, Hong Kong：Research Centre for Translation, Chinese University of Hong Kong, 1991)、《锦绣谷之恋》(*Brocade Valley*, trans. Bonnie S. McDougall & Chen Maiping, New York：New Directions, 1992)、《长恨歌》(*The Song of Everlasting Sorrow：A Novel of Shanghai*, trans. Michael Berry and Susan Chan Egan, New York：Columbia University Press, 2008)等。从全球最大的图书馆——"美国国会图书馆"以Wang Anyi为检索词检索，发现里面收藏的中英文版的王安忆作品以及与王安忆有关的作品、著作达57项之多。除了上面提到的译成外文的著作外，美国国会图书馆收藏的王安忆的中文版作品有：《69届初中生》、《富萍》、《启蒙时代》、《纪实与虚构》、《流水三十章》、《蒲公英》等。

二、王安忆作品在国外的影响

随着王安忆的作品越来越多地翻译成世界上其他国家的文字，国外阅读、研究王安忆的群体不断庞大，有普通读者的表层欣赏，更有专家学者的深层研究，王安忆在海外的声誉不断提高。

2008年5月4日的《纽约时报书评》赞赏王安忆。该期登载了四篇中国当代小说书评，王安忆的《长恨歌》排第一，并给予她很高的"专业"评价。2007年10月在北京和上海两地举办的"新加坡节"上，新加坡作家称，王安忆和莫言是在新加坡最有影响的中国作家。①德国汉语翻译家卡琳说她喜欢王安忆的《小城之恋》，原因之一是其表达方式委婉，很有意思。②

在王安忆被译成外文的作品中，影响最大的是《长恨歌》。这部小说在国内就获得了很高的赞誉，曾荣膺第五届茅盾文学奖，有些中国评论家甚至认为这是王安忆的巅峰之作。《长恨歌》的法文版于2006年由法国毕基耶出版社推出，在法国引起较大反响。法国的《世界报》、《图书周报》等纷纷发表评论，对该书做出不无赞赏的评价。《世界报》刊文说："王安忆的作品中飘出一种音乐，萦绕、低徊、紧迫。""王安忆精雕细刻，细腻微妙地表达了人物的激情、焦虑和羞耻，而最令人震惊的则是对上海这座城市的刻画。"法国图书界权威性的刊物《图书周报》称：《长恨歌》是"中国新时期文学的杰作"，作者王安忆以"微妙、细腻、幽默而流畅的巴尔扎克式的笔法开篇，并贯穿始终"，认为王安忆赋予小说中的上海一种"精致的质感"，使之"色彩斑斓，波纹闪烁，如同一幅书法作品"，称赞王安忆"既继承了传统，同时柔中有刚地更新着传统"。③

《长恨歌》的英文版2008年1月在美国问世，引起了读者、学者甚至作家的诸多关注。美国作家弗郎辛·普罗斯（Francine Prose）在美国著名的《纽约时报》上发表书评《上海小姐》，认为这部小说是王安忆的"杰作"，并对小说的主题、人物、故事背景做出了自

---

① 王安忆莫言新加坡最有影响，http://www.zgyspp.com/Article/ShowArticle.asp?ArticleID=9031/.
② 金莹：《每次翻译都是一次挑战——访德国汉语翻译家卡琳》，《文学报》，2008年6月5日。
③ 陈熙涵：《〈长恨歌〉在法引起巨大反响》，《文汇报》，2006年6月2日。

己独特的解读。普罗斯认为《长恨歌》有不同层面的主题，其中最重要的主题是"小说考虑的是什么能够持久，什么保持不变——什么东西能够经受住时间的流逝，又是什么会在剧烈的社会变迁中面目全非"，上海"迷宫一般的弄堂消失在新崛起的、闪烁着不友好目光的高楼大厦之中"，而"小说的角色，或是或非，都有一种独特不变的特质，不光超然于历史之外，也丝毫不受个人经历的影响"。对于《长恨歌》的主人公王琦瑶，普罗斯认为她"有意无意地将自己置于三角关系的核心，却很少考虑这样做给他人带来的痛苦。她不乏智慧，本质上也不是坏人，但不能完全理解人类情感的炽热激越"。"作为一个天生丽质却又普通平凡的女人，她太容易在时尚、财富和欢愉面前迷失，而领悟忠诚和仁慈的价值又太过迟缓。"普罗斯评论说该小说另外一个值得肯定的地方是王安忆用"犀利的笔锋描写了有关女性友谊的问题——是什么使她们亲密无间，又是什么使她们分道扬镳"。除此之外，普罗斯还赞叹小说中上海独特而神秘的弄堂，认为弄堂和生活在弄堂里的市民给小说提供了强烈的现场感，为诸多诗意的描绘提供了场景，"当《长恨歌》接近尾声时，读者对小说中时间的流逝产生一种普鲁斯特式的伤感，这种伤感既映射出王琦瑶的忧伤，也映照出读者对正在消失的上海弄堂的留恋。"①

美国哈佛大学东亚语言文明系教授王德威认为王安忆的《长恨歌》是20世纪90年代中国文坛上"一本有重要意义"②的小说。《亚洲华尔街日报》记者利萨·莫维斯(Lisa Movius)在《重写老上海：漂亮女子的悲情故事》中认为"《长恨歌》是王安忆最出色的小说"，它"用一个女性的故事串起上海的社会动荡和文化变迁"，

---

① Francine Prose, "Miss Shanghai", *The New York Times*, May 4, 2008.
② 季进，《当代文学：评论与翻译——王德威访谈》，当代中国文学网，http：//www.ddwenxue.com/html/zgxs/wxysc/20080922/2445_5.html.

"小说对上海弄堂的细腻描绘和对典型上海姑娘王琦瑶的悲情塑造令人爱不释手，这部小说和她的其他以上海为背景的小说让王安忆成为新时期海派作家的代表人物"。对于小说的主人公王琦瑶，利萨评价她"一生命运坎坷，原因在于她过分看重自己的美貌而忽视了品德培养"，并阐释说《长恨歌》的声誉远播，一方面在于它"感同身受的魅力和最终对传统道德的维护"，另一方面和人们对上海的怀旧情结有关，"它契合了人们对上海的怀旧情绪，上海背景和对上海的怀旧使《长恨歌》声誉鹊起"。[1]

国外也有一些以王安忆的《长恨歌》为题的学位论文，比如美国南加州大学东方语言文化系袁媛（Yuan Yuan，音译）的硕士论文《女性化的城市——解析王安忆的〈长恨歌〉》。该作者认为，王安忆在《长恨歌》中"通过女性记忆来重绘历史，通过颠覆传统的性别角色来重新界定男女两性的关系"[2]。论文还将王安忆同中国当代其他女作家进行比较，以凸显王安忆的文学地位和杰出成就。

王安忆的小说集《流逝》推到国外后也引起了一定反响。斯佳丽·程在《纯文学》上发表的一篇书评中认为："西方人之所以关注中国的文学作品，是因为想要从文学中了解中国这个遥远而又重要的国度，文学作品中往往隐藏着一个民族的某些心理特征，西方读者很可能正是怀着这样的心理来阅读王安忆的《流逝》的。"并说"王安忆的这些中短篇小说给西方人提供了一个了解中国当代社会的独特视角，从中西方人看到中国社会存在的诸多社会问题：离婚率上升，邻里不和，阶级冲突不断加剧"[3]。斯佳丽·程对收入该小

---

[1] Lisa Movius, "Rewriting Old Shanghai: Tragic Tales of Beautiful Young Girls Titillate Again", *Asian Wall Street Journal*, May 16 – 18, 2003.

[2] Yuan Yuan, "The Feminized City: Reading Wang Anyi's *Ballad of Eternal Sorrow*", University of Southern California, MA thesis, 2002, p. iv.

[3] Scarlet Cheng, "More Than the Basics", *Belles Lettres*, Vol. 4, Iss. 2, Winter 1989.

说集的《雨，沙沙沙》不吝赞美，认为这样的作品是"具有真情实感的作品，具有打动人的魅力"。但同时也指出中国的许多小说，包括王安忆的在内，大多讲述集体的故事，很少突出个人，缺少人性色彩。其中用作书名的那个中篇《流逝》沉入生活琐碎的泥潭，主人公花的每一分钱都尽展读者面前，给人一种冗长感和细碎感。

英籍巴基斯坦裔作家安曼·胡笙（Aamer Hussein）则对王安忆的中篇小说《流逝》做出了高度评价。他赞叹王安忆巧妙地将个人生活和政治风云融合起来，认为《流逝》"表面上描述了'文革'期间一位中年女性灰暗、琐屑的生活史……但在深层上则从社会学的层面，向我们展示了一家三代人对政治变革的不同反应"。小说采用"事实呈现而不是分析的方法，通过主人公的思索和主人公之间蕴含丰富的对话来展现小说中人物的复杂感情。王安忆用极俭省的笔墨，节制而不铺张地表现了她对当时的物质主义、消费至上主义的批判，精彩地揭示了上海复杂微妙的人际关系"。并指出《流逝》是一篇"忠实地探索女性生存状态的小说，女性的理想、女性在社会中的地位、女性生存的真实境况，一览无余地展现在读者面前"。①

安曼·胡笙对王安忆的另一部小说《小鲍庄》也评价颇高："王安忆的《小鲍庄》剥去了意识形态内涵，揭示了毛泽东去世前后中国农村生活的编年史，小说既有写实，亦有虚构。""以悬置、省略、空白和沉静带给人一种不确定性和音乐感，它不是破碎意象、明确期待的外在呈现，而是带给人内在的启发。"他尤其赞赏王安忆笔下的女性形象："王安忆热衷于塑造女性主人公，她们的力量，她们的坚韧，无不刻画得生动鲜活。这些女主人公善待他人，保持自

---

① Aamer Hussein, "Catalysts of Change", *Third World Quarterly*, Vol. 11, No. 3, July 1989.

我,是推动生活运转的源泉,也是社会变革的真正催化剂。"①

王安忆的"三恋"——《小城之恋》、《荒山之恋》、《锦绣谷之恋》,因是中国新时期文坛上最早触及性题材的作品而在西方引起关注。西尔维亚·陈在关于《小城之恋》的书评中写道:"20世纪80年代中国文坛上一个突出的现象是对性主题感兴趣,这是数十年的性压抑之后的反弹。但绝大多数的性主题小说都是男性作家创作的……对女性作家来说,打破长期的性沉寂需要相当的勇气。1986年以后,随着社会风气的宽松,王安忆率先发表了描写女性性爱的三部小说。""这让不少人感到意外,作为知名女作家,王安忆一直以纯真、优雅著称文坛,但突然之间她把创作转向了性爱主题。"西尔维亚认为《小城之恋》是"三恋"中最好的一部,讲述的是成年男女的性爱故事。"故事中男女平等的思想……显而易见,考虑到男女平等在当时的中国还受到嘲笑和反对,一位女性作家能有这样的勇气的确难能可贵。"并指出小说最后"对女性性要求的肯定实际上是对女性创造性的肯定","这样的小说很可能会改变西方人认为中国当代文学呆板乏味、缺乏文学价值和终极关怀的看法"。②

卡罗琳·梅森同样对王安忆的"三恋"感兴趣。她在介绍评论《荒山之恋》的书评中认为"王安忆对人类性意识的描写敏感而具有说服力,她认为女性从根本上来讲比男性更富有生命的韧性,这一点突出表现在她小说中的女主人公(金谷巷的女儿)和大提琴手的妻子这两个人物身上",并坦率地说:"我为作者对细节的描写所打动,为她对人类情感的敏锐把握、对人类情感易变性的捕捉而喝彩。我相信她对于男人、女人还有很多新颖、重要的见解,任何一

---

① Aamer Hussein, "Catalysts of Change", *Third World Quarterly*, Vol. 11, No. 3, July 1989.

② Sylvia Chan, "Book Review: *Love in a Small Town*", *The Australian Journal of Chinese Affairs*, No. 26, July 1991, p. 209.

个熟悉过去几年中国文学发展的人都会认识到王安忆坦诚、公开地探讨性主题,需要何等的勇气。"①

另外,一些国外出版的论文集里面也收入了从性别、性意识角度评价王安忆创作的论文。梅仪慈主编的论文集《意识形态、权力与文本——中国当代文学中的自我呈现与农民他者》收入了她的论文"韩少功、莫言和王安忆的后现代'寻根文学'"②。在该论文集的结语里面,梅仪慈富有洞见地提出了将女性放在知识分子或农民的参照下加以探讨的模式,她评论说:"由于女性的双重性,她们一直处在质疑、挑战知识分子的自我与农民'他者'这一二元对立的界限的位置上"。③著名汉学家雷金庆在评价这部论文集时指出,尽管梅仪慈将王安忆划归到"寻根文学"里面,但王安忆实际上是以探讨"女性问题"——比如浪漫爱情、婚姻家庭而闻名的作家。④此外,海伦·陈的《性别、主体性与性:王安忆四部性禁区小说的颠覆性叙事》⑤、杜博妮的《作为集体话语的个人叙事:王安忆小说中

---

① Caroline Mason, "Book Review: *Love on a Barren Mountain*", *The China Quarterly*, No. 129, March 1992, p. 250.

② Yi-tsi Mei Feuerwerker, "The Post-Modern 'Search for Roots' in Han Shaogong, Mo Yan, and Wang Anyi," in Yi-tsi Mei Feuerwerker, *Ideology, Power, Text: Self-Representation and the Peasant "Other" in Modern Chinese Literature*, Stanford: Stanford University Press, 1998, pp. 188 – 238.

③ Yi-tsi Mei, *Ideology, Power, Text: Self-Representation and the Peasant "Other" in Modern Chinese Literature*, Stanford: Stanford University Press, 1998, p. 248.

④ Kam Louie, "Book Review: *Ideology, Power, Text: Self-Representation and the Peasant 'Other' in Modern Chinese Literature*", *The China Journal*, No. 44, July2000, p. 163.

⑤ Helen H. Chen, "Gender, Subjectivity, Sexuality: Defining a Subversive Discourse in Wang Anyi's Four Tales of Sexual Transgression," in Yingjin Zhang ed., *China in a Polycentric World: Essays in Chinese Comparative Literature*, Stanford: Stanford University Press, 1999, pp. 90 – 109.

的女性主体意识》①等也都侧重从性、女性角度来探讨王安忆的作品。

三、王安忆作品在国外受关注的原因

王安忆的作品在国外不仅为汉学家所关注，还走进了国外的大学课堂和普通读者的视线，究其原因，主要有以下四点。

一是王安忆的作品紧扣时代脉搏，为西方社会了解中国变革提供了一幅时代跃动图。走上文坛之初，王安忆结合自己童年和青少年时期的经历，写了一批表现知青、"文革"、"右派"题材的小说。

王安忆的第一篇知青题材小说是发表于1980年的《广阔天地的一角》，该小说采用一名年轻女知青郑雯雯给妈妈不断写信的形式，讲述了她作为省积代会代表在开会期间的见闻。之后，王安忆的知青小说以惊人的速度，不断地出现在读者的视野里，如《雨，沙沙沙》、《本次列车终点》、《麻刀厂春秋》、《69届初中生》、《大刘庄》、《岗上的世纪》、《妙妙》等。这些小说涉及知青的爱情、婚姻、工作、房子、事业、命运等个人问题和社会问题，反映了王安忆对经历过特殊时代的青年人命运的思考，具有鲜明的时代色彩。

基于自身的生活经历，王安忆也写了一批'文革'题材的作品，如《文革轶事》、《老师》、《苦果》、《墙基》、《大地苍茫》、《流逝》等等。其中中篇小说《流逝》描写文革时期资本家家庭张家被抄家、封房，张家儿媳欧阳端丽如何坚强地支撑起一家人生活的故事。在家庭财产被没收之前，欧阳端丽过着优裕闲适的资产阶级少

---

① Bonnie McDougall, "Self-Narrative as Group Discourse: Female Subjectivity in Wang Anyi's Fiction", *Asian Studies Review* 19, 2(November 1995): pp. 1 – 24. Rpt in McDougall, *Fictional Authors, Imaginary Audiences: Modern Chinese Literature in the Twentieth Century*, Hong Kong: Chinese University Press, 2003, pp. 95 – 114.

奶奶生活。当家庭发生变故后,她没有像其他家庭成员那样消沉,而是坚强地挑起生活的重担,一方面起早贪黑地操持家务,另一方面不辞劳苦地赚钱补贴家用。王安忆把叙述的重点放在这个家庭的吃饭、穿衣等日常生活行为上,为那些想通过文学作品了解中国人生活的西方读者,提供了大量真切的生活细节。

《叔叔的故事》是王安忆描写"右派"题材的一部中篇小说,"叔叔"被塑造成一个时代的代表,表现出作者对特殊历史时期"右派"不幸遭遇的反思。"叔叔"曾经历了屈辱的殴打、压抑的婚姻生活、日益麻木粗粝的生存状态,这些都被王安忆以夹叙夹议的方式娓娓道来。

从20世纪40年代末到70年代末,中国对外部世界封闭了将近30年的时间。这期间关于"文化大革命"的种种危言耸听的传言不断地钻进西方人的耳朵里,他们信以为真,却也疑窦丛生。他们想了解中国社会动荡的实情,想搞清楚中国人生活的真相,而源于生活、高于生活的文学作品成为他们触摸中国现实的一个重要渠道,西方人用小说中的背景、情节、人物来校正或印证他们捕风捉影得到的传闻。王安忆的翻译成外文的作品由于满足了他们这方面的需求,对其加以关注也就成为情理之中的事情。确切地说,这一层面的关注主要不是美学、文学上的关注,而是社会学意义上的关注。不独对王安忆如此,西方人对中国作家作品的关注,很多时候都是如此。从本质上讲,这也是文学交流的重要意义之一。

二是随着20世纪70—80年代西方女性主义批评理论的兴起和发展,对女性及女性作家的关注成为西方文学批评界的一个突出现象,王安忆作为女性作家,再加上她创作了众多以女性为主人公的小说,因而进入了西方批评家的视线。王安忆虽然不是女性主义者,但她认为女性拥有比男性更为强大的人性力量,因此她构建的男女主人公以及两性关系模式,都不同于男性作家的女性叙事想象,表现出一种潜在的女性意识。《小城之恋》、《荒山之恋》、《锦绣谷之恋》表达了女性隐秘幽深的本能欲望,《长恨歌》表达了女性复杂多变的情爱经验,建构出一种新的以女性为主体、突出女性价值的两性关系模式。

王安忆小说中出现得最多的男性性格是软弱怯懦,没有主见,像没有长大的孩子一样渴望女性的温暖和庇护。《荒山之恋》里的大提琴手像是一个体质与精神都过于孱弱的孩子,需要母爱的加倍滋养才能长大成熟。《长恨歌》里除了那个刚出场就谢幕的李主任外,其他几个男性包括程先生、阿二、康明逊和老克腊全都苍白贫弱,无力护卫爱情,更无力对抗现实。相对于男性人物的模糊贫弱,王安忆小说中的女性形象则比较丰满圆润,她们坚强勇敢,认准了一个目标就意志坚定,一往无前,而且还表现出处变不惊、从容优雅的风范。《流逝》中的大家闺秀欧阳端丽面对家庭的变故、年迈的公婆、幼稚的小姑子和无能的丈夫,毅然挑起家庭的重担,支撑起他们的天空,充当他们的保护者。《长恨歌》建构了一个以王琦瑶的生活为主体和中心的话语世界。不仅程先生、阿二、康明逊和老克腊平庸弱小,即便那个被体制赋予了强大性别权力的李主任,也只是一种表面的、有限的强大,而王琦瑶以她生命的延续和她在私人生活中持续不断的欲望,映衬了李主任不能主宰自我、终至被权力毁灭的男性政治生活。在不经意的对比中,王琦瑶式的女性生活就体现出它的价值,它不仅是一般意义上的女性私人生活,而是对政治化的男性生活的一种质疑和对抗。这种质疑和对抗赋予处于被动地位的王琦瑶们以主体地位和主体价值,它颠覆了传统的男性中心价值规范,确立了女性的主体地位,凸显了女性的主体价值。

基于西方女性主义文学批评方兴未艾的背景和王安忆作品中对女性意识的强调,国外关注王安忆(也关注其他当代女性作家,如张洁、张抗抗等)就很好理解了。他们要了解中国女性的生存状况,评价中国女性作家对女性意识的表现,推动世界范围内的女性主义文学批评。

西方人对上海的怀旧情怀是王安忆的作品在国外受关注的第三个原因。王安忆对上海有着独特的情结,她的许多知名作品都是以上海为背景或以上海为主题创作出来的,比如《长恨歌》、《妹头》、《富萍》等。旧上海曾有"东方巴黎"之称,19世纪中叶至20世纪初,英、美、法等国先后在上海设立租界,一度形成华界、公共租界、法租界三分天下的异常局面,强行将上海推上了一条开放的、国际化的道路,西方的物质文明、政治制度、思想文化随着商品迅速进入上海。到了20世纪30年代,上海的繁华达到了历史上的顶峰,成为中国乃至远东的对外贸易中心、经济中心、金融中心、文化中心,是真正的"国际大都会"。十里洋场充斥着各色洋货,晃动着洋人的身影,嘈杂着洋人的声音,他们出入旧上海的各种场所,就像出入自家的后花园一般。新中国成立后,西方人恋恋不舍地辞别旧上海,连同他们的趾高气扬和各种特权一并消失在上海辞旧迎新的欢庆之中。之后便是新中国与西方世界长达30年的隔膜,西方人对上海的记忆和怀念也只能在梦中重现。改革开放以后,中国新时期的文学作品被介绍到西方,西方人的上海梦又萌动了,他们迫不及待地想知道新时期的上海是怎样改换了容颜。王安忆的大量描写上海的小说给他们提供了这种可能。那些昔日在上海生活过或者对上海情有独钟的西方人,在王安忆的作品中重温了过去的时光,看到了新上海的种种变化;而那些西方"新生代"读者则从王安忆的作品中了解到上海曾经有过的沧桑和独特的地理人文,从而丰富了对上海这个今天仍是世界上重要城市的认识。

王安忆的《长恨歌》凝聚了作者对上海所有的理解和领悟,她以一种鉴赏的眼光和趣味,用文字提供了上海的一个个速写:喧闹豪华的大饭店、侍应生穿行其间的优雅咖啡厅、用身份和经济实力堆砌出来的爱丽丝公寓、佳丽争艳的选美晚会。雪天午后三五个人围炉而坐,边喝茶边闲话,滋生一些流言蜚语。某些时候,人们可以透过高层建筑的窗口看到波光闪动的江面;而某些时候,人们又只能坐在屋子里面,看着一个方格一个方格的阳光慢慢地从地板上滑过。王安忆是把上海作为一个角色来写的,她写出了人与城市的互动和互映。主人公王琦瑶跌宕起伏的一生是上海赋予她的,上海深入到她生活的每一个细节之中,将她的传奇经历衬托得具体鲜活而又富有时代气息。在经历过历史的狂风暴雨之后,从旧上海的尸骸上又生长出一个崭新的上海。时代发生了沧海桑田的变化,但旧上海的精致和讲究却顽强地留存下来。王琦瑶依然做着精细的家常菜,过着用繁华旧梦的残片装点的寂寞而优雅自足的生活。

　　王安忆的《妹头》干脆将上海设置为小说的主人公,作者在司空见惯的青梅竹马加移情别恋的故事中将她所熟悉的上海,细致而精巧地描绘出来。在后来的小说《富萍》中王安忆更是将人物与情节置放到次要位置,上海成了主角。作者只是将富萍作为小说的线索人物,或者说引子,通过她将许许多多上海底层人们的故事引发出来,并将富萍这个外乡人在上海的所见所闻一股脑儿塞进小说,甚至让它们成为小说的主体部分,在简单的线索上连缀起无数的上海生活画面。王安忆成了上海的记录者和代言人。

　　王安忆小说中展现的一幅幅上海图景,对一些西方人来说就像一首老歌开启了一段尘封的记忆,又似是在冬日的阳光里打开的一本旧相册,泛黄、模糊的照片散发出从前的娇艳与富丽。怀旧是人类的一种本能,岁月之网留住的一切将会随着时间的流逝而愈见其光彩,西方人正是在这一层面上解读王安忆小说中的上海书写的。

　　关注中外文学创作交流并身体力行是王安忆的作品在国外受关注的第四个因素。早在1983年,应美籍华人作家聂华苓的邀请,王安忆就随母亲茹志鹃一同赴美参加美国爱荷华大学举办的"国际写作计划"活动,历时四个月。这次美国之行是王安忆第一次走出国门,在她的人生经历中占有重要地位,对她回国后的创作产生了很大影响。王安忆曾这样谈到她的访美感受:"美国之行为我提供了一副新的眼光:美国的一切都与我们相反,对历史,对时间,对人的看法都与中国人不一样。再回头看看中国,我们就会在原以为很平常的生活中看出很多不平常来。"[1]这次东西方文化的撞击使王安忆的艺术视野得到拓展,从对人的社会哲学思考进入文化哲学思考,从此她的写作开始由自发状态进入到自觉阶段。以《小鲍庄》为开端,她相继推出了"三恋"——《荒山之恋》、《小城之恋》、《锦绣谷之恋》等优秀作品,既表现出了解中国历史文化的渴望,也加强了自己创作的新探索。

  作为上海作协主席,王安忆还积极促进与外国作家的交流。2008年,她推出了"上海写作计划",商定每年举办一期,邀请若干海外作家到上海居住一段时间,让他们看看上海,感受中国人的生活,了解中国社会的欣喜变化。同时和上海作家举行座谈会,交流创作经验,提高创作水平。这一计划得到世界各地作家的积极响应,王安忆在2008年的首届"上海写作计划"报告会上说:"人在有限的空间,总是向往无限的空间。我们和故乡隔离的时候总会制造一个故乡,当我们长期生活在一个熟悉的地方就会制造一个他乡。""他乡和故乡之间有一个可以进出的中间地带,我把它命名为:虚构。"[2]在他乡和故乡之间穿行,在怀旧与布新之间挪移,使王安忆在国外有了更高的知名度,国外对其人其作也给予越来越多的关注。

---

[1] 《〈小鲍庄〉·文学虚构·都市风格——与王安忆对话》,见陈思和:《谈话的岁月》,上海:复旦大学出版社,2004年,第63页。

[2] 女作家畅谈"他乡和故乡",http://shwomen.eastday.com/renda/node5661/node5671/userobject1ai1538670.html。

王安忆的文学生涯和中国新时期文学的发展几乎是同步的,每一个文学潮流里面都有她的身影:从伤痕文学到知青文学再到寻根文学,从先锋文学到新写实主义甚至再到美女文学。王安忆是一个在热闹的地方安守宁静的作家,是一个不断超越自我、永不停止追寻的作家,我们期待王安忆的作品能更多地传播到国外,成为世界人民的精神财富。

西方读者视野中的莫言[①]

一

莫言是一位在国内国外都享有极高声誉的作家，他的作品题材广泛，内容深刻，情节曲折诡秘，语言汪洋恣肆，其作品之多，获奖之多，翻译成外文之多，在国内作家中都是不多见的。其重要作品如《红高粱》、《天堂蒜薹之歌》、《酒国》、《丰乳肥臀》、《师傅越来越幽默》、《檀香刑》、《十三步》等已被译成英文、法文、德文、意大利文、瑞典文、韩文、挪威文、日文、希伯来文、德文、荷兰文、西班牙文等多国文字，被国外权威人士称为"中国最有希望的诺贝尔文学奖得主"。瑞典文学院唯一的汉学家、诺贝尔文学奖主理人马悦然先生甚至在上海等地两次提到，中国最有希望获诺贝尔文学奖的作家是莫言。曾获1994年度诺贝尔文学奖的日本作家大江健三郎也公开说："要是让我来选诺贝尔文学奖获奖者，我就选莫言。"[②]

一个作家在域外的声誉明显受到翻译的制约。文学作品在翻译的过程中会丢失一些东西：本土语言的风格和节奏会减弱，语言的

[①] 本文原载《当代文坛》2005年第5期。

[②] Mo Yan, *The Republic of Wine: A Novel*, back cover, trans. Howard Goldblatt, New York: Arcade Publishing, 2000.

内涵和外延、修辞方式、习惯表达、特殊的文化符号蕴含等等，都难以通过翻译传递出来，而这些又恰恰是一个作家独创性的标志。翻译中能够传达的是一切语言中文学解读的基本要素，如情节、人物、对话、人称、叙事方式等，用特定的文学术语来说就是：文学的构架容易传达，文学的肌质或神韵很难传递。幸运的是，莫言遇到了一个才华超群的翻译家——美国著名的汉学家霍华德·戈德布赖特（Howard Goldblatt）教授，中文名字葛浩文。葛浩文有很深的中英文功底，其博士生导师是柳亚子先生的公子——美籍华人柳无忌先生，他本人曾担任旧金山州立大学中文系主任，现任美国圣母大学教授，是公认的中国现当代文学首席翻译家，他将莫言的《红高粱家族》（*Red Sorghum*，1993）、《天堂蒜薹之歌》（*The Garlic Ballads*，1996）、《酒国》（*The Republic of Wine*，2000）、《师傅越来越幽默》（*Shifu, You'll Do Anything for a Laugh*，2001）、《丰乳肥臀》（*Big Breasts & Wide Hips*，2003）译成英文，均获得了好评，其出色的译文令人几乎以为就是用英语写成的。莫言本人对与葛浩文先生的合作也很满意，2000年3月他在美国科罗拉多博尔德校区演讲时说："如果没有他杰出的工作，我的小说也可能由别人翻成英文在美国出版，但绝对没有今天这样完美的译本。许多既精通英语又精通汉语的朋友对我说：葛浩文教授的翻译与我的原著是一种旗鼓相当的搭配。但我更愿意相信，他的译本为我的原著增添了光彩。"并说："葛浩文教授不但是一个才华横溢的翻译家，而且还是一个作风严谨的翻译家，能与这样的人合作，是我的幸运。"[1]

---

[1] 莫言：《美国演讲两篇》，《小说界》2000年第5期。

二

莫言及其作品受到西方学界和海外中国学者的好评。

加拿大英属哥伦比亚大学的迈克尔·S.杜克(Michael Duke)教授认为,莫言"正越来越显示出他作为一个真正伟大作家的潜力"。① 莫言的《天堂蒜薹之歌》赢得了他的热情褒扬,称赞这部作品是"一件完美的艺术杰作,风格与众不同,深切感人,有智性的魅力",并说"它是20世纪中国反映复杂的农村生活小说中最具想象力,艺术上堪称完美的作品"②。

哈佛大学王德威(David Der-wei Wang)教授认为,莫言"执著于一种丑怪荒诞的美学及史观,莫言藉原乡的坐标,发展另类的历史空间。摆脱现实主义的窠臼,他演绎出驳杂怪异的记忆和叙述流程。从天堂到茅坑,从正史到野史,从主体到身体,他以荤腥不忌、百味杂陈的写作姿态,虚实错置的叙事网络,以及充满瑰丽文采与奔放想象的文字象征,展现一位世纪末中国作家的独特情怀"。③在谈到《红高粱》时他这样说:"我们听到(也似看到)叙述者驰骋在历史、回忆与幻想的'旷野'上。从密密麻麻的红高粱中,他偷窥'我爷爷'、'我奶奶'的艳情邂逅;天雷勾动地火,他家族人物的奇诡冒险,于是浩然展开;酿酒的神奇配方,江湖的快意恩仇,还有抗日的血泪牺牲,无不令人叹为观止。过去与未来,欲望

---

① Michael S. Duke, "Past, Present and Future in Mo Yan's Fiction of the 1980s", in Ellen Widmer and David Der-wei Wang eds., *From May Fourth to June Fourth: Fiction and Fillm in Twentieth-Century China*, Cambridge(Ma.): Harvard University Press, 1993, p.392.

② As quoted in M. Thomas Inge, "Mo Yan Through Western Eyes", *World Literature Today*, 2000(3).

③ David Der-wei Wang and Michael Berry, "The Literary World of Mo Yan", *World Literature Today*, 2000(3).

与狂想,一下子在莫言小说中化为血肉凝成的风景。"①

莫言的《丰乳肥臀》英译本在美国出版后,《华盛顿邮报》的专职书评家乔纳森·亚德利(Jonathan Yardley)撰文说,此书处理历史的手法,让人联想到不少享有盛名的作品,如拉什迪的《午夜的孩子们》、加西亚·马尔克斯的《百年孤独》。亚德利盛赞莫言在处理重大戏剧场面如战争、暴力和大自然的剧变时那高超的技巧,"尽管二战在他出生前10年便已结束,但这部小说却把日本人对中国百姓和抗日游击队的残暴场面描绘得无比生动"。②他还说,此书也许是莫言成功的良机,或可令他获得诺贝尔文学奖的青睐。该书的英译者葛浩文在介绍《丰乳肥臀》时引述莫言的话说:"如果你愿意,你尽可以跳过我的其他小说,但一定要读一读《丰乳肥臀》。我在其中写了历史、战争、政治、饥饿、信仰、爱情,还有性"。③

国外的新闻媒体也热情赞扬。《纽约时报》(New York Times)认为"莫言是中国最好的作家之一,""莫言在国际文坛上占有一席之地……他的作品会赢得美国读者的青睐,就像昆德拉和加西亚·马尔克斯曾经受到美国读者的喜爱那样"。④《泰晤士报文学副刊》(Times Literary Supplement)则认为:"莫言显示出他是鲁迅——一位深切忧思中国人命运的优秀作家的真正继承人。"⑤《出版者周刊》

---

① 王德威:《跨世纪风华:当代小说20家》,台北:麦田出版社,2002年,第254页。

② Jonathan Yardley,"Big Breasts and Wide Hips",The Washington Post,November 28,2004.

③ As quoted in Jonathan Yardley,"Big Breasts and Wide Hips",The Washington Post,November 28,2004.

④ http://www.arcadepub.com/Book/index.cfm? GCOI = 55970100309310&fa = reviews/2005 - 1 - 18.

⑤ http://www.arcadepub.com/Book/index.cfm? GCOI = 55970100309310&fa = reviews/2005 - 1 - 18.

(*Publishers Weekly*)对《丰乳肥臀》的评价是:"引人入胜的细节,毫不畏缩的描写……莫言的这部小说是一次感官的盛宴……莫言的描写非常大胆,有时甚至极为冷酷,因为他的幽默来自恐怖的东西,而整个故事非常吸引人,构思精巧,结构紧凑,更有许多有趣的插曲,带给读者满意的阅读……小说充满野性,令人回味无穷……是一部非常值得一读的小说。"① 《华盛顿邮报图书世界》(*The Washington Post's Book World*)认为《丰乳肥臀》"这部长篇巨著有500余页,几乎跨越了整个20世纪,是莫言获得诺贝尔文学奖的机会"。② 对于莫言的短篇小说集《师傅越来越幽默》,《纽约时报书评》(*The New York Times Book Review*)这样评论道:"莫言把日常生活中的灾难编织成一种有用的、令人振奋的、罕见的东西。"③ 《华盛顿时报》(*The Washington Times*)则刊登文章说:"被视为中国的威廉·福克纳,有着加西亚·马尔克斯魔幻风格的莫言,对中国乡村的描写有一种魔幻般的抒情诗情调,对政府的腐败不乏嘲讽,黑色幽默和超自然的描述灌注其间……即使对不熟悉中国作品的读者来说,这八个故事也令他耳目一新……莫言的作品万花筒一般地反映了中国的当代现实。"④ 而英美学界重量级文学评论刊物《今日世界文学》(*World Literature Today*)认为:"《师傅越来越幽默》中的几个短篇展示了作者毋庸置疑的创作才华……莫言所表现出的叙事技巧可看作

---

① http//www.arcadepub.com/Book/index.cfm? GCOI = 55970100309310&fa = reviews/2005 - 1 - 18.

② http//www.amazon.com/exec/obidos/ASIN? 1559706724/ref% 3Dnosim/sealarksgoodbook/103 - 1337948 - 2915821/2005 - 1 - 17.

③ http//www.arcadepub.com/Book/index.cfm? GCOI = 55970100309310&fa = reviews/2005 - 1 - 18.

④ http//www.arcadepub.com/Book/index.cfm? GCOI = 55970100309310&fa = reviews/2005 - 1 - 18.

是一种中国式的巴洛克，充满了华丽、诡异的想象。"①

三

　　莫言的创作深受马尔克斯、福克纳等世界级大师的影响，正因为如此，他的作品吸引了众多海外读者。莫言曾满怀信心地说，中国文学离不开世界文学的发展，而且认为这种影响是双向的。如果中国文学与世界上其他民族的文学不可分割，如果中国文学在世界文学殿堂里占有一席之地的话，那么莫言的创作正是朝这一方向的努力。

　　莫言是20世纪80年代登上文坛的，那是一个创新的时代，许多西方现代派作品被翻译过来，引起中国知识分子的关注。莫言读了马尔克斯、福克纳、卡夫卡等人的作品，眼界大开，发出了"小说原来可以这样写"的喟叹。他称马尔克斯和福克纳是两座"灼热的高炉"，可以说马尔克斯和福克纳给了莫言创作观念上的启迪和艺术探索上的理论依托。20世纪80年代初的莫言，童年的生活淤积在他心头涌动，敏锐的艺术直觉使他感到必须冲破传统的规范，开辟一个属于自己的艺术天地。在寻找艺术突破口时，莫言遇到了与自己的艺术个性有相通之处的马尔克斯和福克纳，对他们作品的阅读，让他找到了新的自我，两位大师在艺术上的大胆试验使他深受启发，为他进行艺术上的革新提供了心理依托。福克纳的"约克纳帕塔法县"尤其让他明白了，一个作家，不但可以虚构人物，虚构故事，而且可以虚构地理。受约克纳帕塔法县的启发，他大着胆子把他的"高密东北乡"写到了稿纸上。这简直就像打开了一道记忆

---

① http//www.arcadepub.com/Book/index.cfm? GCOI = 55970100309310&fa = reviews/ 2005 – 1 – 18.

的闸门,他的童年生活被全部激活了,在他开创的这块文学天地里,他呼风唤雨,移山填海,饱尝大权在握的幸福,也给读者带来了一个色彩斑斓的文学世界。中国新时期作家对外国文学的借鉴有"不化境"和"化境"两种情形,莫言追求的是比较高级的化境。从福克纳身上,他学到的是对传统的讲故事方法的挑战和改变的自觉精神,是通过某个特定地区的故事反映全人类的普遍问题的能力,以及那种相信人类即便在最艰苦的条件下也能生存、忍耐并延续下去的信心,而不是照搬他的内容和技巧。他要努力使他的"高密东北乡"成为中国的缩影,使那里的痛苦与欢乐同全人类的痛苦与欢乐保持一致。他说:"我努力地想使我的高密东北乡故事能够打动各个国家的读者,这将是我终生奋斗的目标。"[①]而马尔克斯最初令他震撼的是那些时空颠倒、人魔交错的生命世界,极度渲染夸张的艺术手法,但在认真思索后,他发现艺术上的东西总是表层,《百年孤独》提供给他的、拓展他的视野的,是马尔克斯的哲学思想,"是他独特的认识世界、认识人类的方式。他之所以能如此潇洒地叙述,与他哲学上的深思密不可分。我认为他在用一颗悲怆的心灵,去寻找拉美迷失的温暖的精神家园。他认为世界是一个轮回,在广阔无垠的宇宙中,人的位置十分渺小……他站在一个非常的高峰,充满同情地鸟瞰着纷纷攘攘的人类世界"。[②]

莫言的这种现代气质,使他的作品容易在西方读者中产生共鸣,因而西方世界对他的看好也就在情理之中。

[①] 莫言:《美国演讲两篇》,《小说界》,2000年第5期。
[②] 莫言:《两座灼热的高炉——加西亚·马尔克斯和福克纳》,《世界文学》,1986年第3期。

四

西方读者首先喜欢莫言叙事技巧上的革新。

托马斯·英奇指出:"他真正的魅力是他进行了小说技巧上的革新。"①他认为莫言的小说大都有着精心的结构。这一点也符合莫言创作的实际情形,他曾在访谈时谈到结构对于长篇小说很重要。托马斯·英奇解读《红高粱》时指出它在时间上是跳跃的,需要读者根据自己的阅读将事件重新组合,这是一种非常现代的技巧,它让读者参与编织故事。而另一项值得一提的创新在托马斯·英奇看来是对不同人称的交互使用。莫言在《红高粱》中采用了"我爷爷"、"我奶奶"这一独特的叙述视角,把第一人称和第三人称嫁接起来,避免了第一人称视角的狭窄和第三人称视角的枯燥,叙述起来顺畅自然,也给小说的风格带来了变化。莫言的《天堂蒜薹之歌》从三个角度讲述了同一个故事:一个是瞎子张扣,他用他的吟唱把蒜薹事件讲述了一遍;作家用客观的笔调叙述了一遍;官方的报纸用他们的口吻描述了一遍。这就像三个声部的大合唱,突出的是同一主题。

《酒国》这部小说主要描写了"特别侦察员"丁钩儿去酒国市调查地方官员烹食婴儿的案件。同时,小说不断插入作者莫言和文学青年李一斗的通信,以及李一斗频繁寄给莫言请求帮助发表的9个短篇小说。由此,整部小说的结构层层叠叠:它不但编织故事,也发表作者莫言和李一斗对这些故事的看法;它不但是莫言所叙述的单个故事,也是由李一斗帮助完成的多层文本。而且由于李一斗

---

① M. Thomas Inge, "Mo Yan Through Western Eyes", *World Literature Today*, 2000(3).

不断地把现实带给莫言,莫言具有自我意识的叙述不但创造了虚构和想象的场景,也混合了已经发生的、应当发生的以及可能发生的事件。莫言与李一斗说的故事一实一虚,莫言写丁钩儿查案的故事大抵以实笔入手,李一斗的9个短篇小说大抵以虚笔拟就,虚实相辅,营造出一个真假难辨的世界。

《丰乳肥臀》的结构同样独具匠心。前六章塑造了一个含辛茹苦的母亲形象,描写了她如何在战争的饥饿、疾病和各种压迫下顽强生存,把自己的一群儿女抚养成人,然后又抚养儿女的下一代。而第七章则从母亲的出生写起,她生下来父亲就被德国人杀害,跟着姑姑长大,4岁缠脚,婚后在夫家备受虐待。由于丈夫的性无能,传统的子嗣观念迫使她为了生孩子跟不同的男人睡觉。这样写好像是把前面六章塑造的美好母亲形象瓦解了,许多读者接受不了。但这正是莫言的匠心所在,他正是要通过前面母亲的高大,向我们展示她受了多少苦难,母亲所受的最大苦难不是饥饿和战乱,而是跟她不爱的男人睡觉。当一个女人为了纯粹的生育目的跟一群素不相识的人,甚至乱兵、败兵、和尚睡觉,她已不把自己当人,只当作为家庭生育后代的工具。传统子嗣观念对女性的迫害是母亲最深重的灾难和痛苦。最后一章不但没有消解母亲坚韧、伟大的形象,反而让读者更加全面地了解到母亲曾经受了怎样的摧残。

其次,莫言说故事的神奇天分尤其令西方文学界倾倒。莫言有着出色的文学想象力,不管是写历史还是写现实,莫言的作品都充满了丰富的想象。

莫言爱说故事,故事不但要说得过瘾,而且还要曲折,有新意。说故事是人类的本能,更是一种高层次的艺术形式。英国剑桥大学学者柯木铎(Frank Kermode)在他的《终结的感觉》(*The Sense of an Ending*)中,从宗教的观点论述了说故事的动机与结构。根据他的看法,《圣经》以《创世纪》开宗明义,让西方人有一种原罪感,

《圣经》的完结篇《启示录》预告了世界末日的来临，人们惶恐不安，于是小说应运而生，人们希冀在有生之年，利用自己的想象，塑造出另外一个宇宙，而这个人造的宇宙有头有尾，完全操纵于我。这便是西方小说的哲学基础。

柯木铎的理论有其见地，但不免让人觉得陈义太高。小说是平民百姓的史诗，属于街谈巷语，在形而上的层次上谈它似有格格不入之嫌，而且与终极意义也不一定相干。莫言说故事，很大程度上与他所处的社会现实相关，他说故事的主要动机，是想借助各种艺术手段，把他对现实的观察，对历史的理解，对人生的感悟演习一番，释解自己的情怀，激荡他人的心灵。

莫言擅长叙述感人肺腑的悲剧故事，来揭露原始人性的残忍和现实生活的严酷。他的短篇小说集《师傅越来越幽默》以喜剧性的笔法来化解生命中的沉痛，收入其中的《翱翔》讲述两个家庭换亲的故事，其中一对情侣为了逃避包办婚姻，像小鸟一样飞向了天空，结果却被迷信的村民用箭射落下来。与小说集同名的《师傅越来越幽默》讲述省级劳模丁师傅在工厂辛勤干了一辈子，眼看就可以圆满退休，却突然被抛入下岗的队伍。当微薄的积蓄被一场伤病花光之后，丁师傅走投无路，将林中报废的公共汽车壳子改造成"休闲小屋"，为男男女女提供幽会、野合的场所，想挣点晚年的生活费。当天气渐冷，丁师傅想歇掉"生意"以待来年再做时，一对爱得不能自拔的男女钻进了他的"小屋"，似乎在里面殉情了。当他慌慌张张向公安机关报案后，发现不过是一场虚惊，里面根本没有人！这些故事或鞭挞现实，或嘲讽陋习，无不具有强烈的穿透力和感染力。

在《天堂蒜薹之歌》中，作者通过插入民间的幽默、笑话和喜剧故事，缓和了小说的黑暗。譬如令人忍俊不禁的城里虱子与乡下虱子的寓言故事，张家湾的蛤蟆不会叫的故事，以及一位想偷人妻子的教书先生被捉弄拉磨的故事,让人在凄惨、愤懑的现实中,暂时忘却生活的重重灾难,露出苦难中的微笑。他的《红高粱》讲述的并不单纯是一段家族的历史,而是一个家族的传奇。在写作《红高粱》时,莫言认识到正统的历史教科书不可信,民间口口相传的历史同样不可信。正统教材曲解历史是政治的需要,民间把历史传奇化、神秘化是心灵的需要,对一个作家来说,他更愿意向民间的历史传奇靠拢,并从那里汲取营养。因为他认识到一部文学作品要想激动人心,必须讲出惊心动魄的故事,必须在讲述这些惊心动魄的故事时,塑造出性格鲜明、非同一般的人物。莫言自己说他的创作主要分为两大类,一类是写历史的,一类是写现实的,而《红高粱》和《天堂蒜薹之歌》正是这两类的典型代表。写历史事件更容易调动他的想象力,写现实则表现了他的良心,在写现实故事时,他是和老百姓站在一个立场上的。

  莫言讲故事的才能得益于他童年时期独特的"用耳朵阅读"。莫言的童年是在农村度过的,10岁时便辍学回乡当了农民,能读到的书很少,他的主要知识来源是从长辈那儿听来的故事。他的祖母、爷爷、大爷爷都是很会讲故事的人,而且村里凡是上了点岁数的人,都是满腹的故事,莫言在与他们相处的几十年里,从他们嘴里听说过的故事难以计数。这些故事既神秘恐怖,又十分迷人,死人和活人、动物和植物之间没有明确的界线,甚至许多物品,如一把扫帚,一根头发,一颗脱落的牙齿,都可以在某种情形下具有了魔力。莫言虽然从小没有受过多少正规的教育,但通过聆听,通过耳朵的阅读,积累了大量的故事。他曾感叹地回忆起那段生活:"用耳朵阅读的二十多年里,培养起了我与大自然的亲密联系,培养起了我的历史观念、道德观念,更重要的是培养起了我的想象能力和保持不懈的童心……我之所以能成为一个这样的作家,用这样的方式进行写作,写出这样的作品,是与我的二十年用耳朵的阅读密切相关的;我之所以能持续不断地写作,并且始终充满自信,也是依赖着用耳朵阅读得来的丰富资源。"①

再次,莫言对历史、对人物的处理也深得西方读者的喜爱。他的作品中不是一味地歌颂或批判,而是写出了人性的复杂,写出了历史的传奇性。托马斯·英奇特别提到莫言《红高粱》中的两段话。一段是作者对他的高密东北乡的评价:"最美丽最丑陋、最超脱最世俗、最英雄好汉最王八蛋、最能喝酒最能爱"的地方。一段是对他的祖先的评价:"他们杀人越货,精忠报国,他们演出过一幕幕英雄悲壮的舞剧,使我们这些活着的不肖子孙相形见绌,在进步的同时,我真切地感到种的退化。"前一段话表现了他对故乡那种极端仇恨和极端热爱的矛盾心理,后一段话表达了他对祖先的怀念,不管是杀人越货还是精忠报国,他们的行为赋予其人生以辉煌的意义。在《丰乳肥臀》中,莫言对母亲这一形象的处理也表现出人物的复杂和美丑兼有的双面性。在论述莫言作品的结构时我们已经提到,小说的前六章塑造了一个任劳任怨、含辛茹苦的母亲形象,第七章却追叙了母亲童年的不幸遭遇和与一个又一个的男人睡觉的故事。作者这样处理一方面表现了传统观念对母亲的戕害,另一方面也赋予母亲这一形象更多人性的内涵,一改往日高大完美的母亲形象。莫言塑造的母亲虽然有污点,但同样令人亲近,是人性的全面铺展。

莫言将历史传奇化的书写是基于他对历史的独特理解,在他的心目中,没有历史,只有传奇。他说:"许多在历史上大名鼎鼎的人,其实也都是与我们一样的人,他们的英雄事迹,是人们在口头讲述的过程中不断地添油加醋的结果。我看过一些美国的评论家写

---

① 李延青主编:《文学立场:当代作家海外、港台演讲录》,石家庄:河北教育出版社,2003年,第433页。

的关于《红高粱家族》的文章,他们把这本书理解成一部民间的传奇,真是说到我的心坎里去了。"①这种对历史的独特理解和他受民间口传历史的熏陶有关,他少时从长辈口中听到大量的故事,爷爷奶奶一辈的老人讲述的大部分是妖精鬼怪,父亲一辈的人讲述的大部分是历史,而他们讲述的历史是传奇化了的历史,与教科书上的历史大相径庭。在民间口述的历史中,没有阶级观念,也没有阶级斗争,但充满了英雄崇拜和命运感,只有那些有非凡意志和非凡体力的人才能进入民间口述历史并被不断地传颂,而且在流传的过程中被不断地加工提高。在他们的历史传奇故事里,甚至没有明确的是非观念,一个人,哪怕是技艺高超的盗贼、胆大包天的土匪、容貌绝伦的娼妓,都可以进入他们的故事,而讲述者在讲述这些人的故事时,总是使用着赞赏的语气,脸上洋溢着心驰神往的表情。

  中西文化在最高境界上是相通的,莫言的作品表现了人类相通的领域,表现了人类在精神上、物质上的向往和追求。他在借鉴外国文学时对"化境"的追求,既表现了中国人的气派,也是他的作品对外国读者有难以抗拒的魅力之源。

---

① 莫言:《美国演讲两篇》,《小说界》,2000 年第 5 期。

卡夫卡与中国①

卡夫卡(Franz Kafka，1883—1924)在西方现代文学史上占有重要地位，他和乔伊斯、普鲁斯特一起被称为西方现代主义文学的三大师，在欧洲掀起过一阵又一阵的"卡夫卡热"，在我国新时期文坛上也出现了卡夫卡热潮。世界范围内的研究者为理解卡夫卡付出了艰辛的劳动，甚至形成了一门"卡夫卡学"。"卡夫卡式"(Kafkaesque)也作为一个词语进入了人们的日常生活，概指人受到自己无法理解、无法左右的力量的控制与摆布。

纵观世界范围内的卡夫卡研究，对他作品中孤独、异化、焦虑的主题，荒诞、变形的手法，对其悖论思想和多重人格结构等方面研究得较多，而对卡夫卡与中国的关系相比之下研究得尚不够深入。实际上，卡夫卡对中国文化怀有浓厚的兴趣，他的书信、日记和谈话中多次谈到中国文化，对中国古代哲学非常推崇和赞赏。用德语写作、获得1981年度诺贝尔文学奖的英国作家卡内蒂(Elias Canetti)曾做出这样的评价："无论如何，根据卡夫卡某些故事的特点，他属于中国文学编年史的范围。从18世纪以来，欧洲作家经常采用中国主题。但是，在西方世界的作家中，本质上属于中国的惟有卡夫卡。"②这番话以西方人的眼光说出了卡夫卡与中国文学的联

---

① 本文原载《山东外语教学》2007年第3期。
② 阎嘉：《反抗人格》，武汉：长江文艺出版社，1996年，第154页。

系。本文拟从卡夫卡的中国情结、卡夫卡笔下的中国题材、卡夫卡对中国新时期小说创作的影响三个方面展开论述。

一 卡夫卡的中国情结

卡夫卡对中国的兴趣较为广泛，不仅体现在文学、思想上，还体现在绘画艺术上。他非常钦佩"古老的中国绘画和木刻艺术"，对"中国彩色木刻的清、纯、真"①赞叹不已。卡夫卡阅读过多种中国古代典籍，他称赞由汉斯·海尔曼（Hans Heilmann）编译的《中国抒情诗》（1905）是一个"非常好的小译本"②，由马丁·布伯（Martin Buber）编译的《中国鬼怪和爱情故事》（1911）更是"精彩绝伦"③，并将德国汉学家卫礼贤（Richard Wilhelm）翻译的《中国民间故事集》（1914）送给他最喜欢的妹妹奥特拉。④卡夫卡对中国古代诗人李白、杜甫、苏东坡、杨万里等，都推崇备至，他曾向一位女友推荐了三位值得一读的文学家，其中就包括李白。

当然，卡夫卡对中国文化的深层兴趣表现在他对清代诗人袁枚《寒夜》一诗的"着迷"、对中国古代典籍，尤其是对老庄著作、思想的研读与思考上。

1912年，卡夫卡创作《变形记》时经常熬夜工作，而他的身体状况又一直不是很好。因此，卡夫卡当时的女友，也就是曾两度与之订婚的菲莉斯·鲍尔得知这一情况后，就写信劝他别写得太晚。卡夫卡接到信后，"为了证明'开夜车'在世界、包括在中国属于男

---

① 林贤治主编：《卡夫卡集》，上海：上海远东出版社，1998年，第345页。
② 阎嘉：《反抗人格》，武汉：长江文艺出版社，1996年，第156页。
③ 叶廷芳编：《卡夫卡全集》第9卷，石家庄：河北教育出版社，1996年，第216页。
④ Adrian Hsia ed., *Kafka and China*, Berne: Peter Lang AG, 1996, p.119.

人的专利"，①马上从书架上取来海尔曼编译的《中国抒情诗》，为菲莉斯专门抄录了中国清代诗人袁枚的小诗《寒夜》："寒夜读书忘却眠，/锦衾香烬炉无烟。/美人含怒夺灯去，/问郎知是几更天？"②卡夫卡认为这是一首值得回味的诗，在此后两个多月的时间里，他起码有五次以上在信中向菲莉斯谈论这首诗。有一次他这样写道："最亲爱的，不要低估那位中国妇女的坚强！直到凌晨——我不知道书中是否注明了钟点——她一直醒着躺在床上，灯光令她难以入眠，但她一声不吭躺着，也许试图用目光把学者从书本中拉出来，然而这个可怜的，那么忠实于她的男人没有觉察到这一切。天知道出于什么原因他没有察觉，他根本没有任何理由，从更高一层意义来说，所有理由都听命于她，只听命于她一人。终于她忍受不住，把灯从他身边拿开，其实这样做完全正确，有助于他的健康，但愿无损于他的研究工作，加深他们的爱情；这样，一首美丽的诗歌就应运而生了，但归根结底，不过是那个妇人自欺欺人而已。"③袁枚的《寒夜》在中国读者眼里本是描写书生情侣的闺情闲趣的，有佳人相伴的"寒夜书生"是一个快乐、幸福的男人，但在卡夫卡那里，为何变成了一个"可怜的"的人？而佳人不过是在自欺欺人？卡夫卡又是出于何种原因不厌其烦地多次向菲莉斯谈论这首诗？

从深层来说，这是因为袁枚的这首诗触动了卡夫卡潜意识中的"婚姻综合症"。卡夫卡暴君式的父亲给他带来许多心理症结，"婚姻综合症"就是其中一个重要表现：一方面，他必须成为父亲，在

---

① 叶廷芳编：《卡夫卡全集》第9卷，石家庄：河北教育出版社，1996年，第83页。
② 叶廷芳编：《卡夫卡全集》第9卷，石家庄：河北教育出版社，1996年，第83页。
③ 叶廷芳编：《卡夫卡全集》第9卷，石家庄：河北教育出版社，1996年，第220—221页。

"父亲法庭"上为自己洗清罪名,为此目的他必须要结婚。另一方面,由于他把文学创作视为生命之所在,又害怕婚姻会占用他的创作时间,破坏他创作时需要的孤独。婚后万一菲莉斯把他从写字台边拉开,或夺走他的台灯,他该怎么办?这实在无异于夺走了他存在的意义。在卡夫卡心目中,最理想的生活方式是"地窖居民":"对我来说,最好的生活方式即带着我的书写工具和台灯住在一个大大的、被隔离的地窖的最里间。有人给我送饭,饭只需放在距我房间很远的最外层的门边。我身着睡衣,穿过一道道地窖拱顶去取饭的过程就是我唯一的散步。然后,我回到桌边,慢慢地边想边吃,之后又立即开始写作。"①由此可以看出,卡夫卡对袁枚那首诗"着迷"的背后隐含的是对婚姻的欲望和焦虑。作为西方正统文化培育出来的女性,菲莉斯需要现世的婚姻,而卡夫卡幻想在拥有婚恋状态的同时回避婚姻的实质,让他的"佳人"菲莉斯克制婚恋中的正常人性诉求,直到凌晨都醒着一声不响地躺在床上,只用幽怨的目光来表达人性的诉求,至多也不过是起身含怒夺灯,而表达的仅是对伴侣的疼爱和关心,这样,"佳人"(菲莉斯)的婚恋对象(卡夫卡)则得以成功地逃避日常婚恋中的人性内容。卡夫卡用《寒夜》这首诗来转喻他与菲莉斯之间的爱情情势,从带有浓郁的中国文化氛围的诗篇中,卡夫卡找到了自己深层的心理寄托。

在中国文化中,最令卡夫卡迷恋的还要数中国古代哲学,尤其是老庄思想。美国当代著名女作家乔伊斯·奥茨曾说过:"卡夫卡对中国古代哲学,尤其是老子的《道德经》深感兴趣。"②在去世前的几年里,卡夫卡曾与年轻朋友古斯塔夫·雅诺施进行过多次交谈,

---

① 叶廷芳编:《卡夫卡全集》第 9 卷,石家庄:河北教育出版社,1996 年,第 213 页。

② 乔·卡·奥茨:《卡夫卡的天堂》,见吕同六主编:《二十世纪小说理论经典》(下卷),北京:华夏出版社,1995 年,第 299 页。

说道:"我深入地、长时间地研读过道家学说,只要有译本,我都看了。耶那的迪得希斯出版社出版的这方面的所有德文译本我差不多都有。"①卡夫卡阅读过孔子的《论语》、《中庸》,老子的《道德经》以及庄子的《南华经》。对于这些经典著作,卡夫卡评价说:"这是一个大海,人们很容易在这大海里沉没。在孔子的《论语》里,人们还站在坚实的大地上,但到后来,书里面的东西越来越虚无缥缈,不可捉摸。老子的格言是坚硬的核桃,我被它们陶醉了,但是它们的核心对我却依然紧锁着。我反复读了好多遍。然后我却发现,就像小孩玩彩色玻璃球那样,我让这些格言从一个思想角落滑到另一个思想角落,而丝毫没有前进,通过这些格言玻璃球,我其实只发现我的思想槽非常浅,无法包容老子的玻璃球。"②但卡夫卡还是不无欣慰,因为"这些书中,只有一本我算马马虎虎读懂了,这就是《南华经》。"③他向雅诺施念了一段庄子的语录:"不以生生死,不以死死生,生死有待邪?皆有所一体。"并说出了他对庄子这段话的理解:"我想,这是一切宗教和人生哲理的根本问题、首要问题。这里重要的问题是把握事物和时间的内在关联,认识自身,深入自己的形成与消亡过程。"④可见,对于老庄思想,卡夫卡不仅深怀敬慕之情,而且还从文化比较的角度,认识到老庄思想所具有的普遍价值。

卡夫卡之所以对老庄思想感兴趣,是因为这与他本人对现实、对人生的冷静思考不谋而合。他们在思考时都着眼于事物的两极,关注两极之间关系的悖论性,惯常采用"转移"、"倒转"的思维方式,引发出一个超出常规思维的、非语言可理解的、只能在悖论关

---

① 林贤治主编:《卡夫卡集》,上海:上海远东出版社,1998年,第345页。
② 林贤治主编:《卡夫卡集》,上海:上海远东出版社,1998年,第346页。
③ 林贤治主编:《卡夫卡集》,上海:上海远东出版社,1998年,第346页。
④ 林贤治主编:《卡夫卡集》,上海:上海远东出版社,1998年,第346页。

系中用心灵去体悟的结论,因此奥茨说:"恰恰在道教中我们找到了卡夫卡的精神实质。"①这种精神实质实际上就是"道","道"是老子哲学的核心,老子在《道德经》中提出:"道生一,一生二,二生三,三生万物。"又说:"人法地,地法天,天法道,道法自然。""道"无处不有,无处不在,它控制和支配着一切客观自然规律,有着永恒、绝对的本体意义。奥茨认为,卡夫卡在长篇小说《城堡》中就"表现了老子叫作道的原始力,所不同的,卡夫卡是从欧洲人的、历史的观点,以晦涩、阴沉的笔法来表现的。城堡显然就是处于永恒的、静态的或者无目标的真理,只有在静止了的、不知进取的思想中才得以认识。"②《城堡》中的 K. 深夜来到城堡所属的一个村庄,想得到城堡最高统治者的允可在村子里安家落户。城堡就耸立在前面的小山上,看起来近在咫尺,可当 K. 朝它走去时,却有千里之遥。通往城堡的路上并无障碍物,也无人把守,但 K. 却辗转不能到达。城堡最高的统治者威斯伯爵是个神秘的人物,人人都知道他的存在,可谁也没有见过,但伯爵的权威又无时不在,无处不在,它始终控制着一切,支配着一切。小说的深刻之处在于:尽管城堡是一个神秘的存在,尽管城堡的统治者伯爵是一个虚位、虚设,但却真切地道出了人类存在的一种基本状态,即人虽然渴望绝对的自由,但又注定要受到种种无形的制约和束缚。

卡夫卡并不是被动地接受中国的古典文化遗产,他从老庄哲学中吸取了关注弱者、反对强权的内质,摒弃了其"不争"的消极因素,采取一种在绝望中积极抗争的策略,即为了争取人的自主的、人性的生存空间,即便以牺牲自我为代价,也要做出不懈的努力。

---

① 乔·卡·奥茨:《卡夫卡的天堂》,见吕同六主编:《二十世纪小说理论经典》(下卷),北京:华夏出版社,1995 年,第 299 页。

② 乔·卡·奥茨:《卡夫卡的天堂》,见吕同六主编:《二十世纪小说理论经典》(下卷),北京:华夏出版社,1995 年,第 309 页。

K.为进入城堡筋疲力尽而死,但在奄奄一息之际,终于等来了同意他入住村子的通知,他以自我牺牲为代价换取了对人的存在和人性的承认。

卡夫卡何以对中国文化保持浓厚的兴趣?首先,这与第一次世界大战后西方世界掀起的第二次"中国热"有关。18世纪时,"中国热"曾席卷整个西方世界,那时中国对西方来说是一种尺度,是一方视野,从政治制度到生活方式,中国都是西方的样板。德语文化圈中的歌德也对中国产生了兴趣,他通过英文、法文译本阅读了一些中国小说和诗歌,如《好逑传》、《玉娇梨》、《花笺记》、《今古奇观》等。从对中国文学作品的接触中,歌德看到人类共同的东西,在同助手艾克曼的谈话中阐述了他对中国的理解:"中国人在思想、行为和情感方面,几乎和我们一样;只是在他们那里,一切都比我们这里更明朗,更纯洁,更合乎道德,"①并提出"世界文学"这一著名的概念。这股"中国热"到了19世纪由于西方在机械文明方面的巨大进步和中国相对来说的发展缓慢而告终结,但第一次世界大战给西方人带来了普遍的沮丧和绝望情绪,尤其是一些青年人对技术社会的堕落感到幻灭,而相比之下,中国的道家思想和东方神秘主义却引起了他们的兴趣,他们希望到中国的古老文化、哲学中寻找和平、安宁、人道的生活理想。在这股时代潮流中,老子、庄子格外吸引西方人的目光,德语文化圈中也掀起了一股新的东方热潮,翻译了大量的中国典籍,这为卡夫卡接触中国文化提供了机会和便利条件。另外,卡夫卡家族成员的生活经历也为他提供了了解中国、认识中国的契机。譬如他有一个舅舅曾在中国生活过两年,舅舅带回的有关中国的信息一定程度上激发了卡夫卡对中国的热情。

---

① 艾克曼:《歌德谈话录》,朱光潜译,北京:人民文学出版社,1978年,第112页。

其次，从心理层面来看，"代表着罗曼史、异国情调、美丽风景、难忘的回忆、非凡的经历"[①]的中国，一直是欧洲人借以逃离欧洲的理想国。卡夫卡一辈子都在努力逃离布拉格，他把布拉格比作"小母亲的爪子"，竭力想摆脱它，为此，他多次请在西班牙铁路上工作的舅舅帮忙想办法。逃离布拉格后去往那里？遥远的东方古国无疑是卡夫卡心醉神迷的地方，那里的人民在卡夫卡的想象中过着与欧洲人完全不同的生活，在欧洲人中间感到自己是个"陌生人"的卡夫卡，幻想到了东方这块土地上会不再感到陌生，因此中国就成了卡夫卡的希冀和憧憬之所在。

二 卡夫卡笔下的中国题材

由于卡夫卡对中国文化怀有浓厚的兴趣，有关中国的题材自然就会出现在他的笔端。卡夫卡以中国为题材的主要是几个短篇小说：《中国人来访》、《拒绝》、《一道圣旨》（一译《诏书》）、《在法的门前》以及《中国长城建造时》。

《中国人来访》是卡夫卡的一篇微型小说，区区四五百字，描述了他想象中的中国学者的样子。一天午后，叙述者"我"正躺在床上看书，女仆进来通报，说有一个中国人来访，他穿着中国的服装，讲一种他们听不懂的语言。于是，"我"出去将这个中国人领进来，看到这个中国人系着丝绸腰带，"显然是个学者，又瘦又小，戴着一副角边眼镜，留着稀疏的、黑褐色的、硬邦邦的山羊胡子。这是个和善的小人儿，垂着脑袋，眯缝着眼睛微笑。"[②]这就是卡夫卡脑海中中国学者的基本形象，既陌生又亲切，既可敬又可笑。

---

① Edward W. Said, *Orientalism*, New York：Vintage Books, 1979, p.1.
② 叶廷芳编：《卡夫卡全集》第1卷，石家庄：河北教育出版社，1996年，第520页。

在另一个短篇小说《拒绝》中，虽然没有出现"中国人"这样的字眼，但从对人物外貌、语言、性格的刻画中，能够明显地感觉到卡夫卡描绘的是中国人。小说描写了一个远离边境的小城的统治者及其臣民。该城的最高长官"穿着漂亮的丝绸衣服"，"嘴里叼着烟斗"；①远道而来的士兵是"一些矮小、体格并不强壮但很敏捷的人，"②闪着"略带不安的小眼睛"，讲一种"我们完全听不懂的方言"，身上表现出一种"与世隔绝的、难以接近的特质"，他们"沉默寡言，严肃认真，固执刻板"，露出一种"极其谦卑的微笑"③。"身材矮小"、"沉默寡言"、"固执刻板"、"难以接近"、"谦卑"等是19世纪"中国热"退潮以后西方人惯常使用的描述中国人的词语，卡夫卡一生基本上都在布拉格度过，不曾涉足中国，中国对他来说只是一个从书本上感知到的遥远国度，因此，他笔下的中国形象也很难超出西方人的"集体想象"。

如果说《中国人来访》和《拒绝》主要描述了卡夫卡对中国的外在认识，那么《在法的门前》、《一道圣旨》则熔铸着卡夫卡对中国文化的理解。《在法的门前》是卡夫卡的长篇小说《审判》中的一节，也是该书的点睛之笔，1916年抽出来单独发表。小说中的门警"那鞑靼人的稀稀拉拉、又长又黑的胡子"④明显地暗示出这是一个中国人。"门警"与"乡下人"是小说中的两个核心人物，乡下人来到法院门口，要求门警让他进去，但得到的回答是"现在不行"。乡

---

① 叶廷芳编：《卡夫卡全集》第1卷，石家庄：河北教育出版社，1996年，第406页。
② 叶廷芳编：《卡夫卡全集》第1卷，石家庄：河北教育出版社，1996年，第407—408页。
③ 叶廷芳编：《卡夫卡全集》第1卷，石家庄：河北教育出版社，1996年，第408—409页。
④ 叶廷芳编：《卡夫卡全集》第1卷，石家庄：河北教育出版社，1996年，第171页。

下人做了种种努力，把带来的东西都送给了门警，门警照单全收，但并不放他进去。乡下人在这儿等了一年又一年，头发白了，眼睛花了，身体也僵硬了，仍被挡在大门之外。临死之前，乡下人忍不住向门警提出一个问题："在这么许多年里却没有一个人要求进法的大门，这是何故呢？"门警回答道："因为这道大门仅仅是为你而开的。"①这个故事充满了悖论：门警答应放乡下人进去，又始终不肯放行；大门是专为乡下人一个人开设的，但他等待终生却不得而入。仔细分析，这里的"法"和"法门"实际上隐喻着人的一种存在状态，门是法的限定，又是这个限定的缺口，人可以破门而入"进入存在"，又可以破门而出"超出存在"。现实生活中"法"和"法门"无处不在，并伴随你一生，但你却不能理解，不能"入门"，这个"法"，这个"法门"，从本质上来讲，就是中国文化中的"道"，不可道之"道"。

《一道圣旨》原是《中国长城建造时》的一个片段，卡夫卡生前将它抽出来单独发表。这个故事的基本结构是：弥留之际的皇帝欲通过使者将他的谕旨传达给遥远的臣民。使者立即出发，他是"一个孔武有力、不知疲倦的人，一会儿伸出这只胳膊，一会儿又伸出那只胳膊，左右开弓地在人群中开路。"②使者前进的道路上障碍重重，他永远也到达不了目的地，永远也不能将皇帝的密旨送达给那些遥远的臣民，永远也不能完成他的使命。奥茨认为在道教中能找到卡夫卡的精神实质，"就是说意识到有一种绝对无个性并且无

---

① 叶廷芳编：《卡夫卡全集》第1卷，石家庄：河北教育出版社，1996年，第172页。

② 叶廷芳编：《卡夫卡全集》第1卷，石家庄：河北教育出版社，1996年，第185页。

法理解的存在",①这种"无法理解的东西"就是"道",它完全超越了语言,也完全超越了个人理解,正是这个"道"使卡夫卡与老子产生了心灵的契合,并在他的许多作品中都有表现,《城堡》中K.无法到达的"城堡",《审判》中莫名其妙的"审判"、《一道圣旨》中使者永远也走不出的"障碍",都是"道"的无所不在。

《中国长城建造时》是卡夫卡的短篇小说中一个比较重要的以中国为题材的小说,是"根据布拉格的一处名胜,即劳伦茨山的'饿墙'写成的。它离卡夫卡的住宅很近,是由囚犯建造的,墙本身毫无意义,只是为了不让囚犯闲着才造的。"②应该说,这样一堵普普通通的墙,与中国的万里长城很难发生关联,可天才的卡夫卡却凭此去写作自己不曾涉足的地方,由此可看出卡夫卡对中国文化的熟悉与喜爱。

在《中国长城建造时》中,卡夫卡开门见山:"万里长城止于中国的最北端",采用的是"分段修建"③的方法。对于对外在事物并没有多少兴趣的卡夫卡来说,其目的显然不在于给读者讲述一个关于长城的故事,而是借助长城这个古老中国文化的象征,来表述他对中国的想象,对中华帝国文化模式的独特理解,甚或是一种把中国纳入他关于人之存在的文化批判体系的尝试。

首先,卡夫卡认识到西方传教士和启蒙学者盛赞的中国长城实际上是"毫无意义"的。"众所周知,长城之建造意在防御北方民

---

① 乔·卡·奥茨:《卡夫卡的天堂》,见吕同六主编:《二十世纪小说理论经典》(下卷),北京:华夏出版社,1995 年,第 299 页。
② 克劳斯·瓦根巴赫:《卡夫卡》,孟蔚彦译,北京:中国社会科学出版社,1992 年,第 138 页。
③ 叶廷芳编:《卡夫卡全集》第 1 卷,石家庄:河北教育出版社,1996 年,第 375 页。

族。但它造得并不连贯，又如何起到防御作用呢？"①事实上也的确如此。长城建成后的两千多年里，并没有真正发挥过人们所期望的那种防御战争的作用。汉朝和南北朝时期，它没能有效地抵御北方蛮族的入侵。元清两代，北方民族更是长驱直入，统治中原几百年。卡夫卡写这篇小说时，西方列强已经用坚船利炮强行打开了中国的大门，挑衅中国，发动了两次鸦片战争，而结果却是清政府割地赔款，甚至连京城里被誉为园林艺术奇葩的圆明园也被抢掠烧毁。而作为中华民族象征的万里长城，却只能无所作为地匍匐在荒凉的北方，任凭侵略者为所欲为而无力阻挡。可以说，正是20世纪初中华民族被西方列强凌辱欺压的现实，让卡夫卡看到了被中国人视为骄傲的万里长城实际上的无意义性。

其次，卡夫卡在这篇小说中表达了他对在广袤的中华大地上存在了两千年之久的大一统帝国文化模式的独特理解：一是领导者有意为之的"分段而治"的高明统治术；二是被统治者为了生存而不得不奉行这样一种处世原则："竭尽全力地去理解领导者的指令，但一旦到达某种限度，就要适可而止，进行思考。"②三是国家机构职能的"含混不清"③。在这篇小说中主要出现了三类人：享有神明般的权威却又是肉体凡胎、强大而又脆弱、实有而又虚无的皇帝；像家长一样深谋远虑、仁慈却专横、可敬又可怕的领导者；以及天真、幼稚、质朴而又愚昧的百姓。分段修筑长城实际上是中华帝国内部机制的隐喻。正如分段修筑不至于使民工一辈子看不到完工的

---

① 叶廷芳编：《卡夫卡全集》第1卷，石家庄：河北教育出版社，1996年，第375—376页。

② 叶廷芳编：《卡夫卡全集》第1卷，石家庄：河北教育出版社，1996年，第380页。

③ 叶廷芳编：《卡夫卡全集》第1卷，石家庄：河北教育出版社，1996年，第382页。

希望而失去工作效率一样，统治者的"分段而治"也给痛苦不堪的百姓暂时营造了海市蜃楼般的幻影；每一个施工队在完成一个五百米的工程后，得到上级的嘉奖，同时也因同行的工作而受到鼓舞，形成一种"团结！团结！肩并着肩，结成民众的连环，热血不再囿于单个的个体内，少得可怜地循环，而要欢畅地奔腾，通过广大的中国澎湃回环"①的局面。同样，统治者在给予百姓适当的安抚后，百姓便在统治者制定的轨道内行驶，这样统治者的统治就得到强加。而一旦百姓在不堪重负的压力下"进行思考"后走出轨道，或是把统治者推翻，或是被统治者镇压下去，那么就又开始了新的循环。然而，在开始与结束之间，整个帝国对百姓来说又像是弥漫在一片烟雾之中，永远模糊不清。百姓不知道是哪个皇帝在当朝，甚至对朝代的名称也分辨不清，"把以往的统治者弄得面目全非，把今天的统治者与死人相混淆。"②

最后，卡夫卡有意无意地把长城的修筑与建造巴贝尔塔（即巴比伦塔）相提并论："我们必须得说，当时长城所完成的业绩，比起巴贝尔塔的建筑毫不逊色。"③巴贝尔塔是《圣经》中的"通天塔"，是基督教文化中一个很重要的意象，卡夫卡在这里将二者并列在一起，是否意味着他已开始考虑，要把与基督教文化大相径庭的中国人的传统生活模式，纳入他关于人的存在的文化批判体系之中？从当时东西方交往的日益增多和西方人越来越认识到中国文化的重要性来看，卡夫卡有这种考虑是完全有可能的。遗憾的是由于病魔缠

---

① 叶廷芳编：《卡夫卡全集》第1卷，石家庄：河北教育出版社，1996年，第378页。

② 叶廷芳编：《卡夫卡全集》第1卷，石家庄：河北教育出版社，1996年，第384页。

③ 叶廷芳编：《卡夫卡全集》第1卷，石家庄：河北教育出版社，1996年，第378页。

身,卡夫卡英年早逝,没能在他的创作和关于人类的思考中更多地向我们展示这方面的内容。

三 卡夫卡对我国新时期小说创作的影响

卡夫卡是20世纪对中国当代文坛影响较大的西方作家之一,甚至有学者认为在新时期小说中,"几乎所有描写变形、怪谬、反常规、超日常经验的小说都直接或间接地与卡夫卡有关。"[①]也许正是由于卡夫卡对中国文化的接受和吸纳,才使得新时期作家与卡夫卡产生了心灵的契合。

"小说原来可以这样写!"这是许多中国新时期作家在阅读卡夫卡的作品后发出的惊叹。老一代作家宗璞提到卡夫卡在她面前打开了令她大吃一惊的另一个世界,使她知道"小说原来可以这样写。"[②]先锋作家残雪着迷于卡夫卡的"灵魂的城堡",余华说"卡夫卡解放了我",并特别提及卡夫卡的《乡村医生》中的那匹马:"卡夫卡写作时真是自由自在,他想让那匹马存在,马就出现;他想让马消失,马就没了。他根本不做任何铺垫,我突然发现写小说可以这么自由。"[③]莫言在接触卡夫卡、马尔克斯的作品后谈到:"我原来只知道小说应该像'文革'前的写法,现实主义和浪漫主义的结合,噢,原来可以这么写!无形中把我所有的禁锢给解除了。"[④]北村在接触福克纳、海明威、川端康成、乔伊斯、卡夫卡等外国作家

[①] 吴亮、程德培:《当代小说:一次探险的新浪潮》,见程德培、吴亮评述:《探索小说集》,上海:上海文艺出版社,1986年,第640页。

[②] 宗璞:《独创性作家的魅力》,《外国文学评论》,1990年第1期。

[③] 余华、杨绍斌:《我只要写作就是回家》,《当代作家评论》,1999年第11期。

[④] 李子顺:《在写作中发现自我检讨自我——莫言访谈》,《艺术广角》,1999年第4期。

后说:"我更容易进入卡夫卡。"①格非也非常钟情于卡夫卡,尽管这种钟情是通过鲁迅完成的。格非曾对鲁迅与卡夫卡做过比较研究,他说:"与卡夫卡一样,鲁迅深切地感受到了存在的不真实感,也就是荒谬感,两者都遇到了言说的困难,言说、写作所面临的文化前提不尽相同,但他们各自的言说方式对于既定语言系统的否定、瓦解的意向却颇为一致。"②诗人王家新说卡夫卡"在一种彻底的黑暗中所洞见的,正是艺术本身的命运"。"我自己主要工作在诗歌的领域,但在事实上卡夫卡比许多诗人甚至大诗人更能对我讲话,以至于我会感到卡夫卡一次次来找我。"③由此不难见出,卡夫卡对我国当代不少作家包括诗人在内,造成了强烈的心灵震撼,而这一切不同程度地反映在他们的艺术创作中。下面我们以宗璞、残雪、余华为例,进行个案分析。

早在20世纪50年代中期,出于批判的需要,宗璞就阅读过卡夫卡的作品,结果卡夫卡的文学世界令她"大吃一惊"。多年之后,她说自己"从卡夫卡那里得到的是一种抽象的,或者说是原则性的影响,我吃惊于小说原来可以这样写,更明白文学是创造。何谓创造?即创造出前所未有的世界。"④宗璞是"文革"后老一代作家中较早借鉴现代主义手法进行创作的,她说:"卡夫卡的《变形记》、《城堡》写的是现实中不可能发生在事,可在精神上是那样准确……这一点给我以启发。"⑤宗璞的《我是谁》、《蜗居》、《泥沼中的头颅》是受卡夫卡等西方现代主义作家的影响,直接借鉴西方现代主义文学技巧,特别是卡夫卡的荒诞、变形的手法,表达孤独、异化

---

① 北村:《我与文学的冲突》,《当代作家评论》,1995年第4期。
② 格非:《鲁迅与卡夫卡》,《当代作家评论》,2001年第1期。
③ 王家新:《卡夫卡的工作》,《北京教育学院学报》,1995年第2期。
④ 宗璞:《独创性作家的魅力》,《外国文学评论》,1990年第1期。
⑤ 施叔青:《又古典又现代——与大陆作家宗璞对话》,《人民文学》,1988年第10期。

主题的文学果实。

　　残雪有很长一段时间一直在解读、研究卡夫卡，并撰写了一部解读卡夫卡的书——《灵魂的城堡——理解卡夫卡》。残雪是从灵魂城堡的角度来解读卡夫卡的，在她看来，卡夫卡的全部作品都是作者对人类和自己的内在灵魂不断深入考察和穷究的结果。在残雪眼里，卡夫卡的《美国》描述的是现代人格的形成过程，是主人公成长的心路历程；《审判》不是对任何外在迫害的控诉，而是描述了一个灵魂的挣扎、奋斗和彻悟；《城堡》实际上是一座"灵魂的城堡"，这个"城堡"在残雪眼里不是评论家们通常所说的资本主义官僚机构的城堡，而是人性理想的象征，是人在一次次的犯错误和沦落后不断提升的过程。残雪的《历程》和《思想汇报》讲述的是主人公生命提升和自我意识觉醒的过程，前者的主人公皮普准在周围人的帮助、教诲下，不断克服自身的幼稚、软弱、依赖、肤浅，逐渐变得成熟、坚强、独立、深刻；后者的主人公 A 君在周围"异在"们的启蒙、激励下，自我意识由沉寂到显现，再到露出峥嵘，一次一次峰回路转，终于达到了全新的境界。

　　对余华来说，卡夫卡启发了他对精神真实的美学追求。余华于 1983 年在川端康成的影响下开始创作，一直到 1986 年的春天，都在川端康成的影响之下，写了许多温情、优雅而又感伤的东西，但并没有引起多大的关注，余华面临着创作的困境。在苦苦地寻找摆脱笼罩、超越自我的方法和途径时，他读到卡夫卡的《乡村医生》，深感庆幸，说："在我即将成为文学迷信的殉葬品时，卡夫卡在川端康成的屠刀下拯救了我。"①于是余华的创作出现了转机，他把这理解成一次命运的恩赐，不无感激地说："在我想象力和情绪力日益枯竭的时候，卡夫卡解放了我，使我三年多时间建立起来的一套写作法则在一夜之间成了一堆破烂。不久之后，我注意到一种虚伪的形

---

① 余华：《川端康成和卡夫卡的遗产》，《外国文学评论》，1990 年第 2 期。

式,这种形式使我的想象力重新获得自由,犹如田野上的风一样自由自在。"①从卡夫卡那里获得灵感激发的余华,确立了自己反常规的文学思维,这种思维引发了他对现实真实性问题的重新思考,由对生活常识的怀疑,到对它的否定与批判,并最终建构起自己精神真实的艺术世界。《河边的错误》、《四月三日事件》、《现实一种》、《难逃劫数》、《世事如烟》等作品较为清晰地显现了他的这一创作演变轨迹。前三部作品虽然体现出对常理的破坏,但还不能完全摆脱对现实的依托。从最后两部作品开始,余华则基本上建构起自己精神真实的文学世界,他发现了一个无法眼见的整体的存在,而且这一世界有其自身的清晰的规律。

同样是受到卡夫卡的影响,宗璞、残雪、余华三人对卡夫卡又有着不同的接受程度。宗璞的作品严格来说,除了有意识地借鉴卡夫卡的技巧而带有现代意味以外,其基调和内涵都是现实主义的,她对卡夫卡的借鉴,很大程度上是一种剥离形式的借鉴。残雪在创作观念、思想认识、审美体验上都和卡夫卡有诸多不谋而合之处,因此,残雪对卡夫卡的接受是基于一种天性的契合,基于心理上、情感上、精神上的亲和力。作为表现主义文学的代表作家,卡夫卡追求本质真实的美学观很大程度上影响了余华对精神真实的美学探索,但追求现实生活的本质真实和追求精神的真实并不完全是一回事,二者在内涵上又有着不可抹煞的差别,这种同中之异正是余华对卡夫卡的"创造性转变"。由此可看出,三位中国当代作家对卡夫卡的接受由剥离形式的借鉴(宗璞),到精神与观念的相通和认同(残雪),再到突破与超越的创造性叛逆(余华),一步一步不断深入,把对卡夫卡这位大师的接受推向更高的层次。

---

① 余华:《川端康成和卡夫卡的遗产》,《外国文学评论》,1990年第2期。

卡夫卡与中国新时期荒诞小说

一

荒诞小说是一种现代小说样式。虽然在文学发展的长河中,具有荒诞意味的小说曾不时溅起美丽的浪花,但由于没有积累起足够的强度,一直到20世纪才获得命名权。首先确立荒诞小说文学地位的是西方现代主义文学大师卡夫卡(1883—1924)。人们从他的长篇小说《审判》的主人公身上感受到一种强烈的荒诞感:约瑟夫·K.受到控告,但不知为什么;他想辩护,但不知辩护什么;他被判决了,但不知判决的是什么,从而认定卡夫卡是荒诞小说的始作俑者。到了20世纪40年代,法国荒诞文学大师加缪把荒诞小说推到一个新的高度,50年代,荒诞文学进入全盛时期,荒诞派戏剧风靡世界文坛,把荒诞文学推向极致。60年代以后,荒诞性作为一种重要的文学因素渗透到美国"黑色幽默"小说和拉美魔幻现实主义文学之中。

新时期以前,中国当代文学中基本上没有真正意义上的荒诞小说。新时期以来,随着外国文学,特别是西方现代主义文学和后现代主义文学的涌入,中国当代文学中出现了数量可观的荒诞小说,

---

① 本文原载《山东大学学报》(哲学社会科学版),2001年第5期。

或曰荒诞品格小说。如王蒙的《冬天的话题》，谌容的《减去十岁》、《007337》，韩少功的《爸爸爸》，陈村的《美女岛》、刘索拉的《你别无选择》等。学者、评论家在寻求这些小说的外来影响时，大都把目光盯在存在主义文学、魔幻现实主义文学、黑色幽默小说，特别是荒诞派戏剧上，而忽略了卡夫卡的荒诞小说。其实，在我们看来，较之存在主义、魔幻现实主义、黑色幽默小说和荒诞派戏剧，中国新时期的荒诞小说与卡夫卡的荒诞小说有着更多的可比性。

荒诞是用一种高度集中的形式，来表现原因和结果的悖逆、愿望与现实的分裂、目的与手段的对立、现象与本质的错位、主体与对象的冲突、个体与群体的疏离。作为荒诞文学的始作俑者，卡夫卡的小说世界是一个荒诞的世界，在他的《变形记》、《判决》、《审判》、《城堡》等作品中，不合情理、不合逻辑、不可思议的行为与事件莫名其妙而又不由分说地充斥其间，活动于其中的人们充满了恐惧、孤独和异化感。

中国新时期的荒诞小说并没有形成一个统一的流派，荒诞只是从美学品格上对一些小说的相当宽泛的描述，文学评论界也没有单独将其作为"荒诞小说"进行阐释和解读，它们分别被纳入现实主义小说、寻根小说、现代派小说等类别之中，因而作为荒诞小说的独特意义和价值并没有得到很好的指认。这里，我们将卡夫卡的荒诞小说作为参照系，力图从荒诞角度对中国新时期的荒诞小说做出相对准确的解读和阐释。

二

中国新时期的荒诞小说与卡夫卡的荒诞小说有着相似的一面。这种相似是指抛开所有荒诞文学的共同特征（比如抽象的主题，夸张、变形的手法，反英雄式的人物等），二者之间独具的相似性，这种相似性主要有以下两点：

其一，荒诞小说的创作主体，即卡夫卡和中国新时期的作家都有一种荒诞的感受，这是他们创作出荒诞小说的主观动因。首先我们来看卡夫卡的荒诞感，由于卡夫卡的荒诞感在西方世界具有普遍性，因此，我们只有将其置于西方世界的大环境中才能把这种荒诞感看得更清楚。西方世界在卡夫卡的时代是一个陌生的世界。20世纪以前，科学工具还不很发达，人基本上是凭自己的感官来认识世界，这时，人对世界的认识尽管十分狭窄、肤浅，但却带给人一种稳定感和自豪感，他所看到、听到、感觉到的现象因与他的感官相连而倍感亲切、实在。凡是他看不见、感知不到的事物，或无法解释的现象，便认为它不存在，或明智地托给神灵来管。这种井底之蛙式的感知世界的方式随着文明的发展逐渐被取代了。在20世纪，科学的迅猛发展极大地扩展了人们视野的广度和深度，与此同时，它也剥落了人对世界认识的人格化色彩。科学仪器和科学手段的作用是如此巨大，以至于它使人看到、听到或推算到了无数超越于他的天生感知能力的东西：湛蓝的大海在深层潜水员的眼里五颜六色，星汉灿烂的夜空在巨型望远镜中浩瀚无边，细腻的皮肤在高倍显微镜下凹凸不平，超声波仪器可以透视人的五脏六腑……世界不再是以前人们感觉中那个熟悉、亲切、实实在在的世界了，它把一张新奇而又陌生的面孔呈现在人们面前，肉眼所见的世界与科学仪器对其的探知是如此地大相径庭，在新的事实面前，人们不禁惶惑了，愕然了，一种荒诞感也就油然而生。物质的世界如此，精神的世界也同样给人以荒诞感。宗教是西方人的精神皈依，上帝是西方人的心灵慰藉，20世纪以前的西方人一直凭藉着宗教信仰获得心灵的平衡和宁静，可到了19世纪末，这种平衡与宁静受到严重挑战，因为哲学家尼采高呼"上帝死了"。上帝死了，宁静感丧失了，西方人被别无选择地、不由分说地抛到精神的荒原和信仰的真空之中，一种无所适从的荒诞感像幽灵一般时时搅扰着西方人。卡夫卡恰恰出生于这样的时代氛围之中，时代的荒诞感加上缺乏理解与关爱的家庭生活，在他幼小的心田埋下了荒诞的种子，岁月的增长使这粒种子不断发芽、生长，终致使他提起笔来将其淋漓尽致地倾诉出来。

中国新时期的作家之所以写出具有浓重荒诞意味的小说，从社会背景上来看，很大程度上是由畸形政治导致的迷惘感所致。像王蒙等老一代的作家，都经历过一些政治运动和"文革"的动荡岁月，他们曾满怀革命激情投入到新中国的建设当中，但却不幸罹难，被抛入痛苦的深渊。乌云不能永远遮盖住太阳，拨开云雾见天日的他们痛感那段人妖颠倒的岁月的荒诞，要把那种荒诞的感受通过艺术形式表达出来的欲望也分外强烈。像刘索拉等年轻一代作家，在"文革"期间作为运动的参加者，曾为革命理想振臂高呼过，也曾为捍卫信仰在农村的广阔天地里挥汗如雨地奋斗过。但"文革"后，他们看到自己昔日为之献身的一切竟是如此的荒谬可笑，昔日的信仰和价值观与新的现实是如此地不相协调，一种迷惘、荒诞、无所适从的感觉在他们心头隐隐作痛，不吐不快。像韩少功等"寻根文学"作家之所以也会写出带有荒诞意味的作品，是基于某些传统文化在新的现实面前所暴露出的荒诞性带给他们的荒诞感。我国超稳定的文化形态在历史的进程中曾起到积极的推动作用，然而，历史的车轮滚滚向前，传统文化中的一些东西在新的价值观、人生观、道德观所形成的新的衡量尺度面前，逐渐暴露出其虚伪性、腐朽性，人们发现自己原来所崇拜的竟是那样的不值得崇拜，自己虔诚的追求竟是那样的毫无价值，甚至荒诞可笑。这一切强烈地刺激着一些寻根文学作家的感官，他们要把这种荒诞感倾诉出来，以唤醒人们尽快摆脱传统文化中的沉疴，轻装迈进历史的新时代。

其二，从小说的结构方式上来看，卡夫卡的荒诞小说和中国新时期的荒诞小说大都表现出整体的荒诞与细节的真实相结合的特点。

卡夫卡的许多小说，其中心事件是荒诞的，但陪衬中心事件的细节大部分是真实的。《变形记》中除"人变甲虫"这一事件令人瞠目结舌之外，对格里高尔及其家人的心理活动和日常生活的描写都是典型的现实主义的细节描写；《审判》中除约瑟夫·K.莫名其妙地被捕并申诉无门违背常理以外，他为洗清罪名四处奔走时的所见所闻都是现实生活中司空见惯的；《城堡》中的城堡虽然近在眼前，K.却无论如何也进入不了是荒诞的，但他为此做出的种种努力却是真实可信的。并且，这些作品中的生活环境也是人们常见的村庄、原野、公寓，这里没有仙境，没有地狱，没有点石成金的巫师和法术，而是凡身肉胎的普通人物和充满人间烟火味的生存环境。卢卡契在评价卡夫卡的创作时说："那些看起来最不可能、最不真实的事情，由于细节所诱发的真实力量而显得实有其事……所以卡夫卡的作品整体上的荒谬和荒诞是以现实主义基础为前提的。"①

在中国新时期的荒诞小说中，这种现实主义的细节描写更是比比皆是。谌容的《007337》中的公共汽车没有司机、电脑的控制，却奇妙地载着乘客红灯止、绿灯行地正常运行是怪诞的、不可思议的，但处理这一事件的方法、对待这一事物的态度在生活中却是典型的、司空见惯的：面对新问题、新事物，不是认真研究对待，尽快找出解决问题的办法，而是上推下卸，空发议论，最后不了了之。陈村的《美女岛》中的故事虽然荒诞至极，但荒诞故事的生活内容却是我们十分熟悉的：庸人的势利，丑女的冷遇，船长的引诱

---

① 叶廷芳摘译：《卢卡契有关卡夫卡的论述》，《外国文学动态》，1984年第9期。

及抛弃，人一旦出名后的身价倍增，对"星"的追逐，都会实实在在地发生在现实生活当中。

卡夫卡的荒诞小说和中国新时期的荒诞小说在结构上的这种相似性，和作家们对传统现实主义文学的继承不无关系。

作为西方现代派文学的奠基人之一，卡夫卡在诸多方面表现出对传统的背叛，但这并不意味着他和整个传统的隔绝。正像一切优秀的艺术家都有很强的包容性一样，卡夫卡对传统文化也表现出豁达的宽容精神，他对文学史上优秀的作家推崇备至，特别是对传统现实主义文学大师，他不止一次地赞扬狄更斯、福楼拜、巴尔扎克、托尔斯泰等人，他早期的作品现实主义风格较为明显，《美国》在内容和形式上都比较接近狄更斯的《匹克威克外传》，连卡夫卡本人也说这是一部"狄更斯式的长篇小说"。在卡夫卡后期的创作中，这种现实主义风格凝聚为整体的荒诞与细节的真实的辩证统一。真正的文学创新应该是在传统基础上的创新，卡夫卡之所以产生这么大的影响，恐怕很重要的一点就在于他在面向未来、开拓创新的同时，不忘记回首过去，拾取既往成功的艺术经验。

中国文人历来身负使命，有着忧国忧民的优良传统，在文学上强调文以载道，强调文学干预现实生活；这使得现实主义创作在中国文学史上从古至今，一直绵延不断，即使在某些时期发生过某些变异，但万变不离其宗。中国的历史观尚"通"，注重前后的承袭；中国居主导地位的儒家哲学主张"中庸"，持正居中；中国的古典美学崇尚"中和之美"，这一切决定了中国人的思维方式，使中国人在接受新事物时，不忘记对旧事物的承继，因此中国新时期的荒诞小说流淌着现实主义的血液。另外，中华民族是一个务实的民族，只有关注现实的作品才能得到广大读者的喜爱和认同。

中华民族一脉相承的理性、综合、中庸等品格决定了中国人不易走极端，因而中国新时期的荒诞小说与卡夫卡的作品有着更多的相似之处，而与荒诞文学发展到顶峰时的西方荒诞派戏剧有很大的距离。因为，任何新出现的文学质素在其初始阶段，由于其前面剩余文化因素的强大制约，相对来说比较温和。此后，新的文学质素不断增强，剩余文化因素不断消亡，及至新的文学质素发展到顶峰，它往往因完全摆脱了先前剩余文化因素的制约而显出极端化的一面，而这种极端化的倾向和中华民族温柔敦厚、持正居中的传统是相背离的。

三

中国新时期的荒诞小说和卡夫卡的荒诞小说有着独具的相似之处，但也有着可以辨识的差异，这种差异主要表现在以下两个方面。

第一，卡夫卡笔下的荒诞表达的是人自身存在的悲剧，是整个世界的荒诞性、全部人生的悲剧性和人类前途的渺茫性。中国新时期的荒诞小说还没有达到对人自身内在悲剧性进行深入探索的层次，它们所表现的大多是理想与现实的矛盾所激发的内心冲突，从根本上来说还是个人与外部环境的冲突，对人的本质的探讨仍处在社会的、道德的层面上。

一个能得到不同国家、不同时代的人们普遍认同的作家必定是一个表达出人类某些共同遭际的作家。卡夫卡的所有文字——小说、箴言、书信、日记，都在探讨人类的困境，人类的出路在哪里？何处有指引人类前行的光亮？这是卡夫卡毕生的自我拷问，也是他生命中唯一的幸福和真正意义之所在。卡夫卡非常渴望投入热烈的生活，直到生命的最后时刻，仍然执著于爱情和友谊。然而，他深感自己负有强烈而沉重的使命，认定自己必须思考人生而不是去享受生活，认定自己活着就是为了求证人生的真实境况，求证生命的真正形式和意义。基于这种思想认识,卡夫卡笔下的荒诞不是特定时期、特定社会的特定现象,而是弥漫于人生的全过程。《判决》中的父子冲突不是单纯家庭内部的,而是子辈在父辈阴影下的荒诞处境;两位 K. 的悲剧人生,象征着人类徒劳的挣扎,预示着人类悬而未决的未来。

中国新时期的荒诞小说一是与"文革"相关,二是揭示了现实生活和传统文化中的种种荒诞性,而后者构成中国新时期荒诞小说的主体。谌容的《减去十岁》鞭笞的是特殊时代造就的荒诞现象,而更多的荒诞小说着力表现的则是现实生活和传统文化中的荒诞因素。007337 号公共汽车所掀起的无稽波澜猛烈地撞击着社会生活中教条主义的工作作风、保守狭隘的思维模式、各部门之间相互扯皮的现象以及缺乏自主意识和自控能力的领导状况。王蒙在《冬天的话题》中关于"早浴"、"晚浴"的荒诞故事,揭示出拉帮结派,动辄把问题升级,甚至上纲上线,以资历年龄论人而不是以才干禀赋论人的重现成秩序而不思变革的极为普遍的社会心态。

之所以会表现出这些差异,是因为中西文化有着不同的深层结构。西方文化始终以个体为本,关注人的存在本质和个体生命欲求。不可遏制的个人欲求,奔放的个性,强烈的个人意志,一开始就构成了古希腊、罗马文化的主旋律,虽然黑暗的中世纪以神性来遏制人性,导致了西方文学的深厚断层,但 14 世纪蓬勃兴起的文艺复兴运动使西方文学的人本主义传统得到恢复。自此以后,西方文学对人的生命的开掘逐渐深入,从 14 世纪至 18 世纪对人的情欲的展现,到 19 世纪浪漫主义文学对狂放不羁的个性的追求、批判现实主义对个人奋斗的集中展示,西方文学对人的生命展示得越来越充分。在这种文化传统中浸润成长的卡夫卡,自然把目光集中在对个体生命、对人自身的探讨上。

到了 20 世纪,西方人对个体生命的探索进入了更深的层次,即人的本体世界的层次。叔本华、尼采、弗洛伊德等人认为,人的悲剧根源不在于自然、社会等外部原因,而在人本身。人生作为一个永远无法满足的系统,必然会处在不断追求而又永无止境的悲剧之中,人的出生和存在本身就是最大的悲剧。深受他们影响的卡夫卡得出这样的结论:人出生到这个世界上便是罪过,生而为人是人无法逃脱的原罪。因此,他笔下的人物即使变形为动物,但只要有人的思维存在,就永远逃脱不了悲剧命运的追踪。

中国传统文化执著于现世,对与现实生活关系不大的事情,如人的本质是什么?人从哪里来,又到哪里去之类的问题不象西方人那样,去寻根究底,惹出无穷的烦恼。中国传统文化也十分关注人的生命,但不是西方人那种对生命本质和生存出路的探求,而是如何在现世活得更长久、更安乐。正因为如此,中国传统文化注重对人与人之间关系的探讨,注重由社会群体构成的社会及其规范、法则对个体生命的约束。就连衡量人的价值,也不是以他有多少独创性,对人类的发展做出了多少贡献为标准,而是以他在多大程度上牺牲自我利益和个人价值,为社会的稳定和发展做出贡献为标准。"五四"以后,中国文学开始强调人的独特价值和个人的主体性的发挥,但这种强调和发挥仍是在群体框架下的强调和发挥,必然表现出个体与群体的冲突,个体与外在环境的冲突。并且由于中华民族强大的务实性,执著于形而下的现世生活,对形而上的问题不甚追究,这种冲突没有上升到对人自身本质的怀疑和探讨。因而,中国新时期的荒诞小说大多是在社会、历史、文化层面上嘲笑、抨击一些不合理的现象,其政治批判、民族自审的社会内涵多于对人类命运的哲理思考。

第二,卡夫卡的荒诞小说是悲剧性的荒诞,而中国新时期的荒诞小说是悲剧的喜剧化。虽然新时期的荒诞小说揭示了社会、历史、文化中的荒诞因素所导致的悲剧,但悲剧中有调侃、黑色幽默等喜剧因子，因而有着更多的怪诞色彩。荒诞与怪诞尽管有许多相似之处，但并不完全是一回事。加缪在《西西弗的神话》中把荒诞归结为人类生存的徒劳无益。银行职员约瑟夫·K.最后"像一条狗一样"死去，使他所有的申诉都变成了徒劳；土地测量员K.在城堡脚下的无效奔波使他的生存变得毫无价值和意义。他们的一生就像围着一个圆圈打转，从起点又回到终点，除了时间的流逝和岁月的销蚀之外，没有取得任何有价值的进展。卡夫卡的荒诞小说的悲剧结局都给人一种沉重的压抑感，主人公几乎无一例外地死亡令人异常沉痛，而更令人感到可悲的是他们的死是那样的悄无声息，没有引起任何骚动和不安，仿佛那是再自然不过的事。而"怪诞"在本质上是乖庆和反常，它既体现出荒诞、不协调的特征，也造成一定的喜剧效果。王蒙的《冬天的话题》中，一件鸡毛蒜皮的小事升级为关涉国计民生的大事给人以滑稽感；谌容的《减去十岁》中，幼儿园的娃娃们"减去十岁后，我们回到哪里去"的疑问给这一荒诞事件蒙上浓重的喜剧色彩；刘索拉的《你别无选择》中，"小个子"每日身不由己地不停地擦拭"功能圈"，石白"一道和声题要做六遍，得出六种结果"，莉莉穿着三点式练琴，森森追求"妈的力度"……他们荒诞不经的行为中透出滑稽可笑的因素。总之，中国新时期的荒诞小说借助蕴含于其中的喜剧因素，达到揭示和批判现实的怪诞的目的，盼望生活能从反常、怪异中解脱出来，走上正常、和谐的轨道。揭示怪诞而企图不怪诞，这是新时期荒诞小说的普遍关怀和突出意向。

这种悲、喜之别是由中西悲剧精神的不同内涵所决定的。西方有着悠久的悲剧传统，从古希腊开始，悲剧作为重要的文学样式便出现在文学殿堂里，在文学的摇篮期就获得了充分的发展，并逐渐演变成一种悲剧精神，在以后的小说、诗歌中得以延续和丰富。同时，由于西方传统文化强调对立、冲突、分化，大悲大喜朝着悲观主义、乐观主义两个极端发展，所以西方的戏剧要悲就悲得哭天恸地，要喜就喜得捧腹大笑，很少有悲喜因素的融合。虽然西方现代也出现了一些悲喜混杂的作品，但卡夫卡基本上还是属于受西方古代文化影响较大的作家，因此他的主人公大都染上了浓重的悲剧色彩。

中国的悲剧意识在一定程度上受到了儒家"温柔敦厚"、"中和"传统的制约。孔子主张"乐而不淫，哀而不伤"，凡事强调适度、有节制，因此，中国很少有西方那种纯然的悲剧和喜剧，中国传统的悲剧意识实际上是悲喜杂糅、悲中有喜。中国古典文论中对"中和之美"的最高追求也决定了中国的悲剧往往运用辅助性、象征性的喜剧因素，来冲淡悲剧那严肃悲痛的氛围，给读者或观众以情感上的调适和慰藉。这种悲剧意识无形中影响着中国新时期的作家，使他们的荒诞小说在揭示荒诞因素造成的种种悲剧时融合进喜剧的因子。

我们把卡夫卡的荒诞小说同中国新时期的荒诞小说进行比较的目的，是为了寻求不同文化圈之间文学的沟通与互补。它们之间的相同之处愈多，亲和力愈强；相异之处愈鲜明，互补的价值愈大。既然世界正在变成一个"大家庭"，对不同民族文学之间共性的探讨能为它们之间的友好往来提供一块基石；对不同民族文学之间差异的研究能为彼此的文学发展提供更多样化的参照和启迪。

残雪对卡夫卡的创造性解读[①]

一

作为西方一代现代主义文学宗师,卡夫卡的作品是神秘深邃、难以穷尽的。西方二战以后曾出现过持久不衰的"卡夫卡热",中国大陆新时期以来对卡夫卡的研究也不断升温。但多数评论者都是从卡夫卡的出身、家庭、性格经历、社会背景和时代氛围入手,对其作品进行理性的分析与诠释,而中国新时期现代主义作家残雪却独辟蹊径,她以直觉为先导,以超验的灵魂世界为旨归,凭借纯粹艺术家的感悟,对卡夫卡的重要作品《美国》、《审判》、《城堡》《乡村医生》、《地洞》等做出了全新的解读和阐释,并结集成册,以《灵魂的城堡——理解卡夫卡》[②]的书名出版,让所有知道他的人眼界大开:卡夫卡的作品原来还可以这样读!

残雪是中国新时期现代主义作家中最切近西方现代意识的一位,她似乎生就一副现代主义气质,与卡夫卡可谓相见恨晚,二人在创作观念、思想认识、审美体验上都有诸多不谋而合之处,因此,残雪对卡夫卡的接受是基于一种天性的契合,基于心理上、情

[①] 本文原载《当代文坛》2003 年第 5 期。
[②] 残雪:《灵魂的城堡——理解卡夫卡》,上海:上海文艺出版社,1999 年。

感上、精神上的亲和,这分契合与亲和使残雪与卡夫卡相遇在幽冥深邃的心灵王国。

　　残雪对卡夫卡有着独到的理解,认为在中国,没有人读懂了卡夫卡,"全都是误读,曲解成是反抗、抨击什么官僚机构、法西斯等等。卡夫卡的作品在世界上也误读了很多年,除了几位杰出的作家与学者外,真正能破译(卡夫卡)作品之谜的不多。"[1]她把卡夫卡作为一个纯粹的艺术家,抛开一切外在条件,用自己敏感的艺术心灵去接近、把握卡夫卡的艺术灵魂,把他的艺术世界解读成一个超验的灵魂世界。我们不妨把这种解读看作是残雪对卡夫卡的创造性"悟读",因为卡夫卡的创作并没有脱离当时的社会现实,他的创作是其内心情感的外化,是对现实生活的升华。他把注意力都放在他自身——他的病、他的梦,他的焦虑,他最琐碎的日常生活上,他的一切追问和描述都是从自身开始的。他作品中的绝望和不安正是来源于他敏感而压抑的生活:《在流放地》的灵感来源于他和菲莉斯·鲍尔的婚约;《城堡》的写作冲动来源于他和密伦娜爱情失败的痛苦经验;《变形记》、《判决》等来源于他与父亲的冲突,……作为一名世界级文学大师,卡夫卡写下了自己时代里的生活证词,描绘和捍卫了人类空间中最个人、最内部的东西。他笔下的灵魂世界与经验世界是相互交织、相互渗透的,而残雪却抛开这一切,解读成纯粹灵魂领域里的事情。不过这种解读让我们领略到独特的人生风景,是残雪根据自己的文学范型、心理模式对卡夫卡作品的再创造,她把从自身创作经验概括提升出来的关于艺术创作心理的系统认识,投射到对卡夫卡的阅读中,将一个现代艺术家的潜意识世界呈现在人们面前。在残雪看来,解开卡夫卡之谜的首要条件是心的共鸣,任何理性的分析、归纳和判断固然有助于打开卡夫卡的艺术

---

[1]　残雪、唐朝晖:《灵魂探险》,《当代小说》,2000年第10期。

城堡，但很难触摸到其艺术的灵魂。心灵的倾诉需要敏感的心灵去感悟，去捕捉。

残雪是从灵魂城堡的角度来解读卡夫卡的。在她看来，卡夫卡的全部作品都是纯粹的人性寓言，灵魂寓言，是作者对人类、对自己的内在灵魂不断深入考察和穷究的结果。

卡夫卡早期的长篇小说《美国》被看作最近似传统现实主义的作品，连他本人也在日记中说这部小说是"对狄更斯的不加掩饰的模仿，"许多评论文章就以此为据，把它简单地归入批判现实主义作品之列。但在残雪眼里，《美国》描述的是现代人格的形成过程。小说虽然以"美国"作为书名，但写得却并不是美国，或者更确切地说，并不是以反映美国的社会现实为目的，美国只是给小说提供了一个故事背景。残雪认为，卡夫卡对表面的、外部的世界无多少兴趣，他关心的是人物的灵魂。《美国》在残雪看来描述的是主人公卡尔·罗斯曼如何在挫折中成熟起来的人生历程。残雪认为，一个人要获得自己独立的灵魂，就要被抛到荒野里。卡尔带着欧洲古典的善良、温情来到现代的美国，却遭到美国社会残酷的生存法则的当头棒喝。他要想在这种险恶的环境中生存下去，必须学会粗暴冰冷的原则。卡尔周围的人都是为了使他尽快成熟起来，站在不同角度激励他成长的力量。舅舅为了让他意识到世界的凶险，当众揭他的丑；为了教会他自立自强，又给他从精神上断奶，把他关进一间铁屋子里学习英语，然后将其推到外面陌生、凶险的世界上，让他在没有退路、无依无靠的情形下学会独立生存。之后，卡尔遇到的两个流浪汉用不断的欺骗和奴役使卡尔在磨难中渐渐独立，他们用粗暴、冰冷的方式向卡尔显示着残酷的真理，用他们的出现给卡尔造成的生存困境，刺激他去反抗，去抗争。

多数人将卡夫卡的《审判》解释为对资本主义法律冷酷性、荒诞性的抨击，认为法庭象征着现实中无处不在的迫害人的罪恶力量。主人公约瑟夫·K.尽管费尽心力,企图洗清自己的不白之冤,最终还是被黑暗的制度判了死刑。然而,残雪对它的体验达到了一个新的维度和层次,即把整个审判看作主人公自己对自己的审判,认为"K.被捕的那天早晨就是他内心自审历程的开始"①。约瑟夫·K.最初自认为无罪、蒙冤,在不断的申诉中逐渐意识到自己身上的罪孽,最后心甘情愿地走向死亡,其实这种罪孽在卡夫卡看来是人人都有的,它附着在人类灵魂的深处,人生摆脱不了罪感,应当知罪。从这一角度来看,《审判》显然不是对任何外在迫害的控诉,而是描述了一个灵魂的挣扎、奋斗和彻悟。在卡夫卡看来,人生来就是有罪的(但不同于基督教的"原罪",而是人降生到这个荒诞、肮脏的世界上即是罪),根本用不着去辩护。但自以为清白无辜的约瑟夫·K.认识不到这一点,在辩护中进一步犯罪,这样,更深层次的罪行便逐步揭露出来,引领着审判不断地向灵魂深处掘进,并最终使约瑟夫·K.彻悟。

残雪把卡夫卡的《城堡》叫做"灵魂的城堡",这个"城堡"在她眼里不是评论家们通常所说的资本主义官僚机构的城堡,而是人性理想的象征,K.向城堡的一次次冲击就是人对理想的一次次追求。残雪这样写道:"……K.过了一关又一关,在通向城堡的小路上跋涉。……在经历了这样多的失望和沮丧之后……他仍然要再一次地犯错误,再一次地陷入泥潭,但每一次的错误,每一次的沦落,都会有似曾相识的放心的思想,这便是进村后的K.与进村前K.的不同之处。"②

残雪这种"灵魂城堡"式的解读不只表现在卡夫卡的长篇小说

---

① 残雪:《灵魂的城堡——理解卡夫卡》,上海:上海文艺出版社,1999年,第85页。

② 残雪:《灵魂的城堡——理解卡夫卡》,上海:上海文艺出版社,1999年,第206—207页。

中,也贯穿于对其短篇小说的解读。卡夫卡的《乡村医生》在大多数评论家看来是一个荒诞的、非理性的故事,但在残雪眼里,它仍是人的灵魂探索。病孩儿要死,他的父母和姐姐要他活,这一矛盾也正是医生本人灵魂的镜子:从内心深处来讲,他认为应该让病入膏肓的病人超离痛苦;但作为一名医生,其职责又是治病救人,延缓病人的死亡。因此,医生处在面对死亡、又必须拖延生命的悖论之中。《地洞》中的小动物为了躲避外界的敌人,营造了一个迷宫般的地洞。在建造的过程中,它那极为矛盾而又极为周密的构思使它不断地推翻原先的设计,在建立、推翻、再建立、再推翻的循环往复中,象钟摆一样来回奔忙。其实,小动物的恐惧与外在的威胁并没有多大关系,一切矛盾和冲突都源自其内心:它渴望逃离恐惧,但神经质的焦虑又总是使它陷入新的恐惧之中。

二

残雪之所以从灵魂城堡的角度来解读卡夫卡的作品,是因为她十分关注人的灵魂也即人的精神领域。她这样说道:"我所做的工作,是用艺术的手段来凸显人们所知甚少的某个精神领域。"认为"自己是位真正的灵魂的写作者,""凡是同灵魂有关的艺术作品都可能对我产生很大的影响。"[1]残雪的灵魂世界与西方宗教意义上的灵魂有很大的区别,她抽去了西方宗教意义上的彼岸性,"所谓灵魂世界就是精神世界,它与人的肉体和世俗形成对照的图像。"[2]作为一位职业作家,残雪每天坐在家里进行超验的灵魂探险,虽然置身于世俗生活之中,但她能够远离世俗的纷争,写出人类精神领域中

---

[1] 残雪、唐朝晖:《灵魂探险》,《当代小说》,2000年第10期。
[2] 残雪、唐朝晖:《灵魂探险》,《当代小说》,2000年第10期。

的原始风景。她在访谈中明确地说过:"社会中的善与恶在我的作品中是不存在的,因为我的题材不是社会的,而是人心的,我一直在无边无际的人心中漫游,探索古老的欲望与理性之间的关系。"①

残雪的创作几乎全是内向的探索,她走的是一条与中国传统的"文以载道"和批判现实完全不同的文学道路。她的许多作品也许可以从"国民性批判"、"文化批判"的角度来解读,但这种解读并不能真正触及残雪艺术王国的灵魂。她与卡夫卡一样,所进行的其实都是一种人性的反省,一种自我的发现与再发现。我们这里以她在20世纪90年代发表的《历程》和《思想汇报》为例略作说明。

《历程》描述的是一个人的生命提升过程,主人公皮普准在周围人的帮助和教诲下,不断克服自身的幼稚、软弱、依赖、肤浅,逐渐变得成熟、坚强、独立、深刻。小说伊始,主人公皮普准过着浑浑噩噩的生活却浑然不觉,离姑娘首先代表日常生活中新鲜的生命冲动,来激发他日常生命活力层面上的自我意识。她的深夜造访使皮普准几十年如一日的生活掀起了波澜,他开始感觉到自己灵魂的黑暗与肮脏。随后,住在同一幢楼里的老王代表皮普准的理性自我与他进行深入的对话。同时,邻居老曾也向他展示赤裸裸的生活真相:灵魂的深入需要不断地补充新鲜的生命活力。但皮普准总摆脱不了过去陈旧的眼光和僵化的逻辑,以至于觉得周围的一切——以往熟悉的人、经历的事、甚至自己的家,都面目全非。在三姑娘(离姑娘的高级形态)、白胡子老曾(过去的邻居老曾)等人的启发、诱导连带呵斥下,皮普准终于有一天茅塞顿开,重新认清了周围的一切。其自我意识的觉醒颇似遁入佛门的三个阶段,经过炼狱般的磨难,最终达到了佛家"看山还是山,看水还是水"的境界。虽然在这一过程中,皮普准不时感到痛苦、困惑、焦虑、茫然,但周围

---

① 残雪、唐朝晖:《灵魂探险》,《当代小说》,2000年第10期。

引领他、激励他的人，轮番地鞭策他、拽扯着他不断向前，终于使他的生命提升到一个新的境界。

残雪的《思想汇报》是以发明家 A 君向一个想象中的"首长"同志汇报思想的方式来讲述的一篇心灵故事。主人公 A 君在周围人的启蒙、教诲和激励下，自我意识由沉寂到显现，再到露出峥嵘，一次一次地峰回路转，终于到达了一个全新的境界。A 君代表艺术家的日常自我，他的老婆、邻居们和时髦同行以及后来的食客、过路同胞等都是 A 的艺术自我，A 君在与他们的矛盾冲突中逐渐走向艺术王国的最高境界。A 的老婆、邻居们和时髦同行是他的异在，他们是促使 A 改造旧我、拷问旧我的原初动力。在他们的骚扰、嘲弄、侮辱和教训下，A 开始质疑自己在闲适生活中从未严格反思过的行为规范。"食客"是发明家 A 的艺术自我，他的到来主要是为了提升 A，帮助他建立起新的自我。他首先使 A 意识到自己原来的发明全都是胡闹，根本算不了什么，然后逼着他在排除一切以往记忆、经验预设的情况下，创造出具有独创性和鲜明个性的艺术作品。在食客的训导下，A 不再自以为高高在上，而是脚踏实地地深入到隐蔽在日常生活中的每一个自我冲突中去，去发现它们，彰显它们，以提高他的艺术审美力和艺术创造力。"过路同胞"是食客派来试探 A 的，是 A 深化了的艺术自我。在他的提升下，A 最终迎来了艺术创造的最后阶段——恣意挥洒的自由境界。在这个阶段中，一切尽在他的掌握之中，艺术作品不再是刻意的创造，而完全是现实生活本身的自然流露。

三

残雪对卡夫卡的解读具有浓重的主观色彩，是一种诗意的创造。卡夫卡的作品是一种召唤，残雪对其的阅读则是一种直觉式的创造性回应。这种直觉式的创造性回应难免有异想天开之嫌,但并不纯粹是姑妄言之。同残雪一样,卡夫卡在创作中也非常推崇直觉。直觉排除事先理念预设,听从内心深处的潜意识冲动,它和非理性、潜意识密切相关。卡夫卡的短篇佳作《判决》就是直觉的产物,这个短篇是卡夫卡1912年9月22日从晚上10点到凌晨6点的杰作。他对自己创作《判决》时的非理性瞬间非常得意,写完《判决》的第二天,他在日记中写道:"写东西只能这样,只能在身体和灵魂完全裸露下一气呵成",并把这种非理性的瞬间当作一条创作原则来看待,说:"写作意味着直至超越限度地敞开自己。"[①]直到晚年,卡夫卡在给好友布洛德的一封信中,还津津乐道地描述了上述那种瞬间的非理性直觉:"写作乃是一种甜蜜的报偿。但是报偿什么呢?这一夜我像上了儿童启蒙课似的明白了:是报偿替魔鬼效劳,报偿这种不惜屈尊与黑暗势力为伍的行为,报偿这种给被缚精灵松绑以还其本性的举动,报偿这种很成问题的与魔鬼的拥抱,和一切在底下可能还正在发生,而如果你在上面的光天化日之下写小说时对此还一无所知的事情。"[②]虽然卡夫卡对自己的这篇小说十分满意,但当时并不清楚自己写下了什么,直到五个月后,在修改这篇小说的校样时,才弄明白它的意思。卡夫卡的其他作品中也内嵌着这种直觉的成分。用直觉式的感悟来把握直觉式的作品,从道理上来讲应该说更接近文本创作的真正内涵。但即便如此,仍然会有人认为残雪对卡夫卡的解读完全是误读。我们这里姑且不说误读与否,单说在这一过程中我们所获得的对艺术和艺术家的真实认识与思考,也是它的价值与意义的一个体现。

残雪对卡夫卡的解读也为我们理解残雪本人的作品提供了一把

[①] 叶廷芳:《现代艺术的探险者》,广州:花城出版社,1986年,第118页。
[②] 叶廷芳:《现代艺术的探险者》,广州:花城出版社,1986年,第119页。

钥匙。残雪与卡夫卡之间是一种自我与他者,或者说注视者与被注视者的关系,这种关系具有互动的性质。一方面,注视者在诠释被注视者,另一方面,被注视者也传递出注视者的某些信息,即自我在言说他者的同时,也言说了自我。关于这一点有残雪自己的话为证,她说:"评的是别人的创作,讲的是关于自己的创作观念和体会"。①因此,残雪对卡夫卡的解读也给了人们一个有价值的暗示,那就是希望人们用她解读卡夫卡的作品的方式,解读她自己的作品。众所周知,残雪的作品如斯芬克斯之谜一般,一向令人难以破解,但她作为一位在中国当代文坛上颇有影响的作家,又是不容忽视的存在。如何才能更准确、更到位地解读残雪,一直是一个令人困扰的问题。如果用她解读卡夫卡的方法去解读她本人的作品,不仅开辟了残雪研究的一片新天地,而且能够更接近其艺术创作的真正目的和意义。

---

① 残雪:《残雪散文·自序》,杭州:浙江文艺出版社,2000年,第1页。

余华对卡夫卡的叛逆性接受[①]

一 引 言

从余华自己的言谈中,我们得知他在 1986 年春天,由于一个偶然的机会发现了卡夫卡,并且这一发现导致了他日后创作上的重大转向。[②]一次偶然的阅读,为什么会对余华产生如此大的影响?我们不妨先看一看余华接受卡夫卡的契机。余华于 1983 年在川端康成的影响下开始创作,一直到 1986 年春天,他都在川端康成的影响之下。刚走上文坛的余华很快融入了当时的创作格调之中,写了许多温情、优雅而又感伤的东西。但此时的余华犹如一滴露珠汇入了文学的长河,因随"波"而流,缺乏特色,没有引起多大的注意。余华面临着创作上的困境。在苦苦地思索中,他清醒地认识到,唯有超越自我,才能实现创作上的突破,他在寻找超越自我的方法和途径。恰在此时,他读到了卡夫卡的《乡村医生》,这个短篇使他大吃一惊,不禁惊叹道:小说原来还可以这么写!于是他的创作出现了转机,他把这理解成一次命运的恩赐,感激地说道:"在我想象力和情绪力日益枯竭的时候,卡夫卡解放了我,使我三年多时间建立

[①] 本文原载《山东文学》2001 年第 7 期。
[②] 参见余华:《川端康成和卡夫卡的遗产》,《外国文学评论》,1990 年第 2 期。

起来的一套写作法则在一夜之间成了一堆破烂。不久之后,我注意到一种虚伪的形式,这种形式使我的想象力重新获得自由,犹如田野上的风一样自由自在。"①这是就余华本身的情形而言的,当然,中国当时改革开放的大环境使大量的外国文学作品、哲学著作涌入文坛,为余华接触卡夫卡提供了良好的机遇,然而更重要的还是精神的契合和视域的融合。下面我们对他们二人的创作做一比较。

二 创作主题的哲学提升

卡夫卡对余华的影响是观念上的、整体上的,余华在卡夫卡身上找到了某种启发。卡夫卡对生存的思考诱发了他自己的生存思考,他的痛苦绝望与卡夫卡西方式的情绪一拍即合,异曲同工。表现在具体作品中,二人都超越了生活的表象,揭示了困惑着人类的普遍性问题,有着丰富的哲理内涵。卡夫卡的小说用文学形象表述着荒诞、异化等哲学性问题,而余华是中国先锋小说家中较多地表现哲学性主题的作家,他对人性恶的展示达到了哲学的层次。具体到他们在这方面的共同点来讲,二人都在作品中表现了人类宿命性的生存状态。卡夫卡的短篇小说《变形记》揭示了反抗的徒劳;长篇小说《城堡》中K.越努力,离目标越远;《失踪的人》中的卡尔·罗斯曼、《审判》中的约瑟夫·K.等也都处在这种灾难之中;而《一道圣旨》则把人类这种永恒的困境描述得更加淋漓尽致。尽管皇帝的御使费尽心机,最后还是一无所得,徒剩下悲观的叹息:"永远不会成功。"卡夫卡笔下的这些主人公是永不停息地推石上山、而每一次巨石又无情地滚落下来的西绪弗斯,是口渴难忍、饥肠辘辘却永远吃不到眼前的食物、喝不到近在眼前的水的泰特勒斯,无论

---

① 余华:《川端康成和卡夫卡的遗产》,《外国文学评论》,1990年第2期。

他们怎样挣扎，也难逃宿命的结局。在余华的许多作品中，主人公被盲目的生存意志所支配，毫无意义地空耗着生命。《往事如烟》中的算命先生预言了司机的厄运，尽管司机千方百计地试图逃脱这一厄运，但一切努力都无济于事，最终还是落入了宿命的罗网。《难逃劫数》中尽管多次出现命运的暗示，但主人公最终难逃厄运，跌进了劫数的深渊。在《四月三日事件》中，主人公惊恐不安地等待着四月三日的到来，生活中的实际情形一步一步无情地证实了他想象中的一切，而他又无力改变，只能宿命地等待悲剧的人生结局。

但他们二人在这方面的相似之处也仅此而已。由于世界观、人生观的不同，卡夫卡在进入余华的接受屏幕、产生视域融合的同时，也经受了余华身上中国文化的过滤，余华根据自身的文化积淀，对卡夫卡进行了分析、借鉴和重组，形成了不同于卡夫卡的特色。

卡夫卡的宿命意识是和他的悲观思想连在一起的，在他看来，人是没有出路的，生活中充满了荒谬，"这个世界是上帝的一个恶劣情绪，是一个糟糕的日子，""在一切可能出现的世界中，这个世界是最糟糕的一个。"①在他眼里，这个世界就是泰特勒斯受折磨的场所，是西绪弗斯的苦役所在地。人投身到这个世界上，就像误入了迷宫一般，只能在圆周线上不断地循环往复，做徒劳的挣扎，根本进入不了圆心。

这种悲观思想是和卡夫卡所处的时代大气候和他独特的家庭背景分不开的。西方的20世纪是一个"断裂的世纪"②，从古希腊开始到19世纪末，西方人在永恒光辉的照耀之下，一直生活在一个稳定、安全的世界里。希腊人的神灵、中世纪的上帝、牛顿的万有引

---

① 克劳斯·瓦根巴赫：《卡夫卡传》，周建明译，北京：北京十月文艺出版社，1988年，第283、282页。

② 参见易丹：《断裂的世纪》，成都：四川大学出版社，1992年。

力、黑格尔的绝对精神带给人们秩序感、因果律和逻辑性，生活在其中的人们富有理性而又充满自信。在巴尔扎克笔下，整个法国的生活可以尽收眼底，巴黎和外省社交界形形色色的人物都可以把握，因而他在手杖上刻下了"我粉碎了每一个障碍"的格言。但到了20世纪，自然科学的重大发现特别是爱因斯坦的相对论，使人们的稳定感丧失，人被推出了宁静、安适的伊甸园。尼采"上帝死了"的惊呼使人在精神上失去了皈依，不得不在没有神祇和万有引力的统治下，在没有绝对精神的支配下，走自己的路，人们再也不能从上帝那儿找到自己的祖辈所依赖过的庇护，照亮这个世界的光亮消失了。从此，秩序、安稳只是世界的一张面孔，世界的另一张面孔是混乱和不安。

　　同时，一战的浩劫和资本主义工业文明对人的异化也使人消沉、失落，看不到出路，产生一种荒诞感、望感，因而卡夫卡在他的手杖上写下了20世纪西方人的格言："每一个障碍粉碎了我。"不融洽的家庭生活环境又加剧了卡夫卡的悲观、绝望和宿命感。他暴虐、跋扈的父亲用自己强健的身体、充沛的精力和艰苦创业的能力不断地挫败卡夫卡，使他感到自身的弱小、萎顿和无能。他在给父亲的信中写道："如果我着手做一件你不喜欢的事情，你就威胁我说，这件事情注定要失败的。你的想法是如此的颠扑不破，以致事情真的如你所说，无可避免地失败了。……这样一来，我办事就失去了信心。"[①]他曾在另一封信中写下这样的话："我的道路毫不平坦，根据我的观察，我以后会像一条狗一样走向毁灭。"[②]父亲的阴影加上时代的悲观潮流，使卡夫卡的目光只盯着阿喀琉斯的脚踵（这

[①] 克劳斯·瓦根巴赫：《卡夫卡传》，周建明译，北京：北京十月文艺出版社，1988年，第166页。

[②] 克劳斯·瓦根巴赫：《卡夫卡传》，周建明译，北京：北京十月文艺出版社，1988年，第49页。

脚踵使阿喀琉斯走向灭亡），因为在卡夫卡看来，即使像阿喀琉斯那样有过无与伦比的业绩的英雄尚且逃脱不了西绪弗斯的命运，更何况普通人和连普通人也算不上的弱者？人是毫无希望、不可救药的，这是悲观主义者卡夫卡得出的宿命结论，这种论点很大程度上是西方人精神真实的显现，因而更富哲理内涵。

　　余华是"文革"期间成长起来的作家，十年"文革"导致了一代青年人的信仰失落，价值观变异；20 世纪 80 年代商品经济的发展给习惯于计划经济体制的人们以巨大的冲击。同时随着经济上的改革开放，各种外国的文艺、哲学思潮也蜂拥而入，令人眼花缭乱。中国文坛上从"伤痕文学"、"反思文学"到"文化寻根"以至"现代派"的迅疾风向转换，也使人有无所适从之感，这一切极易使人陷入迷惘的境地，体验到安全感、稳定感的丧失，对所谓人性善、人道主义产生怀疑。正是基于这种时代背景的相似，余华在哲学层面上接纳了卡夫卡，写出了带有宿命色彩的小说，揭示了人性恶的主题。但余华并不是一个悲观主义者，他对人性恶的展示，对暴力的一度迷恋，是因为他认为人性中本来就有着善与恶两副面孔，人有行善的本能，也有作恶的倾向。善是人们所渴望的，也是以往的文学作品所大力弘扬的，但缺乏恶的文学是不完整的，余华正是在这方面做出了自己的贡献。由于恶存在于人的潜意识当中，在正常情况下总是被压抑着，因此余华把恶置于非正常情形之下，把在实际生活中未发生的精神真实展现在人们面前，使文学对现实生活的反映更加全面。余华作品中有关人性恶与暴力景观的大量描写并不意味着他宣扬人性恶的观点，实际上他在描写恶与暴力时是冷静的、不动声色的，他只是抱着"对善与恶一视同仁"①的观点，把人

---

① 《活着·前言》，《余华作品集》第 2 卷，北京：中国社会科学出版社，1994 年，第 292 页。

性的另一面真实地展现出来。而且余华并没有人生的绝望感，反而深隐着人性的关怀。他正是用这种独特的方式，告诫人们去正视人性中的恶，在恶中寻找善，在黑暗中寻找光明，在不毛的生命极地中寻找生命的生机。并且在 20 世纪 90 年代，随着"先锋小说"的落潮，余华的创作出现第二次飞跃，再次转型后的余华由表现人性恶走向表现人性善，在《活着》、《许三观卖血记》、《在细雨中呼喊》中处处显示着人间温情。

尽管如此，卡夫卡和余华作品中的主人公面对宿命的态度却大不相同。卡夫卡笔下的主人公是困兽犹斗式的反抗型人物，他们有着行动的主动性。明知不可能取得胜利，不可能达到目标，还是要抗争下去。可以说，他们追求的是过程价值，是斗争本身的意义，正如卡夫卡本人所言："我并不希望胜利，我在斗争中感到快乐。"[①]这种斗争颇似西绪弗斯推石上山的举动，明知推石上山是徒劳，却还要不断地推下去，它体现的是人面对宿命、面对苦难的勇气，而这种在绝望中抗争的精神和勇气恰是卡夫卡要通过他笔下的主人公传达给读者的。尽管悲观、绝望笼罩了卡夫卡的一生，但他并没有放弃抗争和斗争。

余华笔下的主人公面对宿命更多的是被动地等待、忍耐、顺应和不去选择。《在细雨中呼喊》、《活着》、《许三观卖血记》中，虽然有人间温情的显露，但宿命意识仍很明显。《在细雨中呼喊》中亲人之间互相仇视、互相憎恨，过着卑琐的生活；《活着》中，福贵没有自己的意志、理想，不去主动地选择自己的生存方式，只是麻木地等待一桩桩死亡事件的降临；《许三观卖血记》中许三观面对苦难，只能采取卖血的方式来维持灰暗的生存。……余华笔下的这些人物大都如木偶一般，没有理想，没有希望，不去选择，面对生活中的

---

① 阎嘉：《卡夫卡：反抗人格》，武汉：长江文艺出版社，1996 年，第 164 页。

厄运，表现出的是麻木、隐忍，成为命运之轮下被动受戮的羔羊。

卡夫卡和余华笔下的主人公面对宿命的不同态度，应该从中西两种不同的文化中去寻找根源。西方文化从古希腊开始就体现出一种抗争意识和不屈服于命运的执著精神。古希腊神话中的普罗米修斯、古希腊悲剧中的俄狄浦斯王、文艺复兴时期的堂吉诃德、17世纪弥尔顿《失乐园》中的撒旦、18世纪歌德的《浮士德》、19世纪斯丹达尔《红与黑》中的于连……，都是积极抗争、不屈服于命运的典范。20世纪虽然由于理性的失落，信仰的崩塌，人对自身的主体地位产生了怀疑，但在卡夫卡笔下，这种抗争精神依然存在，可以说，正是西方文化造就了卡夫卡的主人公直面宿命的勇气。中国儒家伦理一方面叫人修身养性齐家治国平天下，另一方面也塑造了中国人安于家庭、向内退缩的国民性和隐忍（"小不忍则乱大谋"，"留得青山在，不怕没柴烧"）、知足的民族心理；老子的不争与谦卑虽其目的是以柔克刚，但也体现出被动、忍耐和顺从的一面；庄子的思想中虽有淡泊、质朴、与自然融为一体的出世的潇洒，但这种潇洒中也含有一切顺其自然，让人心灵平静，安于命运的成分；佛家虽然许诺给人一个理想的彼岸，但到达彼岸的代价却是现世的安时处顺、刻苦修行、忍受苦难。中国传统文化中的这些惰性因子以集体无意识的形式储存、潜藏在人们的思想、行为之中，余华的主人公面对宿命的被动、顺应、无所作为正是这些惰性因子浸润的结果。

余华小说中的宿命虽然揭示了人生的荒诞和无意识，引发了人们对自身生存状况的思考，但这种宿命在很大程度上给人的不是那种知其不可为而为之的抗争所产生的悲凉感，他对困境中个体的渺小、卑微的无遗展示，让人感到个人只能听凭命运的无情摆布，除了盲目顺从、被莫名其妙地宰割外，很难有所作为。鉴于此，我们说宿命意识对余华的作品的确造成了某种程度的损害，这不能不说是白璧上的瑕疵，他给以后的中国作家在更好地借鉴外国文学方面提供了经验，也提供了教训。

三 精神真实的美学探索

当卡夫卡的"乡村医生"面对茫茫大雪，为没有交通工具出诊而烦恼的时候，两匹马突如其来地出现在眼前，载着他飞驰而去，这一点给余华以极大的震动，引发了他对现实真实性的思考，实际上余华第一次创作路数改变的契机恰是他对文学的真实性问题的思考。真实包括生活的真实（即外在的现实、常识的现实）和精神的真实，文学的真实是精神的真实，这种真实不同于生活的真实，况且在余华看来，现实生活不一定真实，"生活实际上是真假杂乱和鱼目混珠的"。[①]余华认为现实生活的真实与否要看它能否进入人的精神世界，能否引起人的感知，能否给人留下印象。对任何人来说，真实存在的只能是他的精神。一件事情即使在现实生活中实实在在地发生了，但如果它没有进入人的知觉范围，或者没有留下什么印象，也会被排除在精神真实之外。余华由此展开了对现实真实的批判，指出日常经验、生活常规的可怕，它们在人们头脑中形成的僵化反应束缚了人的想象力，疏离了精神的本质。他说："当我们就事论事地描述某一事件时，我们往往只能获得事件的外貌，而其内在的广阔的涵义则昏睡不醒，这种就事论事的写作态度窒息了作家应有的才华，使我们的世界充满了房屋、街道这类实在的事物……我们的想象力在一只茶杯面前忍气吞声。"[②]

这种对精神真实的追求使余华很快超越了日常生活经验，放弃

[①] 余华：《虚伪的作品》，《上海文论》，1989年第5期。
[②] 余华：《虚伪的作品》，《上海文论》，1989年第5期。

了对现实的模仿。他曾不无得意地写道:"当我写作《世事如烟》时,其结构已经放弃了对现实框架的模仿……我有关世界的思考已经确立,并且开始脱离现实世界提供的事实根据。我发现了世界里一个无法眼见的整体的存在,在这个整体里,世界自身的规律也开始清晰起来。"并非常自信地告诉友人:"我已经找到了今后创作的基本方法。"①这种追求也形成了余华反常规(常识、常理)的思维方式。他在《虚伪的作品》中写道:"86年以前的所有思考只是在无数常识之间游荡,我使用的是被大众肯定的思维方式,但那一年的某一个思考突然脱离了常识的范围",这里的"某一个思考"就是1986年余华由于一个偶然的机会阅读到卡夫卡的《乡村医生》等作品而引起的,这使他明显地感到自己脱离常识过程时的快乐。其实卡夫卡的《乡村医生》就是一个反常规的构思。作为一名医生,救死扶伤是天职,而乡村医生想要救活的那个男孩却拒绝他的救治,悄悄告诉乡村医生自己并不想活,并且说自己的伤口是美丽的,倒是乡村医生昏昏沉沉地被病人的家属和同村的人扒掉衣服,塞到病床上。在乡村医生看来,男孩将死去,但在男孩眼里,乡村医生也未必算活着。男孩冷冷地拒绝了医生的生,宁要自己的死,当医生和男孩最后躺到同一张病床上时,我们无法判定男孩和医生到底是谁拯救谁了。摆脱常规思维后的余华在作品中表现出对常理的破坏,常理认为不可能的,在他的作品里是坚硬的事实,而常理认为可能的,在他笔下又无法出现,余华营造出一个反常规的文学世界。他的《河边的错误》、《古典爱情》、《鲜血梅花》是对中国古典文学中的公案小说、爱情小说、武侠小说的解构和颠覆,给人的思维定势以极大的冲击,使读者常规的阅读期待遇挫,避免了总是"顺应"的阅读带给人的反感,给人以新鲜的体验,并体现了文学发展所必

---

① 余华:《虚伪的作品》,《上海文论》,1989年第5期。

需的创新要求。

余华对精神真实的追求是通过强劲的想象实现的。他十分看重作家的想象力，认为"20世纪文学的主要成就在于文学的想象力重新获得自由"①，并且写过"强劲的想象产生事实"②的文章。想象使现实生活中本来不存在的事物凸显出来；使在人的潜意识中闪现、但未在现实生活中发生的事情变为一种现实摆在人们面前，从而对现实真实起到补充、完善的作用，同时也使读者潜意识中的这种渴求通过阅读此类作品得到宣泄，弥补日常生活经验和科学真实的单调、冷酷。《现实一种》就是余华充分运用强劲想象的一篇佳作。"现实一种"在我们看来就是"一种现实"，其中母亲在自己死亡时的细腻感受是余华关于死亡的出色想象：

> 那天早晨，她醒来时感到一种异样的兴奋。她甚至能够感到那种兴奋如何在她体内流动。而同时她又感到自己的身体正在局部地死去。她明显地觉得脚趾头是最先死去的，然后是整双脚，接着又延伸到腿上。她感到脚的死去像冰雪一样无声无息。死亡在她腹部逗留了片刻，以后像潮水一样涌过了腰际，涌过腰际后死亡就肆无忌惮地蔓延开来。这时她感到双手离她远去了，脑袋仿佛正被一条小狗一口一口咬去。最后只剩下心脏了，可死亡已经包围了心脏。她觉得心脏有些痒滋滋的。这时她睁开的眼睛看到有无数光亮透过窗户向她奔涌而来，她不禁微微一笑，于是这笑像是相片一样固定了下来。③

山岗和山峰两兄弟之间的互相残杀更是想象的杰作。山岗为儿

---

① 余华：《虚伪的作品》，《上海文论》，1989年第5期。
② 参见余华：《内心之死》，北京：华艺出版社，2000年。
③ 余华：《现实一种》，北京：新世界出版社，1999年，第53页。

子报仇的方式是把杀子仇人山峰绑在树上，在他的脚心涂上煮烂的肉骨头，让小狗舔食，致使山峰奇痒难忍，哈哈笑死。而山峰的妻子报复山岗的方式是在山岗被枪毙后，冒充山岗的妻子，把山岗的尸体捐给国家，在山岗被医生优美而无动于衷的切割中感到一种复仇的快乐。这种独特的"现实"非超凡的想象力不能为之，在这种别其一格的想象力面前，读者不禁为之惊叹。

余华精神真实的美学观的确立得益于卡夫卡的启迪。尽管卡夫卡的创作十分复杂，荒诞派、新小说派、存在主义文学、黑色幽默、魔幻现实主义文学都把他拉去作自己的鼻祖，但大部分人还是认为他表现主义文学的代表。表现主义作家反对文学仅仅反映客观世界，认为世界存在着，仅仅复制它毫无意义，认为文学应表现人的本质，揭示出隐藏在内部的灵魂，即舍弃生活的表面现象，追求现实的本质的真实。卡夫卡是表现主义文学在小说领域最重要的代表人物，他的追求本质真实的美学观在很大程度上影响了余华对精神真实的美学探索，这使二人在美学追求上呈现出许多相似之处。但追求现实生活的本质真实和追求精神的真实并不完全是一回事，二者在内涵上又有着不可抹杀的差别，这种同中之异正是余华对卡夫卡的"创追性转变"，因为我们探讨的是卡夫卡对余华的影响，而非余华对卡夫卡的模仿。从本质上来讲，影响是和模仿相对的概念。著名比较文学学者韦斯坦因说过："在大多数情况下，影响都不是直接的借出和借入，逐字逐句模仿的例子可以说是少之又少，绝大多数的影响在某种程度上都表现为创追性的转变。"[①]接受美学告诉我们，当一名作家作为读者接触到另一位作家的作品时，他处于一个纵的文学发展与横的文化接触面所构成的坐标之中，正是这一

[①] 乌利希·韦斯坦因：《比较文学与文学理论》，刘象愚译，沈阳：辽宁人民出版社，1987年，第29页。

坐标构成了其独特的、由文化修养、知识水平、欣赏趣味以及个人特定的经历所构成的"接受屏幕",这一"接受屏幕"决定了另一位作家在他的心目中哪些是可以接受产生共鸣的,哪些是可以激发他的想象而加以创造的,哪些甚至被排除在外。对卡夫卡的阅读激发了余华的想象力,他根据自身的需要,对卡夫卡进行了"创追性的叛逆",成为中国先锋小说家中不可多得的"这一个"。

在余华研究中,采用比较文学的视角固然不失为一种有益的尝试,但我们也应该清醒地意识到比较不是目的,通过比较达到不同文化与不同文学之间的互相确认、互相了解、互相借鉴、互相补充,从不同的文化背景出发面对人类所关心的共同问题,找出文学发展的规律性的东西,才是它的应有之义。余华的作品被翻译成多种外国文字,受到许多外国读者的好评,正体现了比较文学的这一目的。文学贵在创新,虽然余华从卡夫卡那里受到诸多启发,但独特性仍是余华创作中最重要的特质,这一点是必须要强调指出的。

宗璞对卡夫卡的剥离式借鉴[①]

——《我是谁》与《变形记》之比较

众所周知，卡夫卡是20世纪初奥地利著名作家，表现主义文学的杰出代表，他的短篇小说《变形记》（1916）是公认的世界经典。而宗璞是我国20世纪五六十年代就已经出名、反右运动中受到批判、"文革"期间被迫中断创作、粉碎"四人帮"之后又焕发出创作活力的作家。她毕业于清华大学外文系，曾在《世界文学》编辑部工作多年，阅读过很多外国文学作品，并翻译过大量的外国文论和小说，深受外国文学的影响。宗璞于20世纪60年代中期开始接触卡夫卡的作品，尽管当时是作为批判的任务研究他的，但卡夫卡的作品在宗璞面前打开了文学的另一个世界，使她大吃一惊，她说："我从他那里得到的是一种抽象的，或者是原则性的影响。我吃惊于小说可以这样写，更明白文学是创造。"[②]宗璞1979年发表的《我是谁》是她有意识地借鉴西方现代派文学技巧（特别是变形、荒诞等手法）的一次尝试，这个短篇在许多方面和卡夫卡的《变形记》有相似之处。

[①] 本文原载《青岛海洋大学学报》（社会科学版）2001年第1期，题目有优化。
[②] 宗璞：《独创性作家的魅力》，《外国文学评论》，1990年第1期。

一

首先，两篇小说的主人公都有一种无归属感，因而发出生命的叩问：我是谁？

我们先看看宗璞的《我是谁》。小说叙述1949年春天，满怀一腔报国热情的韦弥从大西洋彼岸飞回了祖国的怀抱，她要把自己的才智、青春和热情奉献给亲爱的祖国，立志在细胞研究方面做出贡献。正当她沉浸在科研当中时，不料厄运突然降临，她被揪出来批斗，在学校的四个游斗点任人侮辱毒打，丈夫也不堪折磨，悬梁自尽。这突如其来的巨大打击使她登时天旋地转，如坠云雾之中，迷失了自我的本质，禁不住自问：我是谁？是啊，"我"到底是谁呢？身为女性，却被剃成了阴阳头；本是爱国的知识分子，却被诬蔑为"黑帮的红人，特务"；①本愿做护花的泥土，却被说成"浸透了毒汁"；本是献身科研的楷模，现在却成了牛鬼蛇神、杀人犯、大毒虫，甚至恍惚中真的变成了虫子，"缩起后半身，拱起了背，向前爬行"，而一个五六岁女孩"打倒韦弥"的高声叫喊更使她陷入混沌之中："谁是韦弥？（她）和我有什么关系？我该往哪里走？该向哪里逃？而我，又是谁呢？真的，我是谁？我，这被轰鸣着的唾骂逼赶着的我，这脸上、心中流淌着鲜血的我，我是谁啊？我——是谁？""我"是人？还是牛鬼蛇神、杀人犯、大毒虫？一种强烈的无所归属的感觉使主人公在困惑之中向生命之神发问。

卡夫卡的《变形记》讲述的是推销员格里高尔在一个早晨醒来发现自己躺在床上变成了一只巨大的甲虫，但仍然保持着人的清醒

---

① 《宗璞——当代作家选集丛书》，北京：人民文学出版社，1991年，第34页。以下《我是谁》中的引文均出自此书，不再一一注明。

思维，这把他置于万般尴尬的境地。从一方面来看，他既是虫，又是人。但从另一方面来看，他既不是一个纯粹的虫，又非一个单纯的人。这种无所归属的处境使他陷入深深的痛苦之中，最后在感到自己成为家人的累赘之后，默默死去。为家人谋生的责任感使格里高尔在变成甲虫之后仍想挣扎着起床去赶五点钟的火车，但不听使唤的甲虫形体使他动弹不得。随后生活习性的进一步昆虫化使他只能把打算送妹妹进音乐学院的美好愿望埋在心底，眼睁睁地看着一家人为生计奔波而无能为力。虽然格里高尔没有像宗璞的韦弥那样发出"我是谁"的诘问，但是那种无归属的感觉的确是他很快走向生命终点的重要原因。

其次，这两个短篇都表达了异化、孤独的主题。卡夫卡的《变形记》被看作表现异化、孤独主题的典范之作，宗璞的《我是谁》也蕴含着这方面的内涵。异化是人类极度孤独、焦虑、失去了自我与人性的结果。格里高尔为了家人和自己的生活，不得不成年累月地到处奔波，没有一点属于自己的享乐。上司的严厉，工作的繁忙，生活的焦虑把他异化成一个工作机器，并最终使他变成一只甲虫，失去了人的规定性。宗璞的韦弥也有这种异化感。特定的时代氛围把韦弥异化成非人，使她产生自我焦虑，在内心深处发出"我是谁"的叩问。与异化密切相关的是孤独，格里高尔在丧失养家糊口的能力之后，先是遭到父亲的冷遇，继而被关心他的妹妹遗弃，最终父亲投掷的苹果使他悲惨地死去——带着内疚，也带着愤懑。亲人之间尚且如此，社会上人与人之间的冷漠更可想而知。韦弥在被揪出来之后，如果说那些平日里关心她的人出于她此时的身份，不得已而冷落她，那么那些利用群众的热情，对韦弥这样的知识分子大肆攻击的所谓革命者，则将韦弥置于孤独、凄凉的境地，而一个天真、单纯的六岁女孩"打倒韦弥"的叫喊更使她孤独得心寒。

最后，荒诞、变形手法的运用是两篇小说的又一相似之处。卡夫卡让他的主人公变成了一只大甲虫，这件事本身已经够荒诞的了，而更荒诞的是这又不是一只普通的甲虫，它还有着人类的思维，体验的是人和虫双面的痛苦。卡夫卡发现了人生状态的荒诞与变形，并将它夸张地表现出来，给读者留下了极为深刻的印象。宗璞是我国当代文学中较早尝试荒诞、变形等现代派手法的作家之一，这是她深受卡夫卡影响的结果。她说："'文革'的残忍把人变成了虫，生活中人已变形了，怎么能不用变形手法呢？"①宗璞的《我是谁》借他山之石，写出了一篇别开生面反思小说，使中国的读者耳目一新。韦弥的遭遇是不幸的，但在那个特殊的年代里，她的遭遇是当时许多人都遭遇着的，但宗璞将她笔下女主人公的遭遇用荒诞、变形的手法加以处理，使这件事本身所体现出的无所归属和孤独、异化的主题更加震撼人心。

二

两位来自不同国度，生活于不同时代的作家之所以在创作中表现出以上的相似之处是和他们各自所生活的时代背景的相似分不开的。

卡夫卡生活于19世纪末20世纪初的奥匈帝国，那是一个黑暗的时代。且看这一段描述："奥匈帝国根据宪法是个自由主义的国家，但它却受着教权派的统治。教皇统治着这个国家，但是居民却信奉自由主义。在法律面前一切公民都是平等的，但是并不是人人

---

① 施叔青：《又古典又现代——与大陆作家宗璞对话》，《人民文学》，1988年第10期。

都是公民。"①政治上的极权统治和公民所谓的民主、自由是滋生无所归属、孤独、异化的温床。《我是谁》中的主人公生活的时代,正值中国的"文化大革命",这一特殊的历史时期使不少中国人产生类似第一次世界大战给西方人带来的精神危机,有一种类似西方人的无所归属、孤独、异化之感。宗璞于20世纪60年代开始批判地阅读卡夫卡的作品,但只有在经历了"文化大革命"的惨痛经验之后,才真正懂得了卡夫卡。她认为,"文革"的惨痛经验用卡夫卡那种极度夸张、扭曲的手法来表达最好。宗璞在文革中的亲身感受使她对卡夫卡由批判到懂得,进而接受并创作出《我是谁》这样的富有卡夫卡意味的短篇小说,不能不说相似的时代背景是宗璞接受卡夫卡的契机。但《我是谁》中韦弥的无归属、孤独、异化的感觉几乎完全是中国特定时代的产物,而《变形记》中格里高尔的那种感觉却不仅仅是由于卡夫卡所生活的奥匈帝国的政治气候所致,还和当时欧洲整个的时代氛围、卡夫卡自己的家庭背景密切相关,这也导致了这两个短篇的同中之异。

首先,超俗性与社会性,主题的属性不同。19世纪末20世纪初,西方资本主义世界发生了很大变化,资本主义越来越明显地表现出其内部不可调和的矛盾。同时,科学技术的发展也带来了其负面效应——对人的异化和人的主体感的丧失。文明的发展并未带来人们所预想的理想世界,经济危机的周期性爆发,自由平等中的独裁专权,不能不使西方人为人类的出路焦虑。尼采关于"上帝死了"的宣言使西方人陷入了信仰危机,旧的信仰崩塌了,新的信仰尚未建立起来,人们迷茫、孤独、焦虑、悲观。人类艰苦奋斗了几千年,最终在自己编织的网中苦苦挣扎,不得而出。于是,我是谁?

---

① 德·弗·扎东斯基:《卡夫卡和现代主义》,洪天富译,北京:外国文学出版社,1991年,第71页。

我从哪里来？我到哪里去成了许多西方文化人苦苦思索的问题。因而，卡夫卡"我是谁"的生命叩问是人类终极意义上的"我是谁？我从哪里来？我到哪里去"的迷惘，这种迷惘超越了具体的社会生活表象，从哲理的高度表达了卡夫卡对人类的无所皈依、荒谬存在等超俗性主题的思考。在《变形记》中，我们既看不到那一社会的具体特征，也看不出作家所处的那一时代的具体社会问题，作品表现的是一种超俗性主题。

中国没有西方意义那种坚执的宗教信仰，因而也就体会不到信仰失落后那种彻骨的孤独与迷惘。宗璞在《我是谁》中对生命的叩问是一种"在我处的社会里，我是谁？我该往何处去"的困惑，而非终极意义上的人类生存命题，因而，《我是谁》具有强烈的社会性。卡夫卡在《变形记》中将人类无所归属、孤独、异化的困境观念化、抽象化了，变成了一种观念的演绎和象征。而《我是谁》则能够通过社会剖析的方法得到解释，它是从"文革"荒诞、残酷的真实经验出发，有现实生活的依据。宗璞写这篇小说的直接触发点是她看到中国物理学界泰斗叶企荪先生在被多次批斗之后，弯着差不多九十度的腰在食堂打饭。这一触目惊心的事实使宗璞难过万分，于是，她站在人道主义立场上，怀着强烈的社会责任感和知识分子的忧患意识，反对"文革"把人不当人看，抗议把人变成虫，呼吁人是人，而不是虫，不是牛鬼蛇神。因而，《我是谁》虽然是具有现代主义因素的小说，但始终是在时代精神的照耀下，立足于民族文化土壤之中，反映的是社会政治批判。并且，《我是谁》中对荒诞、变形的理解和认识，不是来自人类自身存在的荒诞，而是因袭的思想观念和现实中不合理的因素造成的，作品表现的是具体的、社会性的主题。

这种同中之异还可以从东、西方各自的文学精神上做进一步的解释。西方文学从古希腊开始就贯穿着一种寻根究底的精神,在文学作品中执著于形而上的人类终极意义的探索。莎士比亚的"是生存还是毁灭"的命题回荡了几个世纪。放眼文学殿堂,无论是在戏剧还是诗歌、小说领域,西方人对"我是谁?我从哪里来?我到哪里去?"的追询从来没有停止过。中华民族是一个讲究实际的民族,从孔子开始就视身外之事为不着边际,也不去探究。在文学作品中更为关注的是形而下的人们日常生活中的实际问题。况且,文以载道的古训,使中国的文学在很长时间内同社会、政治问题靠得很近,因而也就导致了超俗性和社会性之别。

其次,孤独、异化的程度不同。格里高尔的孤独与异化要比韦弥的更为彻骨、更为深广,这可以结合两位作家所处的时代特别是家庭背景做出解释。时代赋予了卡夫卡忧郁的性格,家庭生活又加剧了这种忧郁。他的父亲是一位犹太商人,专横犹如暴君,从小对他管教甚严。他虽然爱好文学,但却不得不屈从于父亲的意志,取得法学博士学位,从事工伤事故保险工作,在业余时间搞创作,感到没有亲人能够理解他、支持他。卡夫卡曾在日记里写道:"在家里,在那些最好的、最亲爱的人们中间,我比一个陌生人还要陌生。"在社会上,他也是如此。德国批评家亨特·安德斯曾说道:"作为犹太人,他在基督徒中不是自己人……作为说德语的人,他在捷克人当中不是自己人……作为替工人保险的雇员,他不完全属于资产阶级,作为中产阶级的儿子,他又不完全属于工人,即便在职务上,他也不是全心全意的,因为他觉得自己是作家。但他连作家也不是,因为他把全部精力献给了家庭。"[①]卡夫卡在任何地方都感到自己是陌生人。资本主义"异化"的普遍过程和个人生活中的

---

① 德·弗·扎东斯基:《卡夫卡和现代主义》,洪天富译,北京:外国文学出版社,1991年,第78页。

"异化"交织在一起,造就了卡夫卡思想性格中强烈的孤独、异化感,他把它们赋予他笔下的主人公格里高尔,并通过格里高尔反映出西方人普遍的孤独、异化意识。

与卡夫卡相反,宗璞的家庭生活是幸福的。渊源的家学使她从小受到良好的熏陶;开明的双亲使她的特长得到充分发挥;社会主义的阳光雨露,使她形成了坚强的性格。她没有卡夫卡那种因家庭原因而导致的孤独、异化感,她的主人公韦弥的孤独、异化是特定时代造成的,这种特征不是中国人普遍具有的。而且,随着拨乱反正的不断深入,那种梦魇般的感觉已逐渐淡去。

最后,悲观与乐观,主人公悲剧结局的内涵不同。两篇小说中的主人公虽然都是悲剧结局,但卡夫卡的主人公是悲观的,体现出作家本人的悲观主义思想;而宗璞的主人公则是乐观的,表现了作家对美好人性的希冀。格里高尔虽然试图反抗,但在反抗中逐渐意识到自身的软弱无力与反抗的徒劳,不得不做出宿命的选择,最终放弃了反抗和斗争,悄无声息地离开了这个世界。而从韦弥身上表现出来的更多的是挣扎,是呐喊,是对特定时代的控诉。韦弥最终追踪"人"字形的雁群,寻回了迷失的本性,"向前冲进了湖水"。尽管宗璞也写到了主人公的死,但在韦弥那凄厉的声音中,分明充满了"觉醒和信心",它让人在凛冽的寒风中,满怀着对春天的希冀,眺望着黎明的曙光。因而,韦弥的死是凤凰涅槃,是新生。

这种不同的处理方式是和两位作家各自不同的人生观、世界观分不开的。时代的阴影,父亲的专制,疾病的折磨,婚恋的受挫,形成了卡夫卡悲观的人生观、世界观。他曾伤感地说:"这个世界是我们的迷误","我们误入其中","我们摧毁不了这个世界"。与巴尔扎克写在手杖上的"我粉碎了一切障碍"截然相反,卡夫卡悲观地说:"一切障碍都在粉碎我。"在卡夫卡看来,这个世界原本就是不可救药的,人置身其中,一切反抗都是无用的,只有消极地接受自己的命运,这也是西方许多知识分子找不到出路的宿命感。宗璞那一代人有着20世纪50年代那种"所有的日子都来吧,让我们来编织你们"的豪情,他们对共产主义有着执著的信念。虽然在十年浩劫中历经磨难,但他们把这看作是历史暂时的曲折。新的历史时期的到来使他们更加坚信光明的存在,确信人生的价值和生命的意义。因而,虽然身陷囹圄,韦弥心中依然充满了对美好人性的憧憬,正像宗璞在小说的结尾所说的那样:"然而,只要到了真正的春天,'人'总会回到自己的土地上。"

通过以上对比,我们可以看出,宗璞的《我是谁》确有对卡夫卡的《变形记》的借鉴,但深厚的中国古典文学功底和多年从事外语工作的优势,使她的借鉴立足本土,追求创新。她说卡夫卡的作品"对我有影响,但更重要的是我具有长期培养的中国文化精神,中国艺术讲神韵,有对神韵的认识和体会,也就是说我有这样的艺术观念作基础,才能使这些影响不致导向模仿。"[①]宗璞的小说是创造性的借鉴。她把自己的作品分为两大类,一类是"外观手法",即根据生活反映现实的写实主义手法;另一类是"内观手法",就是透过现实的外壳去写本质。在她看来,这种写法虽然荒诞不经,但求神似。卡夫卡的《变形记》写的是现实生活中不可能发生的事,可在精神上是那样准确,这种剥去表象的本质真实契合了宗璞的中国文化底蕴中求神似的特征,使她大胆地借鉴外来新异的、富有表现力的艺术手法。但宗璞更看重作家的独创性,从上文对两篇小说"异"的探究中我们已经领略了宗璞小说的独创性魅力。

---

① 施叔青:《又古典又现代——与大陆作家宗璞对话》,《人民文学》,1988年第10期。

当然，由于《我是谁》是宗璞借鉴西方现代派技巧的首次尝试，作家对这种手法的运用还不是那么得心应手。韦弥的变形是在幻觉中出现的，并且这种变形也是现实关系的一种真实反映，因而作家并未脱离她所熟悉的现实主义轨道。宗璞对卡夫卡的借鉴，很大程度上是一种剥离形式的借鉴，其作品的基调和内涵都是现实主义的。

后　记

　　2014年是马年。人们对于马年有诸多美好的祝愿：一马当先、万马奔腾、马到成功……的确，马年是我的祥瑞年。新年伊始，我就接到王向远教授约稿编写"比较文学与世界文学名家讲堂"的短信，随后通过电话、邮件有过多次愉快的交流。王老师是我非常景仰的学术大家，他丰硕的研究成果、敏锐的学术眼光、新见迭出的思维、不落窠臼的观点都令我在研究与教学中受益良多。他对比较文学从点、线、面上所做的"深度模式"、"长度模式"、"高度模式"的研究不仅令我深为钦佩，也从学术研究的思路和方法上给我很多启迪。

　　能参加王向远教授主编的"比较文学与世界文学名家讲堂"，我深感荣幸，同时也不无惶恐。我深知自己天资不足，努力不够，学术视野不够广阔，学术积累不够深厚，离名家尚有很远的距离。但这是一个极好的向比较文学与世界文学领域的名家学习、求教的机会。学术前辈高屋建瓴的理论建构、缜密翔实的个案分析，能提高我的理论水平，增强自己的思辨能力，拓宽自己的研究视野，丰富自己的学识，培养自己的学养。与大师同行，不亦幸乎！

　　回望自己的研究历程，深深感念众多师友的厚爱。感谢在比较文学特别是比较文学形象学领域长期辛勤耕耘并做出贡献的诸多专家学者，你们的睿见卓识对我的比较文学学习、研究提供了莫大的启发和助益。我要特别感谢王向远教授，他的厚爱使我有机会将这些论文整理出版，给自己的学术生涯一个阶段性总结。感谢中央编译出版社诸位编辑付出的辛苦劳动，他们细心的编辑、校对、润色、设计，不仅使本书减少了谬误，也使本书增色。

最美不过阳春三月。在三月的春风里，在花儿吐蕊的清新中，沐浴着清丽的阳光，感受殷殷师长情、暖暖朋友意。良师益友的提携、鼓励和扶持，温暖着我的人生。

姜智芹
2014 年 3 月于济南千佛山麓

图书在版编目(CIP)数据

西镜东像 / 姜智芹著. —北京:中央编译出版社,
2014.9
(比较文学与世界文学名家讲堂 / 王向远主编)
ISBN 978-7-5117-2319-2

Ⅰ.①西… Ⅱ.①姜… Ⅲ.①欧洲文学-文学研究
②文学研究-美洲 Ⅳ.①I500.6 ②I700.6

中国版本图书馆 CIP 数据核字(2014)第 215430 号

西镜东像

出 版 人:	刘明清
责任编辑:	邓　彤
责任印制:	尹　珺
出版发行:	中央编译出版社
地　　址:	北京西城区车公庄大街乙 5 号鸿儒大厦 B 座(100044)
电　　话:	(010) 52612345(总编室)　　(010) 52612352(编辑室)
	(010) 52612316(发行部)　　(010) 52612315(网络销售)
	(010) 52612346(馆配部)　　(010) 66509618(读者服务部)
传　　真:	(010) 66515838
经　　销:	全国新华书店
印　　刷:	北京时捷印刷有限公司
开　　本:	787 毫米×1092 毫米　1/16
字　　数:	274 千字
印　　张:	21.25
版　　次:	2014 年 9 月第 1 版第 1 次印刷
定　　价:	68.00 元

网　　址: www.cctphome.com	邮　箱: cctp@ cctphome.com
新浪微博:@ 中央编译出版社	微　信: 中央编译出版社(ID:cctphome)

本社常年法律顾问:北京市吴栾赵阎律师事务所律师　闫军　梁勤
凡有印装质量问题,本社负责调换。电话: 010-66509618